汕頭大學出版社

图书在版编目(CIP)数据

中国现代散文经典文库．徐志摩/黄勇主编．—汕头：汕头大学出版社．2012.1(2021.6 重印)

ISBN 978-7-5658-0582-0

Ⅰ.①中… Ⅱ.①黄… Ⅲ.①散文集—中国—现代 Ⅳ.①I266

中国版本图书馆 CIP 数据核字(2012)第 008935 号

徐志摩

XU ZHI MO

总 策 划 赵 坚

主 编 黄 勇

责任编辑 胡开祥

责任技编 黄东生

装帧设计 袁 野

出版发行 汕头大学出版社

广东省汕头市大学路 243 号

汕头大学校园内

邮政编码 515063

电 话 0754-82904613

印 刷 永清县晔盛亚胶印有限公司

开 本 705mm×960mm 1/16

印 张 15

字 数 253 千字

版 次 2012 年 1 月第 1 版

印 次 2021 年 6 月第 4 次印刷

定 价 39.80 元

书 号 ISBN 978-7-5658-0582-0

前　言

但凡读一点新诗的人，便几乎没有谁不知道《再别康桥》中那几段经典的诗句；同样，对现代文学史略知一二的人，也几乎没有谁没听过至情至性的诗人徐志摩。

徐志摩（1897—1931），原名章垿，字槱森，浙江海宁人。中国现代著名诗人、散文家。自幼家境丰实，在杭沪等地求学。1915 年与张君劢之妹张幼仪成婚，后转入北京大学，拜梁启超为师。1918 年赴美留学，受国内五四运动影响而对政治产生浓厚兴趣。1920 年去英国，徐志摩的生活和思想起了很大变化。西方文化氛围浓郁的“康桥”激发了徐志摩从事文学创作的强烈欲望。1921 年徐志摩认识了“人艳如花”的才女林徽音，并与之热恋，又于次年向妻子张幼仪提出结束没有爱情的婚姻。1922 年徐志摩海外归来，在诗文创作上异常活跃，并在北京与胡适等人组成“新月社”，在文坛上引起广泛影响。1924 年诗人与有夫之妇陆小曼相识恋爱，招致社会的非议和家庭的反对，后于 1926 年与陆小曼结婚，移居上海。1927 年在上海发起成立新月书店，任书店总编辑，创办《新月》月刊，以实践其以“健康、尊严”为宗旨的资产阶级文艺主张。1931 年应胡适之邀去北京大学英文系执教，由于兼任上海中华书局和大东书局的编辑工作，奔波于京沪之间，不幸于冬天因飞机失事身亡。年仅 35 岁。

徐志摩的诗一向为人称颂，并在中国新诗史上占有举足轻重的地位。作为贯穿新月派前后期的诗坛重镇，徐志摩总是在不拘一格的不断试验与创造中追求美的内容和美的形式的统一。凭借在新诗艺术方面的孜孜求索所换来的美的艺术珍品提高了读者的审美力，并以其系统的理论主张和鲜明的诗歌风格在现代新诗史上另立门户，对新诗的发展产生过重要影响。同样不容忽视的还有诗人的散文。他热烈追求“爱”、“自由”与“美”，追求“人”与“自然”的“和谐”，与他那活泼好动、潇洒空灵的个性及不受羁绊的才华相统一，形成了徐志摩散文创作所特有的飞动飘逸的格调。徐志摩的散文，正如穆木天所说，其实“便是诗的一个形式”。这种诗化风格，华丽夸饰，热烈坦诚，富有想象力与浪漫气息。以文采论，他是拙于叙事论理而长于写景抒情的，因此只要作者一接近自然或者情感，笔下似乎就沾了灵性，往往以飘逸的文笔、华美的词藻和铺张的描写，涂抹生活，倾吐情感。

本书收录了徐志摩的散文代表作，对于我们在今天完整把握徐志摩的诗文创作，深入了解作家本人的精神轨迹，会有很大的益处。

目　录

落 叶

前天你们查先生来电话要我讲演，我说但是我没有什么话讲，并且我又是最不耐烦讲演的。他说：你来罢，随你讲，随你自由的讲，你爱说什么就说什么。我们这里你知道这次开学情形很困难，我们学生的生活很枯燥，很闷；我们要你给我们一点活命的水。这话打动了我。枯燥、闷，这我懂得。虽然我与你们诸君是不相熟的，但这一件事实，你们感觉生活枯闷的事实，却立即在我与诸君无形的关系间，发生了一种真的深切的同情。我知道烦闷是怎么样一个不成形不讲情理的怪物，他来的时候，我们的全身仿佛被一个大蜘蛛网盖住了，好容易挣出了这条手臂，那条又叫黏住了。那是一个可怕的网子。我也认识生活枯燥，他那可厌的面目，我想你们也都很认识他。他是无所不在的，他附在各个人的身上，他现在个个人的脸上，你望望你的朋友去，他们的脸上有他，你自己照镜子去，你的脸上，我想，也有他，可怕的枯燥，好比是一种毒剂，他一进了我们的血液，我们的性情，我们的皮肤就变了颜色，而且我怕是离着生命远，离着坟墓近的颜色。

我是一个信仰感情的人，也许我自己天生就是一个感情性的人。比如前几天西风到了，那天早上我醒的时候是冻着才醒过来的，我看着纸窗上的颜色比往常的淡了，我被窝里的肢体像是浸在冷水里似的，我也听见窗外的风声，吹着一棵枣树上的枯叶，一阵一阵的掉下来，在地上卷着，沙沙的发响，有的飞出了外院去，有的留在墙角边转着，那声响真像是叹气。我因此就想起这西风，冷醒了我的梦，吹散了树上的叶子，它那成绩在一般饥荒贫苦的社会里一定格外的凄惨。那天我出门的时候，果然见街上的情景比往常不同了；穷苦的老头、小孩全躲在街角上发抖；他们迟早免不了树上枯叶的命运，那一天我就觉得特别的闷，差不多发愁了。

因此我听着查先生说你们生活怎样的烦闷，怎样的干枯，我就很懂得，我就愿意来对你们说一番话。我的思想——如其我有思想——永远不是成系统的。我没有那样的天才。我的心灵的活动是冲动性的，简直可以说痉挛性的。思想不来的时候，我不能要他来；他来的时候，就比如穿上一件湿衣，难受极了，只能想法子把他脱下。我的一个比喻，我方才说起秋风里的枯叶；我可以把我的思想比作树上的叶子，时期没有到，他们是不会掉下来的；但是到时期了，再要有风的力量，他们就只能一片一片的往下落；大多数也许是已经没有生命了的，枯了的，焦了的，但其中也许有几张还留着一点秋天的颜色，比如枫叶就是红的，海棠叶就是五彩的。这叶子实用是绝对没有的；但有人，比如我自己，就有爱落叶的癖好。它们初下来时颜色有很鲜艳的，但时候久了，颜色也变。除非你保存得好。所以弦的话，那就是我的思想，也是与落叶一样的无用，至多有时有几痕生命的颜色就是了。你们不爱的尽可以随意的踩过，绝对不必理会；但也许有少数人有缘分的，不责备它们的无用，竟许会把它们捡起来揣在怀里，间在书里，想延留它们幽澹的颜色。感情，真的感情，是难得的，是名贵的，是应当共有的；我们不应该拒绝感情，或是压迫感情，那是犯罪的行为，与压住泉眼不让上冲，或是掐住小孩不让喘气一样的犯罪。人在社会里本来是不相连续的个体。感情，先天的与后天的，是一种线索，一种经纬，把原来分散的个体织成有文章的整体。但有时线索也有破烂与涣散的时候，所以一个社会里必须有新的线索继续的产出，有破烂的地方去补，有涣散的地方去拉紧，才可以维持这组织大体的匀整，有时生产力特别加增时，我们就有机会或是推广，或是加添我们现有的面积，或是加密，像网球板穿双线似的，我们现成的组织，因为我们知道创造的势力与破坏的势力，建议与溃败的势力，上帝与撒旦的势力，是同时存在的。这两种势力是在一架天平上比着；他们很少有平衡的时候，不是这头沉，就是那头沉。是的，人类的命运是在一架大天平上比着，一个巨大的黑影，那是我们集合的化身，在那里看着，他的手里满拿着分两的法码，一会往这头送，一会又往那头送，地球尽转着，太阳、月亮、星星，轮流的照着，我们的命运永远是在天平线上称着。

我方才说网球拍，不错，球拍是一个好比喻。你们打球的知道网拍上那里几根线是最吃重，最要紧，那几根线要是特别有劲的时候，不仅你对敌时拉球、抽球、拍球，格外来的有力，出色，并且你的拍子也就格外的经用。少数特强的分子保持了全体的匀整。这一条原则应用到人道上，就是说，假如我们有力量加密，加强我们最普通的同情线，那线如其穿连得到所有跳动的人心时，那时我们的大网子就坚实耐用，天津人说的，就有根。不问天时怎样的坏，管他雨也罢，云也罢，霜也罢，风也罢，管他水流怎样的急，我们假如有这样一个强有力的大网子，那怕不能在时间无尽的洪流里——早晚网起无价的珍品，那怕不能在我们命运的天平上重重的加下创造的生命的分量?

所以我说真的感情，真的人情，是难能可贵的，那是社会组织的基本成分。初起也许只是一个人心灵里偶然的震动，但这震动，不论怎样的微弱，就产生了极斩的波纹；这波纹要是唤得起同情的反应时，原来细的便并成了粗的，原来弱的便合成了强的，原来脆性的便结成了韧性的，像一缕缕的苧麻打成了粗绳似的；原来只是微波，现在掀成了大浪，原来只是山罅里的一股细水，现在流成了滚滚的大河，向着无边的海洋里流着。比如耶酥在山头上的训道（Sermon on the mount）还不是有限的几句话，但这一篇短短的演说，却制定了人类想望的止境，建设了绝对的价值的标准，创造了一个纯粹的完全的宗教。那是一件大事实，人类历史上一件最伟大的事实。再比如释迦牟尼感悟了生老病死的究竟，发大慈悲心，发大勇猛心，发大无畏心，抛弃了人间的地位，富与贵，家庭与妻子，直到深山里去修道，结果他也替苦闷的人间打开了一条解放的大道，为东方民族的天才下一个最光华的定义。那又是人类历史上的一件奇迹。但这样大事的起源还不止是一个人的心灵里偶然的震动，可不仅仅是一滴最透明的真挚的感情滴落在黑沉沉的宇宙间?

感情是力量，不是知识。人的心是力量的府库，不是他的逻辑。有真感情的表现，不论是诗是文是音乐是雕刻或是画，好比是一块石子掷在平面的湖心里，你站着就看得见他引起的变化。没有生命的理论，不论他论的是什么理，只是拿石块扔在沙漠里，无非在干枯的地面上添一颗干枯的分子，也许掷下去时便听得出一些干枯的声响，但此外只是一大片死一般的沉寂了。所以感情才是成江成河的水泉，感情才是织成大网的线索。

但是我们自己的网子又是怎么样呢？现在时候到了，我们应当张大了我们的眼睛，认明白我们周围事实的真相。我们已经含糊了好久，现在再不容含糊的了。让我们来大声的宣布我们的网子是坏了的，破了的，烂了的；让我们痛快的宣告我们民族的破产，道德、政治、社会、宗教、文艺，一切都是破产了的。我们的心窝变成了蠹虫的家，我们的灵魂里住着一个可怕的大谎！那天平上沉着的一头是破坏的重量，不是创造的重量；是溃败的势力，不是建设的势力；是撒旦的魔力，不是上帝的神灵。霎时间这边路上长满了荆棘，那边道上涌起了洪水，我们头顶有骇人的声响，是雷霆还是炮火呢？我们周围有一哭声与笑声，哭是我们的灵魂受污辱的悲声，笑是活着的人们疯魔了的狞笑，那比鬼哭更听的可怕，更凄惨。我们张开眼来看时；差不多再没有一块干净的土地，哪一处不是叫鲜血与眼泪冲毁了的；更没有平安的所在，因为你即使忘得了外面的世界，你还是躲不了你自身的烦闷与苦痛。不要以为这样混沌的现象是原因于经济的不平等，或是政治的不安定，或是少数人的放肆的野心。这种种都是空虚的，欺人自欺的理论，说着容易，听着中听，因为我们只盼望脱卸我们自身的责任，只要不是我的份，弦就有权利骂人。但这是，我着重的说，懦怯的行为；这正是我说的我们各个人灵魂里躲着的大谎！你说少数的政客，少数的军人，或是少数的富翁，是现在变乱的原因吗？我现在对你说："先生，你错了，你很大的错了，你太恭维了那少数人，你太瞧不起你自己。让我们一致的来承认，在太阳普遍的光亮底下承认，我们各个人的恶罪，各个人的不洁净，各个人的苟且与懦怯与卑鄙！我们是与最肮脏的一样的肮脏，与最丑恶陋的一般的丑陋，我们自身就是我们命运的原因。除非我们能拔起了我们灵魂里的大谎，我们就没有救度；我们要把祈祷的火焰把那鬼烧净了去，我们要把忏悔的眼泪把那鬼冲洗了去，我们要有勇敢来承当罪恶；有了勇敢来承当罪恶，方有胆量来决斗罪恶，再没有第二条路走。如其你们可以容恕我的厚颜，我想念我自己近作的一首诗给你们听，因为那首诗，正是我今天讲的话的更集中的表现——

毒 药

今天不是我歌唱的日子，我口边涎着狞恶的微笑，不是我说笑的日子，我胸怀间插着发冷光的利刃；相信我，我的思想是恶毒的因为这世界是恶毒的，我的灵魂是黑暗的因为太阳已经灭绝了光彩，我的声调是像坟堆里的夜枭因为人间已经杀尽了一切的和谐，我的口音像是冤鬼责问他的仇人因为一切的恩已经让路给一切的怨；

但是相信我，真理是在我的话里虽则我的话像是毒药，真理是永远不含糊的虽则我的话里仿佛有两头蛇的舌，蝎子的尾尖，蜈蚣的触须；只因为我的心灵充满着比毒药更强烈，比咒诅更狠毒，比火焰更猖狂，比死更深奥的不忍心与怜悯心与爱心，所以我说的话是毒性的，咒诅的，燎灼的，虚无的；

相信我，我们一切的准绳已经埋没在珊瑚土打紧的墓宫里，最劲冽的祭肴的香味也穿不透这严封的地层；一切的准则是死了的；

我们一切的信心像是顶烂在树枝上的风筝，我们手里擎着这迸断了的鹞线，一切的信心是烂了的；

相信我，猜疑的巨大的黑影，像一块乌云似的，已经笼盖着人间一切的关系：人子不再悲哭他新死的亲娘，兄弟不再来携着他姊妹的手，朋友变成了寇仇，看家的狗回头来咬他主人的腿：是的，猜疑淹没了一切；在路旁坐着啼哭的，在街心里站着的，在你窗前探望的，都是被奸污的处女；池潭里只见些烂破的鲜艳的荷花；

在人道恶浊的涧水里流着，浮荇似的，五具残缺的尸体；

它们是仁义礼智信，向着时间无尽的海襕里流去；这海是一个不安靖的海，波涛猖獗的翻着，在每个浪头的小白帽上分明的写着人欲与兽性；到处是奸淫的现象：贪心搂抱着正义，猜忌逼迫着同情，懦怯猥亵着勇敢，肉欲侮弄着恋爱，暴力侵凌着人首，黑暗践踏着光明；听呀，这一片淫猖的声响，听呀，这一片残暴的声响；虎狼在热闹的市街里，强盗在你们妻子的床上，罪恶在你们深奥的灵魂里……

白 旗

来，跟着我来，拿一面白旗在你的手里——不是上面写着。

激动怨毒，鼓励残杀字样的白旗，也不是涂着不洁净血液的标记的白旗，也不是画着忏悔与咒语的白旗（把忏悔画在你们的心里）；你们排列着，噤声的，严肃的，像送丧的行列，不容许脸上留存一丝的颜色，一毫的笑容，严肃的，噤声的，像一队决死的兵工；

现在时辰到了，一齐举起你们手里的白旗，像举起你们的心一样，仰看着你们头顶的青天，不转瞬的，恐惶的，像看着你们自己灵魂一样；现在时辰到了，你们让你们熬着，壅着，迸裂着，滚沸着的眼泪流，直流，狂流，自由的流，痛快的流，尽情的流，像山水出峡似的流，像暴雨倾盆似的流……

现在时辰到了，你们让你们咽着，压迫着，挣扎着，汹涌着的声音嚎，狂嚎，放肆的嚎，凶狠的嚎，像飓风在大海波涛间的嚎，像你们丧失了最亲爱的骨肉时的嚎……

现在时辰到了，你们让你们回复了的天性忏悔，让眼泪的滚油煎净了的，让嚎恸的雷霆震醒了天性忏悔，默默的忏悔，悠久的忏悔，沉彻的忏悔。像冷峭的星光照落在一个寂寞的山谷里，像一个黑衣的尼僧匐伏在一座金漆的神龛前；……

在眼泪的沸腾里，在嚎恸的酣彻里，在忏悔的沉寂里，你们望见了上帝永久的威严。

婴 儿

我们要盼望一个伟大的事实出现，我们要守候一个馨香的婴儿出世：——

你看他那母亲在她生产的床上受罪！她那少妇的安详，柔和，端丽现在在剧烈的阵痛里变成不可信的丑恶，你看她那遍体的筋络都在她薄嫩的皮肤底里暴涨着，可怕的青色与紫色，像受惊的水青蛇在田沟里急泅似的，汗珠站在她的前额上像一颗颗的黄豆，她的四肢与身体猛烈的抽搐着，畸屈着，奋挺着，纠旋着，仿佛她垫着的席子是用针尖编成的，仿佛她的帐围是用火焰织成的；一个安详的、镇定的、端庄的、美丽的少妇，现在在绞痛的惨酷里变成魔鬼似的可怖：她的眼，一时紧紧的阖着，一时巨大的睁着，她那眼，原来像冬夜池潭里反映着的明星，现在吐露着青黄色的凶焰，眼珠像是烧红的炭火，映射出她灵魂最后的奋斗，她的原来朱红色的口唇，现在像炉底的冷灰，她的口颤着、撅着、扭着，死神的热烈的亲吻不容许她一息的平安，她的发是散披着，横在口边，漫在胸前，像揪乱的麻丝，她的手指间紧抓着几穗拧下来的乱发；这母亲在她生产的床上受罪：——但她还不曾绝望，她的生命挣扎着血与肉与骨与肢体的纤维，在危崖的边沿上，抵抗着，搏斗着；死神的逼迫，她还不曾放手，因为她知道（她的灵魂知道！）这苦痛不是无因的，因为她知道她的胎宫里孕育着一点比她自己更伟大的生命的种子，包涵着一个比一切更永久的婴儿；因为她知道这苦痛是婴儿要求出世的征候，是种子在泥土里爆裂成美丽的生命的消息，是她完成她自己生命的使命的时机；因为她知道这忍耐是有结果的，在她剧痛的昏瞀中她仿佛听着上帝准许人间祈祷的声音，她仿佛听着天使们赞美未来的光明的声音；因此她忍耐着，抵抗着，奋斗着……她抵拼绷断她统体的纤维，她赎出在她那胎宫里动荡着的生命，在她一个完全，美丽的婴儿出世的盼望中，最锐利，最沉酣的痕感逼成了最锐利最沉酣的快感……

这也许是无聊的希冀，但是谁不愿意活命，即使到了绝望最后的边沿，我们还要妄想希望的手臂从黑暗里伸出来挽着我们。我们不能不想望这苦痛的现在，只是准备着一个更光荣的将来，我们要盼望一个洁白的肥胖的活泼的婴儿出世！

新近有两件事实，使我得到很深的感触。让我来说给你们听听。

前几时有一天俄国公使馆挂旗，我也去看了。加拉罕站在台上，微微的笑着，他脸上发出一种严肃的青光，他侧仰着他的头看旗上升时，我觉着了他的人格的尊严，他至少是一个有胆有略的男子，他有为主义牺牲的决心，他的脸上至少没有苟且的浪迹，同时屋顶那根旗杆上，冉冉的升上了一片的红光，背着窈远没有一斑云彩的青天。那面簇新的红旗在风前料峭的袅荡个不定。这异样的彩色与声响引起了我异样的感想。是腼腆，是骄傲，还是鄙夷，如今这红旗初次面对着我们偌大的民族？在场人也有拍掌的，但只是断续的拍掌，这就算是我想我们初次见红旗的敬意；但这又是鄙夷，骄傲，还是惭愧呢？那红色的一个伟大的象征，代表人类史里伟大的一个时期；不仅标示俄国民族流血的成绩，却也为人类立下了一个勇敢尝试的榜样。在那旗子抖动的声音里我不仅仿佛听出了这近十年来斯拉夫民族失败与胜利的呼声，我也想像到百数十年前法国革命时的狂热；1789 年 7 月 4 日那天巴黎市民攻破巴士梯亚牢狱时的疯癫。自由，平等，友爱！友爱，平等，自由！你们听呀，在这呼声里人类理想的火焰一直从地面上直冲破天顶，历史上再没有更重要更强烈的转变的时期。卡莱尔（Carlyle）在他的法国革命史里形容这件大事有三句名句，你说，“To describe this scene transcends the talent of mortals. After fourhours of worldbedlam it-surrenders. The-Bastille isdown!”他说：“要形容这一景超过了凡人的力量。过了四小时的疯狂他（那大牢）投降了，巴士梯亚是下了！”打破一个政治犯的牢狱不算是了不得的大事，但这事实里有一个象征。巴士梯亚是代表阻碍自由的势力，巴黎士民的攻击是代表全人类争自由的势力，巴士梯亚的“下”是人类理想胜利的凭证。自由，平等，友爱！友爱，平等，自由！法国人在百几十年前猖狂的叫着。这叫声还在人类的性灵里烫着。我们不好像听见吗，虽则隔着百几十年光阴的旷野。如今凶恶的巴士梯亚又在我们的面前堵着；我们如其再不发疯，他那牢门上的铁钉，一个个都快刺透我们的心胸了！

这是一件事。还有一件是我六月间伴着泰戈尔到日本时的感想。早七年我过太平洋时曾经到东京去玩过几个钟头，我记得到上野公园去，上一座小山去下望东京的市场，只见连绵的高楼大厦，一派富盛繁华的景象。这回我又到上野去了，我又登山去望东京城了，那分别可太大了！房子，不错，原来是有的；但从前是几层楼的高房，还有不少有名建筑，比如帝国剧场、帝国大学等等。这次看见的，说也可怜，只是薄皮松板暂时支着应用的鱼鳞似的屋子，白松松的像一个烂发的老头，再没有从前那样富盛与繁华的气象。十九座的城子都是叫那大地震吞了去烧了去的。我们站着的地面平常看是再坚实不过的，但是等到他起兴时小小的翻一个身，或是微微的张一张口，我们脆弱的文明与脆弱的生命就够受。我们在中国的差不多是不能想着世界上，在醒着的不是梦里的世界上，竟可以有那样的大灾难。我们中国人是在灾难里讨生活的，水、旱、刀兵、盗劫，哪一样没有，但是我敢说我们所有的灾难合起来，也抵不上我们领导一年前遭受的大难。那事情的可怕，我敢说是超过了人类忍受力的止境。我们国内居然有人以日本人这次大灾为可喜的，说他们活该，我真要请协和医院大夫用 X 光检查一下他们那几位，究竟他们是有没有心肝的。因为在可怕的命运的面前，我们人类的全体只是一群在山里逢着雷霆风雨时的绵羊，哪里还能容什么种族、政治等等的偏见与意气？我来说一点情形给你们听听，因为虽则是你们在报上看过极详细的记载，不曾亲息察看过的总不免有多少距离的膈膜。我自己未到日本前与看过日本后，见解就完全的不同。你们试想假定我们今天在这里集会，我讲的，你们听的，假如日本那把戏轮着我们头上来时，要不了搭的搭的搭的三秒钟我与你们与讲台与屋子就永远诀别了地面，像变戏法似的，影踪都没了。那是事实，横滨有好几所五六层高的大楼，全是在三四秒时间内整个儿与地面拉一个平，全没了。你们知道圣书里面形容天降大难的时候，不可说本来脆弱的人类完全放弃了一切的虚荣，就是最猛鸷的野兽与飞禽也会在刹时间变化了性质，老虎会像小猫似的挨着你躲着，利喙的鹰鹞会躲入鸡棚里去窝着，比鸡还要驯服。在那样非常的变动时，他们也好似觉悟了这彼此同是生物的亲属关系，在天怒的跟前同是剥夺了抵抗力的小虫子，这里面就发生了同命运的同情。你们试想就东京一地说，二三百万的人口，几十百年辛勤的成绩，突然的面对着最后审判的实在，就在今天我们回想起当时他们全城子像一个滚沸的油锅时的情景，原来热闹的市场变成了光焰万丈的火盆，在这里面人类最集中的心力与体力的成绩全变了燃料，在这里面艺术、教育、政治、社会人的骨与肉与血都化成了灰烬，还有数百十万男女老小的哭嚷声，这哭声本身就可以摇动天地，——我们不要说亲身经历，就是坐在椅子上想像这样不可信的情景时，也不免觉得害怕不是？那可不是玩儿的事情。单只描写那样的大变，恐怕至少就须要荷马或是莎士比亚的天才。你们试想在那时候，假如你们亲身经历时，你的心理该是怎么样：你还恨你的仇人吗？你还不饶恕我的朋友吗？你还沾恋你个人的私利吗？你还有欺哄人的机会吗？你还有什么希望吗？你还不搂住你身旁的生物，管他是你的妻子，你的老子，你的听差，你的妈，你的冤家，你的老妈子，你的猫，你的狗，把你灵魂里还剩下的光明一齐放射出来，和着你同难的同胞在这普遍的黑暗里来一个最后的结合吗？

但命运的手段还不是那样的简单。他要把你的一切都扫灭了，那倒也是一个痛快的结束；他可不然。他还让你活着，他还有更苛刻的试验给你。太难过了，你不喘着气；你的家，你的财产，都变了你脚下的灰，你的爱亲与妻与儿女骨肉还有烧不烂的在火堆里燃着，你没有了一切；但是太阳又在你的头上发亮的照着，你还是好好的在平定的地面上站着，你疑心这一定是梦，可又不是梦，因为不久你就发现与你同难的人们，他们也一样的疑心他们身受的是梦，可真不是梦；是真的。你还活着，你还喘着气，你得重新来过，根本完全的重新来过。除非是你自愿放手，你的灵魂里再没有勇敢的分子。那才是你的真试验的时候。这考卷可不容易交了，要到那时候你才知道你自己究竟有多大能耐，值多少，有多少价值。

我们邻居日本人在灾后的实际就是这样。全完了，要来就得完全来过，尽你自身的力量不够，加上你儿子的，你孙子的，你孙子的儿子的儿子的孙子的努力，也许可以重新撑起这份家私，但在这努力的过程中，谁也保不定天与地不再捣乱；你的几十年只要他的几秒钟。问题所以是你干不干？就只干脆的一句话，你干不干，是或否？同时也许无情的命运，扭着他那丑陋可怕的脸子在你身旁冷笑，等着你最后的回话，你干不干，仿佛也涎着他的怪脸问着你！

我们勇敢的邻居们已经交了他们的考卷；他们回答了一个干脆的干字，我们不能不佩服。我们不能不尊敬他们精神的人格。不等那大震灾的火焰缓和下去，我们邻居们第二次的奋斗已经庄严的开始了。不等命运的残酷的手臂松放，他们已经宣言他们以积极的态度对命运宣战。这是精神的胜利，这是伟大，这是证明他们有不可动摇的信心，不可动摇的自信力；证明他们是有道德的与精神的准备的，有最坚强的毅力与忍耐力的，有内心潜在着的精力的，有充分的后备军的。好比说，虽则前敌一起在炮火里毁了，这只是给他们一个出马的机会。他们不但不悲观，不但不消极，不但不绝望，不但不低着嗓子乞怜，不但不倒在地下等救，在他们看来这大灾难，只是一个伟大的刺激，伟大的鼓励，伟大的灵感，一个应有的试验，因此他们新来的态度只是双倍的积极，双倍的勇猛，双倍的兴奋，双倍的有希望；他们仿佛是经过大战的大将，战阵愈急迫愈危险，战鼓愈打得响亮，他的胆量愈大，往前冲的步子愈紧，必胜的决心愈强。这，我说，真是精神的胜利，一种道德的强制力，伟大的，难能的，可尊敬的，可佩服的。泰戈尔说的，国家的灾难，个人的灾难，都是一种试验；除非灾难的结果压倒了你的意志与勇敢，那才是真的灾难，因为你再没有翻身的希望。

这也并不是说他们不感觉灾难的实际的难受，他们也是人，他们虽勇，心究竟不是铁打的。但他们表现他们痛苦的状态是可注意的；他们不来零碎的呼叫，他们采用一种雄伟的庄严的仪式。此次震灾的周年纪念时，他们选定个时间，举行他们全国的悲哀；在不知是几秒或几分钟的时间内，他们全国的国民一致的静默了，全国国民的心灵在那短时间内融合在一阵忏悔的，祈祷的，普遍的肃静里（那是何等的凄伟!）；然后，一个信号打破了全国的静默，那千百万人民又一致高声悲号，悲悼他们曾经遭受的惨运；在这一声弥漫的哀号里，他们国民，不仅发泄了蓄积着的悲哀，这一长号，也表明他们一致重新来过的伟大的决心。（这又是何等的凄伟!）

这是教训，我们最切题的教训。我个人从这两件事情——俄国革命与日本地震——感到极刻的感想；一件是告诉我们什么是有意义有价值的牺牲，那表面紊乱的背后坚定的站着某种主义或是某种理想，激动人类潜伏着一种普遍的想望，为要达到那愿望的境界，他们就不顾冒怎样剧烈的险与难，拉倒已成的建设，踏平现有的基础，抛却生活的习惯，尝试最不可测量的路子。这是一种疯癫，但是有目的的疯癫；单独的看，局部的看，我们尽可以下种种非难与责备的批评，但全部的看，历史的看时，那原来纷乱的就有了条理，原来散漫的就成了片段，甚至于在经程中一切反理性的分明残暴的事实都有了他们相当的应有的位置，在这部大悲剧完成时，在这无形的理想“物化”成事实时，在人类历史清理结账时，所得便超过所出，赢余至少是盖得过损失的。我们现在自己的悲惨就在问题不集中，不清楚，不一贯；我们缺少——用一个现成的比喻——那一面半空里升起来的彩色旗，（我不是主张红旗我不过比喻罢了！）使我们有眼睛能看的人都不由的仰着头望；缺少那青天里的一个霹雳，使我们有耳朵能听的不由的惊心，正因为缺乏这样一个一贯的理想与标准（能够表现我们潜在意识所想望的），我们有的那一部疯癫性——历史上所有大运动都脱不了疯癫性的成分——就没有机会充分的外现，我们物质生活的累赘与沾恋，便有力量压迫住我们精神性的奋斗；不是我们天生不肯牺牲，也不是天生懦怯，我们在这时期内的确不曾寻着值得或是强迫我们牺牲的那件理想的大事，结果是精力的散漫，志气的怠惰，苟且心理的普遍，悲观主义的盛行，一切道德标准与一切价值的毁灭与埋葬。

人原来是行为的动物，尤其是富有集合行为力的，他有向上的能力，但他也是最容易堕落的，在他眼前没有正当的方向时，比如猛兽监禁在铁笼子里。在他的行为力没有发展的机会时，他就会随地躺了下来，管他是水潭是泥潭，过他不黑不白的猪奴的生活。这是最可惨的现象，最可悲的趋向。如其我们容忍这种状态继续存在时，那时每一对父母每次生下一个洁净的小孩，只是为这卑劣的社会多添一个堕落的分子，那是莫大的亵渎的罪业；所有的教育与训练也就根本的失去了意义，我们还不如盼望一个大雷霆下来毁尽了这三江或四江流域的人类的痕迹！

再看日本人天灾后的勇猛与毅力，我们就不由的不惭愧我们的穷，我们的乏，我们的寒伧。这精神的穷乏才是真可耻的，不是物质的穷乏。我们所受的苦难都还不是我们应有的试验的本身，那还差得远着哪；但是我们的丑态已经恰好与人家的从容成一个对照。我们的精神生活没有充分的涵养，所以临着稀小的纷扰便没有了主意，像一个耗子似的，他的天才只是害怕，他的伎俩只是小偷；又因为我们的生活没有深刻的精神的要求，所以我们合群生活的大网子就缺少最吃分量最经用的那几条普遍的同情线，再加之原来的经纬已经到了完全破烂的状态，这网子根本就没有了线结，不受外物侵损时已有溃散的可能，哪里还能在时代的急流里，捞起什么有价值的东西？说也奇怪，这几千年历史的传统精神非但不曾供给我们社会一个巩固的基础，我们现在到了再不容隐讳的时候，谁知道发现我们的桩子，只是在黄河里造桥，打在流沙里的！

难怪悲观主义变成了流行的时髦！但我们年轻人，我们的身体里还有生命跳动，脉管里多少还有鲜血的年轻人，却不应当沾染这最致命的时髦，不应当学那随地躺得下去的猪，不应当学那苟且专家的耗子，现在时候逼迫了，再不容我们霎那的含糊。我们要负我们应负的责任，我们要来补织我们已经破烂的大网子，我们要在我们各个人的生活里抽出人道的同情的纤维来合成强有力的绳索，我们应当发现那适当的象征，像半空里那面大旗似的，引起普遍的注意；我们要修养我们精神的与道德的人格，预备忍受将来最难堪的试验。简单的一句话，我们应当在今天——过于今天就再没有那一天了——宣布我们对于生活基本的态度。是是还是否；是积极还是消极；是生道还是死道；是向上还是堕落？在我们年轻人一个字的答案上就挂着我们全社会的命运的决定。我盼望我至少可以代表大多数青年，在这篇讲演的末尾，高叫一声——用两个有力量的外国字——“Everlasting yea!”

“话”

绝对的值得一听的话，是从不曾经人口说过的；比较的值得一听的话，都在偶然的低声细语中；相对的不值得一听的话，是有规律有组织的文字结构；绝对不值得一听的话，是用不经修炼，又粗又蠢的嗓音所发表的语言。比如：正式会集的演讲，不论是运动女子参政或是宣传色彩鲜明的主义；学校里讲台上的演讲，不论是山西乡村里训阎阉圣人用民主主义的冬烘先生的法宝，或是穿了前红后白道袍方巾的博士衣的瞎扯；或是充满了烟士披里纯开口天父闭口阿门的讲道——都是属于我所说的最后的一类；都是无条件的根本的绝对的不值得一听的话。历代传下来的经典，大部分的文学书，小部分的哲学书，都是未了第二类——相对的不值得一听的话。至于相对的可听的话，我说大概都在偶然的低声细语中。例如真诗人梦境最深——诗人们除了做梦再没有正当的职业——神魂还在祥云缥缈之间那时候随意吐露出来的零句断片，英国大诗人宛茨渥士所谓在茶壶煮沸时嗤嗤的微音，最可以象征入神的诗境——例如李太白的，我醉欲眠卿且去，明朝有意抱琴来，或是开茨的“Then I shut herwild, wildeyes with Kisses four”。你们知道宛茨渥士和雪莱他们不朽的诗歌，大都是在田野间，海滩边，树林里，独自徘徊着像离魂病似的自言自语的成绩；法国的波特莱亚、凡尔仑他们精美无比妙句，很多是受了烈性的麻醉剂——大麻或是鸦片——影响的结果。这种话比较的很值得一听。还有青年男女初次受了顽皮的小爱神箭伤以后，心跳肉颤面红耳赤的在花荫间，在课室内，或在月凉如洗的墓园里，含着一包眼泪吞吐出来的——不问怎样的不成片段，怎样的违反文法往往都是一颗颗希有的珍珠，真情真理的凝晶。但诸君要听明白了，我说值得一听的话大都是在偶然的低声和语中，不是说凡是低声和语都是值得一听的，要不然外交厅屏风后的交头接耳，家里太太月底月初枕头边的小噜嗦，都有了诗的价值了！

绝对的值得一听的话，是从不曾经人口道过的。整个的宇宙，只是不断的创造；所有的生命，只是个性的表现。真消息，真意义，内蕴在万物的本质里，好像一条大河，网络似的支流，随地形的结构，四方错综着，由大而小。由小而微，由微而隐，由有形至无形，由可数至无限。但这看来极复杂的组织所表明的只是一个单纯的意义，所表现的只是一体活泼的精神；这精神是完全的，整个的，实在的；唯其因为是完全整个实在而我们人的心力智力所能运用的语言文字，只是不完全非整个的，模拟的，象征的工具，所以人类几千年来文化的成绩，也只是想猜透这大迷谜似是而非的各种的尝试。人是好奇的动物；我们的心智，便是好奇心活动的表现。这心智的好奇性便是知识的起源。一部知识史，只是历尽了九九八十一大难却始终没有望见极乐世界求到大藏真经的一部西游记。说是快乐吧，明明是劫难相承的苦恼，苦恼中又分明在有无限的安慰。我们各个人的一生便是人类全史的缩小，虽则不敢说我们都是寻求真理的合格者，但至少我们的胸中，在现在生命的出发时期，总应该培养一点寻求真理的诚心，点起一盏寻求真理的明灯，不至于在生命的道上只是暗中摸索，不至于盲目的走到了生命的尽头，什么发现都没有。

但虽则真消息与真意义是不可以人类智力所能运用的工具就是语言文字来完全表现，同时我们又感觉内心寻真求知的冲动，想侦探出这伟大的秘密，想把宇宙与人生的究竟，当作一朵盛开的大红玫瑰，一把抓在手掌中心，狠劲的紧挤，把花的色、香、灵肉，和我们自己爱美、爱色、爱香的烈情，绞和在一起，实现一个彻底的痛快；我们初上生命和知识舞台的人，谁没有也许多少深浅不同，浮士德的大野心，他想“discover the force that bindsthe world and guides its coarse”；谁不想在知识界里，做一个垄断一切的拿破仑？这种想为王为霸的雄心，都是生命原力内运的征象，也是所有的大诗人、大艺术家最后成功的预兆；我们的问题就在怎样能替这一腔还在潜伏状态中的活泼的蓬勃的心力心能，开辟一条或几条可以尽情发展的方向，使这一盏心灵的神灯，一度点着以后，不但继续有燃料的供给，而且能在狂风暴雨的境地里，益发的光焰神明；使这初出山的流泉，渐渐的汇成活泼的小涧，沿路再并合了四方来会的支流，虽则初起经过崎岖的山路，不免辛苦，但一到了平原，便可以放怀的奔流，成河成江，自有无限的前途了。

真正伟大的消息都蕴伏在万事万物的本体里，要听真值得一听的话，只有请来两位最伟大的先生。

现放在我们面前的两位大教授，不是别的，就是生活本体与大自然。生命的现象，就是一个伟大不过的神秘；墙角的草兰，岩石上的苔藓，北洋冰天雪地里极熊水獭，城河边咕咕叫夜的水蛙，赤道上火焰似沙漠里的爬虫，乃至于弥漫在大气中的微菌，大海底最微妙的生物；总之太阳热照到或能透到的地域，就有生命现象。我们若然再看深一层，不必有菩萨的慧眼，也不必有神秘诗人的直觉，但凭科学的常识，便可以知道这整个的宇宙，只是一团活泼的呼吸，一体普遍的生命，一个奥妙灵动的整体。一块极粗极丑的石于，看来像是完全无意义毫无生命，但在显微镜底下看时，你就在这又粗又丑的石块里，发现一个神奇的宇宙，因为你那时所见的，只是千变万化颜色花样各自不同的种种结晶体，组成艺术家所不能想像的一种排列；若然再进一层研究，这无量数的凝晶各个的本体，又是无量数更神奇不可思议的电子所组成：这里面又是一个 Cosmos，仿佛灿烂的星空，无量数的星球同时在放光辉在自由地呼吸着。

但我们决不可以为单凭科学的进步就能看破宇宙结构的秘密，这是不可能的。我们打开了一处知识的门，无非又发现更多还是关得紧紧的，猜中了一个小迷谜，无非从这猜中里又引出一个更大更难猜的迷谜，爬上了一个山峰，无非又发现前面还有更高更远的山峰。

这无穷尽性便是生命与宇宙的通性。知识的寻求固然不能到底，生命的感觉也有同样无限的境界。我们在地面上做人这场把戏里，虽则是霎那间的幻象，欲是有的是好玩，只怕我们的精力不够，不会学得怎样玩法，不怕没有相当的趣味与报酬。

所以重要的在于养成与保持一个活泼无碍的心灵境地，利用天赋的身与心的能力，自觉的尽量发展生活的可能性。活泼无碍的心灵境界比如一张绷紧的弦琴，挂在松林的中间，感受大气小大快慢的动荡，发出高低缓急同情的音调。我们不是最爱自由最恶奴从吗？但我们向生命的前途看时，恐怕不易使我们乐观，除我们一点无形无踪的心灵以外，种种的势力只是强迫我们做奴隶的势力，种种对人的心与责任，社会的习惯，机械的教育，沾染的偏见，都像沙漠的狂风一样，卷起满天的砂土，不时可以把我们可怜的旅行人整个儿给埋了！

这就是宗教家出世主义的大原因，但出世者所能实现的至多无非是消极的自由，我们所要的却不止此。我们明知向前是奋斗，但我们却不肯做逃兵，我们情愿将所有的精液，一齐发泄成奋斗的汗，与奋斗的血，只要能得最后的胜利，那时尽量的痛苦便是尽量的快乐。我们果然有从生命的现象与事实里，体验到生命的实在与意义；能从自然界的现象与事实里，领会到造化的实在与意义，那时随我们付多大的价钱，也是值得的了。

要使生命成为自觉的生活，不是机械的生存，是我们的理想。要从我们的日常经验里，得到培保心灵扩大人格的滋养，是我们的理想。要使我们的心灵，不但消极的不受外物的拘束与压迫，并且永远在继续的自动，趋向创作，活泼无碍的境界，是我们的理想。使人们的精神生活，取得不可否认的实在，使我们生命的自觉心，像大雪天滚雪球一般的愈滚愈大，不但在生活里能同化极伟大极深沉与极隐奥的情感，并且能领悟到大自然一草一木的精神，是我们的理想。使天赋我们灵肉两部分的势力，尽情的发展。趋向最后的平衡与和谐，是我们的理想。

理想就是我们的信仰，努力的标准，如果我们能连用想像力为我们自己悬凝一个理想的人格，同时运用理智的机能，认定了目标努力去实现那理想，那时我们奋斗的历程中，一定可以得到加倍的勇气，遇见了困难，也不至于失望，因为明知是题中应有的文章。我们的立身行事，也不必迁就社会已成的习惯与法律的范围，而自能折中于超出寻常所谓善恶的一种更高的道德标准；我们那时便可以借用李太白当时躲在山里自得其乐时答复俗客的妙句，落花流水杳然去，别有天地非人间！

我们也明知这不是可以偶然做到的境界；但问题是在我们能否见到这境界，大多数人只是不黑不白的生，不黑不白的死，耗费了不少的食料与饮料，耗费了不少的时间与空间，结果连自己的臭皮囊都收拾不了，还要连累旁人；能见到的人已经很少，见到而能尽力去做的人当然更少，但这极少数人却是文化的创造者，便能在梁任公先生说的那把宜兴茶壶里留下一些不磨的痕迹。

我个人也许见言太偏僻了，但我实在不敢信人为的教育，他动的训练，能有多大价值；我最初最后的一句话只是“自身体验去”，真学问，真知识决不是在教室中书本里你所能求得的。

大自然才是一大本绝妙的奇书，每张上都写有无穷无尽的意义，我们只要学会了研究这一大本书的方法，多少能够了解他内容的奥义，我们的精神生活就不怕没有资养，我们理想的人格就不怕没有基础。但这本无字的天书，决不是没有相当的准备就能一目了然的；我们初识字的时候，打开书本子来，只见白纸上书的许多黑影，哪里懂得什么意义。我们现有的道德教育里哪一条训条，我们不能在自然界感到更深切的意味，更亲切的解释？每天太阳从东方的地平上升，渐渐的放光，渐渐的放彩，渐渐的驱散了黑夜，扫荡了满天沉闷的云雾，霎刻间临照四方，光满大地；这是何等的景象？夏夜的星空，张着无量数光芒闪烁的神眼，衬出浩渺无极的穹苍，这是何等的伟大景象？大海的涛声不住的在呼啸起落，这是何等伟大奥妙的景象？高山顶上一体的纯白，不见一些杂色，只有天气飞舞着，云彩变幻着，这又是何等高尚纯粹的景象？小而言之，就是地上一棵极贱的草花，他在春风与艳阳中摇曳着，自有一种庄严愉快的神情，无怪诗人见了，甚至内感“非涕泪所能宣泄的情绪”。宛茨渥士说的自然“大力回容，有镇驯矫饬之功”，这是我们的真教育。但自然最大的教训，尤在“凡物各尽其性”的现象。玫瑰是玫瑰，海棠是海棠，鱼是鱼，鸟是鸟，野草是野草，流水是流水；各有各的特性，各有各的效用，各有各的意义。仔细的观察与悉心体会的结果，不由你不感觉万物造作之神奇，不由你不相信万物的底里是有一致的精神流贯其间，宇宙是合理的组织，人生也无非这大系统的一个关节。因此我们也感想到人类也许是最无出息的一类。一茎草有它的妩媚，一块石子也有它的特点，独有人反只是庸生庸死，大多数非但终身不能发挥他们可能的个性，而且遗下或是丑．陋或是罪恶一类不洁净的踪迹，这难道也是造物主的本意吗？

我前面说过所有的生命只是个性的表现。只要在有生的期间内，将天赋可能的个性尽量的实现，就是造化旨意的完成。我这几天在留心我们馆里的月季花，看它们结苞，看它们开放，看它们逐渐的盛开，看它们逐渐的憔悴，逐渐的零落。我初动的感情觉得是可悲，何以美的幻象这样的易灭，但转念却觉得不但不必为花悲，而且感悟了自然生生不已的妙意。花的责任，就在集中它春来所吸受阳光雨露的精神，开成色香两绝的好花，精力完了便自落地成泥，圆满功德，明年再来过。只有不自然的被摧残了，不能实现它自傲色香的一两天，那才是可伤的耗费。

不自然的杀灭了发长的机会，才是可惜，才是违反天意。我们青年人应该时时刻刻地把这个原则放在心里，不能在我生命实现人之所以为人，我对不起自己。在为人的生活里不能实现我之所以为我，我对不起生命；这个原则我们也应该时时放在心里。

我们人类最大的幸福与权力，就是在生活里有相当的自由活动，我们可以自觉的调剂，整理，修饰，训练我们生活的态度，我们既然了解了生活只是个性的表现，只是一种艺术，就应得利用这一点特权将生活看作艺术品，谨慎小心的做去，命运论我们是不相信的，但就是相面算命先生也还承认心有改相致命的力量。环境论的一部分我们不得不承认，但是心灵支配环境的可能，至少也与环境支配生活的可能相等，除非我们自愿让物质的势力整个儿扑灭了心灵的发展，那才是生活里最大的悲惨。

我们的一生不成材不碍事，材是有用的意思；不成器也不碍事，器也是有用的意思。生活却不可不成品，不成格，品格就是个性的外现，是对于生命本体，不是对于其余的标准，例如社会家庭——直接担负的责任；橡树不是榆树，翠鸟不是鸽子，各有各的特异的品格。在造化的观点看来，橡树不是为柜子衣架而生，鸽子也不是为我们爱吃五香鸽子而存，这是他们偶然的用或被利用，物之所以为物的本义是在实现他天赋的品性，实现内部精力所要求的特异的格调。我们生命里所包涵的活力，也不问你在世上做将、做相、做资本家、做劳动者、做国会议员、做大学教授，而只要求一种特异品格的表现，独一的，自成一体的，不可以第二类相比称的，犹之一树上没有两张绝对相同的叶子，我们四百万万人里也没有两个相同的鼻子。而要实现我们真纯的个性，决不是仅仅在外表的行为上务为新奇务为怪僻——这是变性不是个性——真纯的个性是心灵的权力能够统制与调和身体，理智、情感、精神，种种造成人格的机能以后自然流露的状态，在内不受外物的障碍，像分光镜似的灵敏，不论是地下的泥沙，不论是远在万万里外的星辰，只要光路一对准，就能分出他光浪的特性；一次经验便是一次发明，因为是新的结合，新的变化。有了这样的内心生活，发之于外，当然能超于人为的条例而能与更深奥却更实在的自然规律相呼应，当然能实现一种特异的品与格，当然能在这大自然的系统里尽他的特异的贡献，证明他自身的价值。懂了物各尽其性的意义再来观察宇宙的事物，实在没有一件东西不是美的，一叶一花是美的不必说，就是毒性的虫，比如蝎子，比如蚂蚁，都是美的。只有人，造化期望最深的人，却是最辜负的，最使人失望的，因为一般的人，都是自暴自弃，非但不能尽性，而且到底总是糟塌了原来可以为美可以为善的本质。

惭愧呀，人！好好一个可以做好文章的题目，却被你写做一篇一窍不通的滥调；好好一个画题，好好一张帆布，好好的颜色，都被你涂成奇丑不堪的滥画；好好的雕刀与花冈石，却被你斫成荒谬恶劣的怪象！好好的富有灵性的可以超脱物质与普遍的精神共化永生的生命，却被你糟塌亵渎成了一种丑陋庸俗卑鄙龌龊的废物！

生活是艺术。我们的问题就在怎样的运用我们现成的材料，实现我们理想的作品；怎样的可以像密仡郎其罗一样，取到了一大块矿山里初开出来的白石，一眼望过去，就看出他想像中的造的像，已经整个的嵌稳着，以后只要打开石子把他不受损伤的取了出来的工夫就是。所以我们再也不要抱怨环境不好不适宜，阻碍我们自由的发展，或是教育不好不适宜，不能奖励我们自由的发展。发展或是压灭，自由或是奴从，真生命或是苟活，成品或是无格——一切都在我们自己，全看我们在青年时期有否生命的觉悟，能否培养与保持心灵的自由，能否自觉的努力，能否把生活当作艺术，一笔不苟的做去，我所以回返重复的说明真消息、真意义、真教育决非人口或书本子可以宣传的，只有集中了我们的灵感性直接的一面向生命本体，一面向大自然耐心去研究，体验、审察、省悟，方才可以多少了解生活的趣味与价值与他的神圣。

因为思想与意念，都起于心灵与外象的接触；创造是活动与变化的结果。真纯的思想是一种想像的实在，有他自身的品格与美，是心灵境界的彩虹，是活着的胎儿。但我们同时有智力的活动，感动于内的往往有表现于外的倾向——大画家米莱氏说深刻的印象往往自求外现，而且自然的会寻出最强有力的方法来表现——结果无形的意念便化成有形可见的文字或是有声可闻的语言，但文字语言最高的功用就在能象征我们原来的意志，他的价值也止于凭籍符号的外形。暗示他们所代表的当时的意念。而意念自身又无非是我们心灵的照海灯偶然照到实在的海里的一波一浪或一岛一屿，文字语言本身又是不完善的工具，再加之我们运用驾驭力的薄弱，所以文字的表现很难得是勉强可以满足的。我们随便翻开哪一本书，随便听人讲话，就可以发现各式各样的文字障碍，与语言习惯障碍，所以既然我们自己用语言文字来表现内心的现象已经至多不过勉强的适用，我们如何可以期望满心只是文字障碍与语言习惯障碍的他人，能从呆板的符号里领悟到我们一时神感的意念。佛教所以有禅宗一派，以不言传道，是很可寻味的——达摩面壁十年，就在解脱文字障碍直接明心见道的工夫。现在的所谓教育尤其是离本更远，即使教育的材料最初是有多少活的成分，但经过几度的转换，无意识的传授，只能变成死的训条——穆勒约翰说的“Dead dogma”不是“Living idea”，我个人所以根本不信任人为的教育能有多大的价值，对于人生少有影响不用说，就是认为灌输知识的方法，照现有的教育看来，也免不了硬而且蠢的机械性。

但反过来说，既然人生只是表现，而语言文字又是人类进化到现在比较的最适用的工具，我们明知语言文字如同政府与结婚一样是一件不可免的没奈何事，或如尼采说的是“人心的牢狱”，我们还是免不了它。我们只能想法使它增加适用性，不能抛弃了不管。我们只能做两部分的工夫：一方面消极的防止文字障碍语言习惯障碍的影响；一方面积极的体验心灵的活动，极谨慎的极严格的在我们能运用的字类里选出比较的最确切最明了最无疑义的代表。

这就是我们应该应用《自觉的努力》的一个方向。你们知道法国有个大文学家弗洛贝尔，他有一个信仰，以为一个特异的意念只有一个特异的字或字句可以表现，所以他一辈子艰苦卓绝的从事文学的日子，只是在寻求惟一适当的字句来代表惟一相当的意念。他往往不吃饭不睡，呆呆的独自坐着，绞着脑筋的想，想寻出他称心惬意的表现，有时他烦恼极了，甚至想自杀，往往想出了神，几天写不成一句句子。试想像他那样伟大的天才，那样丰富的学识，尚且要下这样的苦工，方才制成不朽的文字，我们看了他的榜样不应该感动吗？

不要说下笔写，就是平常说话，我们也应有相当的用心——一句话可以泄露你心灵的浅薄，一句话可以证明你自觉的努力，一句话可以表示你思想的糊涂，一句话可以留下永久的印象。这不是说说话要漂亮、要流利、要有修辞的工夫，那都是不重要的；最重要的是对内心意念的忠实，与适当的表现。固然有了清明的思想，方能有清明的语言，但表现的忠实，与不苟且运用文学的决心，也就有纠正松懈的思想与警醒心灵的功效。

我们知道说话是表现个性极重要的方法，生活既然是一个整体的艺术，说话当然是这艺术里的重要部分。极高的工夫往往可以从极小的起点做去。我们实现生命的理想，也未始不可从注意说话做起。

政治生活与王家三阿嫂

我这篇《政治生活与王家三阿嫂》是去年冬天在硖石东山脚下独居时写的。那时张君劢他们要办一个月刊，问我要稿子，我就把这篇与另外两篇一起交给了他。那是我的老实。那月刊定名叫“理想”。理想就活该永远出不了版！我看他们成立会的会员名字至少有四五十个。都是“理想”会员！但是一天一天又一天，理想总是出不了娘胎，我疑心老实交过稿子去的就只有我。后来我看情形不很象样，所谓理想会员们都像是放平在炉火前地毯上打呼的猫——我独自站在屋檐上竖起一根小尾巴生气也犯不着。理想没了；竟许本来就没有来。伤心！我就问收稿人还我的血本。他没有理我。我催他不作声，我逼他不开口。本来这几篇零星文字是一文不值的，这一来我倒反而舍不得拿回了。好容易，好容易，原稿奉还，我猜想从此理想月刊的稿件抽屉可以另作别用了。理想早就埋葬了。

昨天在北海见着伏庐，他问我要东西，我说新作的全有主儿了，未来的也定出了，有的只是陈年老古董。他说好，旧的也可以将就。只要加上一点新注解就成。我回家来把这当古董校的看了一篇，叹了一声气。这气叹得有道理。你想一年前英国政治是怎样，现在又是怎样；我写文章的时候麦克唐诺尔德还不曾组阁，现在他已经退阁了；那时包尔温让人家讥评得体无完肤，现在他又回来做老总了，他们两个人的进退并不怎样要紧，但他们各人代表的 思想与政策却是可注意的。“麦克”不仅有思想，也有理想；不仅有才干，也有胆量。他很想打破说谎的外交，建设真纯的国际友谊。他的理想也许就是他这回失败的原因，他对我们中国国民的诚意，就一件事就看出来了。庚子赔款委员会里面他特聘在野的两个名人，狄更生与罗素。这一点就够得上交情。现在坏了（参看《现代评论》第二期），包首相容不得思想与理想。管不到什么国际感情；赔款是英国人的钱；即使退给中国也只能算是英国人到中国来花钱；英国人的利益与势力首先要紧，英国人便宜了，中国人当然沾光，听说他们已经定了两种用途：一是扬子江流域的实业发展（铁路等等）及实业教育；一是传教。我们当然不胜感谢涕零之至！亏他们替我们设想得这样周到！发展实业意思是饱暖我们的肉体，补助传道意思是饱暖我们的灵魂。

所以难怪悲观者的悲观。难得这里那里透了一丝一线的光明。一转眼又没了。狄更生先生每回给我来信总有悲惨的话，这回他很关切我们的战祸，但也不知怎的，他总以为东方人，尤其是中国人，总是比较有希望的，他对我们还不曾绝望！欧洲总是难，他竟望不见平安的那一天，他说也许有那一天，但他自己及身（他今年六十三四）总是看不见的了。狄更生先生替人类难受。我们替他难受，罗素何尝不替人类难受。他也悲观；但他比狄更生便宜些，他会冷笑，他的讥讽是他针砭人类的利器。这回他给我的信上有一句冷话——Iam amused at the ProgressofChristianity in China. 基督教在中国的进步真快呀！下去更有希望了，英国教会有了赔款帮忙，教士们的烟士披里纯那得不益发的灿烂起来！别说基督将军、基督总长，将来基督酱油、基督麻油、基督这样基督那样花样多着哪，我们等着看吧。

所以我方才校看这篇文字。不由的叹了一声长气，时间里的“爱伦内”真多着哩！这一段话与本文并没有多大关系，随笔写来当一个冒头就是。

十三年十二月二十六日

（一）

从前西方一位老前辈说，“人是一个政治的动物”；好比麻雀会做窝，蚂蚁会造桥，人会造社会，建设政治。这是一个有名的“人的定义”，那位老前辈的本乡，是个小小的城子，周围不过十里，人口不过十万，而且这十万人里，真正的“市民”不过四分之一，其余不是奴隶，便是客民。但他们却真是所谓“政治的动物”；凭他们造社会与建设政治的天才，和着地理与地势的利便，他们在几千年前，在现代欧美文明没有出娘胎以前，已经为未来政治的（现在不说文艺的或科学的）人类定下了一个最完善的模型，一个理想的标准，也可以说是标准的理想——实行的民主政治，或是实现的“共和国”。我们现在不来讨论他们当时的奴隶问题；我们只在想像中羡慕他们政治的幸福，羡慕他们那座支配社会生活的机器的完美，运转是敏捷的，管理是简单的；出货是干净的——而且又是何等的美观！我们如其借用童话里的那个神奇的玻璃球来看，我们就可以在二千年前时间的灰堆里，掏出他们当时最有趣味的生活的活动写真。我们来看看这西洋镜的玩艺。天气的约略是江南的五月初，黄梅渐已经过去，南风吹得暖暖的，穿单衣不冷，穿夹衣也不热。他们是终年如此的，真是“四时常春，风和日丽”，雨水都不常有的，所以他们公共会所如议会、剧场、市场都是秃顶没有盖的。城子中央是一个高岗，天生成花岗石打底高阜，这上面留有人类的一个大纪念：最高明的建筑，最高明的石刻，最高明的美术都在这里；最高明的立法与行政的会场也在这里；最高明的戏剧与最伟大最壮观的剧场也在这里；最高明的哲学家、政治家、艺术家，诗人的踪迹也常在这里。路上行人，很少戴帽的，有穿草鞋式的鞋的，有赤脚的，身上至多裹一块方形的布当衣裳，往往一双臂腿袒露在外，有从市场回家的，有到前辈家里去领教学问的，有到体育场去掷铁饼或赛跑的，有到公共浴所去用雕花水瓶浇身的，有到（如其是春天，是节会与共乐的时候）大戏场上去占座位的，有到某剃头店或某铜匠店铺子里去找朋友闲谈的，有出城去到河沿树荫下散步的，有到高岗上观览美术的，有到亲戚家去的妇女，前后随从有无数男女仆役的，有应召的歌女，身披彩衣手弄弦琴的，有新来客民穿着异样的服装的，有乡下来的农夫与牧童背着遮太阳的大箬笠，掮着赶牲畜的长竿，或是抗着新采的榨油用的橄榄果与橄榄叶（他们不懂得咬生橄榄，广东乡下听说到现在还是不会吃青果的!）一个个都像从画图上走下来的……这一群阔额角，阔肩膀，高鼻子，高身材的人类，在这个不小的城子里，熙熙的乐生，活泼、恬愉、闲暇，艺术是他们的天性，政治是他们的本能——他们的躯壳已经几度的成灰成泥，但是他们的精神，却是和他花岗石的高岗，一样的不可磨灭；像衣琴海上的薰风，永远含有鼓舞新生命的秘密。

这不是演说乌托邦，这是实有的史迹。那小城子便是雅典，这人民便是古希腊人，说人是政治的动物的，便是亚里士多德。他们当时凡是市民（即除外奴隶与客民）都可以出席议会，参与政治，起造不朽的巴戴廊（Parthenon）是群众议决的；举菲地亚士（Phidias）做主任是群众决议的；筹画打波斯的海军政策是群众决议的；举米梯亚士做将军是群众决议的。这群众便是全城的公民，有钱人与穷人，做官的与做工的，经商的与学问家，剃头匠与打铁匠，法官与裁缝，苏格拉底斯与阿理士道文尼斯，沙福克利士与衣司沟拉士，柏拉图与绶克士诺丰……都是组成这独一的共和政治的平等的分子，政治是他们的生活，是他们的共同的职业，是他们闲谈的资料，是他们有趣的训练。所以不论是在露天的议会里列席，不论是在杂货铺门口闲话，不论是在客厅里倦倚在榻上饮酒杂谈，不论是在某前辈私宅的方天井里徘徊着讨论学识，不论是在法庭上听苏格拉底斯的审判，不论是在大剧场听戏拿桔子皮或无花果去掷台上不到家的演员（他们喝倒彩的办法），不论是在美术厅里参观菲地亚最近的杰作，不论是在城外青枫树荫下溪水里濯足时（苏格拉底斯最爱的）的诙谐——他们的精神是一致的，是乐生的，是建设的，是政治的。

（二）

但这是已往的希腊，我们只能如孔子所谓心向往之了。至于现代的政治，不论是国内的与国际的，都不是叫人起兴的题目。我们东方人尤其是可怜，任清朝也好，明朝也好，政治的中国人（最近连文学与艺术的中国人都是）只是一只串把戏的猴子，随他如何伶俐，如何会模仿，如何像人，猴子终究是猴子，不是人，也许他会穿起大褂子来坐在沙发椅上使用杯匙吃饭，就使他自己是正经的，旁观的总觉得滑稽好笑。根本一句话，因为这种习惯不是野畜生的习惯，他根性里没有这种习惯的影子，也许凭人力选择的科学与耐心，在理论上可以完全改变猴子的气质，但这不是十年、八年的事，明白人都明白的。

不但东方人的政治，就是欧美的政治，真可以上评坛的能有多少。德国人太蠢，太机械性；法国人太淫，什么事都任性干去，不过度不肯休，南欧人太乱，只要每年莱茵河两岸的葡萄丰收。拉丁民族的头脑永没有清明的日子；美国人太陋，多数的饰制与多数的愚暗，至多只能造成一个“感情作用的民主政治”（Sentimental democracy）。此外更不必说了。比较像样的，只有英国。英国人可称是现代的政治民族，这是大家都知道的。英国人的政治，好比白蚁蛀柱石一样，一直啮入它们的生活的根里，在它们（这一点与当初的雅典多少相似），政治不但与日常生活有极切极显的关系，我们可以说政治便是他们的生活，“鱼相忘乎江湖，”英国人是相忘乎政治的。英国人是“自由”的，但不是激烈的；是保守的，但不是顽固的。自由与保守并不是冲突的，这是造成他们政治生活的两个原则；惟其是自由而不是激烈，所以历史上并没有大流血的痕迹（如大陆诸国），而却有革命的实在，惟其是保守而不是顽固，所以虽则“不为天下先”，而却没有化石性的僵。但这类形容词的泛论，究竟是不着边际的，我们只要看他们实际的生活，就知道英国人是不是天生的政治的动物。我们初从美国到英国去的，最显浅的一个感想，是英国虽则有一个叫名国王，而其实他们所实现的民主政治的条件，却还在大叫大擂的美国人之上——英国人自己却是不以为奇的了。我们只要看一二桩相对的情形，美国人对付社会党的手段，与乡下老太婆对付养媳妇一样的惨酷，一样的好笑。但是我们到礼拜日上午英国的公共场地上去看看：在每处广场上东一堆西一堆的人群，不是打拳头卖膏药，也不是变戏法，是各种的宣传性质的演说。天主教与统一教与清教；保守党与自由党与劳工党；赞成政府某政策与反对政府某政策的；禁酒令与威士克公司；自由恋爱与鲍尔雪微主义与救世军：——总之种种相反的见解，可以在同一的场地上对同一的群众举行宣传运动；无论演讲者的论调怎样激烈，在旁的警察对他负有生命与安全与言论自由的责任，他们决不干涉。有一次萧伯纳（四十年前）站在一只肥皂木箱上冒着倾盆大雨在那里演说社会主义，最后他的听众只剩下三四个穿雨衣的巡士！

这是他们政治生活的一斑，但这还是最浅显的。政治简直是他们的家常便饭，政府里当权的人名是他们不论上中下那一级的口头禅，每天中下人家吃夜饭时老子与娘与儿女与来客讨论的是政治，每天知识阶层吃下午茶的时候，抽着烟斗，咬着牛油面包的时候谈的是政治；每晚街角上酒店里酒鬼的高声的叫嚷——鲁意乔治应该到地狱去！阿斯葵斯活该倒运！等等——十有八九是政治。（烟酒加了税，烟鬼、酒鬼就不愿意。）每天乡村里工人的太太们站在路口闲话，也往往是政治（比如他们男子停了工，为的是某某爵士在议会里的某主张）。政治的精液已经和入他们脉管里的血流。

我在英国的时候，工党领袖麦克唐诺尔，在伦敦附近一个选区叫做乌立克的做候补员，他的对头是一个政府党，大战时的一个军官，麦氏是主张和平的，他在战时有一次演说时脑袋都叫人打破。有一天我跟了赖世基夫（Mre. HaroldJ. Laski）起了一个大早到那个选区去代麦氏“张罗”（Canvassing）（就是去探探选民的口气，有游说余地的，就说几句话，并且预先估计得失机会）。我那一次得了极有趣味的经验，此后我才深信英国人政治的训练的确是不容易涉及的。我们至少敲了二百多家的门（那一时麦氏衣襟上戴着红花坐着汽车到处的奔走，演说），应门的有男有女，有老有小，但他们应答的话多少都有分寸，大都是老练、镇静、有见地的，那边的选民，很多是在乌立克兵工厂里做工过活的，教育程度多是很低的，而且那年是第一次实行妇女选举权，所以我益发惊讶他们政治程度之高。只有一两家比较的不讲理的妇人，开出门来脸上都不戴好看的颜色，一听说我们是替工党张罗的，爽性把脸子沉了下来，把门也关上了。但大概都是和气的，很多人说我们自有主张，请你们不必费心，有的很情愿与我们闲谈，问这样问那样。有一家有一个烂眼睛的妇人，见我们走过了，对她们邻居说（我自己听见）“你看，怪不得人家说麦克唐诺尔是卖国贼，这不是他利用‘剧泼’（Jap 意即日本鬼）来替他张罗！”

（三）

这一次英国的政治上，又发生极生动的变相。安置失业问题，近来成为英国政府的惟一问题。因失业问题涉及贸易政策，引起历史上屡见不一的争论，自由贸易与保守税政策。保守党与自由党，又为了一个显明的政见不同，站在相对地位；原来分裂的自由党，重复团圆，阿斯葵斯与鲁意乔治，重复亲吻修好，一致对敌。总选举的结果，也给了劳工党不少的刺激，益发鼓动他们几年来蕴涵着的理想。我好久不看英国报了，这次偶然翻阅，只觉得那边无限的生趣，益发对比出此地的陋与闷，最有趣的是一位戏剧家 A. A. Milne 的一篇讥讽文章，很活现的写出英国人政治活动的方法与状态，我自己看得笑不可仰，所以把他翻译过来，这也是引起我写这篇文字的一个原因。我以为一个国家总要像从前的雅典，或是现在的英国一样，不说有知识阶级，就这次等阶级社会的妇女，王家三阿嫂与李家四大妈等等，都感觉到政治的兴味，都想强勉他们的理解力，来讨论现实的政治问题，那时才可以算是有资格试验民主政治，那时我们才可以希望“卖野人头”的革命大家与做统一梦的武人归他们原来的本位，凭着心智的清明来清理政治的生活。这日子也许很远，但希望好总不是罪过。

保守党的统一联合会，为这次保护税的问题，出了一本小册子，叫做“隔着一垛围墙”（“Over theGarden wall”），里面是两位女太太的谈话，假定说王家三阿嫂与李家四大妈，三阿嫂是保守党。她把为什么要保护贸易的道理讲给四大妈听，末了四大妈居然听懂了。那位滑稽的密尔商先生就借用这个题目，做了一篇短文，登在十二月一日的《伦敦国民报》——TheNation and the-Athenaeum 里，挖苦保守党这种宣传方法，下面是翻译。

她们是紧邻；因为他们后园的墙头很低，她们常常可以隔园墙谈天。你们也许不明白她们在这样的冷天，在园里有什么事情干，但是你不要忙，他们在园里是有道理的。这分明是礼拜一，那天李家四大妈刚正洗完了衣服，在园里挂上晒绳去。王家三阿太，我猜起来，也在园里把要洗的衣服包好了，预备送到洗衣作坊里去了。三阿太分明是家境好些的。我猜想她家里是有女佣人的，所以她会有工夫去到联合会专为妇女们的演讲会去到会，然后回家来再把听来的新闻隔着园墙讲给四大妈听，四大妈自己看家，没有工夫到会。大冷天站在园里当然是不会暖和的，并且还要解释这样回答那样，隔壁那位太太正在忙着洗衣服，她自己头颈上围着她的海獭皮围巾；但是我想像三阿太站在那里，一定不时的哈气着她冻冷的手指，并且心里还在抱怨四大妈的家境太低；或是她自己的太高，否则，她们倒可以舒舒服服，坐在这家或是那家的灶间里讲话，省得在露天冒风着冷，但是这可不成功。上帝保佑统一党，让邻居保留她名分的地位。李家四大妈有一个可笑的主意（我不知道她哪里来的，因为她从不出门）她以为在这个国度里，要是实行了保护政策，各样东西一定要贵，我料想假如三阿太有这样勇气，老实对她说不是的，保护税倒反而可以使东西着实便宜，那时四大妈一定一面从她口里取出一只木钉，把她男人的衬裤别在绳子上，一面回答三阿太说“嗅那就好了”，下回她要去投票，她准投统一党了；这样国家就有救了。但是在这样的天气站在园子里，不由得三阿太或是任何人挫气。三阿太哈着她的手指，她决意不冒险。她情愿把开会的情形从头至尾讲一个清楚。东西是不会见得认真的便宜多少，但是——呒，你听了就明白了。

我恐怕她过于自信了。

所以三阿太就开头讲，她说外国来的工人，比我们自己的便宜，因为工会（“可不是!”她急急的接着说）一定要求公平的工资，短少的工作时间，以及工厂里的种种设备——她忽然不说下去了，心里在迟疑不知道说对了没有。四大妈转过身子去，这一会儿她像是要开口问什么蠢话似的；可是并不。她转过身去，也就把她小儿子亨利的衬裤，从衣篮里拿了出来。一面王三阿太立定主意把在保护政策的国家的工资、工时、工厂设备等等暂时放开不提，她单是说国家是要采用了保护政策，她们的出货一定便宜得多。结果怎么样呢。“你同我以及所有做工的妇人临到买东西的时候，就拣顶便宜的买，再也不想想——意思说是买外国货。”“不一定不想，”四大妈确定地说。三阿太老实说她的小册子上是什么说。照书上写着，四大妈在这里是不应得插嘴的。这一路的解说都是不容易的。总选举要是在夏天多好！在这样大冷天叫谁用心去？这段话也不容易讲不是？但是她最末了的那句话，至少是没有错儿；这不是在小册子上明明的印着：“你与我以及所有做工的妇人都拣到最便宜的东西买再也不想想。”再也不想想，真是的！一个做工妇人临到买东西不想想，还叫她想什么去？

那是闲话，再来正经，四大妈还不明白大家要是尽买便宜的外国货，结果便怎么样。她要是真不明白，让她别害怕，老实的说就是。三阿太是妇女工会里的会员，她最愿意讲解给她听。

四大妈懂得，结果货物的价钱愈落愈低。

三阿太又着急的翻开了那本小册子来对，但是这一次四大妈的答话没有错。现在来打她一下。

“不，四大妈，平常人的想法就错在这儿。市上要是只有便宜的外国货，我们就没有钱去买东西，因为我们的丈夫就要没有事情做，攒不了钱了。”四大妈是打倒了。不，她并不是，她亮着嗓音说她的丈夫还是有事情做并没有失业。这女人多麻烦！她的男人是怎么回事？小册子里并没有提起他，三阿太只当做没有听见男人不男人，只当地说（她应该那么说要是她知道小册子上是这样的派定她)，“你倒讲一讲里面的道理给我听听，”三阿太抽了一 口长气，讲给她听了。“要是我们都买外国货，那就没有人去买英国本国工人做的东西了；既然没有人买，也就没有人做了，这不是工作少了，我们自己大部分的工人就没有事情做了；这不是我们化了钱让德国、法国、美国的工人吃得饱饱赚得满满的，我们自己人倒是失了业，挨饿，可不是！这你没有法子反驳了不是?”

“这是不一定。”四大妈转过身来说，“你说什么，我的乖?”这一来三阿太可是真不愿意了。她说“噢嘿!”这不是小册子上规定的，但方才不多一忽儿四大妈曾经叹了一声完完全全的“哼呼!”，三阿太心里想（我想她想得对的）在这种情形之下，她也应分来一个“噢嘿!”

“你说什么来了？乖呀？这风吹过衣服来把我的心都蒙住了。我像是听你说什么做工。你也说天冷，是不是你哪？天这么冷，你又没有事做，何必跑到园里来冒凉呢。”三阿太顿他的脚。

“有的是。我应该跑出来，把统一党的保护政策的道理讲给你听。”我说“只要你耐心的听一忽儿，我就简简单单的把这件事讲给你听。可是你又不耐心听，你应该是这么说的：——‘可不是，三阿太！够明白了。你这么一讲，我全懂得了。’可是你又没有那么说！你倒反尽在叫着我乖呀，乖呀。我也说，所以顶好是去做一个统一党联合会的女会员，去到她们的会里，你瞧！什么事你都明白得了。在那儿！我自己就亏到了会才明白。我全懂得怎么样！我们要是一加关税，外国货就不容易进来，我们自己的劳工就受了保护不是?”

“再说他们要是进来，就替我们完税，我们还得让自己属地澳大利亚洲的进口货不出钱，省得自己抢自己的市场；还有什么“报复主义”，这就是说外国货收税，保护了自己的工人，替我们完了税，奖励了帝国的商业，这就可以利用来威吓外国。我全懂得，顶明白——可是你现在只叫着我乖呀，乖呀，一面我冷得冻冰，我本没有人家那么强壮，我想这真是不公平。”她眼泪都出来了。“得了，得了，我的乖!”四大妈说。“你快进屋子去，好好的喝一杯热茶。……喔，我说我就有一句话要问你。”

“不要太难了;”三阿太哽咽着说。“别急，乖呀，我就不懂得为什么他们叫做统一党员?”三阿太赶紧跑回她的灶间去了。

（四）

王家三阿太是已经逃回她的暖和的灶间去了；李家四大妈也许还在园里收拾他的衣服，始终没有想通什么叫做统一党，也没有想清楚保护究竟是便宜还是吃亏，也没有明白这么大冷天隔壁三阿太又不晒衣服，冒着风站在园里为的是什么事……这都是不相干的，我们可以不管。这篇短文，是一篇绝妙的嘲讽文章，刻薄尽致，诙谐亦尽致，他在一二千个字里面，把英国中下级妇女初次参与政治的头脑与心理以及她们实际的生活，整个儿极活现的写了出来。王家三阿太分明比她的邻居高明得多，她很争气，很想替统一党（她的党）尽力，凭着一本小册子的法宝，想说服她的比邻，替统一党多挣几张票。但是这些政治经济政策以及政党张罗的玩意儿，三阿太究竟懂得不懂得，她自己都不敢过分的相信——所以结果她只得逃回去烤火！

这种情形是实在有的。我们尽管可怜三阿太的劳而无功，尽管笑话四大妈的冥顽不灵，但如果政治的中国能够进化到量米烧饭的平民都有一天感觉到政治与自身的关系，也会仰起头来，像四大妈一样，问一问究竟统一党联合会是什么意思，——我想那时我们的政治家与教育家（果真要是他们的功劳），就不妨着实挺一挺眉毛了。

论自杀

（一）读桂林梁巨川先生遗书

前七年也是这秋叶初焦的日子，在城北积水潭边一家临湖的小阁上伏着一个六十老人；到深夜里邻家还望得见他独自挑着荧荧的灯火，在那小楼上伏案疾书。

有一天破晓时他独自开门出去，投入净业湖的波心里淹死了。那位自杀的老先生就是桂林梁巨川先生，他的遗书新近由他的哲嗣焕鼐与瀨冥两先生印成六卷共四册，分送各公共阅览机关与他们的亲友。

遗书第一卷是“遗笔汇存”，就是巨川先生成仁前分致亲友的绝笔，共有十七缄，原迹现存彭冀仲先生别墅楼中（我想一部分应归京师图书馆或将来国立古物院保存），这里有影印的十五缄；遗书第二卷是先生少时自勉的日记（感叩山房日记节钞一卷）；第三卷侍疾日记是先生侍疾他的老太太时的笔录；第四卷是辛亥年的奏疏与国民初年的公牍；第五卷“伏卯录”是先生从学的札记；末第六卷“别竹辞花记”是先生决心就义前在缨子胡同手建的本宅里回念身世的杂记二十余则，有以“而今不可得矣”句作束的多条。

梁巨川先生的自杀在当时就震动社会的注意。就是昌言打破偶像主义与打破礼教束缚的新青年，也表示对死者相当的敬意，不完全驳斥他的自杀行为。陈独秀先生说他“总算是为救济社会而牺牲自己的生命，在旧历史上真是有数人物……言行一致的……身殉了他的主义，”陶孟和先生那篇《论自杀》是完全一个社会学者的看法；他的态度是严格批评的。陶先生分明是不赞成他自杀的；他说他“政治观念不清，竟至误送性命，够怎样的危险啊！”陶先生把性命看得很重。“自杀的结果是损失一个生命，并且使死者之亲族陷于穷困……影响是及于社会的。”一个社会学家分明不能容许连累社会的自杀行为。“但是梁先生深信自杀可以唤起国民的爱国心”；“为唤醒国民的自杀”，陶先生那篇论文的结论说，“是藉着断绝生命的手段做增加生命的事，岂能有效力吗?"

"岂能有效力吗?"巨川先生去世以来整整有七年了。我敢说我们都还记得曾经有这么一回事。他为什么要自杀?一般人的答话,我猜想,一定说他是尽忠清室,再没有别的了。清室!什么清室!今天故宫博物院展览,你去了没有?坤寿宫里有溥仪太太的相片,长得真不错,还有她的亲笔英文,你都看了没有?那老头多傻!这二十世纪还来尽忠!白白淹死了一条老命!

同时让我们来听听巨川自表的话——

"我身值清朝之末,故云殉清;其实非以清朝为本位,而以幼年所学为本位。……幼年所闻以对于世道有责任为主义,此主义深印于吾脑中,即以此主义为本位故不容不殉。"

"殉清又何言非本位?曰义者天地间不可歇绝之物,所以保全自身之人格,培补社会之元气,当引为自身当行之事,非因外势之牵迫而为也……诸君试思今日世局因何故而败坏至于此极。正由朝三暮四,反复无常,既卖旧君,复卖良友,又卖主帅,背弃平时之要约,假托爱国之美名,受金钱收买,受私人嗾使,买刺客以坏长城,因个人而破大局,转移无定,面目腼然。由此推行,势将全国人不知信义为何物,无一毫拥护公理之心,则人既不成为人。国焉能成为国……此鄙人所以自不量力,明知大势难救,而捐此区区,聊为国性一线之存也。"

"……辛亥之役无捐躯者为历史缺憾,数年默审于心,今更得正确理由,曰不实行共和爱民之政(口言平民主义之官僚锦衣玉食威福自雄视人民皆为奴隶民德堕落生蹙穷南北分裂实在不成事体),辜负清廷禅让之心。遂于戊午年十月初六夜或初七晨赴积水潭南岸大柳根一带身死……"

由这几节里,我们可以看出巨川先生的自杀,决不是单纯的"尽忠";即使是尽忠,也是尽忠于世道(他自己说)。换句话说,他老先生实在再也看不过革命以来实行的,也最流行的不要脸主义;他活着没法子帮忙,所以决意牺牲自己的性命,给这时代一个警告,一个抗议。"所欲有甚于生者,"是他总结他的决心的一句话。

这里面有消息,巨川先生的学力、智力,在他的遗著里可以看出,决不是寻常的;他的思想也绝对不能说叫旧礼教的迷信束缚住了的。不,甚至他的政治观念,虽则不怎么精神精密,怎样高深,却不能说他(像陶先生说他)是"不清",因而"误送了命"。不,如其曾经有一个人分析他自己的情感与思路的究竟,得到不可避免自杀的结论,因而从容的死去,那个人就是梁巨川先生。他并不曾"误送了"他的命。我们可以相信即使梁先生当时暂缓他的自杀,去进大学校的法科,理清他所有的政治观念(我敢说梁先生就是老年,他的理智摄收力也决不比一个普通法科学生差；）——，结果积水潭大柳根一带还是他的葬身地。这因为他全体思想的背后还闪亮着一点不可错误的什么——随你叫他“天理”、“义”、信念、理想，或是康德的道德范畴——就是孟子说的“甚于生”的那一点，在无形中制定了他最后的惨死，这无形的一点什么，决不是教科书知识所可淹没，更不是寻常教育所能启发的。前天我正在讲起一民族的国民性，我说“到了非常的时候它的伟大的不灭的部分，就在少数或是甚至一二人的人格里，要求最集中最不可错误的表现……因此在一个最无耻的时代里往往挺生出一两个最知耻的个人，例如宋末有文天祥，明末有黄梨洲一流人。在他们几位先贤，不比当代看得见的一群遗老与新少，忠君爱国一类的观念脱卸了肤浅字面的意义，却取得了一种永久的象征的意义，……他们是为他们的民族争人格，争‘人之所以为人’……在他们性灵的不朽里呼吸着民族更大的性灵。”我写那一段的时候并不曾想起梁巨川先生的烈迹，却不意今天在他的言行里（我还是初次拜读他的遗著）找到了一个完全的现成的例证。因此我觉得我们不能不尊敬梁巨川自杀的那件事实，正因为我们尊敬的不是他的单纯自杀行为的本体，而是那事实所表现的一点子精神。“为唤醒国民的自杀，”陶孟和先生说，“是藉着断绝生命的手段做增加生命的事”；粗看这话似乎很对，但是话里有语病，就是陶先生笼统的拿生命一个字代表截然不同的两件事：他那话里的第一个生命是指个人躯壳的生存，那是迟早有止境的，他的第二个生命是指民族或社会全体灵性的或精神的生命，那是没有寄居的躯壳同时却是永生不灭的。至于实际上有效力没有效力，那是另外一件事又当别论的。但在社会学家科学的立场看来，他竟许根本否认有精神生命这一回事，他批评一切行为的标准只是它影响社会肉眼看得见暂时的效果；我们不能不羡慕他的人生观的简单、舒服、便利，同时却不敢随闻附和。当年钱牧斋也曾立定主意殉国，他雇了一只小船，满载着他的亲友，摇到河身宽阔处死去，但当他走上船头先用手探入河水的时候他忽然发明［现］“水原来是这样冷”的一个真理，他就赶快缩回了温暖的船舱，原船摇了回去。他的常识多充足，他的头脑多清明！还有吴梅村也曾在梁上挂好上吊的绳子，自己爬上了一张桌子正要把脖子套进绳圈去的时候，他的妻子家人跪在地下的哭声居然把他生生的救了下来。那时候吴老先生的念头，我想竟许与陶先生那篇论文里的一个见解完全吻合：“自然的结果是损失一个生命，并且使死者的亲属陷于穷困，其影响是及于社会的，”还是收拾起梁上的绳子好好伴太太吃饭去吧。这来社会学者的头脑真的完全占了实际的胜利，不会误送人命哩！固然像钱吴一流人本来就没有高尚的品格与独立的思想，他们的行为也只是陶先生所谓方式的，即使当时钱先生没有怪嫌水冷居然淹了进去，或是吴先生硬得过妻儿们的哭声，居然把他的脖子套进了绳圈去勒死了——他们的自杀也只当得自杀，只得与殉夫殉贞节一例看，本身就没有多大的精神价值，更说不上增加民族的精神的生命。但他们这样要死又缩回来不死，可真成了笑话——不论它怎样暗合现代社会学家合理的论断。

顺便我倒又想起一个近例。就比如蔡孑民先生在彭允彝时代宣言，并且实行他的不合作主义，退出了混浊的北京，到今天还淹留在外国。当初有人批评他那是消极的行为。胡适之先生就在努力上发表了一篇极为精彩的文章——“蔡元培是消极吗?”——说明蔡先生的态度正是在那时情况下可能的积极态度，涵有进取的，抗议的精神，正是昏朦时代的一声警钟。就实际看，蔡先生这走的确并不曾发生怎样看得见的效力；现在的政治能比彭允彝时期清明多少是问题，现在的大学能比蔡先生在时干净多少是问题。不，蔡先生的不合作行为并不曾发生什么社会的效果。但是因此我们就能断定蔡先生的出走，就比如梁巨川先生的自杀，是错误吗？不，至少我一个人不这么想。我当时也在“努力”上说了话，我说“蔡元培所以是个南边人说的‘戆大’，愚不可及的一个书呆子，卑污苟且社会里的一个最不合时宜的理想者。所以他的话是没有人能懂的；他的行为只有极少数人——如真有——敢表同情的；他的主张，他的理想，尤其是一盆飞旺的炭火，大家怕炙手，如何敢去抓呢?”“小人知进而不知退,”“不忍为同流合污之苟安,”“不合作,”“为保持人格起见,”“生平仅知是非公道，从不以人为单位”——这些话有多少人能懂，有多少人敢懂？这样的一个理想主义者非失败不可，因为理想主义者总是失败的。若然理想胜利，那就是卑污苟且的社会政治失败——那是一个过于奢侈的希望了。

我先前这样想，现在还是这样想。归根一句话，人的行为是不可以一概而论的；有的，例如梁巨川先生的自杀，甚至蔡先生的不合作，是精神性的行为，它的起源与所能发生的效果，决不是我们常识所能测量，更不是什么社会的或是科学的评价标准所能批判的。在我们一班信仰（你可以说迷信）精神生命的痴人，在我们还有寸土可守的日子，决不能让实利主义的重量完全压倒人的性灵的表现，更不能容忍某时代迷信（在中世是宗教，现代是科学）的黑影完全淹没了宇宙间不变的价值。

再论梁巨川先生的自杀

志摩：

你未免太挖苦社会学的看法了。我的那篇没有什么价值的旧作是不是社会学的或科学的看法，且不必管，但是你若说社会学家科学的人生观是“简单”、“舒服”、“便利”，我却不敢随声附和，我有点替社会科学抱不平。我现在还没有工夫替社会科学做辩护人，我且先替我自己说几句罢。

在我读你的今日（十月十二日）晨报副刊的大作之前，我也正读了梁漱冥先生送给我的那部遗书。我这次读了巨川先生的年谱，辛壬类稿的跋语、伏卯录、别竹辞花记几种以后，我对于巨川先生坚强不拔的品格，谨慎廉洁的操行，忠于戚友的热诚，益加佩服。在现在一切事物都商业化的时代里，竟有巨川先生这样的人，实在是稀有的现象。我虽然十分的敬重巨川先生，我虽然希望自己还有旁人都能像巨川先生那样的律己，对于父母、家庭、朋友、国家或主义那样的忠诚，但是我总觉得自杀不应该是他老先生所采取的办法。

志摩，你将来对于自杀或者还有什么深微奥妙的见解，像我这样浅见的人，总以为自杀并不是挽救世道人心的手段。我所不赞成的是消极的自杀，不是死。假使一个人为了一个信仰，被世人杀死，那是一个奋斗的殉道者的光荣的死，这是我所钦佩的。假使一个因为自己的信仰，不为世人所信从，竟自己将自己的生命断送，这是一种消极的行为，是失败后的愤激的手段，虽然自杀者自己常声明说这个死是为了要唤醒同胞。假使一个医生因为设法支配微生物，反为微生物侵入身体内部而死，这是科学家牺牲的精神，这是最可景仰的行为。假使一个军官因为他的军人都不听从他的命令，他想要用他自己的死感化他们，叫他们听从，这未免有点方法错误。我常得巨川先生的死是这一类。

为唤醒一个人，一个与自己极有关系的人，用“尸谏”或者可以一时有效。至于挽回世道人心总不是尸谏所能奏功的。

世界上曾有一个大教主是用死完成他的大功业的，他就是耶稣。但是耶稣并不是自杀。他在十字架上的死，是证明他对卫道的忠心，而他的徒弟们采用唯理的解释法说他是为人类赎罪孽。

一般说来，物理的生命是心理的生命的一个主要条件。没有身体哪里还有理想呢？诚然，在世界上也常有身体消灭反能使理想生存的时候，苏格拉底饮鸩而哲学思想大昌。文天祥遇害而忠气亘古今。但是所谓“杀身成仁”只限于杀身是奋斗的必不可免的结果的时候。杀身有种种的情形，有种种的方法，绝不是凡是杀身都是成仁的，更不是成仁必须杀身的。

但是，志摩：你千万不要以为这个见解就是爱惜生命，而不爱惜主义或理想。爱惜生命正是因为爱惜一种主义。志摩，假使你有一个理想是你认为在你的生命的价值以上无数倍的，你怎样想得到那个理想？是用自杀的方法去得到那个理想呢？还是活着用种种的方法去得到那个理想呢？假使你——或随便一个男子恋爱了一个女子，好像丹梯爱毗亚特里斯，或哥德小说中少年维特爱夏罗特（我举这个例，但是不要忘记维特的苦恼不过是一本小说，并且他的恋爱又有复杂的情形），这个男子是用自杀的方法赢取那女子的爱呢，还是用种种恋爱的行为与表示去赢取那女子的爱呢？这个男子在有的时候或者以为即使他自己失去了生命，果然那女子能对于他有爱意，他也情愿，他也就达到了他的理想，但是像我这样的俗人，你或者称为一个功利主义者，总觉得这不过是失望者的自己安慰自己，与恋爱的本意不同。

我也并不是根本的反对自杀，我承认各人有自杀的自由，但是如果以改良社会，挽回世道人心或忠于一种主义、信仰，或精神的生命为志愿，便不应该自杀，因为自杀与这些志愿是相矛盾的。凡是志愿必须活着的人努力才有达到的希望，如巨川先生一生高洁的救世的行为尚不能唤起多人的注意与模仿，他老先生的一死会可以唤醒全世人吗？即使他老先生的自杀一时可以警醒了许多人，那也不过是一般人一时的感情的表现，人类本能的爱惜生命的感情的表现，又于世道人心有什么关系呢？无论巨川先生的志愿是救世，或是醒世，都必须积极努力，以本人为始，联合无数人努力的做去。救世或醒世没有捷径的，只有持久不懈的努力。我钦佩巨川先生之余还不得不说他老先生的自杀实在是一个遗憾。这或者是因为我曾进过大学法科的缘故！

孟和十月十二日

陶孟和先生是我们朋辈中的一位隐士，他的家远在北新桥的北面；要不是我前天无意中从尘封的书堆里捡出他的旧文来与他挑衅，他的矜贵的墨汁是不易滴落到宣武门外来的。我想我们都很乐意有机会读陶先生的文章，他的思路的清澈与他文体的从容永远是读者们的一个有利益的愉快。这里再用不着我的不识趣的蛇足。我也不须答辩；陶先生大部分的见解都是我最同意的。活着努力，活着奋斗，陶先生这样说，我也这样说。我又不是干傻子，谁来提倡死了再去奋斗？——除非地下的世界与地上的世界同样的不完全。不，陶先生不要误会，我并不曾说自杀是“改良社会，挽回世道人心”的一个合理办法。我只说梁巨川先生见到了一点，使他不得不自杀；并且在他，这消极的手段的确表现了他的积极的目的；至于实际社会的效果，不但陶先生看不见，就我同情他自杀的一个也是一样的看不见。我的信仰，我也不怕陶先生与读者们笑话，我自认永远在虚无缥渺间。

志摩附言

（三）再论自杀

陈衡哲女士来信：

志摩：到京后尚不曾以只字奉助，惭愧得很。但你们的副刊真不错，我读了叔本华的妇女论，张陈两先生的苏俄论辩，以及你和孟和先生的论自杀，都感觉到一种刺激，觉得非说两句话不行。这三个题目岂不都是很值得讨论的吗？但苏俄及妇女论的两个大题目太大了；虽然他们都在逼着我讲话，但我却尚只得忍耐着。现在且抄一首关于自杀的旧作给你和副刊的读者看看。你我当记得，叔永的兄弟任季彭，是为袁世凯要做皇帝，投入西湖的葛洪井而死的。这首诗是我对于这件事的一点意见；这个意思至今还不曾改变。请你注意，我的着眼处，乃在自杀愿念；因为自杀的愿念，未必定等于自杀的行为。比如无此愿念而愿效此行为，则结果便不免要如钱牧斋的闹笑话；有此愿念而暂时无此行为，则结果即不能杀身成仁，至少也能增加不少无畏的精神，至少可以不怕死。此意不知你与孟和先生以为何如？原诗附后。

衡哲谨白

吾闻任子，
愤世自裁。
任子如未死，
今日此生当属谁？
刘阳谭子昔有言：
“吾死者屡今幸存，
此生不应复我有。”
生非我有无我相，
何汤不赴火不走？
呜呼！
自杀之行不足美，
自杀之愿乃可念；
譬如人人皆能怀愿如任子，

世又安有畏葸之细士？

我不很明白陈女士这里“自杀的愿念”的意义。乡下人家的养媳妇叫婆婆咒了一顿就想跳河死去，这算不算自杀的愿念？做生意破了产没面目见人想服毒自尽，这是不是自杀的愿念？有印度人赤着身子去喂恒河里的鳄鱼；有在普渡山舍身岩上跳下去粉身碎骨的；有跟着皇帝死为了丈夫死的各种尽忠与殉节；有文学里维特的自杀；奥赛洛误杀了玳思玳蒙娜的自杀，露米欧殉情的自杀，玖丽亚从棺材里醒过来后的自杀……如其自杀的意义只是自动的生命的舍弃，那上面例举的各种全是自杀，从养媳妇跳河起到玖丽亚服毒止，全是的。但这中间的分别多大：乡下死了一个养媳妇我们至多觉得她死得可怜，可是我们听得某处出了节烈，我们不仅觉得怜，并且觉得愤："吃礼教又吃了一条命！"但我们在莎士比亚戏里看到玖丽亚的自杀或是在歌德的小说里看到维特的自杀，我们受感动（天生永远不会受感动的人那就没法想，而且这类快活人世上也不少！）的部分不是我们浮面的情感，更不是我们的理智，而是我们轻易不露面的一点子性灵。在这种境地一切纯理的准绳与判断完全失去了效用，像山脚下的矮树永远够不到山顶上吞吐的白云。玖丽亚也许痴，但她不得不死，假如玖丽亚从棺材里醒回来见露米欧毒死在她的身旁她要是爬了起来回家另听父母替她择配去，你看客答应不答应？虽则你明知道（在想象中）那样可爱一个女孩白白死了是怪可惜的——社会的损失！再比如维特也许傻，真傻，但他，缚住在他的热情的逻辑内，也不得不死，假如维特是孟和先生理想的合理的爱者而不是歌德把他写成那样热情的爱者，他在得到了夏洛德真爱他的凭据（一度亲吻）以后，就该堂皇的要求她的丈夫正式离婚，或是想法叫夏洛德跟他私奔，成全她们俩在地面上的恋爱——你答应不答应？办法当然是办法，但维特却不成"维特"了，歌德那本小书，假如换一个更"合理"的结局，我们可以断言，当年就不会轰动全欧，此时也决不会牢牢的留传在人的记忆中了。

所以自杀照我看是决不可以一概而论的。虽则它那行为结果只是断绝一个身体的生命。自杀的动机与性质太不同了，有的是完全愚暗，有的是部分思想不清，有的是纯感情作用，有的殉教，有的殉礼，有的殉懦怯，有的殉主义。有的我们绝对鄙薄，有的我们怜悯，有的使我们悲愤，有的使我们崇拜。有的连累自杀者的家庭或社会；有的形成人类永久的灵感。"死有轻于鸿毛，有重于泰山，"这一句话概括尽了。

但是我什们还不曾讨论出我们应得拿什么标准去评判自杀。陶孟和先生似乎主张以自杀能否感化社会为标准（消极的自杀当然是单纯懦怯，不成问题）。陈衡哲女士似乎主张自杀的发愿或发心在当事人有提高品格的影响。我答陶先生的话是社会是根本不能感化的，圣人早已死完了，我们活着都无能为力，何况断气以后。陶先生的话是对的，陈女士的发愿说亦似不尽然。你说曾经想自杀而不曾实行的人，就会比从没有想过自杀的人不怕死，更有胆量？我说不敢肯定这一说。就说我自己，并且我想在这时代十个里至少九个半的青年，曾经不但想而且实际准备过自杀，还不止一次；但却不敢自信我们因此就在道德上升了格。不再是“畏葸的细士。”不，我想单这发愿是不够的，并且我们还得看为什么发愿。要不然乡下养媳妇几乎没有不想寻死过的，这也是发愿，可有什么价值？反面说，玖丽亚与维特事前并不存心死，他们都要认真的活，但他们所处的境地连着他们特有的思想的逻辑逼迫他们最后的舍生，他们也就不沾恋，我们旁观人感受的是一种纯精神性的感奋，道德性的你也可以说，但在这里你就说不上发愿不发愿。热恋中人思想的逻辑是最简单不过的；我到生命里来求爱，现在我在某人身上发现了一生的大愿，但为某种不可克服的阻力我不能在活着时实现我的心愿，因此我勉强活着是痛苦，不如到死的境界里去求平安，我就自杀吧。他死因为他到了某时候某境地在他是不得不死。同样的，你一生的大愿如其是忠君或是爱国，或是别的什么，你事实上思想上找不到出路时你就往最消极或是最积极的方向——死——走去完事。

这里我想我们得到了一点评判的消息。就是自杀不仅必须是有意识的，而且在自杀者必定得在他的思想上达到一个“不得不”的境界，然后这自杀才值得我们同情的考量。这有意识的涵义就是自杀动机相对的纯粹性，就是自杀者是否凭藉自杀的手段去达到他要的“有甚于生”的那一点。我同情梁巨川先生的自杀就为在他的遗集里我发现他的自杀不仅是有意识的，而且在他的思想上的确达到了一个“不得不”的境界。此外愤世类的自杀，乃至存心感化类的自杀我都看不出许可的理由，而且我怕我们只能看作一种消极的自杀，借口头的饰词自掩背后或许不可告人的动机——因为老实说，活比死难得多，我们不能轻易奖励避难就易的行为，这一点我与孟和先生完全同意。

给陆小曼——代序

这几篇短文，小曼，大都是在你的小书桌上写得的。在你的书桌上写得；意思是不容易。设想一只没遮拦的小猫尽跟你捣乱，抓破你的稿纸，踹翻你的墨盂，袭击你正摇着的笔杆，还来你鬓发边擦一下，手腕上啃一口，偎着你鼻尖“爱我”的一声叫又跳跑了！但我就爱这捣乱，蜜甜的捣乱，抓破了我的手背我都不怨，我的乖！我记得我的一首小诗里有“假如她清风似的常在我的左右”，现在我只要你小猫似的常在我的左右！

你又该撅嘴生气了吧，曼，说来好像拿你比小猫，你又该说我轻薄相了吧。凭良心我不能不对你恭敬的表示谢意。因为你给我的是最严正的批评(在你玩儿够了的时候)，你确是有评判的本能，你从不容许我丝毫的“臭美”，你永远鞭策我向前，你是我的事业上的诤友！新近我懒散得太不成话了，也许这就是驽马的真相，但是，曼，你不妨到时候再扬一扬你的鞭丝，试试他这羸倒是真的还是装的。

志摩八月二十日

吸烟与文化

（一）

牛津是世界上名声压得倒人的一个学府。牛津的秘密是它的导师制。导师的秘密，按利卡克教授说，是“对准了他的徒弟们抽烟。”真的在牛津或康桥地方要找一个不吸烟的学生是很费事的——先生更不用提。学会抽烟，学会沙发上古怪的坐法，学会半吞牛吐的谈话——大学教育就够格儿了。“牛津人”、“康桥人”，还不够抖吗？我如其有钱办学堂的话，利卡克说，第一件事情我要做的是造一间吸烟室，其次造宿舍，再次造图书室；真要到了有钱没地方花的时候再来造课堂。

（二）

怪不得有人就会说，原来英国学生就会吃烟，就会懒惰。臭绅士的架子！臭架子的绅士！难怪我们这年头背心上刺刺的老不舒服，原来我们中间也来了几个叫土巴菰烟臭薰出来的破绅士！

这年头说话得谨慎些。提起英国就犯嫌疑。贵族主义！帝国主义！走狗！挖个坑埋了他！

实际上事情可不这么简单。侵略，压迫，该咒是一件事，别的事情可不跟着走。至少我们得承认英国，就它本身说，是一个站得住的国家，英国人是有出息的民族。它有的是组织的生活，它有的是活气的文化。我们也得承认牛津或是康桥至少是一个十分可羡慕的学府，它们是英国文化生活的娘胎。多少伟大的政治家、学者、诗人、艺术家、科学家，是这两个学府的产儿——烟味儿给薰出来的。

（三）

利卡克的话不完全是俏皮话。“抽烟主义”是值得研究的。但吸烟室究竟是怎么一回事？烟斗里如何抽得出文化真髓来？对准了学生抽烟怎样是英国教育的秘密？利卡克先生没有描写牛津康桥生活的真相；他只这么说，他不曾说出一个所以然来。许有人愿意听听的，我想。我也叫名在英国念过两年书，大部分的时间在康桥。便严格的说，我还是不够资格的。我当初并不是像我的朋友温源宁先生似的出了大金磅正式去请教薰烟的；我只是一个，比方说，烤小半熟的白薯，离着焦味儿透香还正远哪。但我在康桥的日子可真是享福，深怕这辈子再也得不到那样蜜甜的机会了。我不敢说康桥给了我多少学问或是教会了我什么。我不敢说受了康桥的洗礼，一个人就会变气息，脱凡胎。我敢说的只是——就我个人说，我的眼是康桥教我睁的，我的求知欲是康桥给我拨动的，我的自我的意识是康桥给我胚胎的。我在美国有整两年，在英国也算是整两年。在美国我忙的是上课，听讲，写考卷，啃橡皮糖，看电影，赌咒。在康桥我忙的是散步，划船，骑自转车，抽烟，闲谈，吃五点钟茶牛油烤饼，看闲书。如其我到美国的时候是一个不含糊的草包，我离开自由神的时候也还是那原封没有动。但如其我在美国时候不曾通窍，我在康桥的日子至少自己明白了原先只是一肚子颟顸。这分别不能算小。

我早想谈谈康桥，对它我有的是无限的柔情。但我又怕亵渎了它似的始终不曾出口。这年头！只要贵族教育一个无意识的口号就可以把牛顿、达尔文、米尔顿、拜伦、华茨华斯、阿诺尔德、纽门、罗刹蒂、格兰士顿等等所从来的母校一下抹煞。再说这些年来交通便利了，各式各种的日新月异的教育原理教育新制翩翩的从各方向的外洋飞到中华，哪还容得厨房老过四百年墙壁上爬满骚胡髭一类藤萝的老书院一起来上讲坛？

（四）

但另换一个方向看法，我们也见到少数有见地的人再也看不过国内高等教育的混沌现象，想跳开了蹂烂的道儿，回头另寻新路走去。向外望去，现成的牛津康桥青藤缭绕的学院招着你微笑；回头望去，五老峰下飞泉声中白鹿洞一类的书院瞅着你惆怅。这浪漫的思乡病跟着现代教育丑化的程度在少数人的心中一天深似一天。这机械性买卖性的教育够腻烦了，我们说。我们也要几间满沿着爬山虎的高雪克屋子来安息我们的灵性，我们说。我们也要一个绝对闲暇的环境好容我们的心智自由的发展去，我们说。

林语堂先生在《现代评论》登过一篇文章谈他的教育的理想。新近任叔永先生与他的夫人陈衡哲女士也发表了他们的教育的理想。林先生的意思约莫记得是想仿效牛津 一类学府；陈任两位是要恢复书院制的精神。这两篇文章我认为是很重要的。尤其是陈任两位的具体提议，但因为开倒车走回头路分明是不合时宜，他们几位的意思并不曾得到期望的回响。想来现在的学者们太忙了，寻饭吃的，做官的，当革命领袖的，谁都不得闲，谁都不愿闲，结果当然没有人来关心什么纯粹教育（不含任何动机的学问）或是人格教育。这是个遗憾的现象。我自己也是深感这浪漫的思乡病的一个；我只要“草青人远，一流冷涧”……但我们这想望的境界有容我们达到的一天吗？

民国十五年一月十四日

拜　伦

荡荡万斛船　影若扬白虹
自非风动天　莫直大水中

——杜甫

今天早上，我的书桌上散放着一叠画，我伸手提起一枝毛笔醮饱了墨水正想下笔写的时候，一个朋友走进屋子来，打断了我的思路。“你想做什么?”他说。“还债”，我说，“一辈子只是还不清的债开销了这一个，那一个又来，像长安街上要饭的一样，你一开头就糟。这一次是为他，”我手点着一本书里westall画的拜伦像（原本现在伦敦肖像画院。）“为谁，拜伦！”那位朋友的口音里夹杂了一些鄙夷的鼻音：“不仅做文章，还想替他开会哪，”我跟着说。“哼！真有工夫，又是戴东原那一套”——那位先生发议论了——“忙着替死鬼开会演说追悼，哼！我们自己的祖祖宗宗的生忌死忌，春祭秋祭，先就忙不开，还来管姓呆姓摆的出世去世；中国鬼也就够受，还来张罗洋鬼！俄国共产党的爸爸死了，北京也听见悲声，上海广东也听见哀声；书呆子的退伍总统死了，又来一个同声一哭。二百年前的戴东原还不是一个一头黄毛一身奶臭一把鼻涕一把尿的娃娃，与我们什么相干，又用得着我们的正颜厉色开大会做论文！现在真是愈出愈奇了，什么连拜伦也得利益均沾，又不是疯了，你们无事忙的文学先生们！谁是拜伦？一个滥笔头的诗人，一个宗教家说的罪人，一个花花公子，一个贵族。就使追悼会纪念会是现代的时髦，你也得想想受追悼的配不配，也得想想跟你们所谓时代精神合式不合式，拜伦是贵族，你们贵国是一等的民主共和国，哪里有贵族的位置？拜伦又没有发明什么苏维埃，又没有做过世界和平的大梦，更没有用科学方法整理过国故，他只是一个拐腿的纨绔诗人，一百年前也许出过他的风头，现在埋在英国纽斯推德（Newstead）的贵首头都早烂透了，为他也来开纪念会，哼，他配！讲到拜伦的诗你们也许也苏和尚的脾味合得上，看得出好处，这是你们的福气——要我看他的诗也不见得比他的骨头活得了多少。并且小心，拜伦倒是条好汉，他就怕盲目的崇拜，回头你们东抄西袭的忙着做文章想是讨好他，小心他的鬼魂到你梦里来大声的骂你一顿！”

那位先生大发牢骚的时候，我已经抽了半支烟，眼看着缭绕的氤氲，耐心地挨他的骂，方才想好赞美拜伦的文章也早已变成了烟丝飞散，我呆呆的靠在椅背上出神了：

拜伦是真死了不是？全朽了不是？真没有价值，真不该替他揄扬传布不是？

眼前扯起了一重重的雾幔，灰色的，紫色的，最后呈现了一个惊人的造像，最纯粹，光净的白石雕成了一个人头，供在一架五尺高的檀木几上，放射出异样的光辉，像是阿博洛，给人类光明的大神，凡人从没有这样庄严的“天庭”，这样不可侵犯的眉宇，这样的头颅，但是不，不是阿博洛，他没有那样骄傲的锋芒的大眼，像是阿尔帕斯山南的蓝天，像是威尼斯的落日，无限的高远，无比的壮丽，人间的万花镜的展览反映在他的圆睛中，只是一层鄙夷的薄翳；阿博洛也没有那样美丽的发鬈，像紫葡萄似的一穗穗贴在花岗石的墙边；他也没有那样不可信的口唇，小爱神背上的小弓也比不上他的精致，口角边微露着厌世的表情，像是蛇身上的文彩，你明知是恶毒的，但你不能否认它的艳丽；给我们弦琴与长笛的大神也没有那样圆整的鼻孔，使人们想像他的生命剧烈与伟大，像是大火山的决口……

不，他不是神，他是凡人，比神更可怕更可爱的凡人，他生前在红尘的狂涛中沐浴，洗涤他的遍体的斑点，最后他踏脚在浪花的顶尖，在阳光中呈露他的无瑕的肌肤，他的骄傲，他的力量，他的壮丽，是天上瑳奕司与玫必德的忧愁。

他是一个美丽的恶魔，一个光荣的叛儿。

一片水晶似的柔波，像一面晶莹的明镜，照出白头的“少女”闪亮的“黄金篦”，“快乐的阿翁”。此地更没有海潮的啸响，只有草虫的讴歌，醉人的树色与花香，与温柔的水声，小妹子的私语似的，在湖边吞咽。山上有急湍，有冰河，有漫天的松林，有奇伟的石景。瀑布像是疯颠的恋人，在荆棘丛中跳跃，从巉岩上滚坠，在磊石间震碎，激起无数的珠子，圆的，长的，乳白色的、透明的，阳光斜落在急流的中腰，幻成五彩的虹纹。这急湍的顶上是一座突出的危崖，像一个猛兽的头颅，两旁幽邃的松林，像是一颈的长鬣，一阵阵的瀑雷，像是他的吼声。在这绝壁的边沿站着一个丈夫，一个不凡的男子，怪石一般的峥嵘，朝旭一般的美丽，劲瀑似的桀傲，松林似的忧郁。他站着，交抱着手臂，翻起一双大眼凝视着无极的青天，三个阿尔帕斯的鸷鹰在他的头顶不息的盘旋；水声，松涛的呜咽，牧羊人的笛声，前峰的崩雪声——他凝神的听着。

只要一滑足，只要一纵身，他想，这躯壳便崩雪似的坠入深潭，粉碎在美丽的水花中，这些大自然的谐音便是赞美他寂灭的丧钟。他是一个骄子，人间踏烂的蹊径不是为他准备的，也不是以人间的缭练可以锁住他的鸷鸟的翅羽。他曾经丈量过巴南苏斯的群峰，曾经搏斗过海理士彭德海峡的凶涛，曾经在马拉松放歌，曾经在爱琴海边狂啸，曾经践踏过滑铁卢的泥土，这里面埋着一个败灭的帝国。他曾经实现过西撒凯旋时的光荣，丹桂笼住他的发鬈，玫瑰承住他的脚踪；但他也免不了他的滑铁卢，命运是不可测的恐怖，征服的背后隐着侮辱的狞笑，御座的同遭显现了狴犴的幻影；现在他的遍体的斑痕，都是诽毁的箭镞，不更是繁花的装缀，虽则在他的无瑕的体肤上一样的不曾停留些微污损。……太阳也有他的淹没的时候，但是谁能忘记他临照时的光焰?

“What is life，what is death，and what are we.

That when the ship sinks，we no longer may be.

虬哪（Juno）发怒了，天变了颜色，湖面也变了颜色。四周的山峰都披上了黑雾的袍服，吐出迅捷的火舌，摇动着，仿佛是相互的示威，雷声像猛兽似的在山坳里咆哮，跳荡，石卵似的雨块，随着风势打击着一湖的鳞龙，这时候（1816 年 6 月 15 日）仿佛是爱俪儿（Ariel）的精灵耸身在绞绕的云中，默唪着咒语，眼看着

Jove’ lightnings，the precursorsO’ the dreadful thunderclaps …… The fire，and cracks of sulphurous roaring，the most mighty NeptuneSoom’ d to besiege，and make his bold waves tremble，Yea his dread tridents shake，（Tem est）

在这大风涛中，在湖的东岸，龙河（Rhone）合流的附近，在小屿与白沫间，飘浮着一只疲乏的小舟，扯烂的布帆，破碎的尾舵，冲当着巨浪的打击，舟子只是着忙的祷告，乘客也失去了镇定，都已脱卸了外衣，准备与涛澜搏斗。这正是卢骚的故乡，这小舟的历险处又恰巧是玖荔亚与圣潘罗（Julia and St. Preux）遇难的名迹。舟中人有一个美貌的少年是不会泅水的，但他却从不介意他自己的骸骨的安全，他那时满心的忧虑，只怕是船翻时连累他的友人为他冒险，因为他的友人是最不怕险恶的，厄难只是他的雄心的刺激，他曾经狎侮爱琴海与地中海的怒涛，何况这有限的梨梦湖中的掀动，他交叉着手，静看着萨福埃（Savoy）的雪峰，在云罅里隐现。这是历史上一个希有的奇迹，在近代革命精神的始祖神感的胜处，在天地震怒的俄顷，载在同一的舟中，一

对共患难的，伟大的诗魂，一对美丽的恶魔，一对光荣的叛儿！

他站在梅锁朗奇（Mesolonghi）的滩边（1824 年 1 月 4 至 22 日）。海水在夕阳光里起伏，周遭静瑟瑟的莫有人迹，只有连绵的砂碛，几处卑陋的草屋，古庙宇残圮的遗迹，三两株灰苍色的柱廊，天空飞舞着几只阔翅的海鸥，一片荒凉的暮景。他站在滩边，默想古希腊的荣华，雅典的文章，斯巴达的雄武，晚霞的颜色二千年来不曾消灭，但自由的鬼魂究不曾在海砂上留存些微痕迹……他独自的站着，默想他自己的身世，三十六年的光阴已在时间的灰烬中埋着，爱与憎，得志与屈辱，盛名与怨诅，志愿与罪恶，故乡与知友，威尼市的流水，罗马的古剧场的夜色，阿尔帕斯的白雪，大自然的美景与恚怒，反叛的磨折与尊荣，自由的实现与梦境的消残……他看着海砂上映着漫长的身形，凉风拂动着他的衣裾——寂寞的天地间一个寂寞的伴侣——他的灵魂中不由的激起了一阵感慨的狂潮，他把手掌埋没了头面。此时日轮已经翳隐，天上星先后的显现，在这美丽的瞑色中，流动着诗人的吟声，像是松风，像是海涛，像是蓝奥孔苦痛的呼声，像是海伦娜岛上绝望的吁欢：——

This time this heart should be unmoved,
  Since others hath ceased to move;
Yet, though I can not be beloved. Still let me love!

  My days are in the yellow leaf;
The flowers and fruits of love are gone;
  The worm, the canker, and the grief;
  Are mine alone!

The fire that on my bosom preys
  Is lone as some volcanic isle;
No torch is kindled at its blaze——
  A funeral pile!

The hope, the fear, the jealous care,
  The exalted portion of the pain
And power of love, I can not share,
  But wear the chain.

But it's not thus-and it ' s not here

Such thoughis should shake my soul, nor now,
where glory decks the hero' s bier
Or binds his brow.
The sword, the banner, and the field.
Glory and Grace, around me see!
The spartan, born upon his shield,
Was not more free.

Awake! (not Greece she is awake!)
Awake, my spirit ! Think through whom
The life - blood tracks its parent lake,
And then strike home!

Tread those reviving passions down;
Unworthy manhood! - unto thee
Indifferent should the smile or frown
Of beauty be.
If thou regret' st thy youth, why live;
The land of honorable death
Is here: - up to the field, and give
Away thy breath!

Seek out - less sought than found
A diet' s grave for thee the best;
Then look around, and choose thy ground,
And take thy rest.

年岁已经僵化我的柔心,
我再不能感召他人的同情;但我虽则不敢想望恋与悯
我不愿无情!
往日已随黄叶枯萎,飘零;
恋情的花与果更不留踪影,
只剩有腐土与虫与怆心,
长伴前途的光明!

烧不烬的烈焰在我的胸前，
　孤独的，像一个喷火的荒岛；
更有谁凭吊，更有谁怜——
　一堆残骸的焚烧！
希冀，恐惧，灵魂的忧焦
　恋爱的灵感与苦痛与蜜甜，
我再不能尝味，再不能自傲——
　我投入了监牢！
但此地是古英雄的乡国，
　白云中有不朽的灵光，
我不当怨艾，惆怅，为什么
　这无端的凄惶？
希腊与荣光，军旗与剑器，古战场的尘埃，在我的周遭
　古勇士也应慕羡我的际遇，
　此地，今朝！
苏醒！不是希腊——她早已惊起！
苏醒，我的灵魂！
问谁是你的
血液的泉源，休辜负这时机，
　鼓舞你的勇气！
丈夫！休教已往的沾恋，
　梦魇似的压迫你的心胸，
美妇人的笑与颦的婉恋，
　更不当容宠！
再休眷念你的消失的青年，
　此地是健儿殉身的乡土，
听否战场的军鼓，向前，
　毁灭你的体肤！
只求一个战士的墓窟，
　收束你的生命，你的光阴；
去选择你的归宿的地域，
　自此安宁。

他念完了诗句，只觉得遍体的狂热，壅住了呼吸，他就把外衣脱下，走入

水中，向着浪头的白沫里耸身一窜，像一只海豹似的，鼓动着鳍脚，在铁青色的水波里泳了出去。……

“冲锋。冲锋，跟我来！”

“冲锋。冲锋，跟我来！”这不是早一百年拜伦在希腊梅锁龙奇临死前昏迷时说的话？那时他的热血已经让冷血的医生给放完了，但是他的争自由的旗帜却还是紧紧的擎在他的手里。……

再迟八年，一位八十二岁的老翁也在他的解脱前，喊一声“Mere light!”

“不够光亮！”“冲锋。冲锋，跟我来！”

火热的烟灰掉在我的手背上，惊醒了我的出神，我正想开口答复那位朋友的讥讽，谁知道睁眼看时，他早溜了！

（十四年四月二日）

罗曼罗兰

罗曼罗兰（Romain Rolland），这个美丽的音乐的名字，究竟代表些什么？他为什么值得国际的敬仰，他的生日为什么值得国际的庆祝？他的名字，在我们多少知道他的几个人的心里，唤起些个什么？他是否值得我们已经认识他思想与景仰他人格的更亲切的认识他，更亲切的景仰他；从不曾接近他的赶快从他的作品里去接近他？

个伟大的作者如罗曼罗兰或托尔斯泰，正像是一条大河，它那波澜，它那曲折，它那气象，随处不同，我们不能划出它的一湾一角来代表它那全流。我们有幸福在书本上结识他们的正比是尼罗河或扬子江沿岸的泥箠，各按我们的受量分沾他们的润泽的恩惠罢了。说起这两位作者——托尔斯泰与罗曼罗兰：他们灵感的泉源是同一的，他们的使命是同一的，他们在精神上有相互的默契（详后），仿佛上天从不教他的灵光在世上完全灭迹，所以在这普遍的混沌与黑暗的世界内往往有这类禀承灵智的大天才在我们中间指点迷途，启示光明。但他们也自有他们不同的地方；如其我们还是引申上面这个比喻，托尔斯泰，罗曼罗兰的前人，就更像是尼罗河的流域，它那两岸是浩瀚的沙碛，古埃及的墓宫，三角金字塔的映影，高矗的棕榈类的林木，间或有帐幕的游行队，天顶永远有异样的明星；罗曼罗兰，托尔斯泰的后人，像是扬子江的流域，更近人间，更近人情的大河，它那两岸是青绿的桑麻，是连栉的房屋，在波鳞里泅着的是鱼是虾，不是长牙齿的鳄鱼，岸边听得见的也不是神秘的驼铃，是随熟的鸡犬声。这也许是斯拉夫与拉丁民族各有的异禀，在这两位大师的身上得到更集中的表现，但他们润泽这苦旱的人间的使命是一致的。

十五年前一个下午，在巴黎的大街上，有一个穿马路的叫汽车给碰了，差一点没有死，他就是罗曼罗兰，那天他要是死了，巴黎也不会怎样的注意，至多报纸上本地新闻栏里登一条小字："汽车肇祸，撞死了一个走路的，叫罗曼罗兰，年四十五岁，在大学里当过音乐史教授，曾经办过一种不出名的杂志叫Cahiersdelaguinzaine的。"

但罗兰不死，他不能死；他还得完成他分定的使命。在欧战爆裂的那一年，罗兰的天才，五十年来在无名的黑暗里埋着的，忽然取得了普遍的认识。从此他不仅是全欧心智与精神的领袖，他也是全世界一个灵感的泉源。他的声音仿佛是最高峰上的崩雪，回响在远近的万壑间，五年的大战毁了无数的生命与文化的成绩，但毁不了的是人类几个基本的信念与理想，在这无形的精神价值的战场上罗兰永远是一个不仆的英雄。对着在恶门的漩涡里挣扎着的全欧，罗兰喊一声彼此是弟兄放手！对着蜘网似密布，疫疠似蔓延的怨恨，仇毒，虚妄，疯癫，罗兰集中他孤独的理智与情感的力量作战。对着普遍破坏的现象，罗兰伸出他单独的臂膀开始组织人道势力。对着叫褊浅的国家主义与恶毒的报复本能迷惑住的知识阶级，他大声唤醒他们应负的责任，要他们恢复思想的独立，救济盲目的群众，"在战场的空中"——"Above the Battle Field"——不是在战场上，在各民族共同的天空，不是在一国的领土内，我们听得罗兰的呼声，也就是人道的呼声，像一阵光明的骤雨，激斗着地面上互杀的烈焰。罗兰的作战是有结果的，他联合了国际间自由的心灵，替未来的和平筑一层有力的基础。这是他自己的话：——

"我们从战争得到一个付重价的利益，它替我们联合了各民族中不甘受流行的种族怨毒支配的心灵。这次的教训益发激励他们的精力，强固他们的意志。谁说人类友爱是一个绝望的理想？我再不怀疑未来的全欧一致的结合。我们不久可以实现那精神的统一。这战争只是它的热血的洗礼。"

这是罗兰，勇敢的人道的战士！当他全国的刀锋一致向着德人的时候，他敢说不，真正的敌人是你们自己心怀里的仇毒。当全欧破碎成不可收拾的断片时，他想像到人类更完美的精神的统一，友爱与同情，他相信，永远是打倒仇恨与怨毒的利器；他永远不怀疑他的理想是最后的胜利者，在他的前面有托尔斯泰与道施滔奄夫斯基（虽则思想的形式不同），他同时有泰戈尔与甘地（他们的思想形式也不同），他们的立场是在高山的顶上，他们的视域在时间上是历史的全部，在空间里是人类的全体，他们的声音是天空里的雷震，他们的赠与是精神的慰安，我们都是牢狱里的囚犯，镣铐压住的，铁栏锢住的，难得有一丝雪亮暖和的阳光照上我们黝黑的脸面，难得有喜雀过路的欢声清醒我们昏沉的头脑。"重浊"，罗兰开始他的贝德芬传：

"重浊是我们周围的空气，这世界是叫一种凝厚的污浊的秽息给闷住了——一种卑琐的物质坐在我们的心里，压在我们的头上，叫所有民族与个人失却了自由工作的机会。我们全让掐住了转不过气来。来，让我们打开窗子好叫天空自由的空气进来，好叫我们呼吸古英雄们的呼吸。”

打破固执的偏见来认识精神的统一；打破国界的偏见来认识人道的统一。这是罗兰与他同理想者的教训。解脱怨毒的束缚来实现思想的自由；反抗时代的压迫来恢复性灵的尊严。这是罗兰与他同理想者的教训。人生原是与苦俱来的；我们来做人的名分不是诅咒人生因为它给我们苦痛，我们正应在苦痛中学习，修养，觉悟，在苦痛中发现我们内蕴的宝藏，在苦痛中领会人生的真谛。英雄，罗兰最崇拜如密仡郎其罗与贝德芬一类的人道英雄，不是别的，只是伟大的耐苦者，那些不朽的艺术家，谁不曾在苦痛中实现生命，实现艺术，实现宗教，实现一切的奥义？自己是个深感苦痛者，他推致他的同情给世上所有的受苦痛者；在他这受苦，这耐苦，是一种伟大，比事业的伟大更深沉的伟大。他要寻求的是地面上感悲哀感孤独的灵魂。“人生是艰难的，谁不甘愿承受庸俗，他这辈子就是不断的奋斗。并且这往往是苦痛的奋斗，没有光彩，没有幸福，独自在孤单与沉默中挣扎，穷困压着你，家累累着你，无意味的沉闷的工作消耗你的精力，没有欢欣，没有希冀，没有同伴，你在这黑暗的道上甚至连一个在不幸中伸手给你的骨肉的机会都没有。”这受苦的概念便是罗兰人生哲学的起点，在这上面他要筑起一座强固的人道寓所，因此在他有名的传记里他用力传述先贤的苦难生涯使我们憬悟至少在我们的苦痛里，我们不是孤独的，在我们切己的苦痛里隐藏着人道的消息与线索。“不快活的朋友们，要不过分的自伤，因为最伟大的人们也曾分尝你们的苦味，我们正应得跟着他们的努奋自勉，假如我们觉得软弱，让我们靠着他们喘息，他们有安慰给我们，从他们的精神里放射着精力与仁慈。即使我们不研究他们的作品，即使我们听不到他们的声音，单从他们面上的光彩，单从他们曾经生活过的事实里，我们应得感悟到生命最伟大，最生产——甚至最快乐——的时候是在受苦痛的时候。”

我们不知道罗曼罗兰先生想像中的新中国是怎样的；我们不知道为什么他特别示意要听他的思想在新中国的回响，但如其他能知道新中国像我们自己知道它一样，他一定感觉与我们更密切的同情，更贴近的关系，也一定更急急的伸手给我们握着——因为你们知道，我也知道，什么是新中国只是新发现的深沉的悲哀与痛涌深深的盘伏在人生的底里！这也许是我个人新中国的解释；但如其有人拿一些时行的口号，什么打倒帝国主义等等，或是分裂与猜忌的现象，去报告罗兰先生说这是新中国，我再也不能预料他的感想了。

我已经没有时间与地位叙述罗兰的生平与著述；我只能匆匆的略说梗概。他是一个音乐的天才，在幼年音乐便是他的生命。他妈教他琴，在谐音的波动中他的童心便发现了不可言喻的快乐。莫扎德与贝德芬是他最早发现的英雄。

所以在法国经受普鲁士战争爱国主义最高昂的时候，这位年轻的圣人正在“敌人”的作品中尝味最高的艺术，他在自传里写道：“我们家里有好多旧的德国音乐书。德国？我懂得那个字的意义？在我们这一带我相信德国人从没有人见过的。我翻着那一堆旧书，爬在琴上拼出一个个的音符。这些流动的乐音，谐调的细流，灌溉着我的童心，像雨水漫入泥土似的淹了进去。莫扎德与贝德芬的快乐与苦痛，想望的幻梦，渐渐的变成了我的肉的肉，我的骨的骨，我是它们，它们是我。要没有它们我怎过得了我的日子？我小时生病危殆的时候，莫扎德的一个调子就像爱人似的贴近我的枕衾看着我。长大的时候，每回逢着怀疑与懊丧，贝德芬的音乐又在我的心里拨旺了永久生命的火星。每回我精神疲倦了，或是心上有不如意事，我就找我的琴去，在音乐中洗净我的烦愁。”

要认识罗兰的不仅应得读他神光焕发的传记，还得读他十卷的 Jean Christophe，在这书里他描写他的音乐的经验。

他在学堂里结识了莎士比亚。发现了诗与戏剧的神奇。他的哲学的灵感，与歌德一样，是泛神主义的斯宾诺塞。他早年的朋友是近代法国三大诗人：克洛岱尔（Paul Claudel 法国驻日大使），Ande Suares，与 Charles Peguy（后来与他同办 Cahioers dealQuinzaine）。那时槐格纳是压倒一时的天才，也是罗兰与他少年朋友们的英雄，但在他个人更重要的一个影响是托尔斯泰。他早就读他的著作，十分的爱慕他，后来他念了他的艺术论，那只俄国的老象——用一个偷来的比喻——走进了艺术的花园里去，左一脚踩倒了一盆花，那是莎士比亚，右一脚又踩倒了一盆花，那是贝德芬，这时候少年的罗曼罗兰走到了他的思想的歧路了。莎氏、贝氏、托氏，同是他的英雄，但托氏愤愤的申斥莎贝一流的作者，说他们的艺术都是要不得，不相干的，不是真的人道的艺术——他早年的自己也是要不得不相干的。在罗兰一个热烈的寻求真理者，这来就好似晴天里一个霹雳；他再也忍不住他的疑虑。他写了一封信给托尔斯泰，陈述他的冲突心理，他那年二十二岁，过了几个星期罗兰差不多把那信都忘了，一天忽然接到一封邮件：三十八满页写的一封长信，伟大的托尔斯泰亲笔给这不知名的法国少年写的！“亲爱的兄弟，”那六十老人称呼他，“我接到你的第一封信，我深深的受感在心，我念你的信，泪水在我的眼里。”下面说他艺术的见解：我们投入人生的动机不应是为艺术的爱，而应是为人类的爱，只有经受这样灵感的人才可以希望在他的一生实现一些值得一做的事业。这还是他的老话，但少年的罗兰受深切感动的地方是在这一时代的圣人竟然这样恳切的同情他，安慰他，指示他，一个无名的异邦人，他那时的感奋我们可以约略想像。因此罗兰这几十年来每逢少年人有信给他，他没有不亲笔作复，用一样慈爱诚挚的心对待他的后辈。这来受他的灵感的少年人更不知多少了。这是一件含奖励性的事实，我们从此可以知道凡是一件不勉强的善事就比如春天的薰风，它一路来散布着生命的种子，唤醒活泼的世界。

但罗兰那时离着成名的日子还远，虽则他从幼年起只是不懈的努力。他还得经受身世的失望（他的结婚是不幸的，近三十年来他几乎完全隐士的生涯，他现在瑞士的鲁山，听说与他妹子同居），种种精神的苦痛，才能享受他的劳力的报酬——他的天才的认识与接受，他写了十二部长篇剧本，三部最著名的传记（密仡郎其罗，贝德芬，托尔斯泰），十大篇 Jean Christople，算是这时代里最重要的作品的一部，还有他与他的朋友办了十五年灰色的杂志，但他的名字还是在晦塞的炭堆里掩着——直到他将近五十岁那年，这世界方才开始惊讶他的异彩。贝德芬有几句话，我想可以一样适用到一生劳悴不刉的罗兰身上：——

“我没有朋友，我必得单独过活；但是我知道在我心灵的底里上帝是近着我，比别人更近，我走近他我心里不害怕，我一向认识他的。我从不着急我自己的音乐，那不是坏运所能颠仆的，谁要能懂得它，它就有力量使他解除折磨旁人的苦恼。”

达文謇的剪影

基乌凡尼鲍尔脱拉飞屋的日记一四九四——一四九五（这是一本小说里的一章。那小说是一个俄国人（Mere jkowski）做的，叫做“达文謇的故事”I The Romance of Leonardo da Vinci)。鲍尔脱拉飞屋是达文謇的一个学徒，这一章是他学徒期内的日记。用不着说，达文謇是意大利复兴时期内顶大的一朵牡丹，它那香气到今天还不曾散尽。这日记当然不是真本，但达文謇伟大奥妙的天才至少在这几页内留下一个灵活的剪影。他的艺术是谈这几百年来艺术学生们枕中的秘宝，我们应得知道一些的。

一四九四年三月二十五日，那天我进了翡冷翠大画家雷那图达文謇先生的画室当一个学徒。

这是他教给我们的课程：透视学（Perspective）；人体的分与量；临大画家作品；写生画。

今天马各杜奇乌拿，我的一个同事，给了我一本书，写下的完全是老师说的话。书开头是这一节：

人的身体从太阳的光亮得到最纯粹的快乐；人的心灵，似数学清澈的照亮。因此透视学（这透视学包涵两件事情，一是灵动的线条的考量，那是眼看的舒服，一是数理的清明，那是心智的舒服。）在各种研究与学科中应分占着最高的地位。但愿说过“我是真的光亮”的他给我帮助，使我有法子理会这透视学，他的光亮的科学。这书我分成三部：第一，因距离故，事物形态的缩小；第二，色彩的明显度的减损；第三，轮廓清晰的减淡。”

老师像父亲似的看管着我。自从知道我穷，他再不肯收我原约定的月费。

老师说：

“等你们透视学有了把握，人体的分量心里有数以后，你们上街去就得用心留意人们的姿态与行动，看他们怎样站定、走动、谈天、吵闹；看他们怎样发笑，怎样打架；看他们有这些动作时面上的表神，看来劝解他们的旁人面上的神情；看站在一边冷眼看着的人们的神情，把你看到的全用铅笔记在你的颜色纸订成的袖珍册子里，这书随你到哪儿都得带着，册子满了，再换一本；第一本摆开了，留着。保存原稿，不要损坏或是擦糊了它们；因为人体的动法是最变幻不尽的，单凭记忆是留不住的。你得把这些粗糙的底搞看作你们最好的先生。”

我也有了这样一册书。

今天在P街上，离大教堂不远，我见着我的伯父。他对我说他不认我了；他骂我到一个异教徒邪人的家里去毁灭我的灵魂。

每回我心里不高兴，只要对着他的脸看看就会轻松快活的。多奇怪他的一双眼：清、蓝、淡、冷——冰似的冷。声音，最可亲，软和极了。最凶暴，最顽固的人也抵抗不过他的温驯善诱。他坐在他的工作台上，心里盘算着什么，手捻着捋着他的金色的髭须，又长又软的像是女孩子身上的丝绸，他跟谁说话的时候，他就微微眯着一只眼，有一种高兴和霭的神情；他的目光，从浓厚荫盖的眉毛下照出来，直透你的灵魂。

他不喜欢鲜艳的颜色，不喜欢时新累赘的式样，他也不爱薰香。他的衣料是雷尼希的棉布，异样的整洁好看。他的黑绒便帽是素净的，不装羽毛，不加装饰。他的衣色是黑的；但他穿一件长过膝盖的深红色的斗逢，直裥往下垂的，翡冷翠古式。他的行动是闲暇沉静的，但也引人注意，他跟谁都不一样。

弓弩都是他的擅长，会骑、会水、精通小剑斗术。今天我见他拿一个小钱丢中一个教堂最高的圆顶。雷那图先生。凭他手臂的玲巧与力量，谁都比不过他。

他是用左手的；但别看这左手，又瘦弱又软和像是女人的，他扳得弯铁条，扭得瘪瘪大铁钟的垂舌。

我正看着他，甲可布那孩子笑着跑来，拍着手。“蹩腿的来了，雷那图先生，怪物来了！你快到厨房里来，我给你找了这类宝贝来，你该乐得直舐你的手哪！”

“他们哪儿来的？”

“一个庙门口找来的，贝加摩地方来的叫化！我答应了他们要是他们愿意给你画你有晚饭给他们吃。”

丢开了不曾画全的圣贞，雷那图就跑厨房去，我跟着。果然有两兄弟，年轻顶老，生水肿病的，脖子上挂着怪粗的大瘤。同来还有一个女的，是那一个的妻子，一个干瘪的小老皮囊，她的名字叫拉格尼娜，（意思是小蜘蛛）倒正合式。

“你看，”甲可布得意的叫着，“我说你看了准乐！可不是就我知道你喜欢什么？”

雷那图靠近着这精怪似的蹩子坐下，吩咐要酒，亲手倒给他们喝，和气的问话，讲笑话给他们听让他们乐。初起他们看着不自在，心里怀着鬼胎，摸不清叫他们进来是什么意思。但是等到他们听他讲故事，讲一个死犹太，他的同伴们为要躲避波龙尼亚境内不准犹太人埋葬的法令，私下把他的尸体割成小块，上了盐，加了香料，运到威尼市去，叫一个翡冷翠去的耶教徒给吃了的一番话，那小蜘蛛笑得差一点涨破了肚子。一会儿三个人全喝得薰薰了，笑着说着，做出种种奇丑的鬼脸，我看得恶心扭过了头去；但雷那图看着他们兴趣浓极了；等他们的丑态到了穷极的时候，他掏出他的本子来临着描，正如他方才画圣贞的笑容，同样那欣欣然认真的神气。

到晚上他给我看一大集的滑稽画；各类的丑态，不仅是人的，畜生的也有——怕人的怪样子，像是病人热昏中见着的，人兽不分的，看了叫人打寒噤。一个箭猪的莲蓬嘴，硬毛攒耸耸的，下嘴唇往下宕着，又松又薄像是一块破布，露着两根杏仁形的长白牙，像人的狞笑；一个老妇人，鼻子扁蹋的长着毛，肉痣般大小，口唇异样的厚，像是烂了的树干里长出来的那些肥胖发黏性的毒菌。

塞沙里（达文謇另一个学徒）对我说有时老师在路上见着什么丑怪，会整天的跟着看。伟大的奇丑，他说与伟大的美是一样的希有；只有平庸是可以忽略的。

马各做事像牛一样的蠢，先生怎么说他非得怎么做不行；他愈用功愈不成功。他有的是非常的恒心。他以为只有耐心与劳力没有事做不成的；他一点也不疑惑他有画成名的一天。

在我们几个学徒里面，他最高兴老师的种种发明。有一天他带了他的小册子到一条十字街口去看热闹，按着老师的办法，把人堆里使他特别注意的脸子全给缩写记了下来。但到家的时候他再也不能把他的缩写翻成活人的脸相。他又想学雷那图用调羹量颜色，也是一样的失败。他画出来的影子又厚又不自然，人脸子都是呆木无意趣的。马各自以为他的失败是由于没有完全遵照老师的规则。塞沙里嘲笑他。

“这位独一的马各”，他说，“是殉科学的一个烈士。他给我们的教训是所有这些度量法与规则是完全没有用的。光知道孩子是怎样生法并不一定帮助你实际生孩子。雷那图欺他自己，也欺别人；他教的是一件事，他做的是另一件事，他动手画的时候他什么规则也不管除了他自己的灵感；可是他还不愿意光做一个大美术家，他同时要做一个科学家。我怕他同时赶两个兔子结果竟许一个都赶不到。”

塞沙里这番嘲笑话不一定完全没有道理，但对师父的爱是没有的。雷那图也听他的话，夸奖他的聪明，从来不给他颜色看。

我看着他画他的Cenacolo（即“最后一次晚餐”，在米兰）有时一早太阳没有出，他就去修道院的饭堂工作，直画到黄昏的黑影子强迫他停止；他手里的画笔从不放下，吃喝他都记不得。有时他让几个星期过去，颜色都不碰。有时他踮在绳架上，画壁前，一连好几个时辰，单是看着批评着他已经画得的。还有时候我见他在大暑天冲着街道上的恶热直跑到那庙里去；像是一个无形的力量逼着他；他到了就爬上架子去，涂上两笔或是三笔，跳下来转身就跑。

他正在画使徒约翰的脸，今天他该得完功的。可不是，他耽在家里伴着甲可布那孩子，看苍蝇黄蜂虫子飞。他研究虫子的结构那认真的神气正如人类的命运全在这上面放着。看出了虫子的后腿是一种橹的作用，他那快活就好比他发现了长生的秘密，这一点他看得极有用，他正造他那飞行机哪。可怜的使徒约翰！今天又来了一个新岔子，苍蝇又不要了。老师正做着一个图案，又美又精致的，这是预备一个学院的门徽，其实这机关还在米兰公的脑子里且不成形哩。这图案是一个方块，上画着皇冠形的一球绳子，相互的纠着，没有头没有尾的。我再也忍不住，我就提醒他没画完的使徒。他耸耸他的肩膀，眼对着他的绳冠图案头也不抬的在牙缝中间说话：

“耐着！有的是时候！约翰的脑袋跑不了的！”

我这才开始懂得塞沙里的悻悻！

米兰公吩咐他在宫里造听筒，隐在壁内看不见的，仿制“达尼素斯的耳朵。”雷那图起初很有劲，但现在冷了，推托这样那样的把事情搁了起来。米兰公催着他，等不耐烦了；今早上几次来召进宫去，但是老师正忙着他的植物试验。他把南瓜的根割了去，只存了一根小芽，勤勤的拿水浇着。这下子居然没有枯，他得意极了。“这母亲”，他说，“养孩子养得不错。”六十个长方形的南瓜结成功了。

塞沙里说雷那图是一个最了不起的落拓家。他写下了有二十本关于自然科学的书，但没有一本完全的，全是散叶子上的零碎札记；这五千多页的稿子他乱放着一点没有秩序，他要寻什么总是寻不着的。

走近我的小屋子来，他说：“基乌凡尼，你注意过没有，这小屋子叫你的思想往深处走，又屋子叫它往宽处去？还有你注意过不曾在雨的阴影下看东西的形象比在阳光下看更清楚？”在使徒约翰的脸上做了两天工。但是，不成！这几天忙着玩苍蝇、南瓜、猫、达尼素斯的耳朵一类的结果，那一点灵感竟像跑了似的。他还是没有画成那脸子，这来他一腻烦，把颜色匣子一丢，又躲着玩他的几何去了。他说彩油的味儿叫他发呕，见着那画具就烦。这样一天天的过去；我们就像是一支船在海口里等着风信，靠傍的就只是机会的无常，与上帝的意旨。还亏得他倒忘了他那飞机，否则我们准饿死。

什么东西在旁人看来已经是尽善尽美的，在他看来通体都是错。他要的是最高无上人，不可得的，人的力量永远够不到的。因此他的作品都没有做完全的。

安德利亚沙拉拿病倒了。老师调养着他，整夜伴着他，靠在他的枕边看护他；但是谁都不敢对他提吃药。马各不识趣的给买了一盒子药，可是叫雷那图找着了，拿起手就往窗子外掷了出去。安德利亚自己想放血，讲起他认识有一个很好的医家；但老师很正当的发了气，用顶损的话骂所有的医生。

“你该得当心的是保存，不是医治，你的健康；提防医生们。”他又加了一句话，“什么人都积钱来给医生们用——毁人命的医生们。”

（十五年一月）

济慈的夜莺歌

诗中有济慈（Johe Keats）的《夜莺歌》，与禽中有夜莺一样的神奇。除非你亲耳听过，你不容易相信树林里有一类发痴的鸟，天晚了才开口唱，在黑暗里倾吐她的妙乐，愈唱愈有劲，往往直唱到天亮，连真的心血都跟着歌声从她的血管里呕出；除非你亲自咀嚼过，你也不易相信一个二十三岁的青年有一天早饭后坐在一株李树底下迅笔的写，不到三小时写成了一首八段八十行的长歌，这歌里的音乐与夜莺的歌声一样的不可理解，同是宇宙间一个奇迹，即使有那一天大英帝国破裂成无可记认的断片时，夜莺歌依旧保有她无比的价值：万万里外的星亘古的亮着，树林里的夜莺到时候就来唱着，济慈的夜莺歌永远在人类的记忆里存着。

那年济慈住在伦敦的 Wentworth Place。百年前的伦敦与现在的英京大不相同，那时候“文明”的沾染比较的不深，所以华次华士站在威士明治德桥上，还可以放心的讴歌清晨的伦敦，还有福气在“无烟的空气”里呼吸，望出去也还看得见“田地、小山、石头、旷野，一直开拓到天边。”那时候的人，我猜想，也一定比较的不野蛮，近人情，爱自然，所以白天听得着满天的云雀，夜里听得着夜莺的妙乐。要是济慈迟一百年出世，在夜莺绝迹了的伦敦市里住着，他别的著作不敢说，那首夜莺歌至少，怕就不会成功，供人类无尽期的享受。说起真觉得可悲，在我们南方，古迹而兼是艺术品的，只淘成了西湖上一座孤单的雷峰塔，这千百年来雷峰塔的文学还不曾见面，雷峰塔的映影已经永别了，波心！也许我们的灵性是麻皮做的，木屑做的，要不然这时代普遍的苦痛与烦恼的呼声还不是最富灵感的天然音乐，——但是我们的济慈在哪里？我们的《夜莺歌》在哪里？济慈有一次低低的自语——I feel the flowers growing on me。意思是“我觉得鲜花一朵朵的长上了我的身”，就是说他一想着了鲜花，他的本体就变成了鲜花，在草丛里掩映着，在阳光里闪亮着，在和风里一瓣瓣的无形的伸展着，在蜂蝶轻薄的口吻下羞晕着。这是想像力最纯粹的境界：孙猴子能七十二般变化，诗人的变化力更是不可限量——莎士比亚戏剧里至少有一百多个永远有生命的人物，男的女的，贵的贱的、伟大的、卑琐的、严肃的、滑稽的，还不是他自己摇身一变变出来的。济慈与雪莱最有这与自然谐合的变术；———雪莱制“云歌”时我们不知道雪莱变了云还是云变了雪莱；歌“西风”时不知道歌者是西风还是西风是歌者；颂“云雀”时不知道是诗人在九霄云端里唱着还是百灵鸟在字句里叫着：同样的济慈咏“忧郁”“Odeon Melancholy”时他自己就变了忧愁本体，“忽然从天上吊下来像一朵哭泣的云；”他赞美“秋”“To Autumn”时他自己就是在树叶底下挂着的叶子中心那颗渐渐发长的核仁儿。或是在稻田里静偃着玫瑰色的秋阳！这样比称起来，如其赵松雪关紧房门伏在地下学马的故事可信时，那我们的艺术家就落粗蠢，不堪的“乡下人气味！”

他那夜莺歌是他一个哥哥死的那年做的，据他的朋友有名肖象画家 Robert Hayden 给 Miss Mitford 的信里说，他在没有写下以前早就起了腹稿，一天晚上他们俩在草地里散步时济慈低低的背诵给他听——“…in a low，trenulous undertone whichaffected me extremely”那年碰巧——据着济慈传的 LordHoughton 说，在他屋子的邻近来了一只夜莺，每晚不倦的歌唱，他很快活，常常留意倾听，一直听得他心痛神醉逼着他从自己的口里复制了一套不朽的歌曲。我们要记得济慈二十五岁那年在意大利在他一个朋友的怀抱里作古，他是，与他的夜莺一样，呕血死的！

能完全领略一首诗或是一篇戏曲，是一个精神的快乐，一个不期然的发现，这不是容易的事；要完全了解一个人的品性是十分难，要完全领会一首小诗也不得容易。我简直想说一半得靠你的缘分，我真有点儿迷信。就我自己说，文学本不是我的行业，我的有限的文学知识是“无师传授”的。斐德（Walter Pater）是一天在路上碰着大雨到一家旧书铺去躲避无意中发现的，哥德（Goethe）——说来更怪了——是司蒂文孙（R. L. S）介绍给我的，（在他的 Art Of Writing 那书里他称赞 George Henry Lewes 的歌德评传；Every man edition 一块钱就可以买到一本黄金的书）柏拉图是一次在浴室里忽然想着要去拜访他的。雪莱是为他也离婚才去仔细请教他的，杜思退益夫斯基、托尔斯泰、丹农雪乌、波特莱耳、卢骚这一班人也各有各的来法，反正都不是经由正宗的介绍，都是邂逅，不是约会。这次我到平大教书也是偶然的，我教着济慈的夜莺歌也是偶然的，乃至我现在动手写这一篇短文，更不是料得到的。友鸾再三要我写才鼓起我的兴来，我也很高兴写，因为看了我的乘兴的话，竟许有人不但发愿去读那夜莺歌，并且从此得到了一个亲口尝味最高级文学的门径，那我就得意极了。

但是叫我怎样讲法呢？在课堂里一头讲生字一头讲典故，多少有一个讲法，但是现在要我坐下来把这首整体的诗分成片段诠释他的意义，可真是一个难题！领略艺术与看山景一样，只要你地位站得适当，你这一望一眼便吸收了全景的精神；要你“远视”的看，不是近视的看；如其你捧住了树才能见树，那时即使你不惜工夫一株一株的审查过去，你还是看不到全林的景子。所以分析的看艺术，多少是刹风景的，综合的看法才对。所以我现在勉强讲这夜莺歌，我不敢说我能有什么心得的见解！我并没有！我只是在课堂里讲书的态度，按句按段的讲下去就是；至于整体的领悟还得靠你们自己，我是不能帮忙的。

你们没有听过夜莺先是一个困难。北京有没有我都不知道。下回箫友梅先生的音乐会要是有贝德芬的第六个“沁芳南”（The Pastoral Symphony）时，你们可以去听听，那里面有夜莺的歌声。好吧，我们只要能同意听音乐——自然的或人为的——有时可以使我们听出神。譬如你晚上在山脚下独步时听着清越的笛声，远远的飞来，你即使不滴泪，你多少不免“神往”不是？或是在山中听泉乐，也可使你忘却俗景，想像神境。我们假定夜驾的歌声比白天听着的什么鸟都要好听；他初起像是袭云甫，嗓子发沙的，很懈的试她的新歌；顿上一顿，来了，有调了。可还不急，只是清脆悦耳，像是珠走玉盘（比喻是满不相干的!）慢慢的她动了情感，仿佛忽然想起了什么事情使他激成异常的愤慨似的，他这才真唱了，声音越来越亮，调门越来越新奇，情绪越来越热烈，韵味越来越深长，像是无限的欢畅，像是艳丽的怨慕，又像是变调的悲哀——直唱得你在旁倾听的人不自主的跟着她兴奋，伴着她心跳。你恨不得和着她狂歌，就差你的嗓子太粗太浊合不到一起！这是夜莺，这是济慈听着的夜莺；本来晚上万籁俱寂后声音的感动力就特强，何况夜莺那样不可模拟的妙乐。

好了，你们先得想像你们自己也叫音乐的沉醴浸醉了，四肢软绵绵的，心头痒荠荠的，说不出的一种浓味的馥郁的舒服，眼帘也是懒洋洋的挂不起来，心里满是流膏似的感想，辽远的回忆，甜美的惆怅，闪光的希冀，微笑的情调一齐兜上方寸灵台时——再来——“in a Low, tremulous undertone”——开诵济慈的夜莺歌，那才对劲儿！

这不是清醒时的说话，这是半梦呓的私语，心里畅快的压迫太重了流出口来绻缱的细语——我们用散文译他的意思来看：——

（一）“这唱歌的，唱这样的神妙的歌的，决不是一只平常的鸟；她一定是一个树林里美丽的女神，有翅膀会飞翔的。她真乐呀，你听独自在黑夜的树林里，在枝干交叉，浓荫如织的青林里，她畅快的开放她的歌调，赞美着初夏的美景，我在这里听她唱，听的时候已经很多，她还是恣情的唱着；啊，我真被她的歌声迷醉了，我不敢羡慕她的清福，但我却让她无边的欢畅催眠住了，我像是服了一剂麻药，或是喝尽了一剂鸦片汁，要不然为什么这睡昏昏思离离的像进了甜乡似的，我感觉着一种微倦的麻痹，我太快活了，这快感太尖锐了，竟使我心房隐隐的生痛了！

（二）“你还是不倦的唱着——在你的歌声里我听出了最香冽的美酒的味儿。呵，喝一杯陈年的真葡萄酒都痛快呀！那葡萄是长在暖和的南方的，普鲁罔斯那种地方，那边有的是幸福与欢乐，他们男的女的整天在宽阔的太阳光底下作乐，有的携着手跳春舞，有的弹着琴唱恋歌；再加那遍野的香草与各样的树馨——在这快乐的地土下他们有酒窖埋着美酒。现在酒味益发的澄静，香冽了。真美呀，真充满了南国的乡土精神的美酒，我要来引满一杯，这酒好比是希宝克林灵泉的泉水，在日光里滟滟发虹光的清泉，我拿一只古爵盛一个扑满阿，看呀！这珍珠似的酒沫在这杯边上发瞬，这杯口也叫紫色的浓浆染一个鲜艳；你看看，我这一口就把这一大杯酒吞了下去——这才真醉了，我的神魂就脱离了躯壳，幽幽的辞别了世界，跟着你清唱的音响，像一个影子似澹澹的掩入了你那暗沉沉的林中。”

（三）“想起这世界真叫人伤心。我是无沾恋的，巴不得有机会可以逃避，可以忘怀种种不如意的现象，不比你在青林茂荫里过无忧的生活，你不知道也无须过问我们这寒伧的世界，我们这里有的是热病、厌倦、烦恼，平常朋友见面时只是愁颜相对，你听我的牢骚，我听你的哀怨；老年人耗尽了精力，听凭痹症摇落他们仅存的几根可怜的白发，年轻人也是叫不如意事蚀空了，满脸的憔悴，消瘦得像一个鬼影，再不然就进墓门；真是除非你不想他，你要一想的时候就不由得你发愁，不由得你眼睛里钝迟迟的充满了绝望的晦色；美更不必说，也许难得在这里，那里，偶然露一点痕迹，但是人转瞬间就变成落花流水似没了，春光是挽留不住的，爱美的人也不是没有，但美景既不常驻人间，我们至多只能实现暂时的享受，笑口不曾全开，愁颜又回来了！因此我只想顺着你歌声离别这世界，记却这世界，解化这忧郁沉沉的知觉。”

（四）“人间真不值得留恋，去吧，去吧！我也不必乞灵于培克司（酒神）与他那宝辇前的文豹，只凭诗情无形的翅膀我也可以飞上你那里去。阿，果然来了！到了你的境界了！这林子里的夜是多温柔呀，也许皇后似的明月此时正在她天中的宝座上坐着，周围无数的星辰像侍臣似的拱着她。但这夜却是黑，暗阴阴的没有光亮，只有偶然天风过路时把这表翠荫蔽吹动，让半亮的天光丝丝的漏下来，照出我脚下青茵浓密的地土。”

（五）“这林子里梦沉沉的不漏光亮，我脚下踏着的不知道是什么花，树枝上渗下来的清馨也辨不清是什么香；在这薰香的黑暗中我只能按着这时令猜度这时候青草里，矮丛里，野果树上的各色花香；——乳白色的山楂药，有刺的蔷薇，在叶丛里掩盖着的紫罗兰已快萎谢了，还有初夏最早开的麝香玫瑰，这时候准是满承着新鲜的露酿，不久天暖和了，到了黄昏时候，这些花堆里多的是采花来的飞虫。”

我们要注意从第一段到第五段是一顺下来的：第一段是乐极了的语调，接着第二段声调跟着南方的阳光放亮了一些，但情调还是一路的缠绵。第三段稍为激起一点浪纹，迷离中夹着一点自觉的愤慨，到第四段又沉了下去，从“already with thee！起，语调又极幽微，像是小孩子走入了一个阴凉的地窖子，骨髓里觉着凉，心里却觉着半害怕的特别意味，他低低的说着话，带颤动的，继续的；又像是朝上风来吹断清梦时的情调；他的诗魂在林子的黑荫里闻着各种看不见的花草的香味，私下一一的猜测诉说，像是山涧平流入湖水时的尾声……这第六段的声调与情调可全变了；先前只是畅快的摇恍，这下竟是极乐的谵语了。他乐极了，他的灵魂取得了无边的解脱与自由，他就想永保这最痛快的俄顷，就在这时候轻轻的把最后的呼吸和入了空间，这无形的消灭便是极乐的永生；他在另一首诗里说——

I know this being’ s lease,
My fancy to its utmost bliss spreads,
Yet could I on this very midnight cease,
And the worlds gaudy ensign see in shreds;
Verse, Fame and Beauty are intense indeed,
But Death intenser—Death is Life’ shigh Meed

在他看来，（或是在他想来），“生”是有限的，生的幸福也是有限的——诗，声名与美是我们活着时最高的理想，但都不及死，因为死是无限的，解化的，与无尽流的精神相投契的，死才是生命最高的蜜酒，一切的理想在生前只能部分的，相对的实现，但在死里却是整体的绝对的谐合，因为在自由最博大的死的境界中一切不调谐的全调谐了，一切不完全的全完全了，他这一段用的几个状词要注意，他的死不是苦痛；是“Easeful death”舒服的，或是竟可以翻作“逍遥的死”；还有他说“Quiet breath”，幽静或是幽静的呼吸，这个观念在济慈诗里常见，很可注意；他在一处排列他得意的幽静的比象——。

AUTUMN SUNS
Smiling at eve upon the quiet sheaves
Sweet Sapphos cheek - a sleeping in fant’ s breath——

The gradual sand that through an hour glass runs

A woodland rivulet, a poet' s death

秋田里的晚霞，沙浮女诗人的香腮，睡孩的呼吸，光阴渐缓的流沙，山林里的小溪，诗人的死。他诗里充满着静的，也许香艳的，美丽的静的意境，正如雪莱的诗里无处不是动，生命的振动，剧烈的，有色彩的，嘹亮的。我们可以拿济慈的“秋歌”对照雪莱的“西风歌”，济慈的“夜莺”对比雪莱的“云雀”，济慈的“忧郁”对比雪莱的“云”，一是动、舞、生命、精华的、光亮的、搏动的生命，一是静、幽、甜熟的、渐缓的，“奢侈”的死，比生命更深奥更博大的死，那就是永生。懂了他的生死的概念我们再来解释他的诗。

（六）“但是我一面正在猜测着这青林里的这样那样，夜莺他还是不歇的唱着，这回唱得更浓更烈了。（先前只像荷池里的雨声，调虽急，韵节还是很匀净的；现在竟像是大块的骤雨落在盛开的丁香林中，这白英在狂颤中缤纷的堕地，雨中的一阵香雨，声调急促极了）所以他竟想在这极乐中静静的解化，平安的死去，所以他竟与无痛苦的解脱发生了恋爱，昏昏的随口编着钟爱的名字唱着赞美他，要他领了他永别这生的世界，投入永生的世界，这死所以不仅不是痛苦，真是最高的幸福，不仅不是不幸，并且是一个极大的奢侈；不仅不是消极的寂灭，这正是真生命的实现。在这青林中，在这半夜里，在这美妙的歌声里，轻轻的挑破了生命的水炮，阿，去吧！同时你在歌声中倾吐了你的内蕴的灵性，放胆的尽性的狂歌好像你在这黑暗里看出比光明更光明的光明，在你的叶荫中实现了比快乐更快乐的快乐：——我即使死了，你还是继续的唱着，直唱到我听不着，变成了土，你还是永远的唱着。”

这是全诗精神最饱满音调最神灵的一节，接着上段死的意思与永生的意思，他从自己又回想到那鸟的身上，他想我可以在这歌声里消散，但这歌声的本体呢？听歌的人可以由生入死，由死得生，这唱歌的鸟，又怎样呢？以前的六节都是低调，就是第六节调虽变，音还是像在浪花里浮沉着的一张叶片，浪花上涌时叶片上涌，浪花低伏时叶片也低伏；但这第七节是到了最高点，到了急调中的急调——诗人的情绪，和着鸟的歌声，尽情的涌了出来，他的迷醉中的诗魂已经到了梦与醒的边界。

这节里 Ruth 的本事是在旧约书里 The Book of Ruth，她是嫁给一个客民的，后来丈夫死了，她的姑要回老家，叫她也回自己的家再嫁人去，罗司一定不肯，情愿跟着她的姑到外国去守寡，后来她在麦田里收麦，她常常想着他的本乡，济慈就应用这段故事。

（七）“方才我想到死与灭亡，但是你，不死的鸟呀，你是永远没有灭亡的日子，你的歌声就是你不死的一个凭证。时代尽迁异，人事尽变化，你的音乐还是永远不受损伤，今晚上我在此地听你，这歌声还不是在几千年前已经在着，富贵的王子曾经听过你，卑贱的农夫也听过你。也许当初罗司那孩子在黄昏时站在异邦的田里割麦，她眼里含着一包眼泪思念故乡的时候，这同样的歌声，曾经从林子里透出来，给她精神的慰安，也许在中古时期幻术家在海上变出蓬莱仙岛，在波心里起造着楼阁，在这里面住着他们摄取来的美丽的女郎，她们凭着窗户望海思乡时，你的歌声也曾经感动她们的心灵，给她们平安与愉快。”

（八）这段是全诗的一个总束，夜莺放歌的一个总束，也可以说人生大梦的一个总束。他这诗里有两个相对的（动机）：一个是这现世界，与这面目可憎的实际的生活，这是他巴不得逃避，巴不得忘却的，一个是超现实的世界，音乐声中不朽的生命，这是他所想望的，他要实现的，他愿意解脱了不完全暂时的生为要人这完全的永久的生。他如何去法，凭酒的力量可以去，凭诗的无形的翅膀亦可以飞出尘寰，或是听着夜莺不断的唱声也可以完全忘却这现世界的种种烦恼。他去了，他化入了温柔的黑夜，化入了神灵的歌声——他就是夜莺；夜莺就是他。夜莺低唱时他也低唱，高唱时他也高唱，我们辨不清谁是谁，第六第七段充分发挥“完全的永久的生”那个动机，天空里，黑夜里已经充塞了音乐——所以在这里最高的急调尾声一个字音 foflorn 里转回到那一个动机，他所从来那个现实的世界，往来穿着的还是那一条线，音调的接合，转变处也极自然；最后揉和那两个相反的动机，用醒（现世界）与梦（想像世界）结束全文，像拿一块石子掷入山壑内的深潭里，你听那音乐又清切又谐和，余音还在山壑里回荡着，使你想见那石块慢慢的，慢慢的沉入了无底的深潭……音乐完了，梦醒了，血呕尽了，夜莺死了！但他的余韵却嫋嫋的永远在宇宙间回响着……

（十三年十二月二日夜半）

鹞鹰与芙蓉雀

(By W. H. Hudson)

(我有一次问泰戈尔在近代作者里他最喜欢谁，他说他就喜欢赫孙。)

有一天早上，跟着一群衣服整洁的人们走道，无意中跑进了一处大教堂，我在那里很愉快的耽了一个时辰，倾听一位大牧师讲道的口才。他讲天才，这题目并不是约书上来的，并且与他的讲演别的部分也没有多大的关连；这只是一段插话，在我听来是十分有趣的。他开头讲我们生活上多少感受到的拘束，讲我们内在的想望。那是命定没有实现的一天，只叫生命的短促嘲弄，正当讲到这一点的时候——竟许他想着了他自己的身世——他的话转入了天才的题目；他说一个人有了天然的异禀往往发现他的身世比平常人格外的难堪；原因就在他的想望比别人的更高，因此他所发现的现实与他的理想间的距离也就相当的加远了。这是极明显的，谁都知道；但他说明这层道理所用的比喻却真的是从诗的想像力里来的。平常人的生活他比作关的笼子里的芙蓉雀的生活。讲到这里，他忽然放平了他那威严的训道的神情，并且从他那深厚、响亮的嗓音——假如我可以杜撰一个字——“小成了”一种脆薄的荻管似的尖调，竟像是小雀子的轻啭，连着活泼的语言，出口的快捷，适应的轻灵的姿态与比势，他充分的形容了在金漆笼子里的那位柠檬色的小管家。喔，他叫着，她的生活是多么漂亮，多么匆忙，她管得着的事情又多么多！看她多么灵便的从这横条跳上那横条，从横条跳到笼板上，又从笼板跳回横条上去！看她多么欣欣的不时来了啄一嘴细食，要不然高兴一摇头又把嘴里的细食散成了一阵骤雨！看她那好奇的神情，转着她那亮亮的眼珠看看这边。又看看那边，一点新来稀小的声响，她都得凝神的倾听，眼前什么看得见的东西，她都是出神的细看！她不能有一息安定，不叫就唱，不纵就跳，不吃就喝，扭过头去就修饰她的羽毛，至少每分钟得做十多样不同的勾当；这来忙住了，她再也没工夫去回想她的世界是宽是窄——她再也不想想这笼丝圈住了她，隔绝了她与她所从来的伟大的世界，风动的树林，晴蓝的天空，自由轻快的生涯，再不是她的了。

这番话听着很俏皮，实际上也对，当场听的人全都有了笑容。

但说到这里他那快捷的姿态与比势停住了，他缄默了一晌。他那苍老的威严的面容上罩上了一层云；他站直了，把身子向左右摇摆了一下，理整了他的黑袍，举起她的臂膀，正像一只大鸟举起她那长羽翮的臂膀，又放了下去，这样来了三两遍，他说话了，他的声音是深沉的，合节度的，好像表示愤怒与绝望："但是你们有没有见过一只关在笼子里的大鹰？"

这来对比的意致是真妙，他又摇摆了一下，举起重复放下的臂膀，这时候他学的是那异样的大鹫的垂头；在我们跟前就站着我们平常在万牲园里见惯的"雷神的大禽"；他那深陷的凄情的眼睛直穿透着我们看来；掀动着暗色的羽毛，举起他那厚重的翅膀仿佛要插天飞去似的。但转瞬间又放了下去，嘴里发出那种长引的惨刻的叫声，正像是对着一个蛮横的命运发泄他的悲愤。他接着形容给我们听这鸷禽在绝望的囚禁中的生活；他那严肃的威严的面目，沉潜的膛音，意致郁重的多音字，没一样不是恰巧适合他的题材，他的叙述给了我们一个沉郁庄严永远忘不了的一幅图画——至少（像我这样）一个禽鸟学者是不会忘的。

不消说他这一段话着实使在场大部分人感动，他们这时候转眼内观他们本性的深处仿佛见着一星星，也许远不止一星星，他方才讲起的那神灵的异禀，但不幸没有得到世人的认识；因此他一时间竟像是对着一大群囚禁着的大鹰说话，他们在想像中都在掸动着他们的羽毛，豁插着他们的翅膀，长曳着悲愤的叫声，抗议他们遭受的厄运。

我自己高兴这比喻为的却是另一个理由；就为我是一个研究禽鸟生活的，他那两种截然不同对比的引喻，同是失却自由，意致却完全异样，我听来是十分的确切，他那有声色有力量的叙述更是不易。因为这是不容疑问的事实，别的动物受人们任意虐待所受的苦恼比罪犯们在牢狱中所受的苦恼更大；芙蓉雀与鹞鹰虽则同是大空中的生灵，同是天赋有无穷的活力，但他们各自失却了自然生活所感受的结果却是大大的不同。就它原来自然的生活着，小鸟在笼子里的生活比大鸟在笼子里的生活比较的不感受拘束。它那小，便于栖止的结构，它那纵跳无定的习惯，都使它适宜于继续的活动，因此它在笼丝内投掷活泼的生涯，除了不能高飞远扬外，还是与它在笼外的状态相差不远。还有它那灵动，好奇，易受感动的天性实际上在笼圈内讨生活倒是有利益的；它周遭的动静，不论是小声响，或是看得见的事物，都是，好比说，使它分心的机会。还有它那丰富的音乐的语言也是它牢笼生活的一个利益；在发音器官发展的禽鸟们，时常练习着歌唱的天资，于它们的体格上当然有关系，可以使它们忘却囚禁的拘束，保持它们的健康与欢欣。

但是鹰的情形却就不同，就为它那特殊的结构与巨大的身量。它一进牢宠时真成了囚犯，从此辜负它们天赋的奇才与强性的冲动，不能不在抑郁中消沉。你尽可以用大块的肉食去塞满它的肠胃要它叫一声“够了”；但它其余的器官与能耐又如何能得到满足？它那每一根骨骼，每一条筋肉，每一根纤维，每一枝羽毛，每一节体肢，都是贯彻着一种精力，那在你禁它在笼子里时永远不能得到满足，正像是一个永久的饿慌。你缚住它的脚，或是放它在一个五十尺宽的大笼子里——它的苦恼是一样的，就只那无际的蓝天与稀淡的冷气，才可以供给它那无限量的精力与能耐自由发展的机会，它的快乐是在追赶磅礴的风云。这不仅满足它那健羽的天才，它那特异的力也同样要求一个辽阔的天空，才可以施展它那隔远距离明察事物的神异。同时它们当然也与人们一样自能相当的适应改变了环境，否则它们决不能在囚禁中度活，吞得到的只是粗糙的冷肉，入口无味，肠胃也不受用。一个人可以过活并且竟许还是不无相当乐趣的，即使他的肢体与听觉失去了效用；在我看这就可以比称笼内的鸷禽，它有拘禁使它再不能高扬再不能远眺，再不能恣纵劫掠的本能。

生命的报酬

(By Yol Maraini)

大战完结那一年玛利亚十九岁，她每回上街的时候没有一个过路男子不停下步来相相她的。她的头发是黑色的，天生起浪纹的，分开在当中。她有匀净的肌肤，看着新鲜，她长得饱满，她的瘦小的骨骼都叫匀匀的盖住了——差不多可说是近于肥了——但可还是一种年青的腴满，就像是小孩子起晕涡的皮肉看着叫人喜欢。

就在这时候她碰着了季诺，他是在前敌受了伤被送回到翡冷翠一个医院里来调养的，他长得高，一个好看的少年，那时候养长头发往后面挪的式样还只刚起头，他就是最早的一个，这来翡冷翠的少年看着就像五百年前古画里他们祖宗的样儿了。季诺的行业是一个机匠，这名称，在一班人的口里，这包括自行车行里的徒弟，快车上的车手，各种机器的发明者，或是穿着一件蓝围身手拿着破烂的油布站近一架摩托车的一类人。他在一家汽车行里做事，玛利亚要晓得的底细也就到此为止；此外呢那汽车丢在那里，因为这来她每回觉得没有不办的时候她就可以走过去，叫他出来谈一个短天，或是什么。但这样情形当然是在打仗结束以后，那时候季诺就算是一个得胜的英雄，回老家扑斗共产主义来了。

他在医院里好痊以后还得到前敌去，这来玛利亚就渐渐的变成了一个愁苦的，成天想心思的人了。她也没有别的事情来扰动她的心，因为在他回去打仗前他为不放心她每天独身来往已经逼着不让她再到阿诺河边一家衣服铺子上工去了。他要她在家里做事，并且有法想的话就在紧邻找活做。起初她妈不愿意这办法，因为玛利亚做工赚的钱很像样。后来还是季诺把她讲通了，反正她自己也在一家厂里做事，每天不能送玛利亚上工或是接她下工，一个定了亲的女孩子究竟应得检点些，还是安安稳稳的在家里做些针线来得合适。这来她上街买东西也不去了，要什么的时候，就托一个老婆子去代办。那边邻居有的是专替一班过分忙的人家上街攒几个小钱过日的，空下来的时候她们就坐在小铺子门口说闲话。

季诺这回回来再不出去了。他们一定得赶紧结婚了，他说：他再不能等了。可是玛利亚就住在她妈的一间屋子里，结婚的话，总不能女婿丈母挤一屋子住，就得另外想法才是。

他就帮着找屋子去了。季诺还是照样的热，虽则玛利亚近来倒变沉静了。他是一个热性的，好心肠的男子，顶着急的开始他们共同的生活。可是没有提另一间房这件事，就是玛利亚一生恶惨的张本。平常我们不易看清楚究竟在哪一点命运给我们打起一座墙，永远隔绝了我们的希望，但是玛利亚到了事后回想的时候总这么想：只要娘多有一间屋子，我这辈子的生活就整个儿的两样了。她有的是一种超凡的“悉听天命”的品格，所以假如有人真能了解她时他会不仅爱她品性的柔和，并且爱她灵性的圣洁。可就这一点也就是她倒运的一部分理由。慈善，好，是男人盼望他的妈的德性，可是她妻子一定得近人情，与他自己一样。至于她的“人情”，自有他在看着，他信，不会得变成软弱的。

日子过去了，房子还是没有找着。玛利亚做工很勤，赚下来的钱买了一点家用的纱布，另外还放开几个。有时候，到晚上，大约每星期一次，她伴着季诺出去走路或是上电影馆。她妈总是伴着，虽则这时候季诺还是法西斯的党员，不但顶忙，并且随时有很大的危险。也是她的不幸，玛利亚住家的一带工人居多。不少都是暴烈的共产党，所以她后来不得已单身上街买吃的或是做工的材料时（她妈在一个机匠家里找到了个工钱不坏的事情，带着他家的孩子们出来散步），就因为她定给了一个法西斯党，她那街坊对她就顶过不去的。每回她拿了做得的衣服上奇奥基太太家去，在一条小街上的一所小屋子里，她老是听着不好听的话对着她直喷。玛利亚在离着家不远的那条小街上走去听着的全是存心毁她的废话；许多女人对着她唾唾液，叫着她恶丑的名字，有一个人赶过来突如其来的在她背上打了一下，等她到了奇奥基太太家进了她的卧室，一到那里，她就撑不住淌眼泪哭了。

“玛利亚怎么回事？对我说呀，孩子，季诺没有什么不是？”

玛利亚替奇奥基太太已经做了好几年的工，奇太太知道她的身世，怎样他们相结婚找不到房子，到这时候她又怎样的着急为的是法西斯与共产党每天的暗斗。季诺倒是个好汉，就到了晚上他上街时也不来偷偷掩掩的，虽则路旁多的是专门暗算的窗户，随时都可以有子弹飞下来，玛利亚一天天的变瘦，越来越憔悴了，这紧张实在是太大了。可是眼前的情形又没有法子想；她还得做她的工，碰着麻烦也只能硬着头皮忍了下去再说。

玛利亚住了哭，仰起头来望着奇太太。她那深黑的眼睛，泪汪汪的亮着烈性的勇敢。

“季诺没有什么，是我自己没中用这阵子忽然撑不住了。我是硬挺得过去的。可是你想想那一群街坊我做小孩儿时就认识的，他们也一向喜欢我的，这时候就为了我要爱我自己的国在大街上冲着我吐唾液，叫名字儿骂我，这可不是真的太难了；我是爱我的国家。”

“碰着了些个什么事，玛利亚？”

“你知道，奇太太，我们这时候过的是什么日子？你也曾叫人家对着你丢石子为的你是一个体面的太太，可是我呢，我还不是做苦工的女孩子——与他们没有分别——他们不应这样的恨我就为我不愿意跟着他们说凡是打过仗的人都该枪毙，谁要不是共产党就是反背他自己的阶级，还有我们的宗教都是撒谎。我不信，我不能信那个。我不信有那一天我们全会变成一样的。我们全是两样的，我们要的也是两样的东西。我不能因为人家比我有钱就恨他们，我不能唾弃我的国旗——喔，奇太太，他们说我是个卖国奴就为我不肯他们学样去做那些事，方才我路过的时候他们还打了我。”

说到这儿，眼睛里亮着光。玛利亚站得直直的，当着前胸伸出了她的一双手臂。

“我是一个意大利人，我傲气我是一个意大利人，傲气做一个有过几千年文化民族的一个。为什么要我恨我自己的国家。为什么要我恨比我运气好，比我聪明，或是比我能干的街坊，为什么我得这样做就因为一班无知识的人告诉我这样做，他们自己可怜吃苦受难的上了人家的当走了迷路，那真的出主意的人既没有吃过苦，也没有遭过难哩！但是我还是照旧戴上我的小国旗，缝在我衣上的，就使他们因此杀了我也是甘心的。”

奇太太顶惊异的看着这女孩子。她自己逼窄的舒服和生活。新近为了共产党到处的闹也感觉不安稳与难过。这一比下来显得卑鄙而且庸劣了。她也曾罗嗦过，可是她不敢给人家辩论；她每天上街去就穿上顶克己的衣服为的是要躲免人家的注目；这儿在她的跟前，是一个做工的女孩子，她有的是这样奇异的勇敢，见天的忍受她自己街坊的骂，打，就为是她信仰她自己的国，信她自己是对的，胆敢戴着她信仰的徽章昂昂的上街去走——一个十字架，一块国旗。

玛利亚的话在听她的那个呆顿的心里激动了一点她从来不曾知道过的什么。这才头一次她抓住了一个离着她每天的小烦恼老远着的理想；她的丈夫、饭食、衣服、东西贵，这类的事情，在这刹那间，在她也看得没有了，同时街上的危险，不防备的枪声，骂街妇女们的怪叫等等一些事情，则另发生了意义。在这些个事情里有一点子什么比仅仅的安逸与和平重要得多。他们是对的，要不然他们就是错的，她从来没有从这个光亮里着想过，在她原来看来那班人只是一群野畜牲啃断了铁链咬人来了，但是玛利亚的一番话却提醒了她，她这才明白有苦恼在后背赶他们才会往残暴的恶怒里跑，同时给玛利亚胆量去挡着他们的就只一个理想。有一阵子她发疯似的想跪下去亲吻那女子的脚，但是她的训练，把一切过分的行为全认作错的教育，救了她，所以虽则明认她当前是一个女英雄，同时她也没有忘记她只是一个做衣服的女工，她来是替她试新衣来了。

这来玛利亚原先有的年青的丰姿全没了。她的美变成了完全精神性的了。季诺有时候带她出去有点儿不满意了。谁也不来对她看了，谁也不艳羡他了。他私下希冀着这无非是暂时的，就比如一个影子一会儿就过的，同时正如他自己有胆量蔑视危险，甚至忍受他的结婚的迁延，她也应跟着他一路走，慢慢的自会得恢复她的美丽的姿色与瘦削了的丰腴。可是过了一时他不由得不怀疑玛利亚有完全回复的那一天，结果就在他没事的晚上东溜西张的想找个把比她快活比她随便的来伴着他玩。他妈新近有了个主意，要是他愿意到厨房睡去她就可以把走道堵起来，割出柜子大的一间小房租给她的一个内侄女，她的妈要离开翡冷翠到别处去，可是她得把女儿留下，她现在一家成衣铺学做衣还没有满师。这时候吃食来得贵，赚来的钱虽则像样总是不够的，她妈还得每星期寄钱给一个住在比鲁奇亚的女儿，一家四口的战后寡妇——季诺赞成了他妈的办法，一半天阿达就进他们家合住起来了。

她到了以后第二天晚上玛利亚上季诺家去看他。她妈近来让她自由多了，所以她这回单身去的，她坐了不多一会儿，季诺要她一同出去散步，他们俩就离了家，一路笑着，乐意两口子又在一起了。”

“她长得顶美的”他们一走完那暗沉沉的扶梯走上一条倾向河边的小街时玛利亚就先说话。

“不坏，”季诺说。他这时候觉着听过了方才新来住客那沙劲儿的嗓子再听玛利亚深沉的温存的口音顶舒服的。

“你想她会不会跟你要好，季诺?”

季诺，受了恭维似的伸出他长手指捞着他的头发：“胡说八道！她为什么来?”

“喔，她来得年轻，你长得太好看。”

“这也不够理由，她知道我就快跟你结婚的。”

“她知道吗?”

“当然她知道。”这下玛利亚觉着算稳了。

过了几天她得上街去打些绿绸子配一身衣服，她走过西尼奥利亚廊下的时候她看见阿达与季诺一同坐在一家咖啡馆里。她起初想走上去，跟他们一起坐着谈天，但是不，她走她的，买了她的东西，急急的赶回家去哭了。那晚上她会着季诺，可没有对他提她见着了什么。他还是那老样子，对她顶好的。过了一会儿，她也就忘了她的妒忌与她的疑心，实在她也顶乐意忘了。

又过了六个星期，那晚他俩一起在河边走路，一阵凉风从北面过来吹跑了夏天晚上叫人迷酥那软味儿，季诺忽的把她紧紧的靠身搂着。

“听我话，玛利亚，为了爱我你什么都受过了。假如我可以把文书弄到，你肯不肯立刻结婚——立刻——你来跟我妈我爸同住？”

“阿达不是在那儿吗？”

“我们可以另替她想法子。”

“可还有你的妈。她那脾气不是容易同住的，你的房间两个人住也显得太小。你还上厨房睡去，那算什么结婚。”

“我知道，我知道，可是你得赶快决定，马上——今晚——要不然我就说不定会有事情发生。”

但是玛利亚那晚上还是没有决定。

忽然间什么事都松动了下来。兵进罗马以后——季诺就是最先过披亚门一个——国事就显得平静了，人民也安居乐业了。玛利亚的那一班女孩，在一九二〇年她们唾骂她，侮辱她，穿着赤绸子衣服，戴着大红花上共产党跳舞会跳舞的一班，这来全变样子，政见变了，她们混着跳舞闹的一群男人们和政见也全变了，剥下了烈焰似的红衣，换上了黑绸的衬衫了。这来玛利亚的地位也变样了，她自己觉得奇怪人家把她看作女英雄似的什么了——她不见得高兴，就觉得奇怪，她对她妈说：“从前她们唾我骂我的时候她们倒是认真的，可是现在她们认真吗？还不就只是一群只知道讨好男子的女人？”

她娘的运气也好些了，盼望在六个月内可以搬进一幢新屋子，腾得出房间来给季诺住，她提另还可以给女儿一间厨房——两家合住就这厨房的有趣。玛利亚这才放宽了一点心，她好容易有希望来过舒服快活的日子了，她还是年轻的，再说呢，十五岁的年纪终究还说不上老，虽则你蹲在十六七妙龄的玫瑰花朵上望到这年纪许觉着过分的恐慌。她还是一样可以向前望，哈哈，幸福，全在前面，还有到手小团团的那一天，荒谬绝伦可爱的小团团——稀小，干净，闻着香喷喷的。

她这时候正从那铁桥走向阿尔格来齐桥，好容易挣过了那几个难年，往往心坎里老是怀着鬼胎，她的青春都叫毁了，今天才放了心了，什么事都回复平静了。阿诺河的河身也看着宽一点；雪尼奥里亚的高塔，力量与坚定的相片，照旧站着，衬着浅色的早黄昏天。前两天打雷下大雨下了一整天，所以那河虽则时候不对也是满满的。她在河边站了一会儿看街孩们浸在水里泼水闹。多快活的小人儿！小团团长大了当然就变了这顽皮的小鬼。时候快得很。哪一天她上了年纪，跟前一群年轻人，她小儿子们，就来问她商量他们看中了的女孩子们，那些女孩子们也一定是好脾气顶温柔的，黑头发当中间分开的。

她慢慢地走过去。等到她快走近那桥，她忽然看见季诺在半黑的黄昏里与阿达一起站着，手搂着她的腰，靠着河边的石栏上看河。他们俩一边笑，一边软软的讲着话。

玛利亚停了步，心里一阵子狂跳，撑不住开口问了，声音异样的粗糙，“季诺，这算什么意思？”他转过身来活像一只吃了鞭子的狗。

“你记得有一天我问你赶快决定。我不是石头做的。阿达她爱我。”

玛利亚的声音还是柔和的，但她的话就像一把快刀直斩进了季诺的自大的虚荣心。

“可是我爱你，季诺。我爱你挨过了这不少的难年，这来好容易太平了，你——你——你爱的倒是阿达——不是我。”

阿达可没有受玛利亚的声音的感动，她也看不出她的情敌有哪一点说得上美或是媚，她那带愁的一双眼，她那惨白的端正的相貌。阿达，有的是卷弯儿的头发，小牛似的脖子。大奶子，坚实的高掬的后部，穿着一身显出她那粗俗的身体的点线曲折的衣服。站在那里正象是一座“繁殖胜利”的次等石碑，在她的面前玛利亚是“贞女苦难”的真身。她把季诺推在一边。她高声说话时他低着头萎了回去。“季诺得娶我。归根说，年轻的是我”，——她的十六岁的眼对着那年纪大些的女子瞟着一种凶恶的傲慢——“况且这全是他自己不好，就是他妈这时候也说他有立刻与我结婚的义务。”

从小说讲到大事

我是厌怕翻译，尤其是小说，但这篇短篇《生命的报酬》也不知怎的竟集它自己逼着我把它翻了出来。原文载在“LondonMereury”的九月号。我想有几层理由为什么我要翻这篇给你们看：第一，这篇小说本身就写得不坏，紧凑有力；第二，它的背景是我的新宠翡冷翠，文里的河、街道、走廊、钟塔、桥，都是我几月前早晚留恋过来的；第三，这小说里顺便点出的早几年意大利的政情于我们现在的政情很可比较，有心人可以在这里得到历史的教训，单说这末了一点，小说里的玛利亚不仅是代表人民的意志的贞，品格的洁，与灵魂的勇敢，她也代表，我们可以说，意大利或是任何大民族不死的国魂。正如一条大河，风暴时翻着浪，支流会各处湍急，上源暴发时汹涌，阳光照着时闪金，阴云盖着时惨黑，任凭天时怎样的转变，河水还是河水，它的性是不变的，也许经受了风雨以后河身更展宽一些，容量更扩大一些，力量更加厚一些；同样的一个民族在它的沿革里，自然的发展了它的个性，任凭经受多少政治的，甚至于广义的文化的革命，只要它受得住，河道似的不至泛滥不至旁窜改向，他那性还是不变，不但不变，并且表面的扰助归根都是本原的滋补，其的一个个人的灵性里要没有，比喻的说，几座火烧焦的残破的甚至完全倒坍的雷峰古塔，他即使有灵性也只是平庸的，没趣味的，浅薄的；民族也中的，在那一个挡得住时间破坏力的民族的灵魂里，就比在它的躯壳里，不是栉比的排列着伟大的古迹？一个人的意志力与思想力不是偶然的事情：远一点说，有他的种族的遗传的来源，近一点说，有他自己一生的经验。造成人格的不是安逸的生活与安逸的环境，是深入骨髓的苦恼，是惨酷的艰难：造成国民性或国魂的是革命。在这里我们可以看出在分明破坏性的事实里，往往涵有真建设的意义。在平常的时候，国民性比较浅薄甚至可厌或可笑的部分，可以在这民族个人里看出；到了非常的时候，它的伟大的不灭的部分，在少数或是甚至一二人的人格里，要求最集中最不可错误的表现。我们是儒教国，这是逃不了的事实。儒教给我们的品性里，有永远可珍贵的两点：一是知耻，一是有节，两样是连着来的，极端是往往碰头的，因此在一个最无耻的时代里，往往诞生出一个两个最知耻的个人，例如宋末有文天祥，明末有黄梨洲一流人。在他们几位先贤，不比当代我们还看得见的那一群遗老与新少，忠君爱国一类的概念脱卸了肤浅的字面的意义，却取得了一种永久的象征的意义，他们拚死保守的不是几套烂墨卷，不是几句口头禅，他们是为他们的民族争人格，争“人之所以为人。”在这块古旧的碑上刻着历代义烈的名字，渍着他们的血，在他们性灵的不朽里呼吸着民族更大的性灵。玛利亚，一个做手工的贱女，在这篇小说里说：“但是我还是照旧戴上我的小国旗，缝在我衣上的，即使因此他们杀了我也是甘心的。”我们可以想像当初文天祥说同样的一句话，我们可以想像当初黄梨洲说同样的一句话，现在呢？我们离着黄梨洲的时代快三百年了，并且非常的时候又在我们的头上盖下来了，儒教的珍品——耻，节——到哪里去了？我们张着眼看看，我们可以寻到一百万个大篓子装得满的懦弱，或是三千部箱车运不完的卑鄙，但是我们却不易寻到头上捻得出或是鼻子里闻得出一点子勇敢，一点子耻心，一点子节！在王府井大街上一晚有一百多的同胞跟在两个行凶的美国兵背后联声喊打，却没有一个人敢走近他们，更别提动手。这事实里另有一个“幽默”，现代评论的记者不曾看出来的，就是我们中国人特有的一种聪明——他们想把懦怯合起来，做成他一个勇敢！而且你们可以相信，这种现象不仅是在王府井大街上看得到！倒好像拼拢一群灰色的耗子来可以变一个猫，或是聚集一百万的虱子可以变一只老虎！玛利亚只靠了她自己不大明白的一个理想：“我是爱我的国”她说。究竟为什么爱，她也不定说得分明，她只觉得这样是对的。是对的！这是力量，这是力量。在这一个小小想像事实的跟前，莫索里尼失去了他的威风，拿破仑的史迹没有了重量；这是人类不灭性本体的表现。多可爱呀，这单纯的信仰！多可亲呀，这精神的勇敢！

我们离着意大利有千里路程，你们也许从没有见过一个意大利人；他们近年来国运的转变，战前战后人民遭受的苦痛，我们只看作与长安街上的落叶一般的不关紧要，但在玛利亚口音里，只要你有相当的想像力，你可以听出意大利民族的声音；岂止，人类不灭性在非常的时节最集中最不可错误的声音。我们应当在这里面发现我们自己应有的声音，现在叫重浊的物质生活压在里面，但这时代的紧急正在急迫的要求它再来一次的吐露，我们可以在那位奇奥基太太的描写里，找着我们自己怪赛伦的小影：“她自己逼窄的舒服的生活，新近为了共产党到处的闹，也感觉不安稳与难过，这一比下来显得卑鄙而且庸劣了。”我们每天上街去，也与太太一样聪明，就拣一件“顶克己的衣服穿上为的是要避免人家的注目，”玛丽亚有胆量戴着她信仰的徽章昂昂的上街走去——一个十字架，一块国旗；你自己考查你每天戴着上街去的是什么微章？这次我碰着不少体面的人，有开厂的，有办报的，有开交易所的。他们一听见我批评共产，他们就拍手叫好，说这班人真该死，真该打，存心胡闹，不把他们赶快打下去还成什么世界？唔！好让你们坐汽车的坐汽车，发横财的发横财，娶小老婆的娶小老婆！在他们看来，正如小说里的奇太太看来，“那班人只是野畜牲啃断了铁链乱咬人来了。”单只从为给这班人当头一个教训看法，什么形式的捣乱在上帝跟前都得到了许可。他们颟顸的漆黑的心窝里从没有过一丝思想的光亮，他们每晚只是从自私的里床翻身到自利的外床，再从自利的外床翻到自私的里床！同时这时代是真的危险，所有想像得到与想像不到的灾殃就像烘干了的爆竹似的在庭心里放着，只要一根火纸就够着了。灾难、危险，你们想躲吗？躲是躲不了的；灾难、危险，是要你去挡的，是要你去抗的，是要你去伸手去擒的；你擒不住它，它就带住了你。只有单纯的信仰可以给我们勇敢。只有单纯的理想可以给我们力量。“他们是对的，要不然他们就是错的，”奇太太受了玛利亚的感动第一次坚决的这样想，我们在没有玛利亚这样人格摇醒我们的神志以前，我们至少得凭常识的帮助，认清眼前的事物，彻底的想它一个彻底。这“敢想”是灵性的勇敢的进门，敢反着你自以为见解的见解，想是思想的勇敢的进步。在你不能认真想的时候，你做人还不够资格；在你还不能得到你自己思想的透彻时，你的思想不但没有力量并且没有重量；是你的分；——等到你发现了一个理想在你心身的后背作无形的动力时，你不向前也得向前，不搏斗也得搏斗，到那时候事实上的胜利与失败反失却了任何的重要。就只那一点灵性的勇敢永远不灭的留着，像是天上的明星。

玛利亚是个极寻常的女子，她没有受过高深教育，她只是个工女；但一个单纯理想的灵感就使她的声音超越的代表意大利民族的声音，高傲的，清越的，不可错误的，墨索里尼法西斯的成功，不是因为他有兵力，不是因为法西斯主义本体有什么优殊，也不完全因为他个人非常的人格；归根说成功的政治家多少只是个投机事业家。他就是一个。我们不必到马契亚梵立（Machiaveli）的政论里去探讨法西斯主义的远源，不必问海格尔或是尼采或是甚至马志尼的学说里去追寻“神异的”墨索里尼的先路；他的成功的整个的秘密，我们可以说，我们可以在这想像的工女玛利亚的声音里会悟到。你们要知道大战后几年在意大利共产与反共产的斗争不只是偶尔的爆发，报纸上的宣传，像我们今天在中国开始经尝的；至少在那边东北部几个大城子里这斗争简直把街坊划成了对垒的战壕，把父子、兄弟、朋友逼成了扼咽的死仇——这情形我怕我们不久也见得着，虽则我们中国人的根性似乎比西方人多少缓和些（但这有时是我们的贼不是我们的德）其实你只要此刻亲自到广东去就可以知道人类热情压住理智时的可怖——就是在政治上。但这极端性，我说，正是西方人的特色，这来两方搏斗的目标就分明的揭出，绝对的不混，不含糊——不比我们贵国的打仗，姑且不问他们打仗的平时究竟有没有主义在心头，并且即使在他们昌言有的时候你还是一分钟都不能相信说红的的确是红，说青的的确是青。因此我们多打一回仗，只是加深一层糊涂，越打越糟，越打越不分明。这正是针对着这一班人，无忌惮的自私自利，无忌惮的利用一切，我们应得耸起了耳朵倾听玛利亚的声音，她说：——

“我是一个意大利人，我傲气是一个意大利人，傲气做一个有过几千年文化民族的人，为什么要我恨我自己的国，为什么要我恨比我运气好，比我聪明，或是比我能干的街坊，为什么我得这样做，就因为一班无知识的告诉我这样做，他们自己可怜吃苦受难的上了人家的当走上了迷路，其实那真在背后出主意的没有吃过苦也没有遭过难哩！……”

还有一班专赶热闹的在红色得意的日子就每晚穿上“红绸子衣服戴着大红花上共产党跳舞会去跳舞，回头红色中黑色打倒了的时候他们的办法还是一样的简单，他们就来欣欣的“剥下了烈焰似的红衣换上了黑绸的衬衫！”他们会有一天“认真”吗？

所以玛利亚与她无形的理想站在一边；在她对面的是叫苦难逼得没有路走，同时叫人煽惑了趋向暴烈的无辜平民与他们的愚暗，躲在背后主使捣乱的一群与他们的奸与毒，两旁一面爬在地下的是奇太太代表的一流人物，在苟且中鬼混，一样的只知私利，一面就是那穿上红绸子跳舞剥下红绸子还是跳舞的一群。

现在时候逼紧了！我们把这幅画记在心里，再来张眼看看在我们中间究竟有没有像玛利亚那样牢牢的抱住她的理想的一个生灵！

“迎上前去”

这回我不撒谎，不打隐谜，不唱反调，不来烘托；我要说几句至少我自己信得过的话，我要痛快的招认我自己的虚实，我愿意把我的花押画在这张供状的末尾。

我要求你们大量的容许，准我在我第一天接手晨报副刊的时候，介绍我自己，解释我自己，鼓励我自己。

我相信真的理想主义者是受得住眼看他往常保持着的理想煨成灰，碎成断片，烂成泥，在这灰这断片这泥的底里，他再来发现他更伟大更光明的理想。我就是这样的一个人。

只有信生病是荣耀的人们才来不知耻的声朗诵，这时候他听着有脚步声，他以为有帮助他的人向着他来，谁知是他自己的灵性离了他去！真有志气的病人，在不能自己豁脱苦痛的时候，宁可死休，不来忍受医药与慈善的侮辱。我又是这样的一个人。

我们在这生命里到处碰头失望，连续遭逢“幻灭”。头顶只见乌云，地下满是黑影；同时我们的年岁，病痛，工作，习惯，恶狠狠的压上我们的肩背，一天重似一天，在无形中嘲讽的呼喝着，“倒，倒，你这不量力的蠢才！”因此你看这满路的倒尸，有全死的，半死的，有爬着挣扎的，有默无声息的……嘿！生命这十字架，有几个人扛得起来？

但生命还不是顶重的负担，比生命更重实更压得死人的是思想那十字架。人类心灵的历史里能有几个天成的孟贲乌育？在思想可怕的战场上我们就只有数得清有限的几具光荣的尸体。

我不敢非分的自夸；我不够狂，不够妄。我认识我自己力量的止境，但我却不能制止我看了这时候国内思想界萎瘪现象的愤懑与羞恶。我要一把抓住这时代的脑袋，问它要一点真思想的精神给我看看——不是借来的兑来的冒来的描来的东西，不是纸糊的老虎，摇头的傀儡，蜘蛛网幕面的偶像；我要的是筋骨里迸出来，血液里激出来，性灵里跳出来，生命里震荡出来的真纯的思想。我不来问他要，是我的懦怯；他拿不出来给我看，是他的耻辱。朋友我要你选定一边，假如你不能站在我的对面，拿出我要的东西来给我看，你就得站在我这一边，帮着我对这时代挑战。

我预料有人笑骂我的大话。是的，大话。我正嫌这年头的话太小了，我们是得造一个比小更小的字来形容这年头听着的说话，写下印成的文字；我们得请一个想像力细致如史魏夫脱（Dean Swift）的来描写那些说小话的小口，说尖话的尖嘴。一大群的食蚁兽！他们最大的快乐是忙着他们的尖喙在泥土里垦寻细微的蚂蚁。蚂蚁是吃不完的，同时这可笑的尖嘴却益发不住的向尖的方向进化，小心再隔几代连蚂蚁这食料都显太大了！

我不来谈学问，我不配，我书本的知识是真的十二分的有限。年轻的时候我念过几本极普通的中国书，这几年不但没有知新，温故都说不上，我实在是固陋，但却抱定孔子的一句话“知之为知之，不知为不知，是知也”，决不来强不知为知；我并不看不起国学与研究国学的学者，我十二分的尊敬他们，只是这部分的工我只能艳羡的看他们去做，我自己恐怕不但今天，竟许这辈子都没希望参加的了。外国书呢？看过的书虽则有几本，但是真说得上“我看过的”能有多少，说多一点，三两篇戏，十来首诗，五六篇文章，不过这样罢了。

科学我是不懂的，我不曾受过正式的训练，最简单的物理化学，都说不明白，我要是不预备就去考中学校，十分里有九分是落第，你信不信！天上我只认识几颗大星，地上几棵大树；这也不是先生教我的；从先生那里学来的，十几年学校教育给我的究竟有些什么，我实在想不起，说不上，我记得的只是几个教授可笑的嘴脸与课堂里强烈的催眠的空气。

我人事的经验与知识也是同样的有限，我不曾做过工；我不曾尝味过生活的艰难，不曾打过仗，不曾坐过监，不曾进过什么秘密党，不曾杀过人，不曾做过买卖，发过一个大的财。

所以你看，我只是个极平常的人，没有出人头地的学问，更没有非常的经验。但同时我自信我也有我与人不同的地方。我不曾投降这世界，这不受它的拘束。

我是一只没龙头的野马，我从来不曾站定过。我人是在这社会里活着，我却不是这社会里的一个，像是有离魂病似的，我这躯壳的动静是一件事。我那梦魂的去处又是一件事。我是一个傻子，我曾经妄想在这流动的生活里发现一些不变的价值，在这打谎的世上寻出一些不磨灭的真，在我这灵魂的冒险是生命核心里的意义；我永远在无形的经验的岩上爬着。

冒险——痛苦——失败——失望，是跟着来的，存心冒险的人就得打算他最后的失望；但失望却不是绝望，这分别很大。我是曾经遭受失望的打击，我的头是流着血，但我的脖子还是硬的；我不能让绝望的重量压住我的呼吸，不能让悲观的慢性病侵蚀我的精神，更不能让压世的恶质染黑我的血液。厌世观与生命是不可并存的；我是一个生命的信徒，起初是的，今天还是，将来我敢说也是。我决不容忍性灵的颓废，那是最不可救药的堕落，同时却继续躯壳的存在；在我，单这开口说话，提笔写字的事实，就表示后背有一个基本信仰；完全的没破绽的信仰；否则我何必再做什么文章，为什么报刊?

但这并不是说我不感受人生遭遇的痛创；我决不是那童妳性的乐观主义者；我决不来指着黑影说这是阳光，指着云雾说这是青天，指着分明的恶说这是善；我并不否认黑影，云雾与恶，我只是不怀疑阳光与青天与善的实在；“暂时的掩蔽与侵蚀能使我们绝望，这正应得加倍的激动我们寻求光明的决心。前几天我觉着异常懊丧的时候无意中翻着尼采的一句话，极简单的几个字即涵有无穷的意义与强悍的力量，正如天上星斗的纵横与山川的经纬，在无声中暗示你人生的奥义，祛除你的迷惘。照亮你的思路，他说：“受苦人没有悲观的权利”（The sufferer has no righttopessimism），我那时感觉一种异样的惊心，一种异样的彻悟：……

我不辞痛苦，因为我要认识你，上帝；
我甘心，甘心在火焰里存身，
到最后那时辰见我的真，
见我的真，我定了主意，上帝，再不迟疑！

所以经我这次从南边回来，决意改变我对人生的态度，我写信给朋友说这来要来认真做一点“人的事业”了——。

我再不想成仙，蓬莱不是我的分；
我只要这地面，情愿安分的做人。

在我这“决心做人，决心做一点认真的事业”，是一个思想的大转变；因为先前我对这人生只是不调和不承认的态度，因此我与这现世界并没有什么相互的关系，我是我，它是它，它不能责备我，我也不来批评它，但是这来我决心做人的宣言却把我放进了一个有关系，负责任的地位，我再不能张着眼睛做梦。从今起得把现实当现实看：我要来察看，我要来检查，我要来清除，我要来颠扑，我要来挑战，我要来破坏。

人生到底是什么？我得先对我自己给一个相当的答案。人生究竟是什么？

为什么这形形色色的，纷扰不清的现象——宗教，政治、社会、道德、艺术、男女、经济？我来是来了，可还是一肚子的不明白，我得慢慢地看古玩似的，一件件拿在手里看一个清切再来说话，我不敢保证我的话一定在行，我敢担保的只是我自己思想的忠实；我前面说过我的学识是极浅陋的，但我却并不因此自馁，有时学问是一种束缚，知识是一层障碍，我只要能信得过我能看的眼，能感受的心，我就有我的话说；至于我说的话有没有人听，有没有人懂，那是另外一件事，我管不着了——“有的人身死了才出世的”，谁知道一个人有没有真的出世那一天？

是的，我从今起要迎上前去！生命第一个消息是活动，第二个消息是搏斗，第三个消息是决定；思想也是的，活动的下文就是搏斗。搏斗就包含一个搏斗的对象，许是人，许是问题，许是现象，许是思想本体。一个武士最大的期望是寻着一个相当的敌人。思想家也是的，他也要一个可以较量他充分的力量的对象。“攻击是我的本性，”一个哲学家说，“要与你的对手相当——这是一个正直的决斗的第一个条件。你心存鄙夷的时候你不能搏斗。你占上风，你认定对手无能的时候你不应当搏斗。我的战略可以约成四个原则：——第一，我专打正占胜利的对象——在必要时我暂缓我的攻击，等他胜利了再开手；第二，我专打没有人打的对象，我这边不会有助手，我单独的站定一边——在这搏斗中我难为的只是我自己；第三，我永远不来对人的攻击——在必要时我只拿一个人格当显微镜用，借它来显出某种普遍的，但却隐遁不易踪迹的恶性；第四，我攻击某事物的动机，不包含私人嫌隙的关系，在我攻击是一个善意的，而且在某种情况下，感恩的凭证。”

这位哲学家的战略，我现在僭引作我自己的战略，我盼望我将不至于在搏斗的沉酣中忽略了预定的规律，万一疏忽时我恳求你们随时提醒。我现在戴我的手套去！

伤双栝老人

看来你的死是无可置疑的了，宗孟先生；虽则你的家人们到今天还没法寻回你的残骸。最初消息来时，我只是不信，那其实是太奇特，太荒唐，太不近情。我曾经几回梦见你生还，叙述你历险的始末，多活现的梦境！但如今在栝树凋尽了青枝的庭院，再不闻“老人”的謦欬；真的没了，四壁的白联仿佛在微风中叹息。这三四十天来，哭你有你的内眷，姊妹，亲戚，悼你的私交；惜你有你的政友与国内无数爱君才调的士夫。志摩是你的一个忘年的小友。我不来敷陈你的事功，不来历叙你的言行；我也不来再加一份涕泪吊你最后的惨变。魂兮归来！此时在一个风满天的深夜握笔就只两件事闪闪的在我心头：一是你谐趣天成的风怀，一是髫年失祜的诸弟妹，他们，你在时，哪一息不是你的关切，便如今，料想你彷徨的阴魂也常在他们的身畔飘逗。平时相见，我倾倒你的妙语，往往含笑静听，不叫我的笨涩羼杂你的莹彻，但此后，可恨这生死间无情的阻隔，我再没有那样的清福了！只当你是在我跟前，只当是消磨长夜的闲谈，我此时对你说些琐碎，想来你不至厌烦罢。

先说说你的弟妹。你知道我与小孩子们说得来，每回我到你家去，他们一群四五个，连着眼珠最黑的小五，浪一般的拥上我的身来，牵住我的手，攀住我的头，问这样，问那样；我要走时他们就着了忙，抢帽子的，锁门的，嗄着声音苦求的——你也曾见过我的狼狈。自从你的噩耗到后，可怜的孩子们，从不满四岁到十一岁，哪懂得生死的意义，但看了大人们严肃的神情，他们都发了呆，一个个木鸡似的在人前愣着。有一天听说他们私下在商量，想组织一队童子军，冲出山海关去替爸爸报仇！

“栝安”那虚报到的一个早上，我正在你家。忽然间一阵天翻地覆似的闹声从外院陡起，一群孩子拥着一位手拿电纸的大声欢呼着，冲锋似的拥进了上房。果然是大胜利，该得庆祝的："爹爹没有事!""爹爹好好的!"徽那里平安电马上发了去，省她急。福州电也发了去，省他们跋涉。但这欢喜的风景运定活不到三天，又叫接着来的消息给完全煞尽!

当初送你同去的诸君回来，证实了你的死讯。那晚，你的骨肉一个个走进你的卧房，各自默恻恻的坐下，啊，那一阵子最难堪的噤寂，千万种痛心的思潮在各个人的心头，在这沉默的暗惨中，激荡，汹涌，起伏。可怜的孩子们也都泪汪汪的攒聚在一处，相互的偎着。半懂得情景的严重。霎时间，冲破这沉默，发动了放声的号啕，骨肉间至性的悲哀——你听着吧，宗孟先生，那晚有半轮黄月斜觇着北海白塔的凄凉?

我知道你不能忘情这一群童稚的弟妹。前晚我去你家时见小四小五在灵帏前翻着筋斗，正如你在时他们常在你的跟前献技。"你爹呢"?我拉住他们问。"爹死了，"他们嘻嘻的回答，小五搂住了小四，一和身又滚做一堆!他们将来的养育是你身后惟一的问题——说到这里，我不由的想起了你离京前最后几回的谈话，政治生活，你说你不但尝够而且厌烦了。这五十年算是一个结束，明年起你准备谢绝俗缘，亲自教课膝前的子女；这一清心你就可以用功你的书法，你自学你腕下的精力，老来是健进，你打算再花二十年工夫，打磨你艺术的天才；文章你本来不弱，但你想望的却不是什么等身的著述，你只求沥一生的心得，淘成三两篇不易衰朽的纯晶。这在你是一种觉悟；早年在国外初识面时，你每每自负你政治的异禀。即在年前避居津地时你还以为前途不少有为的希望，直到最近政态诡变，你才内省厌倦，认真想回复你书生逸士的生涯。我从最初惊讶你清奇的相貌，惊讶你更清奇的谈吐，我便不阿附你从政的热心，曾经有多少次我讽劝你趁早回航，领导这新时期的精神，共同发现文艺的新土。即如前年泰戈尔来时，你那兴会正不让我们年轻人；你这半百翁登台演戏，不论劳倦的精神正不知给了我们多少的鼓舞!

不，你不是"老人"；你至少是我们后生中间的一个。在你的精神里，我们看不见苍苍的鬓发，看不见五十年光阴的痕迹；你依旧是二三十年前《春痕》故事里的"逸"的风情——"万种风情无地着"，是你最得意的名句，谁料这下文竟命定是"辽原白雪葬华颠!"

谁说你不是君房的后身?可惜当时不曾记你摇曳多姿的吐属，蓓蕾似的满缀着警句与谐趣，在此时回忆，只如天海远处的点点航影，再也认不分明。你常常自称厌世人，果然，这世界，这人情，哪禁得起人锐利的理智的解剖与抉剔?你的锋芒，有人说，是你一生最吃亏的所在。但你厌恶的是虚伪，是矫情，是顽老，是乡愿的面目，哪还是不该的?谁有你的豪爽，谁有你的倜傥，谁有你的幽默?你的锋芒，即使露，也决不是完全在他人身上应用，你何尝放过你自己？对己一如对人，你丝豪不存姑息，不存隐讳，这就够难能，在这无往不是矫揉的日子，再没有第二人，除了你，能给我这样脆爽的清谈的愉快。再没有第二人在我的前辈中，除了你能使我感受这样的无“执”无“我”精神。

最可怜是远在海外的徽徽，她，你曾经对我说，是你惟一的知已；你，她也会对我说，是她惟一的知已。你们这父女不是寻常的父女。“做一个有天才的女儿的父亲”，你会说，“不是容易享的福，你得放低你天伦的辈分先求做到友谊的了解。”徽，不用说，一生崇拜的就只你，她一生理想的计划中，哪件事离得了聪明不让她自己的老父？但如今，说也可怜，一切都成了梦幻，隔着这万里途程，她那弱小的心灵如何载得起这奇重的哀惨！这终天的缺陷，叫她问谁补去？佑着她吧，你不昧的阴灵，宗孟先生，给她健康，给她幸福。尤其给她艺术的灵术——同时提携她的弟妹，共同增荣雪池双栝的清名！

十五年二月二日新月社

吊刘叔和

一向我的书桌上是不放相片的。这一月来有了两张，正对我的座位，每晚更深时就只他们俩看着我写，伴着我想。院子里偶尔听着一声清脆，有时是虫，有时是风卷败叶，有时我想像是我们亲爱的故世人从坟墓的那一边吹过来的消息。伴着我的一个是小，一个是“老”：小的就是我那三月间死在柏林的彼得，老的是我们钟爱的刘叔和，“老老”。彼得坐在他的小皮椅上，抿紧着他的小口，圆睁着一双秀眼，仿佛性急要妈拿糖给他吃，多活灵的神情！但在他右肩空白上分明题着这几行小字：“我的小彼得，你在时我没福见你，但你这可爱的遗影应该可以伴我终身了。”老老是新长上几根看得见的上唇须在他那件常穿的绘褂里欠身坐着，严正在他的眼内，和蔼在他的口颔间。

让我来看。有一天我邀他吃饭，他来电说病了不能来，顺便在电话中他说起我的彼得。（在襁褓时的彼得，叔和在柏林也曾见过。）他说我那篇悼儿文做得不坏；有人素来看不起我的笔墨的，他说，这回也相当的赞许了。我此时还分明记得他那天通电时着了寒发沙的嗓音！我当时回他说多谢你们夸奖，但我却觉得凄惨，因为我同时不能忘记那篇文字的代价，是我自己的爱儿。过了几天适之来说“老老病了，并且他那病相不好，方才我去看他，他说适之我的日子已经是可数的了。”他那时住在皮宗石家里。我最后见他的一次，他已在医院里。他那神色真是不好，我出来就对人讲，他的病中医叫做湿瘟，并且我分明认得它，他那眼内的钝光，面上的涩色，一年前我那表兄沈叔薇弥留时我曾经见过——可怕的认识，这侵蚀生命的病征。可怜少鳏的老老，这时候病榻前也没有温存的看护；我与他说笑；“至少在病苦中有妻子毕竟强似没妻子，老老，你不懊丧续弦不及早吗?”那天我喂了他一餐，他实在是动弹不得；但我向他道别的时候，我真为他那无告的情形不忍。（在客的单身朋友们，这是一个切题的教训，快些成家，不要过于挑剔了吧：你放平在病榻上时才知道没有妻子的悲惨！——到那时，比如叔和，可就太晚了。”）

叔和没了。但为你，叔和，我却不曾掉泪。这年头也不知怎的，笑自难得，哭也不得容易。你的死当然是我们的悲痛，但转念这世上惨淡的生活其实是无可沾恋，趁早隐了去，谁说一定不是可羡慕的幸运？况且近年来我已经见惯了死，我再也不觉着它的可怕。可怕是这烦嚣的尘世：蛇蝎在我们的脚下，鬼祟在市街上，霹雳在我们的头顶，恶梦在我们的周遭。在这伟大的迷阵中，最难得的是遗忘；只有在简短的遗忘时我们才有机会恢复呼吸的自由与心神的愉快。谁说死不就是个悠久的遗忘的境界？谁说墓窟不就是真解放的进门？

但是随你怎样看法，这生死间的隔绝，终究是个无可奈何的事实，死去的不能复活，活着的不能到坟墓的那一边去探望。到绝海里去探险我们得合伙，在大漠里游行我们得结伴；我们到世上来做人，归根说，还不只是惴惴的来寻访几个可以共患难的朋友，这人生有时比绝海更凶险，比大漠更荒凉，要不是这点子友谊的同情我第一个就不敢向前迈步了。叔和真是我们的一个。他的性情是不可信的温和："顶好说话的老老"；但他每当论事，却又绝对的不苟同，他的议论，在他起劲时，就比如山壑间雨后的乱泉，石块压不住它，蔓草掩不住它。谁不记得他那永远带伤风的嗓音，他那永远不平稀的肩背，他那怪样的激昂的神情？通伯在他那篇《刘叔和》里说起当初在海外老老与傅孟真的豪辩，有时竟连"呐呐不多言"的他，也"免不了加入他们的战队"。这三位衣常敝履无不穿的"大贤"在伦敦东南隅的陋巷，点煤气油灯的斗室里，真不知有多少次借光柏拉图与卢骚与斯宾塞的迷力，欺骗他们告空虚的肠胃——至少在这一点他们三位是一致同意的！但通伯却忘了告诉我们他自己每回加入战团时的特别情态，我想我应得替他补白。我方才用乱泉比老老，但我应得说他是一窜野火，焰头是斜着去的；傅孟真，不用说，更是一窜野火，更狂猛，焰头是斜着去的；这一去一来就发生了不得开交的冲突。在他们最不得开交时劈头下去了一瓢冷水，雨窜野火都吃了惊，暂时翳了回去。那一瓢冷水就是通伯；他是出名浇冷水的圣手。

啊，那些过去的日子！枕上的梦痕，秋雾里的远山。我此时又想起初度太平洋与大西洋时的情景了。我与叔和同船到美国，那时还不熟；后来同在纽约一年差不多每天会面的，但最不可忘的是我与他同渡大西洋的日子。那时我正迷上尼采，开口就是那一套沾血腥的字句。

我仿佛跟着查拉图斯脱拉登上了哲理的山峰，高空清气在我的肺里，杂色的人生横亘在我的眼下。船过必司该海湾的那天，天时骤然起了变化；岩片似的黑云一层层累叠在船的头顶，不漏一丝天光，海也整个翻了，这里一座高山，那边一个深谷，上腾的浪尖与下垂的云爪相互的纠拿着；风是从船的侧面来的，夹着钱梗似粗的暴雨，船身左右侧的倾欹着。这时候我与叔和在水发的甲板上往来的走——哪里是走，简直是滚，多强烈的震动！霎时间雷电也来了，铁青的云板里飞舞着万道金蛇。涛响与雷声震成了一片喧阗，大西洋险恶的威严在这风暴中尽情的披露了“人生”，我当时指给叔和说，“有时还不止这凶险，我们有胆量进去吗?”那天的情景益发激动了我们的谈兴，从风起直到风定，从下午直到深夜，我分明记得，我们俩在沉酣的论辩中遗忘了一切。

今天国内的状况不又是一幅大西洋的天变？我们有胆量进去吗？难得是少数能共患难的旅伴；叔和，你是我们的一个，如何你等不得浪静就与我们永别了？叔和，说他的体气，早就是一个弱者；但如其一个不坚强的体壳可以包容一团紧强的精神，叔和就是一个例。叔和生前没有仇人，他不能有仇人；但他自有他不能容忍的对象：他恨混淆的思想，他恨腌臜的人事。他不轻易斗争；但等他认定了对敌出手时，他是最后回头的一个。叔和，我今天又上了风雨中的甲板，我不能不悼惜我侣伴的空位！

十月十五日

欧游漫录

一 开 篇

你答应了一件事，你的心里就打上了一个结，这个结一天不解开，你的事情一天不完结，你就一天不得舒服。“不做中人不做保，一世无烦恼，”就是这个意思。谁叫我这回出来，答应了人家通讯？在西伯利亚道上我记得曾经发出过一封，但此后，约莫有个半月了，一字我不曾寄去，债愈积愈不容易清呢，我每天每晚揪住了心里的那个结对自己说。同时我知道国内一部分的朋友也一定觉着诧异，他们一定说“你看出门人没有靠得住的，他临走的时候答应得多好，说一定随时有信来报告行踪，现在两个月都快满了，他哪里一个字都不曾寄来！”

但是朋友们，你们得知道我并不是存心叫你们失望的；我至今不写信的缘故决不完全是懒，虽则懒是到处少不了有他的分。当然更不是为无话可说；上帝不许！过了这许多逍遥的日子还来抱怨生活平凡。话多的很，岂止有，难处就在积满了这一肚子的话，从哪里说起才是，这是一层；还有一个难处，在我看来更费踌躇，是这番话应该怎么说法？假如我是一个干脆的报馆访事员，他惟一的金科是有闻必录，那倒好办，只要把你一只耳朵每天收拾干净，出门不要忘了带走，轻易不许他打盹，同时一手拿着纪事册，一手拿着“永远光”，外来的新闻交给耳朵，耳朵交给手，手交给笔，笔交给纸，这不就完事了不是？可惜我没有做访事的天赋，耳朵不够长，手不够快，我又太笨，思想来得奇慢的，笔下请得到的有数几个字也都是有脾气的只许你去凑他们的趣，休想他们来凑你的趣；否则我要是有画家的本事，见着那边风景好，或是这边人物美，立刻就可以打开本子来自描写生，那不是心灵里的最细沉最飘忽的消息，都有法子可以款留踪迹，我也不怕没有现成文章做了。

我想你们肯费工夫来看我通讯的也不至于盼望什么时局的新闻。莫索里尼的演说，兴登堡将军做总统，法国换内阁等等，自有你们驻欧特约通信员担任，我这本纪事册上纸张不够宽恕不备载了。你们也不必期望什么出奇的事项，因为我可以私下告诉你们我这回到欧洲来并不想谋财，也不想害命，也不愿意自己的腿子叫汽车压扁或是牺牲钱包让剪绺先生得意。不，出奇也是不会得，本来我自己是一个平淡无奇的游客，我眼内的欧洲也只是平淡无奇的几个城子；假如我有话说时也只在这平淡无奇的经验的范围内平淡无奇的几句话，再没有别的了。

唯其因为到处是平淡无奇，我这里下笔写的时候就格外觉得为难。假如我有机会看得见牛斗，一只穿红衣的大黄牛和一个穿红衣的骑士拚命，千万个看客围着拍掌叫好的话，我要是写下一篇《斗牛记》，那不仅你们看的人合适，我写的人也容易。偏偏牛斗我看不着（听说西班牙都禁绝了），别说牛斗，人们都难得见着，这世界分明是个和平的世界，你从这国的客栈转运到那国的客栈见着的无非仆欧们的笑脸与笑脸的“仆欧”们——只要你小钱凑手，你准看得见一路不断的笑脸。这刻板的笑脸当然不会得促动你做文明的灵机。就这意大利人，本来是出名性子暴躁轻易就会相骂的也分明涵养好多了；你们念过W·D·HowellsVenetian Life的那段两位江朵蜡船家吵嘴的妙文一定以为此地来一定早晚听得见色彩鲜艳的骂街；但是不，我来了已经有一个多月却还一次都不曾见过暴烈的南人的例证。总之这两月来一切的事情都像是私下说通了不叫我听见或是碰到一些异常的动静！同时我答应做通讯的责任并不因此豁免或是减轻；我的可恨的良心天天掀着我的肘子说“喂，赶快一点，人家笑着你哪！”

寻常的游记我是不会写的，也用不着我写，这烂熟的欧洲，又不是北冰洋的尖头或是非洲沙漠的中心，谁要你来饶舌。要我拿日记来公开我有些不愿意，叫白天离魂的鬼影到大家跟前来出现似乎有些不妥当——并且老实说近来本子上记下的也不多。当作私人信札写又如何呢？那也是一个写法，但你心目中总得悬拟你一个相识的收信人，这又是困难，因为假如你存想你最亲密的朋友，他或是她，你就有过于啰嗲的危险，同时如其你假定的朋友太生分了，你笔下就有拘束，一样的不讨好。啊。朋友们，你们的失望是定的了。方才我开状的时候似乎多少总有几句话说给你们听但是你们看我笔头上别扭了好半天，结果还是没有结果。应得说什么，我自己不知道，应得怎么说法，我也是不知道！所以我不得不下流，不得不想法搪塞，笔头上有什么来我就往纸上写，管得选择，管理体裁，管得体面！

二　自愿的充军

“谁叫你去的，这不是话该?”我听得见北京的朋友们说。我是个感情的人；老头病了，想我去，我不得不去，我就去。那时候有许多朋友都反对，他们说“老头快死了，你赶去送丧不成？趁早取消吧！至于意大利你哪一个年头去不得，等着有更好的机会再去不好?”如今他们更有话说了：“你看老头不是开你玩笑？他要你去，自己倒反早跑了。现在你这光棍吊空在欧洲，何苦来，赶快回家吧!”

三　离　京

我往常出门总带着一只装文件的皮箱，这里面有稿本，有日记，有信件，大都是见不得人面的。这次出门有一点特色，就是行李里空了秘密的累赘，干脆的几件衣服几本书，谁来检查都不怕，也不知怎的生命里是有那种不可解的转变，忽然间你改变了评价的标准，原来看重的这时不看重了，原来隐讳的这时也无庸隐讳了，不但皮箱里口袋里出一个干净，连你的脑子里五脏里本来多的是古怪的复壁夹道，现在全理一个清通，像意大利麦古龙尼似的从这头通到那头。这是一个痛快。做生意的馆子逢到节底总结一次帐，进出算个分明，准备下一节重新来过；我们的生命里也应得隔几时算一次总帐，赚钱也好，亏本也好，是没头没脑的窝着堆着总不是道理。好在生意忙的时期也不长，就是中间一段交易复杂些，小孩子时代不会做买卖，老了的时候想做买卖没有人要，就这约莫二十岁到四十岁的二十年间的确是麻烦的，随你怎样认真记帐总免不了挂漏。还有记错的隔壁帐，糊涂帐，吃着的坍帐，混帐，这时候好经理真不容易做！我这回离京真是爽快，真叫是“一肩行李，两袖清风，俺就此去也!”但是不要得意，以前的帐务虽然暂时结清（那还是疑问），你店门还是开着，生意还是做着，照这样热闹的市面，怕要不了一半年，尊驾的帐目又该是一塌糊涂了！

四　旅　伴

西班牙有一个俗谚，大旨是“一人不是伴，两人正是伴，三数便成群，满四就是乱。”这旅行，尤其是长途的旅行，选伴是一桩极重要的事情。我的理论我的经验，都使我无条件的主张独游主义——是说把游历本身看做目的。同样一个地方你独身来看与结伴来看所得的结果就不同。理想的同伴（比如你的爱妻或是爱友或是爱什么）当然有，但与其冒险不如意同伴的懊怅不如立定主意独身走来得妥当。反正近代的旅行其实是太简单容易了，尤其是欧洲，哑巴瞎子聋子傻瓜都不妨放胆去旅行，只要你认识字，会得做手势，口袋里有钱，你就不会丢。

我这次本来已经约定了同伴，那位先生高明极了，他在西伯利亚打过几年仗，红党白党（据他自己说）都是他的朋友，会说俄国话，气力又大，跟他同走一定吃不了亏。可是我心里明白，天下没有无条件的便宜，况且军官大爷不是容易伺侯的，回头他发现假定的“绝对服从”有漏孔时他就对着这无抵抗的弱者发威，那可不是玩！这样一想我觉得还是独身去西伯利亚冒险，比较的不恐怖些。说也巧，那位先生在路上发现他的公事还不曾了结至少须延迟一星期动身，我就趁机会告辞，一溜烟先自跑了！

同时在车上我已经结识了两个旅伴：一位是德国人，做帽子生意的，他的脸子他的脑袋，他的肚子都一致声明他决不是另一国人。他可没有日耳曼人往常的镇定，在他那一双闪烁的小眼睛里你可以看出他一天害怕与提防危险的时候多，自有主见的时候少。他的鼻子不消说完且是叫啤酒与酒精薰糟了的，皮里的青筋盘全都纠盘的供着活像一只霁红碎瓷的鼻烟壶。他常常替他自己发现着急的原因，不是担忧他的护照少了一种签字，便是害怕俄国人要充公他新做的衬衫。他念过他的叔本华；每次不论讲什么问题他的结句总是“倒不错，叔本华也是这么说的！”

还有一个更有趣的旅伴在车上结识的是意大利人。他也是在东方做帽子生意的。如其那位德国先生满脑子装着香肠啤酒与叔本华的，我见了不由得不起敬。这位拉丁族的朋友我简直的爱他了，我初次见他，猜他是个大学教授，第二次见他猜他是开矿的，到最后才知道他是卖帽子给我们的，我与他谈得投机极了，他有的是谐趣，书也看得不少，见解也不平常。像这种无意中的旅伴是很难得的，我一途来不觉着寂寞就幸亏有他，我到了还与他通信。你们都见过大学眼药的广告不是？那有一点儿像我那朋友。只是他漂亮多了，他那烧胡是不往下挂的，修得顶整齐，又黑又浓又紧，骤看像是一块天鹅绒，他的眼最表示他头脑的敏锐，他的两颊是鲜杨梅似的红，益发激起他白的肤色与漆黑的发。他最爱念的书是 Don Quixteo Ariosto 中他的癖好，丹德当然更是他从小的陪伴。

五　两个生客

我是从满州里买票的。普通车到莫斯科价共一百二十几卢布，国际车到赤塔才有，我打算到了赤塔再补票，到赤塔时耿济之君到车站来接我，一问国际车，票房说要外加一百卢布，同时别人分两段（即自满州里至赤塔，再由赤塔买至莫斯科）买票的只花了一百七十多卢布。我就不懂为什么要多花我二三十卢布，一时也说不清，我就上了普通车，那是四个人一间的。但是上车一看情形有些不妥，因为房间里已经有波兰人一家住着，一个秃顶的爸爸，一个搽胭脂的妈妈，一个十三四岁的男孩，一个几个月的乳孩；我想这可要不得，回头拉呀哭呀闹呀叫我这外客怎么办，我就立刻搬家，管他要添多少搬上了华丽舒服的国际车再说，运气也正好，恰巧还有一间三人住的大房空着，我就住下了；顶奇怪是等到补票时我满想挨化冤钱，谁知他只要我四十三元，合算起来倒比别人便宜了十个左右的卢布，这里面的玄妙我始终不曾想出来。

车上伺候的是一位忠实而且有趣的老先生。他来替我铺床笑着说："呀，你好福气，一个人占上这一大间屋子；我想你不应得这样舒服，车到了前面大站我替人放进两位老太太陪你，省得你寂寞好不好？"我说多谢多谢，但是老太太应得陪像你自己这样老头子的，我是年轻的，所以你应得寻一两个一样年轻的与我作伴才对。

我居然过了三天舒服的日子，第四天看了车上消息说今晚有两个客人上来，占我房里的两个空位，我就有点慌，跑去问那位老先生这消息真不真，他说，"怎么会得假呢？你赶快想法子欢迎那两位老太太吧！"（俄国车上男女是不分的）回头车到了站，天已经晚了，我回房去看时果然见有几件行李放着：一只提箱，两个铺盖，一只装食物的篾箱。间壁一位德国太太过来看了对我说："你舒服了几天这回要受罪了，方才来的两位样子顶古怪的，不像是西方人，也不像是东方人，你留心点吧。"正说着话他们来了，一个高的，一个矮的；一个肥的，一个瘦的；一个黑脸，一个青脸——（他们两位的尊容真得请教施耐庵先生才对得住他们，我想胖的那位可以借用黑旋风的雅号，瘦的那位得叨光杨志与王英两位："矮脚虎、青面兽"）；两位头上全是黑松松的乱发，身上都穿着青辽辽的布衣，衣襟上都针着红色的列宁像。我是不曾见过杀人的凶手；但如其那两位朋友告诉我们方才从大牢里逃出来的，我一定无条件的相信！我们交谈了。不成；黑旋风先生很显出愿意谈天的样子，虽则青面兽先生绝对取缄默态度；黑先生只会三两句英国话，再来就是俄国话，再来更不知是什么鸟话。他们是土耳其斯坦来的。"你中国！"他似乎惊喜的回话。阿孙逸仙……死？你……国民党？哈哈哈哈，你共产党？哈哈，你什么党？哈哈……到莫斯科？哈哈！

一回见他们上饭车去了，那位老车役进房来铺房，见我一个人坐着发愣他就笑说你新来的朋友好不好？我说算了，劳驾，我还是欢迎你的老太太们！"你看年轻人总是这样三心两意的，老的不要，年轻的也不……"喔！枕垫底下可不是放着一对满装子弹的白郎林手枪？他捡了起来往上边床上一放，慢慢的接着说"年轻的也确太危险了，怪不得你不喜欢，"我平常也自夸多少有些"幽默"的，但那晚与那两位形迹可疑的生客睡在一房，心里着实有些放不平，上床时偷偷把钱包塞在枕头底下，还是过了半夜才落姅，黑旋风先生的鼾声真是雷响一般，你说我那晚苦不苦？明早上醒过来我还有些不相信，伸手去摸自己的脑袋，还好，没有搬家，侥幸侥幸！

六　西伯利亚

一个人到一个不曾去过的地方不免有种种的揣测，有时甚至害怕。我们不很敢到死的境界去旅行也就如此。西伯利亚，这个地方本来不容易使人发生荒凉的联想，何况现在又变了有色彩的去处，再加谣传，附会，外国存心诬蔑苏俄的报告，结果在一般人的心目中这条平坦的通道竟变了不可测的畏途。其实这都是没有根据的。西伯利亚的交通照我这次的经验看并不怎样比旁的地方麻烦，实际上那边每星期五从赤塔开到莫斯科（每星期三自莫至赤）的特快虽则是七八天的长途车，竟不会耽误时刻，那在中国就是很难得的了，你们从北京到满洲里，从满洲里到赤塔，尽可以坐二等车，但从赤塔到俄京那一星期的路程我劝你们不必省这几十块钱（不到五十），因为那国际车真是舒服，听说战前连洗澡都有设备的，比普通车位差太远了，坐长途火车是顶累人不过的，像我自己就有些晕车，所以有可以节省精力的地方还是多破费些钱来得上算，固然坐上了国际车你的同道只是体面的英、美、德、法人；你如其要参预俄国人的生活时不妨去坐普通车，那就热闹了，男女不分的，小孩是常有的，车间里四张床位，除了各人的行李以外，有的是你意想不到的布置。我说给你们听听：洋磁面盆，小木坐凳，小孩坐车，各式药瓶，洋油锅子，煎咖啡铁罐，牛奶瓶，酒瓶，小儿玩具，晒湿衣服绳子，满地的报纸，乱纸，花生壳，向日葵子壳，痰唾，果子皮，鸡子壳，面包屑……房间里的味道也就不消细说。你们自己可以想象，老实说我有点受不住，但是俄国人自会作他们的乐，往往在一团氤氲（当然大家都吸烟）的中间，说笑的自说笑，唱歌的自唱歌，看书的看书，瞌睡的瞌睡，同时玻璃上的蒸气全结成了冰屑，车外只是白茫茫的一片，静悄悄的没有声息，偶尔在树林的边沿看得见几处木板造成的小屋，屋顶透露着一缕青灰色的烟痕，报告这荒凉境地里的人迹。

吃饭一路上都有餐车，但不见佳而且贵，愿意省钱的可以到站时下去随便买些食物充饥，这一路每站上都有一两间小木屋（要不然就是几位老太太站在露天提着篮端着瓶子做生意）卖杂物的：面包，牛奶，生鸡蛋，薰鱼，苹果都是平常买得到的（记着我过路的时候是三月，满地还是冰雪，解冻的时候东西一定要多）。

我动身前有人警告我说："苏俄的忌讳多的很，你得留神；上次有几个美国人在餐车里大声叫仆欧（应得叫 comrade 康姆拉特，意思是朋友、同志或伙计）叫他们一脚踢下车去死活不知下落，你这回可小心！那是不是神话我不曾有工夫去考虑；但为叫一声仆欧就得受死刑（苏州人说的"路倒尸"）我看来有些不像，实际上出门莫谈政治，倒是真的，尤其在革命未定的国家，关于苏俄我下面再讲。我们餐车的几位康姆拉特都是顶年轻的，其中有一位实在不很讲究礼节，他每回来招呼吃饭，就像是上官发命令，斜瞟着一双眼，使动着一个不耐烦的指头，舌尖上滚出几个铁质的字音嘭的阖上你的房门，他又到间壁去发命令了！他是中等身材，胸背是顶宽的，穿一身水色的制服，肩上放一块擦桌白布，走路像疾风似的有劲；但最有意思的是他的脑袋，椭圆的脸盘，扁平的前额上斜撩着一两鬈短发，眼睛不大但显示异常的决断力，颧骨也长得高，像一个有威权的人；他每回来伺候你的神情简直要你发抖；他不是来伺候他是来试你的胆量（我想胆子小些的客人见了他真会哭的）！他手里有杯盘，刀，叉就像是半空里下冰雪一片片直削到你的面前，叫你如何不心寒；他也不知怎的有那么大气；绷紧着一张脸我始终不曾见他露过些微的笑容；我也曾故意比着可笑的手势想博他一个和善些的顾盼，谁知不行，他的脸上笼罩着西伯利亚冬的严 霜，轻易如何消得；真的，他那肃杀的气概不仅是为威吓外来的过客，因为他对他的同僚我留神观察也并没有更温和的嘴脸；顶叫人不舒服的是他那口角边总是紧紧的咬着一枝半焦的俄国纸烟，端菜时也在那里，说话时也在那里，仿佛他一腔的愤慨只有永远咬紧着牙关方可以勉强的耐着！后来看惯了倒也不觉得什么，我可是替他题上一个确切不过的徽号，叫他做"饭车里的拿破仑"，我那意大利朋友十二分的称赞我，因为他那体魄，他那神气，他的坚决，尤其是他前额上斜着的几根小发，有时他悻悻的独自在餐车那一头站着紧攒着眉头，一只手贴着前胸，谁说这不是拿翁再世的相儿？

七　西伯利亚

西伯利亚只是人少，并不荒凉。天然的景色亦自有特色，并不单凋；贝加尔湖周围最美，乌拉尔一带连绵的森林不可忘。天气晴爽时空气竟像是透明的，亮极了，再加地面上雪光的反映，真叫你耀眼，你们住惯城里的难得有机会饱尝清洁的空气；下回你们要是路过西伯利亚或是同样地方，千万不要躲懒，逢站停车时，不论天气怎样冷，总是下去散步，借冰清尖锐的气流洗净你恶浊的肺胃，那真是一个快乐。不仅你的鼻孔，就是你面上与颈上露在外面的毛孔，都受着最甜美的洗礼，给你倦懒的性灵一剂绝烈的刺激，给你松散的筋肉一个有力的约束，激荡你的志气，加添你的生命。

再有你们过西伯利亚时记着不要忙吃晚饭，牺牲最柔媚的晚景，雪地上的阳光有时幻成最娇嫩的彩色，尤其是太阳西沉时，最普通是银红，有时鹅黄稍带绿晕。四年前我游小瑞士时初次发现了雪地里光彩的变幻，这回过西伯利亚看得更满意；你们试想像晚风静定时在一片雪白的平原上，疏伶伶的大树间，斜阳里平添出几大条鲜艳的彩带，是幻是真，是真是幻，那妙趣到你亲身经历时从容的辨认罢。

但我此时却不来复写我当时的印象，那太吃苦了，你们知道这逼紧了你的记忆召回早已消散了的景色，再得应用想像的光辉照出他们颜色的深浅，是一件极伤身的工作，比发寒热时出汗还凶。并且还来碰记着不清的地方你就得凭空造，那你们又不愿意了是不是？好，我想出了一个简便的办法；我这本记事册的前面有几页当时随兴涂下的杂记，我就借用不是省事，就可惜我做事情总没有常性什么都只是片断，那几段琐记又是在车上用铅笔写的英文，十个字里至少有五个字不认识，现在要来对号，真不易！我来试试。

（1）西伯利亚并不坏，天是蓝的，日光是鲜明的，暖和的，地上薄薄的铺着白雪、矮树、甘草白皮松，到处看得见，稀稀的住人的木房子。

（2）方才过一站，下去走了一走，顶暖和。一个十岁左右卖牛奶的小姑娘手里拿瓶子卖鲜牛奶给我们。她有一只小圆脸，一双聪明的蓝眼，白净的皮肤，清秀有表情的面目。她脚上的套鞋像是一对张着大口的黄鱼，她的褂子也是古怪的样子，我的朋友给她一个半卢布的银币；她的小眼睛滚上几滚，接了过去仔细的查看，她开口问了，她要知道这钱是不是真的通用的银币；“好的，好的，自然好的！”旁边站着看的人（俄国车站上多的是闲人）一齐喊了。她露出一点子的笑容。把钱放进了口袋，一瓶牛奶交给客人，翻着小眼对我们望望，转身快快的跑了去。

(3) 入境愈深，当地人民的苦况益发的明显。今天我在赤塔站上留心的看。褴褛的小孩子，从三四岁到五六岁，在站上问客人讨钱，并且也不是客气的讨法，似乎他们的手伸了出来决不肯空了回去的。不但在月台上，连站上的饭馆里都有，无数成年的男女，也不知做什么来的，全靠着我们吃饭处的木栏，斜着他们呆顿的不移动的注视看着你蒸气的热汤或是你肘子边长条的面包。他们的样子并不恶，也不凶，可是晦塞而且阴沉，看见他们的相貌你不由得不疑问这里的人民知不知道什么是自然的喜悦的笑容。笑他们当然是会的，尤其是狂笑，当他们受足了 vodka 的影响，但那时的笑是不自然的，表示他们的变态，不是上帝给我们喜悦。这西伯利亚的土人，与其说是受一个有自制力的脑府支配的人身体，不如说是一捆捆的原始的人道，装在破烂的黑色或深黄色的布衫与奇大的毡鞋里，他们的行动，他们的工作，无非是受他们内在的饿的力量所驱使，再没有别的可说了。

(4) 在 lrkutsk 车停时许，他们全下去走路，天早已黑了，站内的光亮只是几盏贴壁的油灯，我们本想出站，却反经过一条夹道走进了那普通待车室，在昏迷的灯光下辨认出一屋子黑黝黝的人群，那景象我再也忘不了，尤其是那气味！悲悯心禁止我尽情的描写；丹德假如到此地来过，他的地狱里一定另添一番色彩！

对面街上有一个山东人开着一家小烟铺，他说他来二十年，积下的钱还不够他回家。

(5) 俄国人的生活我还是懂不得。店铺子窗户里放着的各式物品是容易认识的，但管铺子做生意的那个人，头上戴着厚毡帽，脸上满长着黄色的细毛，是一个不可捉摸的生灵；拉车的马甚至那奇形的雪橇是可以领会的，但那赶车的紧裹在他那异样的袍服里，一只戴皮套的手扬着一 根古旧的皮鞭，是一个不可思议的现象。

我怎样来形容西伯利亚天然的美景？气氛是清澈的，天气澄爽时的天蓝是我们在灰沙裹过日子的所不能想像的异景。森林是这里的特色：连绵、深厚、严肃、有宗教的意味，西伯利亚的林木都是直干的；不论是松、是白杨、是青松或是灌木类的矮树丛，每株树的尖顶总是正对着天心。白杨林最多，像是带旗帜的军队，各式的军徽奕奕的闪亮着；兵士们屏息的排列着，仿佛等候什么严重的命令。松树林也多茂盛的：干子不大，也不高，像是稚松，但长得极匀净，像是园丁早晚修饰的盆景。不错，这些树的倔强的不曲性是西伯利亚，或许是俄罗斯，最明显的特性。

——我窗外的景色极美，夕阳正从西北方斜照过来，天空，嫩蓝色的，是轻敷着一层织薄的的云气，平望去都是齐整的树林，严青的松，白亮的杨，浅棕的笔竖的青松——在这雪白的平原上形成一幅彩色的融和静景。树林的顶尖尤其是美，他们在这肃静的晚景中正像是无数寺院的尖阁，排列着，对高高的蓝天默祷。在这无边的雪地里有时也看得见住人的小屋，普通是木板造屋顶铺瓦颇像中国房子，但也有黄或红色砖砌的，人迹是难得看见的；这全部风景的情调是静极了，缄默极了，倒像是一切动性的事物在这里是不应该有位置的；你有时也看得见迟钝的牲口在雪地的走道上慢慢的动着，但这也不像是有生活的记认。……

八　莫斯科

啊，莫斯科！曾经多少变乱的大城！罗马是一个破烂的旧梦，爱寻梦的你去；纽约是 Mammon 的宫阙，拜金钱的你去；巴黎是一个肉艳的大坑，爱荒淫的你去；伦敦是一个煤烟的市场，慕文明的你去。但莫斯科？这里没有光荣的古迹，有的是血污的近迹；这里没有繁华的幻景，有的是斑驳的寺院；这里没有和暖的阳光，有的是泥泞的市街；这里没有人道的喜鱼，有的是伟大的恐怖与黑暗，惨酷，虚无的暗示，暗森森的雀山，你站着，半冻的莫斯科河，你流着。在前二十个世纪的漫游中，莫斯科，是领路的南针，在未来文明变化的历程中，莫斯科是时代的象征，古罗马的牌坊是在残阙的简页中，是在破碎的乱石间；未来莫斯科的牌坊是在文明的骸骨间，是在人类鲜艳的血肉间。莫斯科，集中你那伟大的破坏的天才，一手拿着火种，一手拿着杀人的刀，趁早完成你的工作，好叫千百年后奴性的人类的子孙，多多的来，不断的来，像他们现在去罗马一样，到这暗森森的雀山的边沿，朝拜你的牌坊，纪念你的劳工，讴歌你的不朽！

这是我第一天到莫斯科在 kremlin 周围散步时心头涌起杂感的一斑，那天车到时是早上六时，上一天路过的森林，大概在 Vladimir 一带，多半是叫几年来战争摧残了的，几百年的古松只存下烧毁或剔残的余骸纵横在雪地里，这底下更不知掩盖多少残毁的人体，冻结着多少鲜红的热血，沟堑也有可辨认的，虽则不甚分明，多谢这年年的白雪，他来填平地上的丘壑，掩护人类的暴迹，省得伤感派的词客多费推敲，但这点子战场的痕迹，引起过路人惊心的标记，在将到莫斯科以前的确是一个切题的引子，你一路来穿度这西伯利亚白茫茫人迹希有的广漠，偶尔在这里那里看到俄国人的生活，艰难，缄默，忍耐的生活；你也看了这边地势的特性，贝加尔湖边雄踞的山岭，乌拉尔东西博大的严肃的森林，你也尝着了这里空气异常的凛冽与尖锐，像钢丝似的直透你的气管，逼迫你的清醒——你的思想应得经受一番有力的洗刷，你的神经受一种新奇的戟刺，你从贵国带来的灵性，叫怠惰，苟且、顽固，龌龊，与种种堕落的习惯束缚，压迫，淤塞住的，应得感受一些解放的动力，你的让名心，利欲，色业翳蒙了的眸子也应得觉着一点新来的清爽，叫他们睁开一些，张大一些，前途有得看，应得看的东西多着，即使不是你灵魂绝对的滋养，至少是一贴兴奋剂，防瞌睡的强烈性注射！

因此警醒！你的心；开张！你的眼；——你到了俄国，你到了莫斯科，这巴尔的克海以东，白令峡以西，北冰洋以南，尼帕河以北千万里雪盖的地圈内一座著火的血红的大城！

在这大火中最先烧烂的是原来的俄国，专制的，贵族的，奢侈的，淫糜的，ancient regime 全没了，曳长裙的贵妇人，镶金的马车，献鼻烟壶的朝贵，猎装的世家子弟全没了，托尔斯泰与屠及尼夫小说中的社会全没了——他们并不全绝迹，在巴黎，在波兰，在纽约，在罗马你倘然会见什么伯爵夫人什么vsky 或是子爵夫人什么 owner，那就是叫大火烧跑的难民，他们，提起俄国就不愿意。他们会告诉你现在的俄国不是他们的国了，那是叫魔鬼占据了去的（因此安琪儿们只得逃难）！俄国的文化是荡尽的了，现在就靠流在外国的一群人，诗人，美术家等等，勉力来代表斯拉夫的精神。如其他们与你讲得投机时，他们就会对你悲惨的历诉他们曾经怎样的受苦，怎样的逃难，他们本来那所大理石的庄子现在怎样了，他们有一个妙龄的侄女在乱时叫他们怎样了……但他们盼望日子已经很近，那班强盗倒运。因为上帝是有公道的，虽则……

你来莫斯科当然不是来看俄国的旧文化来的，但这里却也不定有“新文化”，那是贵国的专利；来这里见的是什么你听着我讲。

你先抬头望天。青天看不见的，空中只是迷蒙的半冻的云气，这天（我见的）的确是一个愁容的，服丧的天；阳光也偶尔有，但也只在云罅里力乏的露面，不久又不见了，像是楼居的病人偶尔在窗纱间看街似的。

现在低头看地。这三月的莫斯科街道应当受诅咒。在大寒天满地全铺着雪凝成一层白色的地皮也是一个道理；到了春天解冻时雪全化水流入河去，露出本来的地面，也是一个说法；但这时候的天时可真是刁难了，他不给你全冻，也不给你全化，白天一暖，浮面的冰雪化成了泥泞，回头风一转向又冻上了，同时雨雪还是连连的下，结果这街道简直是没法收拾，他们也就不收拾，让他这“一塌糊涂”的窝着，反正总有一天会干净的！（所以你要这时候到俄国千万别忘记带橡皮套鞋。）

再来看街上的铺子，铺子是伺候主客的；瑞蚨祥的主顾全没了的话，瑞蚨祥也只好上门；这里漂亮的奢侈的店铺是不见的了，顶多顶热闹的铺子是吃食店，这大概是政府经营的；但可怕的是这边的市价：女太太，丝袜子听说也卖到十五二十块钱一双，好些的鞋在四十元左右，橘子大的七毛五小的五毛一只；我们四个人在客栈吃一顿早饭连税共付了二十元；此外类推。

再来看街上的人，先看他们的衣着，再看他们的面目。这里衣着的文化，自从贵族匿迹，波淇洼（bourgeois）销声以后，当然是“荡尽”的了；男子的身上差不多不易见一件白色的衬衫，不必说鲜艳的领结（不带领结的多），衣服要寻一身勉强整洁的就少；我碰着一位大学教授，他的衬衣大概就是他的寝衣，他的外套，像是一个癞毛黑狗皮统。大概就是他的被窝，头发是一团茅草再也看不出曾经爬梳过的痕迹，满面满腮的须毛也当然自由的滋长，我们不期望他有安全剃刀；并且这先生决不是名流派有例外，我猜想现在在莫斯科会得到的“琴笃儿们”多少也就只这样的体面：你要知道了他们起居生活情形就不会觉得诧异。惠尔思先生在四五年前形容莫斯科科学馆的一群科学先生们说是活像监牢里的犯人或是地狱里的饿鬼。我想他的比况一点也不过分。乡下人我没有看见，那是我想不怎样离奇的，西伯利亚的乡下人，着黄胡子穿大头靴子的，与俄国本土的乡下人应得没有多大分别。工人满街多的是，他们在衣着上并没有出奇的地方，只是襟上戴列宁徽章的多。小学生的游行团常看得见，在烂污的街心里一群乞丐似的黑衣小孩拿着红旗，打着皮鼓瑟东东的过去，做小买卖在街上拢摊提篮的不少，很多是残废的男子与老妇人，卖的是水果，烟卷，面包，朱古力糖（吃不得）等（路旁木亭子里卖书报处也有小吃卖）。

街上见的娘们分两种：一种是好百姓家的太太小姐，她们穿得大都很勉强，丝袜不消说是看不见的。还有一种是共产党的女同志，她们不同的地方除了神态举止以外是她们头上的红巾或是红帽不是巴黎的时式（红帽），在雪泥斑驳的街道上倒是一点喜色！

什么都是相对的，那年我与陈博生从英国到佛朗德福那天正是星期天，道上不问男女老小都是衣服铺、裁缝店里的模型，这一比他与我这风尘满身的旅客真像是外国叫化子了！这回在莫斯科我又觉得窘，可不为穿的太坏，却为穿的太阔；试想在那样的市街上，在那样的人丛中，晦气是本色，褴褛是应分，忽然来一个戴獭皮大帽身穿海龙领（假的）的皮大氅的外客，可不是唱戏似的走了板，错太远了，别说我，就是我们中国学生在莫斯科的（当然除了东方大学生）也常常叫同学们眨眼说他们是“波淇洼”，因为他们身上穿的是荣昌衫或是新记的蓝哔叽！这样看来，改造社会是有希望的；什么习惯都得打破，什么标准都可以翻身。什么思想都可以颠倒，什么束缚都可以摆脱，什么衣服都可以反穿……将来我们这两脚行动厌倦了时竟不妨翻新样叫两只手帮着来走，谁要再站起来就是笑话，那多好玩！

虽则严敛，阴霾，凝滞，是寒带上难免的气象，但莫斯科人的神情更是分明的忧郁，惨淡，见面时不露笑容，谈话时少有精神，仿佛他们的心上都压着一个重物似的。

这自然流露的笑容是最不可勉强的。西方人常说中国人爱笑，比他们会笑得多，实际上怎样我不敢说，但西方人见着中国人的笑我怕不免有好多是急笑，傻笑，无谓的笑，代表一切答话的笑；犹之俄国人笑多半是 vodka 人神经的笑，热病的笑，疯笑，道施妥奄夫斯基的 idiot 的笑！那都不是真的喜笑，健康与快乐的表情。其实也不单是莫斯科，现世界的大都会，有哪几处人们的表情是自然的？Dublin（爱尔兰的都城，）听说是快乐的，维也纳听说是活泼的，但我曾经到过的只有巴黎的确可算是人间的天堂，那边的笑脸像三月里的花似的不倦的开着，此外就难说了。纽约、芝加哥、柏林、伦敦的群众与空气多少叫你旁观人不得舒服，往往使你疑心错人了什么精神病院或是“偏心”病院，叫你害怕，巴不得趁早告别，省得传染。

现在莫斯科有一个希奇的现象，我想你们去过的一定注意到，就是男子抱着吃奶的小孩在街上走道，这在西欧是永远看不见的。这是苏维埃以来的情形。现在的法律规定一个人不得多占一间以上的屋子，听差，老妈子，下女，妈妈，不消说，当然是没有的了，因此年轻的夫妇，或是一同居住的男女，对于生育就得格外的谨慎，因为万一不小心下了种的时候，在小孩能进幼稚园以前这小宝贝的负担当然完全在父母的身上。你们姑且想想你们现在北京的，至少总有几间屋子住，至少总有一个老妈子伺候，你们还是常嫌着这样那样不称心哪！但假如有一天莫斯科的规矩行到了我们北京，那时你就得乖乖的放弃你的宅子，听凭政府分配去住东花厅或是西花厅的那一间屋子，你同你的太太就得另做人家，桌子得自己擦，地得自己扫，饭得自己烧，衣服得自己洗，有了小东西就得自己管，有时下午你们夫妻俩想一同出去散步的话，你总不好意思把小宝贝锁在屋子里，结果你得带走，你又没钱去买推车，你又不好意思叫你太太受累（那时候你与你的太太感情会好些的，我敢预言!）结果只有老爷自己抱，但这男人抱小孩其实是看不惯，他又往往不会抱；一个“蜡烛封”在他的手里，他不知道直着拿好还是横着拿好；但你到了莫斯科不看惯也得看惯，到哪一天临着你自己的时候老爷你抱不惯也得抱得惯！我想果真有那一天的时候，生小孩决不会像现在的时行，竟许山格夫人与马利司徒博士等等比现在还得加倍的时行；但照莫斯科情形看来，未来的小安琪儿们还用不着过分的着急——也许莫斯科的父母没有余钱去买“法国橡皮”，也许苏维埃政府不许父母们随便用橡皮，我没有打听清楚。

你有工夫时到你的俄国朋友的住处去看看。我去了，他是一位教授。我开门进去的时候他躺在他的类似“行军床”上看书或是编讲义，他见有客人连忙跳了起来，他只是穿着一件毛绒衫，肘子胸部都快烂了，满头的乱发，一脸斑驳的胡髭，他的房间像一条丝瓜。长方的，家具有一只小木桌，一张椅子，墙壁上几个挂衣的钩子，他自己的床是顶着窗的，斜对面另一张床，那是他哥哥或是弟弟的，墙壁上挂着些东方的地图，一联倒挂的五言小字条（他到过中国知道中文的）。桌子乱散着几本书，纸片，棋盘，笔墨等等，墙角里有一只酒精炉，在那里出气，大约是他的饭菜，有一只还不知两只椅子但你在屋子里转身想不碰东西不撞人已经是不易了。

这是他们有职业的现时的生活，托尔斯泰的大小姐究竟受优待些，我去拜会她了，是使馆里一位屠太太介绍的，她居然有两间屋子，外间大些，是她教学生临画的，里间大约是她自己的屋子，但她不但有书有画，她还有一只顶有趣的小狗，一只可爱的小猫，她的情形，他们告诉我，是特别的，因为她现在还管着托尔斯泰的纪念馆，我与她谈了。当然谈起她的父亲（她今年六十），下面再提，现在是讲莫斯科人的生活。

我是礼拜六清早到莫斯科，礼拜一晚上才去的，本想利用那三天工夫好好的看一看本地风光，尤其是戏。我在车上安排得好好的，上午看这样，下午到哪里，晚上再到哪里，哪晓得我的运气真坏，碰巧他们中央执行委员那又死了一个要人，他的名字像是叫什么"妈里妈虎"——他死得我其实不见情，因为他出殡整个莫斯科就得关门当孝子，满街上迎丧，家家挂半旗，跳舞场不跳舞，戏馆不演戏，什么都没了，星期一又是他们的假日，所以我住了三天差不多什么都没看着，真气，那位"妈里妈虎"其实何妨迟几天或是早几天归天，我的感激是没有问题的。

所以如其你们看了这篇杂凑失望，不要完全怪我，妈里妈虎先生至少也得负一半的责任。但我也还记得起几件事情，不妨乘兴讲给你们听。

我真笨，没有到以前，我竟以为莫斯科是一个完全新起的城子，我以为亚力山大烧拿破仑那一把火竟化上了整个莫斯科的大本钱连 kremlin（皇城）都乌焦了的，你们都知道拿破仑想到莫斯科去吃冰淇淋那一段热闹的故事，俄国人知道他会打，他们就躲着不给他打，一直诱着他深入俄境，最后给他一个空城，回头等他在 kremlin 躲下了休息的时候，就给他放火，东边一把，西边一把，闹着玩，不但不请冰淇淋吃，连他带去的巴黎饼干，人吃的，马吃的，都给烧一个精光，一面天公也跟他作对，北风一层层的吹来，雪花一片片的飞来，拿翁知道不妙，连忙下令退兵已经太迟，逃到了 Beresina 那地方，叫哥萨克的丈八蛇矛"劫杀横来"，几十万的长胜军叫他们切菜似的留不到几个，就只浑身烂污泥的法兰西大皇帝忙里捞着一匹马冲出了战场逃回家去半夜里叫门，可怜 Beresina 河两岸的冤鬼到如今还在那里欷歔，这笔糊涂帐无从算起的了！

但我在这里重提这些旧话，并不是怕你们忘记了拿破仑，我只是提醒你们俄国人的辣手，忍心破坏的天才原是他们的种性，所以拿破仑听见 Kremlin 冒烟的时候，连这残忍的魔王都跳了起来——“什么?”他说，“连他们祖宗的家院都不管了”！正是：斯拉夫民族是从不希罕小胜仗的，要来就给你一个全军覆没。

莫斯科当年并不曾全毁；不但皇城还是在着，四百年前的教堂都还在着。新房子虽则不少，但这城子是旧的。我此刻想起莫斯科，我的想像幻出了一个年老退伍的军人，战阵的暴烈已经在他年纪里消隐，但暴烈的遗迹却还明明的在着，他颊上的刃创，他颈边的枪瘢，他的空虚的注视，他的倔强的髭须，都暗示他曾经的生活；他的衣服也是不整齐的。但这衣着的破碎也仿佛是他人格的一部，石上的苍苔似的，斑驳的颜色已经染蚀了岩块本体。在这苍老的莫斯科城内，竟不易看出新生命的消息——也许就只那新起的白宫，屋顶上飘扬着鲜艳的红旗，在赭黄、苍老的 Kremlin 城围里闪亮着的，会引起你的注意与疑问，疑问这新来的色彩竟然大胆的侵占了古迹的中心，扰乱原来的调谐。这决不是偶然，旅行人！快些擦净你风尘眯倦了的一双眼，仔细的来看看，竟许那看来平静的旧城子底下，全是炸裂性的火种，留神！回头地壳都烂成僌粉，慢说地面上的文明！

其实真到炸的时候，谁也躲不了，除非你趁早带了家眷逃火星上面去——但火星本身炸不炸也还是问题。这几分钟内大概药线还不至于到根，我们也来赶早，不是逃，赶早来多看看这看不厌的地面。那天早上我一个人在那大教寺的平台上初次瞭望莫斯科，脚下全是滑溜的冻雪，真不易走路，我闪了一两次，但是上帝受赞美，那莫斯科河两岸的景色真是我不期望的眼福，要不是那石台上要命的滑，我早已惊喜得高跳起来！方向我是素来不知道的，我只猜想莫斯科河是东西流的，但那早上又没有太阳，所以我连东西都辨不清，我很可惜不曾上雀山去，学拿破仑当年，回头望冻雪笼罩着的莫斯科，一定别有一番气概，但我那天看着的也就不坏，留着雀山下一次再去，也许还来得及，在北京的朋友们，你们也趁早多去景山或是北海饱看我们独有的“黄瓦连云”的禁城，那也是一个大观，在现在脆性的世界上，今日不知明日事，“趁早”这句话真有道理，回头北京变了第二个圆明园，你们软心肠的再到东交民巷去访着色相片。老皱着眉头说不成，那不是活该！

如其北京的体面完全是靠皇帝，莫斯科的体面大半是靠上帝。你们见过希腊教的建筑没有？在中国恐怕就只哈尔滨有。那建筑的特色是中间一个大葫芦顶，有着色的，蓝的多，但大多数是金色，四角上又是四个小葫芦顶，大小的比例很不一致，有的小得不成样，有的与中间那个不差什么。有的花饰繁复，受东罗马建筑的影响，但也有纯白石造的，上面一个巨大的金顶比如那大教堂，别有一种朴素的庄严。但最奇巧的是皇城外面那个有名的老教堂，大约是十六世纪完工的；那样子奇极了，你看了永远忘不了，像是做了最古怪的梦；基子并不大，那是俄国皇家做礼拜的地方，所以那面供奉与祈祷的位置也是逼仄的；顶一共有十个，排列的程序我不曾看清楚，各个的格式与着色都不同；有的像我们南边的十楞瓜；有的像岳傳里严成方手里拿的铜锤，有的活像一只波罗蜜，竖在那里，有的像一圈火蛇，一个光头探在上面，有的像隋唐傳里单二哥的兵器，叫什么枣方槊是不是？总之那一堆光怪的颜色，那一堆离奇的式样，我不但从没有见过，简直连梦里都不曾见过——谁想得到波罗蜜，枣方槊都会跑到礼拜堂顶上去的！

莫斯利像一个蜂窝，大小的教堂是他的蜂房；全城共有六百多（有说八百）的教堂，说来你也不信，纽约城里一个街角上至少有一家冰淇淋沙达店，莫斯科的冰淇淋沙达店是教堂，有的真神气，戴着真金的顶子在半空里卖弄，有的真寒伧，一两间小屋子一个烂芋头似的尖顶，挤在两间壁几层屋子的中间，气都喘不过来。据说革命以来，俄国的宗教大吃亏。这几年不但新的没法造，旧的都没法修，那波罗蜜做顶那教堂里的教士，隐约的讲些给我们听，神情怪凄惨的。这情形中国人看真想不通，宗教会得那样有销路，仿佛祷告比吃饭还起劲，做礼拜比做面包还重要；到我们绍兴去看看——“五家三酒店，十步九茅坑”，庙也有的，在市梢头，在山顶上，到初一月半再会迟——那是何等的近人情，生活何等的有分称，东西的人生观这一比可差得太远了！

再回到那天早上，初次观光莫斯科，不曾开冻的莫斯科河上面盖着雪，一条玉带似的横在我的脚下，河面上有不少的乌鸦在那里寻食吃。莫斯科的乌鸦背上是灰色的，嘴与头颈也不像平常的那样贫相，我先看竟当是斑鸠！皇城在我的左边，默沉沉的包围着不少雄伟的工程，角上塔形的，望台上隐隐的有重裹的衙兵巡哨的影子，塔不高，但有一种监视的威严颜色更是苍老，像是深赭色的火砖，他仿佛告诉你：“我们是不怕光阴，更不怕人事变迁的，拿破仑早去了，罗曼诺夫家完了，可仑斯基跑了，列宁死了，时间的流波里多添一层血影，我的墙上加深一层苍老。我是不怕老的。你们人类抵拚再流几次热血！”我的右手就是那大金顶的教寺；隔河望去竟像是一只盛开的荷花池，葫芦顶是莲花，高梗的、低梗的、浓艳的、澹素的、轩昂的、葳蕤的——就可惜阳光不肯出来，否则那满池的金莲更加亮一重光辉，多放一重异彩，恐怕西王母见了都会羡慕哩！

五月二十六日翡冷翠山中

九　托尔斯泰

我在京的时候，记得有一天，为东方杂志上一条新闻，和朋友们起劲的谈了半天，那新闻是列宁死后，他的太太到法庭上去起诉，被告是骨头早腐了的托尔斯泰，说他的书，是代表波淇洼的人生观，与苏维埃的精神不相容的，列宁临死的时候，叮嘱他太太一定得想法取缔他，否则苏维埃有危险，法庭的判决是列宁太太胜诉，宣告托尔斯泰的书一起毁版，现在的书全化成灰，从这灰再造纸，改印列宁的书，我们那时候大家说这消息太离奇了，也许又是美国人存心诬毁苏俄的一种宣传，但同时杜洛茨基为做了《十月革命》那书上法庭被软禁的消息又到了，又似乎不是假的，这样看来苏俄政府，什么事情都做得出，托尔斯泰那话竟许也有影子的。

我们毕竟有些“波淇洼”头脑，对于诗人文学家的迷信，总还脱不了，还有什么言论自由，行动自由，出版自由，那一套古董，也许免不了迷恋，否则为甚么单单托尔斯泰毁版的消息叫我们不安呢？我还记得那天陈通伯说笑话，他说这来你们新文学家应得格外当心了。要不然不但没饭吃，竟许有坐监牢的希望，在坐的人，大约只有郁达夫可放心些，他教人家做贼，那总可以免掉波淇洼的嫌疑了！

所以我一到莫斯科见人就要打听托尔斯泰的消息，后来我会着了老先生的大小姐，六十岁的一位太太，顶和气的，英国话、德国话都说得好，下回你们过莫斯科也可以去看看她，我们使馆李代表太太认识她，如其她还在，你们可以找她去介绍。

托尔斯泰大小姐的颧骨，最使我想起他的老太爷，此外有甚么相似的地方，我不敢说。我当然问起那新闻，但她好像并没有直接答复我，她只说现代书铺子里他的书差不多买不着了，不但托尔斯泰，就是屠格涅夫，道施妥奄夫斯基等一班作者的书都快灭迹了。我问她现在莫斯科还有甚么重要的文学家，她说全跑了，剩下的全是不相干的，我问她这几年他们一定经尝了苦难的生活，她含着眼泪说可不是，接着就讲她们姊妹，在革命期内过的日子，天天与饿死鬼做近邻，不知有多少时候晚上没有灯光点，但是她说倒是在最窘的时候，我们心地最是平安，离着死太近了也就不怕，我们往往在黑夜里在屋内或在门外围坐着，轮流念书唱歌，有时和着一起唱，唱起了劲，什么苦恼都忘了。我问她现在的情形怎样，她说现在好了，你看我不是还有两间屋子，这许多学画的学生，饿死总不至于，除非那恐怖的日子再回来，那是不敢想的了，我下星期就得到法国去，那边请我去讲演，我感谢政府已经给我出境的护照，你知道那是很不易得到的。她又讲起她的父亲的晚年，怎样老夫妻的吵闹，她那时年轻也懂不得，后来托尔斯泰单身跑了出去，死在外面，他的床还在另一处纪念馆里陈列着，到死不见家人的面！

她的外间讲台上坐着一个袒半身的男子，黑胡髭、大眼睛，有些像乔塞夫康赖特，她的学生们都在用心的临着画；一只白玉似纯净的小猫在一张桌上跳着玩，我们临走的时候，他的姑娘进来了，还只十八九岁模样，极活泼的，可是在小姑娘脸上，托尔斯泰的影子都没了。

方才听说道施妥奄夫斯基的女儿快饿死了，现在德国或是波兰，有人替她在报上告急；这样看来，托尔斯泰家的姑娘们，运气还算是好的了。

十　犹太人的怖梦

我听说俄国革命以来，就只戏剧还像样，尤其是莫斯科美术戏院（Moscow · Ant Theater）一群年轻人的成绩最使我渴望一见，拨垒舞（ballet dance）也还有，虽则有名的全往巴黎纽约跑了。我在西伯利亚就看报，见那星期有青乌、汉姆雷德，与一个想不到的戏，G · K · chesterton 的“The man who was Thursday”我好不高兴，心想那三天晚上可以不寂寞了，谁知道一到莫斯科刚巧送妈里妈虎先生的丧，什么都看不着，就只礼拜六那晚上一个犹太戏院居然有戏，我们请了一位会说俄国话的先生做领路，赶快跳上马车听戏去。本来莫斯科有一个年代很久的有名犹太戏院，但我们那晚去的是另外一个，大约是新起的。我们一到门口，票房里没有人，一问说今晚不售门票，全院让共产党当俱乐部包了去请客，差一点门都进不去，幸亏领路那位先生会说话，进去找着了主人，说了几句好话，居然成了，为我们特添了椅座，一个钱都不曾化，犹太人会得那样破格的慷慨是不容易的，大约是受莫斯科感化的结果吧。

那晚的情景是不容易忘记的。那戏院是狭长的，戏台正背面有一个楼厢，不卖座的，幔着白幕，背后有乐队作乐，随时幕上有影子出现，说话或是唱曲，与台上的戏角对答，剧本是现代的犹太文，听来与德国话差不远。我们入座的时候，还不曾开戏，幕前站着一位先生，正在那里大声演说。再要可怖的面目是不容易寻到的。那位先生的眼眶看来像是两个无底的深潭，上面凸着青筋的前额，像是快翻下去的陡壁，他的嘴开着说话的时候是斜方形式，露出黑漠漠的一洞府，因为他的牙齿即使还有也是看不见。他是一个活动的骷髅。但他演说的精神却不但是饱满，而且是剧烈的，像山谷里乌云似的连绵的涌上来，他大约是在讲今晚戏剧与“近代思想潮流”的关系，可惜我听不懂，只听着卡尔马克思、达司开关朵儿、列宁、国际主义等，响亮的字眼像明星似的出现在满是乌云的天上。他嗓子已快哑了，他的愤慨还不曾完全发泄，来看戏的弟兄们可等不耐烦，这里一声嘘，那里一声嘘，满场全是嘘，骷髗先生没法再嚷，只得商量他的唇皮挂出一个解嘲的微笑，一鞠躬没了。大家拍掌叫好。

戏来了。

我应当说怖梦或是发魇开场了。因为怖梦是我们做小孩子时代的专利：墙壁里伸出一只手来，窗里钻进一个青面獠牙的鬼来，诸如此类。但今晚承犹太人的情，大家来参观一个最十全的理想的怖梦。谁要是胆子小些的，准会得凭空的喊起来。

我实在没法子描写，有人说画鬼顶容易，我有些不信，我就不会画，虽则画人我也觉得难，也许这两样没有多大分别，但戏里的意义却被我猜中了些，我究竟还有几分聪明，我只能把大意讲一些。

那戏除了莫斯科，别的地方是不会有的，莫斯科本身就是一个怖梦制造厂，换换口味也好，老是寻甜梦做好比老吃甜，怪腻烦的，来几盆苦瓜、苦笋爽爽口不合式？

你们说史德林堡的戏也是可怕的，不错，但今晚的怖梦更透。

那戏的底子，是一个犹太诗人（叫甚么我忘了）早二十几年前做的一首不到两页的诗，他也早十年死了，新近这犹太戏院拿来编戏，加上音乐，在莫斯科开演。

不消说满台全是鬼，鬼不定可怖，有时鬼还比人可亲些，但今晚的鬼是特选的，我都有些受不住，回头你们听了，就有趣。

这戏的意思（我想）大致是象征现代的生活，台上布景，正中挂着一只多可怖的大手，铁青色的筋骨全暴在皮外，狰狞的在半空里宕着；这手想是象征命运，或是象征资产阶级的压迫在这铁手势力的底下现代生活的怖梦风车似的转着。

戏里有两个主要的动因（motif）：一是生命，一是死。但生命是已经迷失了路径的，仿佛在暗沉沉山谷里寻路，同时死的声音从墓窟的底里喊上来，嘲弄他，戏弄他，悲怜他，引诱他。

为什么生命走入了迷路，因为上面有资产阶级的压迫。为什么死的鬼灵敢这样大胆的引诱，因为生命前途没有光亮，它的自然的趋向是永久的坟墓。

布景是一个市场，左右旁侧都有通道，上去有桥，下去有窖，那都是鬼群出入的孔道、配色、电光、布置、动作、唱，——都跟着一个条理走，——叫你看的人害怕。最先出场我记得是四五个褴褛的小孩，叫着冷，嚷着饿，回头鬼来伴着他们玩，——玩鬼把戏。他们的老子娘是做工人，资本家的牛马，身上的脂肪全叫他们吸了去，一天瘦似一天，生下来的子女更是遭罪来的，没衣穿，没饭吃，尤其是没玩具玩，只得寻鬼作伴去。

来了两个工人：一个是打铁的；一个是做工的。打铁的觉悟了。提起他的铁槌子，袒开了胸膛，赌气寻万恶的资本家算帐去。生命的声音鼓励着他，怂恿他去革命，死的声音应和着他。做木工的还不曾觉悟，在他奴隶的生活中消耗他的时光，生命的声音对着他哭泣，死的声音嘲弄他的冥顽。

又来了一男一女，男的是一个醉汉，不知是酒喝醉还是苦恼的生活迷醉的；女的是一个卖淫的，她卖的不是她自己的皮肉，是人道的廉耻，她糟蹋的不是她自己的身体，是人类的圣洁。

又来了一强盗，一个快生产的女子；强盗是叫他的生活逼到杀人，法律又来逼着他往死路走；女子是受骗的，现在她肚子里的小冤鬼逼着叫她放弃生命，因为在这“讲廉耻的社会”里再没有她的地位。

这一群人，还有许多同样的，都跑到生命的陡壁前，望着时间无底的潭壑跳；生命的声音哭丧的唱他的哀词，死的声音在坟墓的底里和着他的歌声——那时间的欲壑有填满的时候吗?

再下去更不得了了！地皮翻过身来，坟里墓底的尸体全竖了起来，排成行列，围成圆圈，往前进，向后退，死的神灵狂喜的跳着，尸体们也跟着跳——死的跳舞。

他们行动了，在空虚无际的道上走着，各样奇丑的尸体；全烂的、半烂的、疮毒死的、饿死的、冻死的、病死的、劳力死的、投水死的、生产死的(抱着她不足月的小尸体)，淫乱死的；吊死的、煤矿里闷死的、机器上轧死的、老的、小的、中年的、男的、女的、拐着走的、跳着走的、爬着的、单脚窜的，他们一齐跳着，跟着音乐跳舞，旋绕的迎赛着，叫着，唱着，哭着，笑着——死的精灵欣欣的在前面引路，生的影子跟在后背送行，光也灭了，坟墓的光，运命的光，死的青光也全灭了——那大群色彩斑斓的尸体在黑暗的黑暗中舞着唱着，……死的胜利（?）

够了！怖梦也有醒的时候，再要做下去，我就受不住。犹太朋友们做怖的本领可真不小，那晚台上的鬼与尸体至少有好几十，五十以上，但各个有各个的特色，形状与彩色的配置各各不同。不问戏成不成，怖梦总做成了，那也不易。但那晚台上固然异常的热闹——鬼跳，鬼脸，鬼叫，鬼笑，什么都有。台下的情形，在我看来至少有同样的趣味。司蒂文孙如其有机会来，他一定单写台下，不写台上的。你们记得今晚是共产党俱乐部全包请客，这戏院是犹太戏院，我们可因此断定看客里大约十之九是犹太人，并且是共产党员。你们不是这几年来各人脑筋里都有一个鲍尔雪微克或是过激派的小影，英美各国报纸上的讽刺画与他们报的消息或造的谣言都是造成那印象的资料。我敢说我想像中标类的鲍尔雪微克至少有下列几种成分：——杀猪屠、刽子手、长毛、黑旋风李逵、吃人的野人或猩猩、谋财害命的强盗，黑脸、蓬头、红眼睛、大胡子、长毛的大手、腰里挂一只放人头的口袋。……

所以我那晚特别的留意，心想今晚才可以“饱瞻丰采畅慰生平”了！初起是失望，因为在那群“山魈后人”的脸上一些也看不出他们祖上的异相：拉打胡子，红的眉毛，绿的眼。影子都没有！我坐在他们中间，只是觉着不安，不一定背上有刺，或是孟子说的穿了朝衣朝冠去坐在涂炭上，但总是不舒服，好像在这里不应得有我的位置似的。我定了一定神。第一件事应得登记的，是鼻子里的异味。俄国人的异味我是领教过的，最是在 Ilrkutsk 的车站里我上一次通讯讲起过，但那是西伯利亚，他们身上的皮革，屋子里的煤气、潮气、外加烧东西的气味，造成一种最辛辣最沉闷的怪臭；今晚的不同，静的多，虽则已经够浓，这里面有土白古，有 vodka，有热气的薰蒸。但主味还是人气，虽则我不敢断定是斯拉夫，是莫斯科或是希伯来的雅味。第二件事叫我注意的是他们的服装。平常洗了手吃饭，换好衣服看戏，是不论东西的通例，在英国工人们上戏院也得换上一个领结，肩膀上去些灰迹，今晚可不同了，康姆赖特们打破习俗的精神是可佩服的。因为不但一件整齐的褂子不容易看见，简直连一个像样的结子都难得，你竟可以疑心他们晚上就那样子溜进被窝里去，早上也就那样子钻出被窝来；大半是戴着便帽或黑泥帽，——歪戴的多。再看脱了帽的那几位，你一定疑问莫斯科的铺子是不备梳子的了，剃头匠有没有也是问题，女同志们当然一致的名士派。解放到这样程度才真有意思，但他们头上的红巾终究是一点喜色。但最有趣的是他们面上的表情，第一你们没到过俄国来的趁早取消你们脑筋里鲍尔雪微克的小影，至少得大大的修正。因为他们，就今晚在场看的，虽则完全脱离了波淇洼的体面主义，虽则一致拒绝安全剃刀的引诱，虽则衣着上是十三分的落拓，但他们的面貌还是端正的多，他们的神情还是和蔼的多，他们的态度也比北京捧角团或南欧戏院里看客们文雅得多，(他们虽则嘘跑了那位热心的骷髅先生，那本来是诚实而且公道，他们看戏时却再也不露一些焦躁。那晚大概是带“恳亲”的意思，所以年纪大些的也很多；我方才说有趣是为想起了他们。你们在电影的滑稽片里，不是常看到东伦敦或是东纽约戏院子里的一群看客吗？那晚他们全来了：胡子挂得老长的，手里拿着红布手巾不住擦眼的，鼻子上开玫瑰花的，嘴边溜着白涎的，驼背的，拐脚的，牙齿全没了下巴往上掬的，秃顶的，祖眼的，形形色色，什么都来了。可惜我没有司蒂文孙的雅趣，否则我真不该老是仰起头跟着戏台上做怖梦，我正应得私下拿着纸笔，替我前后左右的邻居们写生，结果一定比看鬼把戏有趣而且有味。

十一 契诃夫的墓园

诗人们在这喧哗的市街上不能不感寂寞；因此“伤时”是他们怨愫的发泄，“吊古”是他们柔情的寄托。但“伤时”是感情直接的反动：子规的清啼容易转成夜鸮的急调，吊古却是情绪自然的流露，想像已往的韶光，慰藉心灵的幽独。在墓墟间，在晚风中，在山一边，在水一角，慕古人情，怀旧光华；像是朵朵出岫的白云，轻沾斜阳的彩色，冉冉的卷，款款的舒，风动时动，风止时止。

吊古便不得不憬悟光阴的实在；随你想像它是汹涌的洪潮，想像它是缓渐的流水，想像它是倒悬的急湍，想像它是足迹的尾闾，只要你见到它那水花里隐现着的骸骨，你就认识它那无顾恋的冷酷，它那无限量的破坏的馋欲：桑田变沧海，红粉变骷髅，青梗变枯柴，帝国变迷梦。梦变烟，火变灰，石变砂，玫瑰变泥，一切的纷争消纳在无声的墓窟里……那时间人的来踪与去迹，它那色调与波纹，便如夕照晚霞中的山岭融成了青紫一片，是丘是壑，是林是谷，不再分明。但它那大体的轮廓却亭亭的刻画在天边，给你一个最清切的辨认。这一辨认就相联的唤起了疑问：人生究竟是什么？你得加下你的按语，你得表示你的“观”。陶渊明说大家在这一条水里浮沉，总有一天浸没在里面，让我今天趁南山风色好，多种一棵菊花，多喝一杯甜酒；李太白、苏东坡、陆放翁都回响说不错，我们的“观”就在这酒杯里。古诗十九首说这一生一掠即过，不过也得过，想长生的是傻子，抓住这现在的现在尽量的享福寻快乐是真的——“不如饮美酒，被服纨与素，”曹子建望着火烧了的洛阳，免不得动感情，他对着渺渺的人生也是绝望——转蓬离本根，飘飘随长风，何意回飙举，吹我入云中，高高上无极，天路安可穷。光阴“悠悠”的神秘警觉了陈元龙：人们在世上都是无俦伴的独客，各个，在他觉悟时都是寂寞的灵魂。庄子也没奈何这悠悠的 光阴，他借重一个调侃的骷髅，设想另一个宇宙，那边生的进行不再受时间的限制。

所以吊古——尤其是上坟——是中国文人的一个癖好。这癖好像是遗传的；因为就我自己说，不仅每到一处地方爱去郊外冷落处寻墓园消遣，那坟墓的意象竟仿佛在我每一个思想的后背遮拦着——单这馒形的一块黄土在我就有无穷的意趣——更无须蔓草、凉风、白杨、青鳞等等的附带。坟的意象与死的概念当然不能差离多远，但在我坟与死的关系却并不密切：死仿佛有附着或有实质的一个现象，坟墓只是一个美丽的虚无，在这静定的意境里，光阴仿佛止息了波动，你自己的思感收敛了震悸，那时你的性灵便可感到最纯净的安慰，你再不要什么。还有一个原因为什么我不爱想死是为死的对象就是最恼人不过的生，死只是中止生，不是解决生，更不是消灭生，只是增剧生的复杂，并不清理它的纠纷。坟的意象却不暗示你什么对举或比称的实体，它没有远亲，也没有近邻，它只是它，包涵一切，覆盖一切，调融一切的一个美的虚无。

我这次到欧洲来倒像是专做清明来的；我不仅上知名的或与我有关系的坟［在莫斯科上契诃夫、克鲁泡德金的坟，在柏林上我自己儿子的坟；在枫丹薄罗上曼殊斐儿的坟，在巴黎上茶花女、哈哀内的坟；上菩特莱“恶之花”的坟；上凡尔泰、卢骚、嚣俄的坟；在罗马上雪莱、基茨的坟；在翡冷翠上勃郎宁太太的坟，上密仡郎其罗，梅迪启家的坟；日内到 Ravenna 去还得上丹德的坟，到 Assisi 上法兰西士的坟，到 Mautua 上浮吉尔（Virgil）的坟］，我每过不知名的墓园也往往进去留连，那时情绪不定是伤悲，不定是感触，有风听风，在块块的墓碑间且自徘徊，待斜阳淡了再计较回家。

你们下回到莫斯科去，不要贪看列宁，那无非是一个像活的死人放着做广告的（口孽罪过！）反而忘却一个真值得去的好所在——那是在雀山山顶下的一座有名的墓园，原先是贵族埋葬的地方，但契诃夫的三代与克鲁泡德金也在里面，我在莫斯科三天，过得异常的烦闷，但那一个向晚，在那噤寂的寺园里，不见了莫斯科的红尘，脱离了犹太人的怖梦，从容的怀古，默默的寻思，在他人许有更大的幸福，在我已经知足。那庵名像是 MonestiereVino- zositoh（可译作圣贞庵），但不敢说是对的，好在容易问得。

我最不能忘情的坟山是日中神户山上专葬僧尼那地方，一因它是依山筑道，林荫花草是天然的，二因两侧引泉，有不绝的水声，三因地位高亢，望见海湾与对岸山岛，我最不喜欢的巴黎 Montmartre 的那个墓园，虽则有茶花女的芳邻我还是不愿意，因为它四周是市街，驾空又是一架走电车的大桥，什么清宁的意致都叫那些机轮轧成了断片，我是立定主意不去的；罗马雪莱，基茨的坟场也算是不错，但这留着以后再讲；莫斯科的圣贞庵，是应得赞美的，但到那边去的机会似乎不多！

那圣贞庵本身是白石的，葫芦顶是金的，旁边有一个极美的钟塔，红色的，方的，异常的鲜艳，远望这三色——白、金、红——的配置，极有风趣；墓碑与坟亭密密的在这塔影下散布着，我去的那天正当傍晚，地下的雪一半化了水，不穿胶皮套鞋是不能走的；电车直到庵前，后背望去森森的林山便是拿破仑退兵时曾经回望的雀山，庵门内的空气先就不同，常青的树荫间，雪铺的地里，悄悄的屏息着各式的墓碑：青石的平台，镂像的长碣；嵌金的塔，中空的亭亭，有高踞的，有低伏的，有雕饰繁复的，有平易的；但他们表示的意思却只是极简单的一个，古诗说的：“下有陈死人，杳杳即长暮，潜寐黄泉下，千载永不瘖。”

我们向前走不久便发现了一个颇堪惊心的事实：有不少极庄严的碑碣倒在地上，有好几处坚致的石栏与铁栏打毁了的；你们记得在这里埋着的贵族居多，近几年来风水转了，贵族最吃苦，幸而不毁，也不免亡命，阶级的怨毒在这墓园里都留下了痕迹——楚平王死得快还是逃不了尸体受刑——虽则有标记与无标记，有祭扫与无祭扫，究竟关不关这底下陈死人的痛痒，还是不可知的一件事。但对于虚荣心重的活人，这类示威的手段却是一个警告。

我们摸索了半天，不曾寻着契诃夫；我的朋友上那边问去了，我在一个转角站等着，那时候忽眼前一亮（那天本是阴沉），夕阳也不知从哪边过来，正照着金顶与红塔，打成一片不可信的辉煌；你们没见过大金顶的不易想像它回光的力量，平常玻璃窗上的反光已够你耀眼的，何况诺大一个纯金的圆穹，我不由得不感谢那建筑家的高见，我看了西游记、封神榜渴慕的金光神霞，到这里见着了！更有那秀挺的绯红的高塔也在这俄顷间变成了粲花摇曳的长虹，仿佛脱离了地面，将次凌空飞去。

契诃夫的墓上（他父亲与他并肩）只是一块瓷青色的碑，刻着他的名字与生死的年分，有铁栏围着，栏内半化的雪里有几瓣小青叶，旁边树上吊下去的，在那里微微的转动。

我独自倚着铁栏，沉思契诃夫今天要是在着他不知怎样；他是最爱“幽默”，自己也是最有谐趣的一位先生。他的太太告诉我们他临死的时候还要她讲笑话给他听，有幽默的人是不易做感情的奴隶的。但今天俄国的情形，今天世界的情形，他要是看了还能笑否，还能拿着他的灵活的笔继续写他灵活的小说否？……我正想着，一阵异样的声浪从园的那一角传过来打断了我的盘算，那声音在中国是听惯了的，但到欧洲是不提防的；我转过去看时有一位黑衣的太太站在一个坟前，她旁边一个服装古怪的牧师（像我们的游方和尚）高声念着经咒，在晚色团聚时，在森森的墓门间，听着那异样的音调（语尾曼长向上曳作顿），你知道那怪调是念给墓中人听的，这一想毛发间就起了作用，仿佛底下的一大群全爬了上来在你的周围站着倾听似的，同时钟声响动。那边庵门开了，门前亮着一星的油灯，里面出来成行列的尼僧，向另一屋子走去，一体的黑衣黑兜，悄悄的在雪地里走去……

克鲁泡德金的坟在后园，只一块扁平的白石，指示这伟大灵魂遗蜕的歇处，看着颇觉凄惘。关门铃已摇过，我们又得回红尘去了。

十二　“一宿有话”

——真正老牌“迦门”

那晚上车我的手提包里有烟、有糖、有桔子蜜酒。

睡车每间两个床位，我的是上铺，他在下面。

你是日本人？

不。

中国人？

是的。

你喝威司克？唤仆欧……（他意思是沙达水，不是威司克。）

不，多谢，抽烟？

你到巴黎去长住？

不。

我当过军官——在德皇御队里的。

是的；那你打仗了？

从头到底——我一共打了七十二仗。

大英雄！你对敌是谁——是英是法？

全打过。

你杀死了多少人？

三千法国人，一千英国人。

谁会打些？

英国人；法国人不成。

为什么？

喝的太多。女人太多。

所以你杀了他们，还是看不起他们。法国女人呢？你们一定多的是机会。

喔要多少？她们可不干净你知道，洗得不够你知道。司墨漆希。

哈哈。

她们可长得好看不是？不比贵国人差对不对？

喔好看是有的，可没有用。她们不行，没有好身体，有病的你知道，不成。

你打了那么多仗，没有受伤？

喏你看！（他脱了褂子剥开里衣，露出一个奇形的肩膀，骨骼像是全断了，凹下一个大坑，皮扭扭皱皱怪难看的。）

现在没有事了。

啊，你试试。（他伸出手臂，叫我摸他铁打似的栗子筋）我是一个打拳的。

先打他的正面，再打旁边，打中就破了——我带了十三个大的。

你打了美国兵没有？

没有，我打法国黑兵，顶没有用，比小鸡还容易捉。

要抽烟，请。你现在做什么事？

做生意——衣服生意，你看我身上穿的就是我自己店里的。

你还愿意打仗吗？

当然！十年内你看着，德国打败英国、法国。

怎么打法？

俄国人会得帮我们。他们先拿波兰，法国人的左腿就破了。

啊那你少不了中国人帮忙！

不错不错；日耳曼、俄罗斯、支那联成一起，全世界翻身，法国“卡波脱”（破），日本卡波脱，美国卡波脱，英国更不用提了。

你也不爱日本？

不，日本人不成，他们自己没有文化，有文化就是支那、德意志，日本人是猴子。

喝蜜酒吧，请，祝福我们将来联合的胜利！再来一杯。……

你有家了没有？

你问我有老婆？没有没有。有了家没有自由，我做生意，今天到这里，明天到那里，有了家就……（他想不出字）

Handicapped?

啊不错，Handicapped！你看我的身体多好！你有刀吗？

（他低了头去到表链上去解小刀，我看着他光秃的头顶，有三个大疤像老寿星的头，我忍不住笑了。）

你笑什么？

你怎么受伤的？

开花弹炸破的，我在这儿站着，弹子炸了，正当着我面，我赶快旋转身这里着了。

你倒了没有？

一点也不倒。

那你得进医院？

是的，在医院住五个星期，又回家去五个星期。那是十七年的年底。下年正月我又回前敌去打，又弄死了不少法国人。

你是步队?

是的，步队；我专打“汤克”(tank)

怎么打法?——汤克不是可怕的吗?

我笑法国人，(这时候他已经把小刀剥开，拿过刀尖叫我摸它的锋利，我莫名其妙) 刀尖快不快?

快。

你看。他伸出他的右腿，迸着气，手拿着刀，尖头向下，提得高高的，一撒手，刀尖着股，咄的一声，弹下了地去，像是碰着一块有弹性的金属，再来一次。

了不得。不得了!(他得意笑了，头皮发亮) 好汉! 所以你不爱女色?

喔有时候。女人多的是，我们付钱，她们爱——哈哈，可是打仗顶好玩，比女人还有趣。

我信，所以你只盼望再打? 你的政党当然是德意志国民党?

当然，你看这三色的党徽。

你看这次选举谁有希望?

胜利一定是我们——兴登堡将军顶好。

你崇拜他?

一百分。

好，我们再喝酒，祝你们政党的胜利!

昨晚柏林有好戏你看了没有? 他问。

“Oscar Wilde? 那是第一晚，我嫌贵没有去，你去了?”

去了。

做得好?

不错，槐尔德——的事情你信不信?

许有的；他就好奇。

好奇? 我看是人们的天性。你们中国有没有?

变例自然到处有，德国怎么样?

时行得很，没有什么希奇，学校里，军队里，柏林有俱乐部，你知道吗?

不知道；所以你们竟不以为奇?

一点也不；你到 Munchen 去住几时就知道了。

呕，你们德国人真是伟大的民族! 时候不早了，休息吗，夜安。

夜安。

(这是我从柏林到巴黎那晚车上我自以为有趣的谈话，当晚我说过夜安上床去在枕上就记下一些……英文，……今天无意中检着，觉得还是有趣，所以翻了出来。但你们却不要误会以为德国全是这样的，蠢、粗、忍、变性的，虽则像他同样脑筋的一定不少，要不然兴登堡将军哪里会有机会；我在这里又碰到一个德国人他是我的好友，与那位先生刚巧相反。他也是打了四年的仗，但他恨极了打仗……他是一个深思、勤学、爱和平、有见地、敦厚、可亲的一个少年。只可惜一个人教育入了骨髓，思想有了分寸，他的外表的趣味就淡。你替他写就不易，不比那位先生开口见喉咙，粗极，却也趣极，你想拿刀尖来扎大腿的那类手势，在文明社会里，是否不可多得?)

十三　血

谒列宁遗体回想。

到莫斯科的人大概没有一个不去瞻仰列宁的“金刚不烂”身的。我们那天在雪冰里足足站了半点多钟（真对不起使馆里那位屠太太，她为引导我们鞋袜都湿一个净透，）才挨着一个入场的机会。

进门朝北壁上挂着一架软木做展平的地球模型；从北极到南极，从东极到西极（姑且这么说），一体是血色，旁边一把血染的镰刀，一个血染的槌子。那样大胆的空前的预言，摩西见了都许会失色，何况我们不禁吓的凡胎俗骨。

我不敢批评苏维埃的共产制，我不配，我配也不来，笔头上批评只是一半骗人，一半自骗。早几年我胆子大得多，罗素批评了苏维埃，我批评了罗素，话怎么说法，记不得了，也不关紧要，我只记得罗素说：“我到俄国去的时候是一个共产党，但……”意思说是他一到俄国，就取消了他红色的信仰。我先前挖苦了他。这回我自己也到那空气里去呼吸了几天，我没有取消信仰的必要，因我从不曾有过信仰，共产或不共产。但我的确比先前明白了些，为什么罗素不能不向后转。怕我自己的脾胃多少也不免带些旧气息，老家里还有几件东西总觉得有些舍不得——例如个人的自由，也许等到我有信仰的日子就舍得也难说，但那日子似乎不很近。我不但旧，并且还有我的迷信；有时候我简直是一个宿命论者——例如我觉得这世界的罪孽实在太深了，枝节的改变，是要不到的，人们不根本悔悟的时候，不免遭大劫，但执行大劫的使者，不是安琪儿，也不是魔鬼，还是人类自己。莫斯科就仿佛负有那样的使命。他们相信天堂是有的，可以实现的，但在现世界与那天堂的中间隔着一座海，一座血污海。人类泅得过这血海，才能登彼岸，他们决定先实现那血海。

再说认真一点，比如先前有人说中国有过激趋向，我再也不信，种瓜栽树也得辨土性，不是随便可以乱扦的。现在我消极的把握都没有了。“怨毒”已经弥漫在空中，进了血管，长出来时是小疽是大痈说不定，开刀总躲不了，淤着的一大包脓，总得有个出路。别国我不敢说，我最亲爱的祖国，其实是堕落得太不成话了；血液里有毒，细胞里有菌，性灵里有最不堪的污秽，皮肤上有麻风。血污池里洗澡或许是一人对症的治法，我究竟不是医生，不敢妄断。同时我对我们一部分真有血性的青年们也忍不住有几句话说。我决不怪你们信服共产主义，我相信只有骨里有髓管里有血的人才肯牺牲一切，为一主义做事；只要十个青年里七个或是六个都像你们，我们民族的前途不至这样的黑暗。但同时我要对你们说一句话，你们不要生气：你们口里说的话大部分是借来的，你们不一定明白，你们说话背后，真正的意思是什么，还有，照你们的理想，我们应得准备的代价，你们也不一定计算过或是认清楚；血海的滋味，换一句话说，我们终久还不曾大规模的尝过。叫政府逮捕下狱，或是与巡警对打折了半只臂膀，那固然是英雄气概的一斑，但更痛快更响亮的事业多着，——耶稣对他的妈（她走了远道去寻他）说，“妇人，去你的！”“你们要跟从我。”耶稣对他的门徒说，“就得像渔夫抛弃他的网，儿子抛弃他的父母，丈夫抛弃他的妻儿。”又有人问他我的老子才死，你让我埋了他再来跟你，还是丢了尸首不管专来跟你，耶稣说，让死人埋死人去。不要笑我背圣经，我知道你们不相信的，我也不相信，但这几段话是引称，是比况我想你们懂得，就是说，照你现在的办法做下去时，你们不久就会觉得你们不知怎的叫人家放在老虎背上去，那时候下来的好，还是不下来的好？你们现在理论时代，下笔做文章时代，事情究竟好办，话不圆也得说他圆的来，方的就把四个角剪了去不就圆了，回头你自己也忘了角是你剪的，只以为原来就圆的，那我懂得。比如说到了哪一天有人拿一把火种一把快刀交在你的手里，叫你到你自己的村庄你的家族里去见房子放火，见人动刀——你干不干？说话不可怕一点，假如有那一天你想看某作者的书，算是托尔斯泰的，可是有人告诉你不但他的书再也买不到，你有了书也是再也不能看的——你的感想怎样？我们在中国别的事情不说，比较的个人自由我看来是比别国强的多，有时简直太自由了，我们随便骂人，随便谣言，随便说谎，也没人干涉，除了我们自己的良心，那也是不很肯管闲事的。假如这部分里的个人自由有一天叫无形的国家权威取缔到零度以下，你的感想又怎样？你当然打算想做那时代表国家权威的人，但万一轮不到你又怎样？

莫斯科是似乎做定了命运的代理人，只要世界上，不论哪一处，多翻一阵血浪，他们便自以为离他们的理想近一步，你站在他们的地位看出来，这并不背谬，十分的合理。

但就这一点（我搔着我的头发），我说有考虑的必要。我们要救度自己，也许不免流血；但为什么我们不能发明一个新鲜的流法，既然血是我们自己的血，为什么我们就这样的贫，理想是得向人家借的，方法又得向人家借的？不错，他们不说莫斯科，他们口口声声说国际，因此他们的就是我们的。那是骗人，我说：讲和平，讲人道主义，许可以加上国际的字样，那也待考，至于杀人流血有什么国际？你们要是躲懒，不去自己发明流自己的血的方法，却只贪图现成，听人家的话，我说你们就不配，你们辜负你们骨里的髓，辜负你们管里的血！

英国有一个麦克唐诺尔德便是一个不躲懒的榜样，你们去查考查考他的言论与行事。意大利有一个莫索里尼是另一种榜样，虽则法西士的主义你们与我都不一定佩服，他那不躲懒是一个实在。

俄国的桔子卖七毛五一只，为什么？国内收下来的重税，大半得运到外国去津贴宣传，因此生活程度便不免过分的提高，他们国内在饿殍的边沿上走路的百姓们正多着哩！我听了那话觉着伤心；我只盼望我们中国人还不至于去领他们的津贴，叫他们国内人民多挨一分饿！

我不是主张国家主义的人，但讲到革命，便不得不讲国家主义，为什么自己革命自己作不了军师，还得运外国主意来筹划流血？那也是一种可耻的堕落。

革英国命的是克郎威尔；革法国命的是卢骚、丹当、罗佩士披亚、罗兰夫人，革意大利命的是马志尼、加利包尔提；革俄国命的是列宁——你们要记着。假如革中国命的是孙中山，你们要小心了，不要让外国来的野鬼钻进了中山先生的棺材里去！

徐志摩翡冷翠山中一九二五年五月二十九日

志摩随笔

汤山温泉

孔使君邀予游小汤山，浴于温泉，风于残荷枫叶之间；登土山望西山脉势之宛延，行吟相答于荒村闲月之下，拄杖感喟于行宫残瓦；此盖行在禁地，小民固不得适意而肆观，今且从类印淖濯如是矣！未可易也。濒行顾孔君而笑曰："独帐未挈松胶鹿脯，与君共醉于汤山怪石之颠。"

天津水祸

天不厌祸，津直之民既苦于兵，复没于水，市廛半浸，舫筏遍行，逸者露处，留者窘庐，犬忼于檐，鸡号于脊；舟以行野，一望靡涯；佳田茂黍鞠为巨浸，老柳古槐，青梢芦拂，天未惩凶，呼号无恤。嗟夫！一村之陷，百里可拯；一府之饥，周转可济；方今既遍神州，谁与为援哉？朱门弃馀肉，道上载饿骨，云泥有判，苦乐不均，虽有大力，莫之能救。

廖傅文

娟姐为予言，廖傅文者，真世间痴情种子也。自幼嗜红楼梦，辄自许为宝玉；适有一表妹寄居其家，善病工愁，又俨然一潇湘后身也。二人相依若命，昕夕不离。未几女殁，廖哭之恸；遂痴狂若癫。父母强为之纳室，终不豫。婚数月，乘间逸去，祝发洞庭，结茅屋焉。尝过北京十刹海，世所传黛玉焚稿地，趋而痛哭之，三日夜，泪尽血出，家人环劝不听也。方其父抚杭时，每日辄挚其表妹扁舟游湖，一小婢为奉笺墨，兴至即扣舷联句，不啻神仙中人也。

吴语

吴侬软语，倾藉一时，盖柔转如环，令人意消也。然男子作之不方且俗，即女子其喉音粗者，则其语不纯。坊间类操吴语，其实真苏产亦少。娟妹语予，尝去苏州，有张七小姐者，此真妙绝尘寰矣，使腔宛好如玉盘珠走，而其发音尤天赋清越，迥异寻常；固毋须其软语生风，即謦欬微闻，已足令神魂飞越；且不特语妙已也。其秋波，其皓腕，其檀口，其樱唇，并周旋流转，若合节奏，宜嗔宜喜，此之谓矣。所谓国色者，允宜擅此，俗夫但识检貌，抑未喻也。

野猪

［从周案：原稿无题，下同］

野猪最猛而难猎，田人伺其群而剽取其最后者，其性犯火而突，故不操火而取坚竹锐端，傅油以为兵。一猪夫尝抵一猪，猪穿腹而奔，其肌腑曳出，累累挂荆丛间，蹑之数里，猪张卧一涧中，复冲其腹，暴胜人颠；异日其徒见猪僵，而人竹并碎。（纪事尚简而不失意，此稿之初，字盖兼倍，三削而得此，自以为无可增减矣。然安知不复之视此，又多见其繁文赘字也。）

辟鼠器

蒋复璁言，隆福寺有售辟鼠者，二小匣中杂砖石，一以悬，一以座，则鼠绝于室，无不验者。尝有外人欲厚佣之不可，请鬻其技万金亦不可，毁其器而穷其故不得也。志摩曰：“盖自魏晋之际，而符录之术颇出，今闾里相传魔胜之法，多不可理验。方士取水画环于壁咒焉，而举室之蚊尽集；然晚辄放去，杀之则其后不灵。是与辟鼠器盖相类，然彼秘方术不肯传，何欤?”

摄影奇事

一女子摄影于同生，异日往取，辞以不慎，重摄而又以毁辞。如是者三，女恚。相师曰：“不敢欺，影实无恙，而事有足怖者。”因出片示女，则其身后俨然一男子像也。俞重威为予言如此，男子盖其故夫也。

京 语

南人客北地者，往往苦于言语；初学京语，其荒谬有足捧腹者，陈开石先生是已。先生以南人所称之面布面水，北人概曰脸布脸水也，遂据说文通假之例，因为面食之面，当读亦如若脸。一日，入饭舍，昂然谓佣保曰：“要鸡丝炒脸。”佣保辞不省，先生顿足曰：“焉有北京人而不解鸡丝炒脸者?”一时传为笑谈。

命 相

命相虽不经，亦足发是，以为君子不弃焉，至于几微妙令，不爽累黍，亦有足验者矣。某有乡人善相，有许君其妻屡产而不育男；且复产，许君往相焉。曰：“即令君夫人腹之左偏有黑痣二日者，左足不豫，其产雄也。”其他言之验若亲闻见。亟归而验之，果如相者言，异日生子焉。

牙牌数

牙牌数有时殊神隽，余姑丈蒋谨旃先生尝乡试。占之吉，有句云：“更欣依傍处，时与贵人俱。”发榜日，独行上东山，及颠而见费景韩先生，冉冉自塔下。互诘来意，相与嗢噱，移时下山沽酒，复登；才上石除，费驰，蒋亦驰，费先登，喘息于山亭，酌焉。因相与论试事，费曰：“昨梦马创足，”蒋因贺必中，今日驰，君先登捷足之兆，应矣！忆牙牌诗言，贵人得毋费欤?犹冀可得副车，及发，费隽而蒋竟黜。

又蒋百里先生，庚戌正月将出任军官学校校长，占之得最后数，诗曰：“一二三四五六七，八九相逢数乃毕，老阳未变不能生，占者逢之静者吉。”及后蒋因事自戕，其时盖阳历九月，而阴历八月也，亦可谓巧合矣。

罗素游俄记书后

B. Russell "The Theory and Practiceof Bolshevism"

尼采有言："蛇不能弃蜕则僵，人心亦然，其泥执而不变者，岂心也乎哉。"

罗素世代簪缨，一国望族，其决然弃世俗之浮华，研数哲之秘妙，已非常心所可几。方战事之殷，，罗素因仁人之心，训和平之德，乃不谅于政府，夺其教席，拘之狴犴。罗氏怒，罗氏不能不怒，舍名与数，言政及变，书出不胫而走。罗氏不复以哲学士名而以社会改造家闻；不复以和平派名而以急进党闻；不复以康桥教授名而以主张基尔特社会主义闻。侵假而罗氏观俄变而惑焉，而神往焉，而奖教焉，而宣导焉，而自认以共产主义为宗教焉，苏维埃之炽益盛，罗氏遂亲临按之。罗氏游俄见蓝宁，访屈老次基探高干，尤即俄之泼洛涞汰沿以德舆诵焉。巡游毕，罗氏归，其意爽然惘然怅然淆然，著书纪其游而加论断焉。罗氏不悦，罗氏不怿，罗氏复东，罗氏今掌教中原。吾愿其以变济吾之常，以发震我之蛰，尤愿其勿因我青年口头笔头之恭维，而徒誉我如杜威，徒谄我如狄更生。吾青年乏个性，善迁务新，其蔽犹之顽旧，吾愿罗氏医之。

吾因评罗氏之书，不觉遂旁及其人，今吾言书。

评罗氏之书不可不先揣罗氏之心理，叙之得二端焉。罗氏言人道崇和平，罗氏尊创作恶抑塞，其书盖论鲍雪维克之巨作也。游历者之言病肤浅，新闻记者之言病琐碎，"康拉特"（Comrade）之言蔽于张，"波淇洼"之言失之隐，罗素则不然，无党故蔽不著，爱真故言毋讳，阐人道故韪否皆出于同情，奖文化故按察皆援纯理为准绳，凡此皆罗氏独具之德，无论是否其说者所当共认也。

顾罗氏言苏俄何似？吾非作札记式之读书录，故略其枝叶而论其本干。

美国国民周刊始载罗素游俄之文而节罗氏言，颜其标曰："余信共产主义而赴俄，但……"但者犹言既见俄而不复信共产主义也。罗氏自叙其意曰：

“吾强不得已而拒鲍雪维克主义，以有二因焉：其一采鲍雪维克法以登共产主义，人类须付之代价过巨，其二就使付价矣，而谓鲍雪维克所昌言能得之结果可一蹴而几，吾不信也。”

然本年五月罗氏著文名“民治与革命”载美国解放杂志，亦论鲍雪维克，吾节译其要言如次：“余确信真纯之进化有恃于国际社会主义之胜利，即不得已而须付极巨之代价以致此胜利亦值。余亦确信屈际社会主义一日不克胜，世界一日不得真正之和平。止此泯棼之上法奈何，强社会主义之势力而弱其反抗者而已，无他道。一言以蔽之，吾信‘援力益增则和平之来亦益速。’吾言社会主义吾非谓非驴非马之制度，吾直谓彻底澄清，根干枝叶全体之变迁，例之则蓝宁所尝试者是已。使是最后之胜利实为和平之本质，则此战争所引起之种种不幸——因财阀反抗力所引起之不幸——吾等必默受而无怨。”

准此则罗氏直已受正式鲍雪维克之洗礼，知心朝礼南无阿弥陀佛，自顶至踵一“红人”矣。何以一朝脚踏实地，遽尔尽汗前言，吾向谓哲学家出言立说多少必有根底，其然岂其然邪。

说者有谓罗氏爱鲍尔雪维克者，实缘意兴之冲动，非出真诚之信仰，又误以苏维埃之俄土为其理想之人间天上之共产制度。故一临事实而幻想破，一即尘缘而香火坠。此解或信于常人，吾于罗氏有惑焉。夫罗氏阐数理浃名学，籀哲理应人事，其机其密其确切其微妙举世似无出其右者，如何发言经世，一任情感，与庸众齐辙哉。且罗氏不尝言应付代价以致革命乎，不尝言应忍不幸以全革命乎？俄国之有内乱外患，罗氏知之。苏维埃之为初次试验，罗氏知之。俄民之濒水火灾饥罗氏知之。乃至屈老次基编红军杀白将，此欧美五尺童皆知之，罗氏必知之。共产党之专制，罗氏知之。苏俄尚在过渡而非共产主义完成时期，罗氏亦知之。其国内之不幸，原因于举世波淇洼政府之反抗，罗氏亦知之。总之俄国内幕之情形，罗氏固不候亲临其地而早知之审且切。吾读罗氏游俄之记盖无一事不早为言苏俄者道破，亦无一事不在有常识人理想之中，罗氏既游欧当益坚其所尝确信者，而不当讶其所见之新奇。

使其未尝有昔日之宣言而得游俄之结论如此，则吾以人道和平自由诸标准量之甚吻。然罗氏一则曰确信，再则曰确信，今确信犹然，而所信之事物适相矛盾，吾又安知其今日所确信者，不起变化于将来。或者罗氏一朝汉家之文化，又逞其不世之词锋，另辟思想之途径。此大哲学家吾慕之不如吾异之疑之。罗氏以英伦贵族下降“红”尘，复一跃登云临视下界，而取向日自身所笑骂不痛不痒之地位。此地位如何，请聆其妙论。

“鲍雪维克说之谬，在于侧重经济之不平，以为此路通而路路可通。吾不信社会问题之复凑而可抉一题以概万汇者，然使吾择一事为政治之主恶，则吾宁择权力之不平以概其余。吾不认此权力之不平，乃可以共产党独裁政治或阶级战争所可纠正而无憾。能致此权力之平等者，惟有和平与长期之渐进而已。”又言曰：“人与人善毋悖毋恨毋暴毋侵，均布化育，善用余闲，陶发美术奖进科学，凡此，皆言政治者所当慎重商榷者也。予不信革命与战争可得而扶植真正之进化。吾尤确信今日之事在于减灭战事所发生之残忍之气象。以此，故吾虽明认鲍尔雪维克与俄民特殊之关系，吾不愿其蔓延，吾尤不赞西欧大党之承袭其哲理。”

此罗氏游苏俄而后之结论也。彼向言国际，今言吾国，向蕲社会主义之胜利，今言和平有恃于迂缓之和平，不提社会主义。向言虽付巨值所不惜，今言货劣送我亦不要，况付钱乎。向言必斗反抗社会主义之势力，今硁硁戒斗。向言援力益增（援援俄也）则和平之来亦益速，今大声疾呼禁人毋蹈俄覆辙。向尊蓝宁之事业为彻底澄清之英雄事业，今痛心疾首惟苏俄现象是惧。向宣言艰难困苦皆最后成功之必须回目，今言水过深火过热，宁和平毋激烈，约而言之，入红境者，红心红德之罗素也；反白邦者白心白德之罗素也。试味其“以和平致和平”之程序，吾不知是资本家之言乎？抑波淇洼之言乎？而断然非“非波淇洼”之言也。法律也，秩序也，自由也，平等也，文明也，教育也，和平也，吾不知所谓波淇洼者读罗素文而其心花怒放心痒难搔为何如也。更引申其论理则罗素必抗劳工之罢工权，以罢工含战争之性质而绝对的不和平也。罗素必抗大实业之国有，以此要求实含阶级冲突之意义也。吾尚喜罗素未忘其基尔特主义之沾带，然其提之也，仅仅为陪衬起见，而非昔日著书鼓吹之精神矣。且罗氏所谓，“权力之不平”吾疑焉。罗氏以社会崎岖之现象，实权力之不平而非财力之不平为厉阶焉。

罗氏不尝言基尔特社会主义乎，奈何健忘若此，竟将廓尔奥于奇霍布孙诸同志朝夕谆谆批评现社会最强之理由，与红盔红甲同炉共化哉！“基尔人”曰：政治权之实质无他，经济权耳。吾操其实而名自傅，彼揣其末故遗其本，此实近年言职业代议式之开宗明义章也。且试观罗氏所谓权力者何，而其矛盾自显。其言曰：“财力之不均非资本制度之大弊也，其大弊在于权力之不均，”又续言曰：“占有资本者（注意此主体）行使其势力于社会逾越常轨，彼几属于控制教育新闻机关之全体，以支配普通人民之知识。……”以下罗素屡引及影戏，吾不耐为作翻译，然其大意已可见。一言以概之曰：“资本家掌权”然此资本家非所谓经济能力之集中点乎。而罗氏贸贸然曰资本制度之不良非财力之不均，实权力之不均也。此矛此盾实已显相牴牾，更不须解释。吾即不从马克思言“经济制判”说，吾亦愿问罗氏彼资本家何以能控制教育与言论及至影戏事业。金钱金钱，资财资财，万能无不能，罗先生故逗读者笑乎，抑诚忠厚如此也。

由此论之，罗素已竟一度之轮回。其始起为贵族为澄静之哲士，人间色相非所问也。（罗素最精贡献为其三大本之 PrincipiaMathematica 吾偶读之盖满卷皆唵嘛叭佛啌也），及战事起而罗氏忽焉心血来潮，训和平讲人道，竟于国法，受羁束，罗素遂开杀戒，著“战时之公道”，言“德国社会民主主义，”著“社会改造之原理，”著：“乐土康庄”（此是我文言的译名，有人翻作“提议到自由去的路”到也剀切详明，不过“提议”的字样，只有美国印本上有，原本上是没有的。）竟大谈其社会主义而皈依于基尔特派，及著“民治与革命”而罗素已遍体腥红。然后入红邦观红光，大失望，脱尽红气，复归于白，大白而特白，一度轮回，功德圆满。此后变化何如非我所敢知矣。

使我有暇，我犹且细针密缕仇校罗氏之观察，今姑止此矣。吾著此篇之意非专评罗之书，亦非评罗素之为人，于所欲言者，乃在天下事理之复凑，消息之诪张，非实地临按融合贯通者，不能下纯正之判断。罗氏研擘哲理深潜如此，宜如以免情感作用矣，而犹且未能。然吾犹尤佳罗氏之质直公平，有爱于红则竟红，爱衰则复归于白，今国内新青年醒矣，吾愿其爱红竟红，爱白竟白，毋因人红而我姑红，毋为人白而我勉为白，则我篇首所引尼采语有佳证矣。

“雨后虹”

我记得儿时在家塾中读书，最爱夏天的打阵。塾前是一个方形铺石的“天井”，其中有不砌的金鱼潭，周围杂生花草，几个积水的大缸，几盆应时的鲜花，——这是我们的“大花园”。南边的夏天下午，蒸热得厉害，全靠傍晚一阵雷雨，来驱散暑气，黄昏时满天星出，凉风透院，我常常袒胸洗［跣］足和姊嫂兄弟婢仆杂坐在门口“风头里”，随便谈笑，随便歌唱，算是绝大的快乐。但在白天不论天热得连气都转不过来，可怜的“读书官官”们，还是照常临帖习字，高喊着“黄鸟黄鸟”，“不亦说乎”；虽则手里一把大蒲扇，不住地扇动，满须满腋的汗，依旧蒸炉似的透发，先生亦还是照常抽他的大烟，喝他的“清平乐府”。在这样烦溽的时候，对面四丈高白墙上的日影忽然隐息，清朗的天上忽然满布了乌云，花园里的水缸盆景，也沉静暗淡，仿佛等候什么重大的消息，书房里的光线也渐渐减淡，直到先生榻上那只烟灯，原来只像一磷鬼火，大放光明，满屋子里的书桌，墙上的字画，天花板上挂的方玻璃灯，都像变了形，怪可怕的。突然一股尖劲的凉风，穿透了重闷的空气，从窗外吹进房来，吹得我们毛骨悚然，满身腻烦的汗，几乎结冰，这感觉又痛快又难过；但我们那时的注意，都不在身体上，而在这凶兆所预告的大变，我们新学得的什么：洪水泛滥；混沌，天翻地覆；皇天震怒；等等字句，立刻在我们小脑子的内库里跳了出来，益发引起孩子们：只望烟头起的本性。我们在这阴迷的时刻，往往相顾悍然，热性放开，大嗓狂读，身子也狂摇得连生机都磔格作响。

同时沉闷的雷声，已经在屋顶发作，再过几分钟，只听得庭心里石板上劈拍有声，仿佛马蹄在那里踢踏：重复停了；又是一小阵沥淅；如此作了几次阵势，临了紧接着坍天破地的一个或是几个霹雳——我们孩子早把耳朵堵住——

扁豆大的雨块，就狠命狂倒下来，屋溜屋檐，屋顶，墙角里的碎碗破铁罐，一齐同情地反响；楼上婢仆争收晒件的慌张咒笑声；关窗声；间壁小孩的嚷叫；雷声不住地震吼；天井里的鱼潭小缸，早已像煮沸的小壶，在那里狂流溢——我们很替可怜的金鱼们担忧；那几盆嫩好的鲜花，也不住地狂颤；阴沟也来不及收吸这汤汤的流水，石天井顷刻各副其实，水一直满出了尺半的阶沿，不好了！书房里的地平砖上都是水了！闪电像蛇似钻入室内连先生肮脏的坑床都照得烁亮；有时外面厅梁上住家的燕子，也进我们书房来避难，东扑西投，情形又可怜又可笑；

在这一团糟之中，我们孩子反应的心理，却并不简单，第一，我们当然觉得好玩，这里，品林嘭朗、那里也品林嘭朗，原来又炎热又乏味的下午忽然变得这样异常地热闹，小孩那一个不欢迎。第二，天空一打阵，大家起劲看，起劲开窗户，起劲听，当然写字的搁笔，念书的闭口，连先生（我们想）有时也觉得好玩！然而我记得我个人亲切的心理反应。仿佛猪八戒听得师父被女儿国招了亲，急着要散伙的心理。我希望那样半混沌的情形继续，电光永闭着，雨水倒着，水永没上阶沿，漫入室内，因此我们读书写字的任务也永远止歇！孩子们怕拘束，最爱自由，爱整天玩，最恨坐定读书，最厌这牢狱一般的书房——犹之猪八戒一腔野心，其实不愿意跟着穷师父取穷经整天只吃些穷斋，所以关入书房的孩子，没有一个心愿的，底里没有一个不想造反；就是思想没有连贯力，同时书房和牢房收敛野性的效力也逐渐增大，所以孩子们至多短期逃学，暗祝先生生瘟病，很少敢昌［倡］言，从此不进书房的革命论。但暑天的打阵，却符合了我们潜伏的希冀，俄顷之间，天地变色，书房变色，有时连先生亦变色，无怪这聚锢的叛儿，这勉强修行的猪八戒，感觉到十二分的畅快，甚至盼望天从此再不要清明，雷雨从此再不要休止！

我生平最纯粹可贵的教育是得之于自然界，田野，森林，山谷，湖，草地，是我的课室；云彩的变幻，晚霞的绚烂，星月的隐现，田野的麦浪是我的功课；瀑吼，松涛，鸟语，雷声是我的教师，我的官觉是他们忠谨的学生，受教的弟子。

大部分生命的觉悟，只是耳目的觉悟；我整整过了二十多年含糊生活，疑视疑听疑嗅疑觉的一个生物！我记得我十三岁那年初次发现我的眼是近视，第一付眼镜配好的时候，天已昏黑，那时我在泥城桥附近和一个朋友走路，我把眼镜试带上去，仰头一望，异哉好一个伟大蓝净不相熟的天，张着几百只指光闪烁的神眼，一直穿过我眼镜眼睛直贯我灵府深处，我不禁大声叫道，好天，今天才规复我眼睛的权利；

但眼镜虽好，只能助你看，而不能使你看；你若然不愿意来看，来认识，来享乐你的自然界，你就带十付二十付托立克，克立托也是无效！

我到今日才再能大声叫道，“好天，今日才知道使用我生命的权利！”

我不抱歉“叫”得迟，我只怕配准了眼镜不知道“看”。

我方才记起小时在私塾里夏天打阵的往迹，我现在想记我二日前冒阵待虹的经验。

猫最好看的情形，是在春天下午她从地毡上午寐醒来，回头还想伸懒腰，出去游玩，猛然看见五步之内，沾着一只傲慢不驯的野狗，她不禁大怒，把她二十个利爪一起尽性放开，扒紧在地毡上，把她的背无限地高控，像一个桥洞，尾巴旗杆似笔直竖起，满身的猫毛也满溢着她的义愤，她圆睁了她的黄睛，对准她的仇敌，从口鼻间哈出一声威吓。这是猫的怒，在旁边看她的人虽则很体谅她的发脾气，总觉得有趣可笑。我想我们站得远远地看人类的悲剧，有时也只觉得有趣可笑。我们在稳固的山楼上，看疾风暴雨，看牛羊牧童在雷震电飙中飞奔躲避、也只觉得有趣可笑。

笑，柏格森说，纯粹是智慧的，示深切的同情感兴，不能同时并存。所以我们需要领会悲剧或深的情感——不论是事实或表现在文字里的——的意义，最简捷的方法是将我们自身和经验的对象同化，开振我们的同情力来替他设身处地。你体会伟大情感的程度愈高，你了解人道的范围亦愈广。我们对待自然界我以为也是如此。我们爱寻常草原，不如我们爱高山大水，爱市河庸沼，不如流涧大瀑，爱白日广天，不如朝彩晚霞，爱细雨微风，不如疾雷迅雨。

简言之，我们也爱自然界情感奋切的际会，他所行动的情绪，当然也不是平常庸气。

所以我十数年前在私塾爱打阵，如今也还是爱打阵，不过这爱字意义不尽同就是。

有一天我正在房里看书，列兰（房东的小女孩，她每次见天象变迁总来报告我，我看见两个最富贵的落日，都是她的功劳）跑来说天快打阵了。我一看，窗外果然完全矿灰色，一阵阵的灰在街心里卷起，路上的行人都急忙走着，天上已经叠好无数的雨饼，此等信号一动就下，我赶快穿了雨衣，外加我们的袍，戴上方帽，出门骑上自行车，飞快向我校门赶去。一路雨点已经雹块似抛下。

河边满树开花的栗树，曼陀罗，紫丁香，一齐俯首觳觫，专待恣暴，但他们芬芳的呼吸，却彻浃重实的空气，似乎向孟浪的狂且，乞情求免。

我到校门的时候，满天几乎漆黑，雷声已动，门房迎着笑道“呀，你到得真巧，再过一分钟，你准让阵雨漫透！”我笑答道，“我正为要漫透来的”！

我一口气跑到河边，四周估量了一下，觉得还是桥上的地位最好，我就去靠在桥栏上老等，我头顶正是那株靠河最大的榆树，对面是颗柳树，从柳树里望见先华亚学院的一角，和我们著名教堂的后背（Kingi’s Chapl）；两树的中间，正对校友居的大部，中隔着百码见方齐整匀净葱翠的草庭。这是在我的右边。从柳树的左手望见亭亭倩倩三环洞，先华亚桥，她的妙景，整整地印在平静的康河里，河左岸的牧场上，依旧有几匹马几条黄白花牛在那里吃草，啮啮有声，完全不理会天时的变迁，只晓得勤拂着马鬃牛尾，驱逐愈很的马蝇牛虫。此时天色虽则阴沉可怕，然我眼前绝美的一幅图画——绝色的建筑，庄严的寺角，绝色的绿草，绝色的河间桥，绝色的垂柳高桥——只是一片异样恬静，绝不露仓皇形色。草地上有三两只小雀，时常地跳跃；平常高唱好画者黑雀却都住了口，大约伏在巢里看光景，只远处偶然的鸦啼，散沙似从半天里撒下。

记得，桥上有我站着。

来了！雷雨都到了猖獗的程度，只听见自然界一体的喧哗；雷是鼓，雨落草地是沉溜的弦声，雨落水面是急珠走盘声，雨落柳上是疏郁的琴声；雨落桥阑是击草声。

西南角——牧场那一边我的左手，正对校友居——的云堆里，不时放射出电闪，穿过树林，仿佛好几条紧缠的金蛇，掠过光景，一直打到教堂的颜色玻璃和校友居的青藤白石和凹屈别致的窗坡上，像几条洞偏担，同时打一块磨石大的火石，金花日射，光景骇目。

雨怒注不休。云色虽稍开明，但四围都是雨激起的烟雾苍茫，克莱亚的一面几乎看不清楚。我仰庇掬老翁（指最大的橘树）的高荫，身上并不太湿，但桥上的水，却分成几个泥沟，急冲下来，我站在两条泥沟的中间，所以鞋也没有透水。同时我很高兴发现离我十几码一颗大榆树底下，也有两个人站着，但他们分明是避雨，不是像我来经验打阵。他们在那里划火抽烟，想等过这阵急霈。

那边牧场方才不管天时变迁尽吃的朋友，此时也躲在场中间两枝榆树底下，马低着头，牛昂着头，在那里抱怨或是崇拜老天的变怒。

雨已经下了十几分钟，益发大了。雷电都已经休止，天色也更清明了。但我所仰庇的掬老翁，再也不能继续荫庇我，他老人家自己的胡髭，也支不住淋漓起来，结果是我浑身增加好几斤重量。有时作恶的水一直灌进我的领子，直溜到背上，寒透肌骨；桥栏也全没了；我脚下的干土，也已经渐次灭迹，几条泥沟，已经迸成一大股浑流，踊跃进行，我下体也增加了重量，连胫骨都湿了。到这个时候，初阵的新奇已经过去，满眼只是一体的雨色，满耳只是一体的雨声，满身只是一体的雨感觉，我独身——避 雨那两位，已逃入邻近的屋子里——在大雨里听淹，头上的方巾已成了湿巾，前后左右淋个不住，倒觉得无聊起来。

但我有希望，西天的云已经开解不少，露出夕阳的预兆，我想这雨一停一定有奇景出现——我于是立定主意和雨赌耐心。我向地上看，看无数的榆钱在急涡里乱转，还有几个不幸的虫蛾也葬身在这横流之中，我忽然想起道施滔奄夫斯基的一部小说里的一个设想，他说你若然发现你自己在沧海中一块仅仅容足的拳石上，浪涛像狮虎似向你身上扑来，你在这完全绝望的境地，你还想不想活命？我又想起康赖特的“大风”，人和自然原质的决斗。我又想像我在西伯利亚大雪地，穿着皮蓑，手拿牧杖，站在一大群绵羊中间。我想战阵是冒险，恋爱是更大的冒险，死是最大的冒险。我想起耶苏，魔鬼，薇纳司，福贺司德；我想飞出这雨圈，去踏在雨云的背上，看他们工作。我想……半点钟已过，或心海里至少涌起了几万种幻想，但雨还是倒个不住。

又过了足足十分钟，雨势方才收敛。满林的鸟雀都出了家门，使劲的欢呼高唱；此时云彩很别致，东中北三路，还是满布着厚云，并且极低，似乎紧罩在教堂的H形尖阁上，但颜色已从乌黑转入青灰，西南隅的云已经开张了一只大口，从月牙形的云絮背后冲射出一海的明霞，仿佛菩萨背后的万道佛光，这精悍的烈焰，和方才初雨时的电闪一样，直照在教堂和校友居的上权，将一带白玻窗尽数打成纯粹的黄金，教堂颜色玻窗上的反射更为强烈，那些书中人物都像穿扮整齐，在金河里游泳跳舞。妙处尤在这些高宇的后背及顶头，只是一片深青，越显得西天云罅月漏的精神，彩焰奔腾的气象。

未雨之先万象都只是静，现在雨一过，风又敛迹，天上虽在那里变化，地上还是一体地静；就是阵前的静，是空气空实的现象，是严肃的静，这静是大动大变的符号先声，是火山将炸裂前的静；阵后的静不同，空气里的浊质，已经彻底洗净，草青树绿经过了恐怖，重复清新自喜，益发笑容可掬，四周的水气雾意也完全灭迹，这静是清的静，是平静，和悦安舒的静。在这静里，流利的鸟语，益发调新韵切，宛似金匙击玉声，清脆无比。我对此自然从大力里产出的美；从剧变里透出的和谐；从纷乱中转出的恬静；从暴怒中映出的微笑；从迅奋里结成的安闲；只觉得胸头塞满——喜悦惊讶，爱好，崇拜，感奋的情绪，满身神经都感受强烈痛快的震撼，两眼火热地蓄泪欲流，声音肢体头随身旁的飞禽歌舞；同时我自顶至踵完全湿透浸透，方巾上还不住地滴水，假如有人见我，一定疑心我落水，但我那时绝对不觉得体外的冷，只觉得体内高乐的热。(我也没有受寒)

我正注目看西方渐次扫荡满天云锢的太阳，偶然转过身来，不禁失声惊叫。原来从校友居的正中起直到河的左岸，已经筑起一条鲜明五彩的虹桥！

八月六日

罗素与中国

——读罗素著《中国问题》

罗素去年回到伦敦以后，他的口液几乎为颂美中国消尽，他的门限也几乎为中国学生踏穿。他对我们真挚的情感，深刻的了解，彻底的同情，都可以很容易从他一提到中国奋烈的目睛和欣快的表情中看出。他有一次在乡下几于和卫伯（Sidney Webb）夫妇吵起嘴来，因为他们一对十余年来只是盲目地崇拜日本，蔑视中国。他对人说他很愿意舍弃欧洲物质上舒服的高等生活，到中国来做一个穿青布衫种田的农人。他说中国虽遭天灾人患，其实人民生活之快乐直非欧洲人所能想像。他说中国的青年是全世界意志最勇猛，解放最彻底，前途最无限的青年；他确信中国文艺复兴不久就有大成功。然而他也知道我们的危险。他在英国每次发言，总告诫人说最美最高尚最优闲的中国文化，现在正在危险中，有于不知不觉中，变化为最俗最陋最匆促的青年会文化之倾向：他说现在耶苏教在中国的魔力，就蕴在青年会的冷水浴和哑铃操里面。太平洋那边吹过来的风，虽则似乎温和，却是充满了硝酸的化力。我离伦敦前接到他从瑞士来的电报，要我到巴黎去会他，后来彼此还是莫有会成，但他寄来送我一本他的新书“中国问题”，叫我到国内来传布的意见，我答应回来温习过自己的社会人民以后，替他做一篇书评。如今我回国已有一月，文章还不曾做出，现在我姑且先用中文来传达他书里的一番厚意，好让爱敬罗素的诸君，知道我们得了一个真正知心多情的朋友在海外哩。

罗素这本书，在中西文化交融的经程中，确实地新立了一块界石。他是真了解真爱惜中国文化的一个人，说的话都是同情化的正确见解，不比得传教师的隔着靴子搔痒，或是巡捕房头目的蹲在木堆里钓鱼。他唯其了解，所以明白我国过去文化价值，和将来发展的方向；唯其爱惜，所以不厌回复地警告欧人不要横加干涉，责备日本不应故意蹂躏，隐讽美国不要用喜笑的脸温存的手，来丑变低化我们的遗产。他开头就说在中国的三大问题——政治，经济，文化，——中关于全人类和中国自身最重要的是文化问题；只要这个问题解决的满意，不论政治经济化成如何样式，他都不在乎了。他说中国好比一个美术家的国，有美术家的好处也有他的坏处，但这好处是有益于人的，坏处只报应他自身。他就问一个重要的问题，他问如此说来，全世界是否应得设法保全他的好处呢，还是逼迫他去学欧洲的坏样子，专做损人不利己的事业呢？他再问果然有一日中国有力量，即以其人之道还诸其人之身，来对付东西洋人，那时全世界又成何面目呢？

罗素知道老大帝国黄脸病夫的实力和潜伏的能力，所以他最怕他被逼迫而走最没出息的武力主义那条路。此点他书里屡屡提及，他最近在米郎的一个平和会里又说同样的话。我们固然很感觉东西两面急急锋的压迫，固然有挺［铤］而走险的倾向，但我们可以告慰知爱我们的罗先生，中国国民不到走头［投］无路的时刻，决不会去效法野蛮人的行为，同类自残的下策。

所以罗素注意的，是文化，是民族创造精神的表现，不是物质的组织，盲目的发展。他说我不管旁的，我只管知识、美术，本能的快乐，友谊的感情。他接着解释知识也不是呆板的事实，堆积的工夫，艺术也不仅是美术家手里做出来的物件。他所谓美术直包及俄国的村农，中国的苦力，他们似乎有一种不自觉的努力去寻赏真美。那种产生民歌的冲动，曾在清教徒时期前盛行，如今只可向村舍前农园后访去了。本能的快乐，就是单纯生活的幸福，欧美人原来干净的人道全教工业的烟煤熏黑，原来活的泉源全教笨重的钞票塞住。他告我说他见湖南的种田人，杭州的车轿夫，他们那样欢欢喜喜做工过日，张开口就笑，一笑就满头满面满心的笑，他几乎滴下泪来，因为那样轻爽自然的生活，轻爽自然的笑容，在欧美差不多已经灭迹了，欧美人所最崇拜的，只是进步与速率，中国人根本就莫有知道这会事。他们靠了进步与速率，得到了力与钱，也造成了现在惴惴不可终日的西方文明；中国人终是慢吞吞地不进不退，却又享受了几千年平安有趣的生活。

他说让中国人管他们自己的事，不要干涉，他们自会得在百十年间吸收外来他们所需要的原素，或成一个兼具东西文明美质的一个好东西。他只怕两个方向：他怕中国变成个物质文明的私生子，丧尽原有的体面；他又怕中国变成守旧的武力国。

他说欧战使欧洲觉悟自己文明的漏洞，游俄游中的经验使得他相信这两个国家可以指示欧洲人哪里是漏洞，怎样的补法。他说中国人的生活习惯若然大家都采用，全世界就快活享福。欧美人的生活刚正是反面，他们只要奋斗、变动、不足、破坏、物质文明的尾巴已经大得掉不过来，除了到安定的东方来请教，恐竟没有法子防止灭亡。下面容我节译一段他在一九二〇年的夏天，跟着英国工党的代表团，到俄国去观察，正当鲍尔雪微克想用全力来根 本改造俄民的习惯，想把原来有亚洲气息的俄国，改赶人纯粹机械性质的生活。他那时正在鄂尔迦（Volga）河中：——

“吾舟驶于鄂河，日复一日，经一荒凉诡异之乡。舟中人皆嚣杂，欣忭，好争持，善为捷易之说理，喜以巧言释百业，咸谓天下宜无事不可解，诚能如其言为政，则人事之利害可铢铢而算，人类之进向可节节而定也。有一人病且死，斗弱斗恐，斗健康者之漠视甚力，而同舟人之辩之争，之琐笑，之扬声求爱，喧逐，几如雷动，夜以继日，曾不念病苦者之难堪。舟以外，鄂河之波，鄂河之岸，皆静如死，诡如天。顾此静秘，舟中人莫或有暇以听察焉；余独内感不宁，断不能寄心耳于诡辩者之辩，与通事实者无尽藏之事实。一日。既迟暮，吾舟泊于一荒落之所，杳不见房屋，但有沙堤长亘，其背则白杨成列，明月升焉。余默然登岸，行沙中不远，而见一人类之奇集，似古游民，盖来自灾荒之极域，家族麇聚，绕以家用杂具，有立者，有卧者，有悄然积小枝作火者。火成焰发，照人面历历，皆髯节蓬生，男子野鲁北耐，妇人粗陋，童子亦严肃迟重，如其亲。其为人也无疑，顾求习于猫于犬于马，宜若易于是族之男妇童子。我知彼等必且竣息于此荒凉之域，日焉月焉，以冀船来载去传闻天人不尽吝酷之乡；然其闻之确否，又谁得而知之。将有死于途运者，若饥与渴，日中之炎热，则殆莫或能免，然即其茹苦，犹噤不呻。余观览之余，不禁兴感，念是殆□俄魂灵之征识，默不能自吐，力挫于失望，徬徨转侧，西欧犹且翘然自分党别，或进而争，或退而处，熟视此无告者若无睹焉。俄之体大，间有能者，亦如蚪碛之于广漠，不可得而识。彼硁硁于主义者，方且强柳杞以为杯棬，将屈人类原始之本能，为学理之试验；然余窃不敢信幸福之可以工业主义与强迫劳役钳刺而致也。

然及晨曦之复转，而舟中之哓哓于唯物史观及共和政体之得失者犹然如故，余亦口耳其间，不复自省。与余辩者未尝见岸上游弋之灾民，即见之亦且类之于砂石草木，以其穷野不可训，非社会主义福音之所宜及也。然彼民宁忍之静默，既深入于余心，辩虽亟，论虽便习，而寂寞难言之思，犹耿耿于中焉久之，卒之余奋然自谓政治者魔实趣使之，强者黠者承其意以刑楚羸弱之民族，为利，为权力，为主义，其害则均。吾舟犹前进不息，且侵饥民之余粮，仰庇于军士，即饥者之子也，受之惠如此，我不知且何以报之。

鄂水风来，鄂水波动而居民悉惨之歌，白拉拉加之音，萧然缭绕吾舟，此景不可忘已。声之来，与俄土荒伟之静默俱，止于余心而为不可解之问，不可苏之隐痛，东人乐生之色，于焉黯矣。

此方余来向中国以求新望，心境盖如此。

上面这一段话，文情兼至，实在太好了，令我不忍不翻，而翻之结果，竟成了几于古文调子。罗素是现代最莹澈的一块理智结晶，而离了他的名学数理，又是一团火热的情感，再加之抗世无畏道德的勇敢，实在是一个可作榜样的伟大人格，古今所罕有的。你看那段文中——其实是首好诗——他从鄂尔迦河荒野的静穆里从月夜难民宿处的沉默里感觉到西方物质生活之浅狭，感觉到科学知识所窥测之浅狭，他原来灵敏的感觉，更从这伟大消息的分光镜里，翻成无数的彩色；连风里传来俄民的乐音，也在他心里产生了一种可怖责问的隐痛——这是何等境界哟！他见了中国不失天真的生活，仿佛在海洋里遭风的船，盼到了个停泊的所在，他那时滴下来的泪，迸出来的热泪，才是替欧洲文明清还宿欠呢！

在这里就有人说：他原来是对欧洲文明的反动，他的崇拜中国，多半是感情作用，处处言过其实，并且他在中国日子很少，如何会得了解。不错，是反动；但他所厌恶的，却并非欧化的全体——那便成了意气作用——而是工业文明资本制度所产生的恶现象；他的崇拜中国，也并非因为中国刚巧是欧化的反面，而的确是由贯刺的理智，和真挚的情感，交互而产生的一种真纯信仰，对于种种文明文化背后的生命自身更真确的觉悟与认识。我现在敢说这活，因为我自己也是过来人；我当初何尝不疑心他是感情的反动，借东方来发泄他自己的牢骚，但我此次回来看了印度人和中国人的生活，从对照里看出欧美生活之伪之浮之险，不由得我不信罗素感情之真切。我们千万不要单凭着生长在中国的事实，就自以为对于中国当然有正确的见解。大多数人连他自己都不认识，何况生活本体呢？至于那班青年会脑筋的论调，尤其在门外的门外了。

但罗素虽则从游俄国游中国感觉到人类的运命，生活的消息，人道的范围，他却并莫有十分明了中国文化及生活何以会形成现在这个样子。他第一就不了解孔子的影响，他书里老实说他对于繁文缛节的孔子莫有多大感情；第二他以为中国的好处，老庄很负责任，他就很想利用老庄来补添他原有无治主义倾向的思想（他书开篇就引庄子浑沌凿七窍而死的话）。虽他不知道中国人生活之所以能乐天自然，气概之所以宏大，不趋极端好平和的精神，完全还是孔子一家的思想，而老庄之影响于思想惯习，其实是不可为训。

在“中国人的品格”那一章里，他又说起中国人的三大毛病，一贪、二忍、三懦。这三点刚巧是智仁勇的反面，却是孔家理想生活不实现的一个证据。现在我国正当文艺复兴，我们要知道罗素先生正在伸长了头颈，盼望我们新青年的潮流中，涌出无量数理想的人格，来创造新中华的文明的哩。他说我们只要有真领袖，看清楚新文化方向，想像到所要的新文化的模样，一致而创造方面努力，种种芝麻零碎什么政治经济的困难就都绝对不成问题。我们要知道盲目的改良政治危险；盲目的发展工商危险：盲目的发展教育也是危险；我们千万不要拿造成文化的大事业，托付在有善意而无理想力的先生们手里！

徐志摩

十一月十七日南京成贤学舍

艺术与人生

如果不先描述我们整个不得不随遇而安的现行社会状况，便无从谈论艺术和人生，而对现行社会状况的指斥、抨击，无论怎样猛烈也不过分。我们今天习惯于把实利主义的西方看成没有心脏的文明，那另一方面，我们自己的文明则是没有灵魂的，或根本没有意识到其灵魂的存在。倘若说西方人被自身的高效机械和闹哄哄的景象拖向无人可知的去处，那我们所知的这个野蛮残忍的社会，则是一潭肮脏腐臭的死水，四周爬满了蝇营狗苟的虫蛆，散发着腐烂和僵死的气味。事实上，无需极端愤世嫉俗的人断言，中国是一个体质羸弱、理智残废、道德怯懦、精神贫瘠的堂皇国家。在我们这样的社会，人们绝难体验到音乐的激情、理智的亢奋、崇高的爱的悲欢，甚或宗教、美学上的极乐瞬间，即使确曾有过。任何形式的理想主义不仅不被接受，反而注定必受到误解和讥诮。人们所有的是一具没有灵魂的躯壳，或加雪莱所说，是精神死亡。

现在让我们来看看我们的艺术——音乐、绘画、诗歌、雕刻、戏剧、建筑和舞蹈。在十四、五世纪前的北魏时期，我们经历了伟大的雕刻时代，但有几个人看到并真正欣赏过那些雕刻艺术的哪怕断简残篇，更不用说世界雕刻最卓越成就之一的山西云岗石窟？音乐很久很久以前就成了春天的伊甸，也许再也不能复活。而今，音乐的圣责更是可悲地退化到粗俗的京胡和琵琶手手里，这只能为那 些所谓的戏院和落子结造点气氛。绘画是另一番惨景。我们领略过吴道子开阔朗畅的画风，欣赏过王维博大而精细的画卷，近些时候，也看到过金冬心平静沉实的构图，这些模糊的记忆便是以教我们难以忍受目前十足的匠气，假冒的模仿和直接的欺骗，而没有半点独到之处和创造力。那些九流欧洲创作法的追随者们，技巧幼稚，想象贫乏，还不如那些恪守传统形式的画家，后者好在还能带给份幽默，使你微笑，而前者则常常使你败兴，刺激虐待狂变态心理。戏剧作为一种艺术实在是不足挂齿，虽然一些老式戏剧作为一种通俗的大众娱乐形式值得称道，并很好证明了狄更生先生所讲的中国人的幽默感。著名戏剧评论家格伦威尔·巴克说：“一个民族的伟大，一个种族灵魂的精深，是以其悲剧性诗歌和戏剧的成就来衡量的。”悲剧的本质是精神危机的一种艺术再现，我们中国人还没有这门艺术，也没有任何可以取而代之的东西，因而无法测定我们的悲剧才能。我们甚至从未意识到既美好又可怕的灵魂的现实，并为显然精明地回避、忽视这种现实而自得。现代建筑也毫无艺术价值，以北京为例，“公理战胜”碑达到了建筑学丑恶的顶点，当你走进中央公园，这座纪念碑必定使你败兴。至于舞蹈，无需多说，我们非常满足于梅兰芳、琴雪芳在《天女散花》和《嫦娥奔月》中的优美姿态。

谈到诗歌，我们想不出更悲惨的境遇了。稍一提及樊樊山和易实甫，就令人作呕。庚子式的爱国诗人悲叹恸哭，浪费了那么多眼泪，却没让人记住他们的诗。今天的打油诗人仍然众多，可过去了几个世纪，真正的诗人尚未出现。但有人会提出异议，我们不是有所谓的新诗吗。是的，所以我们还不至于绝望。但远大的前途并未导致我们的批评才能沉睡，误以为我们确实有了真正的诗歌。相反，迄今为止的尝试实在不尽人意，而在杂志、报纸、学校年刊和情书中，人们注定要遇到我所说的荒谬运用一些未经消化的理论。新诗表面上是现实主义，但骨子里却是完全的非现实性；甚之，还有毫不自然的自然主义，没有象征意义的象征主义。换言之，只要达到某种主义，便没有人肯冒昧称其为诗。我不用举例来证明我的评估，那些跟上这一运动的人会明白，我所作出的令人不快的评决一点也不偏激过分。

好了，这一概述足以说明我们无艺术可言。问题是为什么会有这种可悲的事态，它是怎样产生的。对我来说，理由很简单；我们没有艺术恰恰因为我们没有生活。

中国人是一个品德兼备、聪明智慧的种族，但我们从没有完全认识和表达自己，而希腊人和罗马人通过生活觉性的艺术中介这样做了。著名批评家沃尔特·裴特尔说：“东方思想中到处是对人生的模糊认识，对人生本身并没有真正理解，不了解人性的本能。人类对自身的意识，仍是同动植物世界奇异、变幻的生活混淆起来。”佩特精辟指出，创立了“灵魂的统治”的希腊雕刻，向人的眼、手和脚施发权力和神威。

“思想上对人生本身没有真正理解，就无从认识崇高的人性特征。”这是我所知的对我们文化最令人信服的批判。我们的圣人，象今天的布尔什维克领袖一样，在致力一项绝非容易的艰苦工作，只是古式不同。他们平衡、协调人与人之间所共有的明显的欲望，诸如食物、性等。可是天哪，他们竟忘了人不仅是物质的，还是精神的，需要精神上的关心和食粮。因此，孔教虽令人叹服，但经后人歪曲更易之后付诸实践，就产生了一种依赖于安闲的感伤基础之上的文化。这种文化也许有其可爱之处，但它除了故作多情以外，别无其他，而且把人的精神视为不值一理的东西。

他们忘却精神，压制理性。孔子卓越地给人的感觉外延和享乐划定了界限，教我们依赖于他从未界说过的准则，即礼。

老子和庄子更用迷人的语言，使我们迷惑的头脑认识到，生活完满是一个理想的怪物，就像莎士比亚笔下七十岁的老娃娃，没有牙齿，没有眼睛，没有口味，没有一切。要是这位绅士一旦生出感觉器官，就无法保持其生命的完整，就会立刻分散、摧毁人与生俱来的能力。愚钝的墨子也是如此，要是人类满足于食草住穴，抛弃自然感官可能发现的一切形式，他才欣喜若狂呢。

中国人不承认灵魂，否认知觉，在原生力下活动着的独特意志，部分通过抑制，部分通过升华，被引入到"安全"、实效的途径。中国人成为这样一种生物，没有宗教，没有爱，甚至没有任何的精神冒险。真诚的朋友如洛斯·狄更生、伯特兰·罗素、艾琳·鲍尔小姐对我们冷静的生活态度、中庸之爱、通情达理和谦恭礼让等等大加赞赏。但对我来说，接受这种恭维的同时，却不禁感到一种辛辣的反讽。因为冷静的生活态度，除了明显否定生活，窒息感情的圣火外，还能有什么呢？中庸之爱除了作为思想、行为怯懦，生活浅薄单调的漂亮借口外，还能是什么吗？所谓受人奉承的理性、主义和谦让精神，产生的只是一种普遍的惰习和那个被我们称作中华民国政府的荒唐怪物！啊，我们的朋友们能知道，我们以多大的代价才维持了一种表面和平其实不然的生活方式吗？而这一生活方式近来却受到极端主义和骚乱的西方的嫉羡。H. C威尔斯先生曾对我说，我们今天想得到的是和平，和平，和平，但绝不是那种羞怯、单调、令人窒息、悠闲懒散的和平，我所说的是积极主动、生气横溢、富有创造力的和平，如古雅典曾经实现的那种和平。所以说，对热烈的爱，热烈的宗教思想，我们确实太合乎理性了。柏拉图所说"神圣疯狂"的爱是不合理性的，熟知天主教教义的人应该听说过，天主教教义里把爱视为"伟大的圣餐"，与使化体相类似，它之所以不合理性仅仅因为它超乎理性之上。考文垂·帕特莫尔写道："这种为蠢人们提供了漫骂口实的极端非理性情感，是爱最可靠的保证之一，是爱永不枯竭趣味和力量的主要泉源。除了科学家，还有谁对那些不及我们而能被我们领悟的东西如此看重并被深深打动的呢？因此，爱同宗教一样，因为宗教即是神圣的宇宙的爱，是超然和圣化的。由于它是被人类的眼睛能看见的一股神秘力量所圣化，因而能看见属于精神领域的图景，但这些图景通常不被认为是现实的准则。人的耳朵将被庄严崇高的音乐征服。这音乐就象来自天际的浩瀚波浪。这种精神超越，能使以前无活力的潜在创造力开始解放自己，并通过可以选择的任何途径，努力认识自身的体积和形状。“爱比其他任何情感更深地植根于土地，因此它的头象圣树一样直耸天国。赋与它们物质和可信性，高度要求并证明深度。”把爱说成最富生气最有潜力的创造源泉绝非一句套话。如果抽去性激情及所有与之有关的因素，你会惊愕地发现欧洲的文化和艺术无可挽回地破产。任何不否定或歪曲人生和真理的男女，无须弗洛伊德派，都会承认，至少也能感觉到，爱虽然最不严肃，却是万物中最有意义的。然而这一简单的真理在漫长病态的中国历史中，从未被认识过。甚至今天，我的个人经历仍仅让我在这方面发现了两类人：藐视爱的愤世嫉俗者和害怕爱的胆小懦夫。要是知识之树长在中华帝国的中央，而非伊甸园里，那亚当和夏娃仍然是纯美的创造物，他们心眼迷钝，对内在的生命召唤麻木不仁。上帝也不至于对蛇的英雄主义和夏娃的好奇心造的麻烦而盛怒不休。

这位圣人为我们划定的人生范围几乎是一系列枯燥乏味的伦理陈词滥调，这一命定结果所产生的影响剥夺和抑制了我们的想象力。你只要翻翻我们的小说和诗歌就会相信，其中想象的作用是多么狭窄。我们的诗人，可能除了李白以外，再没一位被认为是世界性的。这不值得深思吗？在我们的文学花名册里，找不到一位堪与歌德、雪莱、华滋华斯相比的，更不用说但丁和莎士比亚了，这不令人震惊吗？说到其他艺术，又有谁堪与米开朗基罗、列奥那多·达·芬奇、特纳、柯勒乔、威尔埃斯奎斯、瓦格纳、贝多芬等等众多天才相比呢？以此类推，是不是我们种族的本性决定了我们总是不同于世界其他地方？由于不相同是程度上的，而非类别上的，那么我们的想象力是不是生来就营养不良，发育不全？我们所拥有的艺术遗产不能整个包含生活，那是不是表明我们在本质上逊于西方呢？因为一切伟大的艺术作品都要求包含生活。我们从很小就受到视觉和意志的训练，以适应实用的细节，合于毫无生气的生活礼仪，而不是揭示伟大生活的奥秘，唤起伟大生活的希望。这是中国教育的大失败，它导致真正人格的死亡，没有穷尽地造就着杰出的庸才。

人生的根本，欢乐的源泉，以及想象的能力，这些自然泉流遭到了无情的阻挠，我们的生命存在确实太可怜了。人生的贫乏必然导致艺术的贫乏。充实美好的人生会自发地绽出实在的美，并终将影响我们对永恒的理解。一棵充满生命力的树必定枝繁叶茂，结出的果儿色彩绮丽。同样，洋溢着自我意识的人生，自然结出思想的结晶——艺术，或行为——值得怀恋的行为。因此，丰富、扩大、繁殖、加剧，最重要的是使你的生活精神化，这样艺术就会诞生了。

对于中国艺术与人生的停滞、肤浅，我已经说其实是谴责得够多了。现在，让我们暂时把目光转到西方历史上表现的艺术与人生的一致性上。说到这，最好还是象在其他方面一样，求助于古希腊和文艺复兴时代的意大利，以得到启迪和智慧。

我认为，希腊文化最伟大的成就不在政治，更不在科学和玄学，而在于发现了人体的尊严和美。文艺复兴时期伟大的德国艺术家温克尔曼说："没有哪个民族象希腊人那样尊崇美。主管埃加年轻朱庇特神、伊斯米尼阿波罗神的牧师，还有走在塔纳格拉墨丘利神礼拜队伍前列、肩抬羔羊的牧师，都是赢得了美誉的青年……希腊人是那么渴望美，珍视美，每个漂亮的人都愿向众人显示美，特别是想让艺术家证明这种美，因为他们授予这一荣誉。正因为此，艺术家总有在面前欣赏至上美的机会。美甚至能带来声望：我们在希腊历史中看到了最美丽卓越的民族……希腊人尊崇美是这样普遍，斯巴达妇女都在卧室里挂上美神纳里厄斯、纳克素斯或海厄西斯的像，希望生下漂亮的孩子。"象在其他方面一样，自然在这里也有其重要的作用。希腊人非常愿意把对自身的看法和同平凡世界的关系转化成可感的客体，绝不是偶然的：他们赋予了美的身体和理智理解力。轻捷甜美地呼唤感觉的优雅空气，美丽的自然风光，美妙的人体结构，清秀的面部轮廓，这些都是希腊人走入人生时带来的幸运。美象天才或高贵的地位一样，成了一种荣誉。翻开人类文化学课本中比较生理学部分，你就会看到各种族裸露的人体。我不知记得对不对，也许是法国人库里埃的书中，对日本的裸体舞蹈者作了毫不掩饰的描写。然后再转向美丽绝伦的维纳斯或阿波罗，你就会产生一种既惬意又不安的感觉：在塑造不同民族的不同体型和比例时，更不用说黑美人的肤色和气味，造物主是多么的玩皮，不公正。

然而，希腊人对美的神往并不说明他们是一个不负责任的唯美主义的民族。相反，希腊人关注美，仅是把美奉献给实现美好的生活，把不同的灵魂完美地融和在一起。正是由于希腊人完美健全的智力，最终的善才成为可能，并以美的形式最终表现出来。人类最伟大文献之一柏拉图的《共和国》是彻底的美的哲学，它讲的是建立善与美的联系，这种联系可以导致理想的个人品德表现与美好生活的同一。希腊人的独特，在于他们以同样的态度对待人生和艺术。对他们，仅仅是对他们，艺术与人生才是统一体。希腊人以同样的标准审视艺术与人生，他们把艺术看成真正的人生自觉。意味深长的是，他们的绅士一词"Lales Lagathes"意为美丽的善。

如果说希腊人留给我们的珍贵遗产是人体的发现，那十五世纪意大利文艺复兴带给我们的礼物就是人的精神的发现和体现。象现时的中国一样，文艺复兴是一个伟大的叛逆时代，是一个多方面而统一的运动，这一运动使长期受压迫、遭抑制的人们，恢复了独立与尊严，恢复了对理智和想象的事物的爱，恢复了更自由美好地构想生活的渴望，使人们感觉自身，使那些有这种愿望的人探求一个又一个理智享受或想象享受的意义，引导他们不仅去发现这种享受的旧的和已被遗忘的源泉，而且去预言新的源泉 ——新的经历，新的诗歌主题，新的艺术形式。这是一个个性丰富、博大、集中、完整的时代——洛伦传的时代好比培里克里斯的时代。“在这里，艺术家、哲学家和那些在世间活动中变得振作敏锐的人，没有孤独地生活，他们呼吸同样的空气，互相在彼此的思想中寻找着光和热。这里有普遍高尚的精神和人人平等交往的启蒙精神。精神的统一赋予文艺复兴时期所有不同的产物同一性。正是这种精神的亲密联盟，分享那个时代产生的最先进的思想，使十五世纪意大利的艺术具有了庄重的尊严和深远的影响。”

精神的统一非常重要，它渗透到艺术与人生。造就无数杰出人物的同一力量，使他们的艺术达到了全盛时期。他们那令人惊异的美的艺术充满了人生的热情和人类灵魂所能表现的最深切最崇高的感情。精神的统一使他们逐渐认识到完全自我表现的个人权力，并最终获得这种权力，同时也使他们认识到宇宙的客观现实，开创了科学方法，导致了随之而来的众多发现。

我没去谈别的什么运动，而是选择了希腊和文艺复兴时期，是为了表明，这两个时期比其他任何时期更能清楚地显示，人的精神在一个文化统一体中，在生活潜能最大限度的一致表现中，享有实现自我的幸福机会，这种生活是丰富、热情、生动和自觉的。“文艺复兴”对现代中国并非完全不适用，如果她要从西方历史中学点什么，那应该是希腊文化和文艺复兴精神。至于太过自信的理性主义和源于十八世纪盛行于十九世纪的唯物主义，都有趣地转了向，最后在自相矛盾的灾难中收场，只留下几个伪科学家狂怒地死抱着实验工具不放。还有就是那些充满乐观的布尔什维主义者崇拜他们一切正确的上帝卡尔·马克思，反对把人性奉为信条，把艺术奉为宗教的新理想主义的普遍觉醒。如果中国尚未完全耗尽生命力，扼杀掉天才，那我们相信，她将带了一颗欢喜的心和觉醒的灵魂，投身这一运动，并终将证明无愧于自己的古老遗产。如果这样，用不了多久，我们就能摆脱作为中国文化特质的僵死陋习和传统桎梏。经过长期的间隔之后，就象“黑暗年代”过后产生了文艺复兴，我们将再一次看到理想的人性光辉，虽然我们得承认目前尚难找到这一迹象，但我们终将看到具体表现全人类特别是我们种族根本的艺术作品。我总幻想要是我们有一位伟大的音乐家或作曲家，不仅能使过去丢失的东西复活，还能奏出我们伟大民族长期压抑的声音，他也许能预言我们原始的精神走向成熟。音乐和其他艺术不同，它是真正的艺术形式，是衡量完美艺术的标准。音乐能更深地打动人心，能更诚服、不可抗拒、强有力和理想地向有鉴赏力的人传递思想和感情。

让我总结一下在这篇演讲中想讲的内容：我简要说明了为什么中国艺术在完全通过想象能力理解、说明人生总的方面失败了，而欧洲艺术多少获得了成功。我探讨了我们人生与艺术的相对地位，后者是前者的反映，前者对后者负责。

我还列举了古希腊和文艺复兴的成就，来显示以完美的艺术形式出现的精神统一，这种艺术主要是人道主义的。我们的艺术也要这样。

我还冒然断言，关心人生才能关心艺术。所谓关心人生，我指的是有意识地揭示人性中固有的自然资源，利用一切机会将它们转化成有用的东西。换言之，我们必须有意识地培养自觉，有了这种自觉，存在于灵魂中的创造精神才能发挥效用。事实上，我们中很少有人敢说，“我已经完全认识了自己。”请记住，追求表现总会导致自我暴露和理解，而这常会令你吃惊。内在事物的揭示有赖于从外界事物吸收的思想中获得灵感和效力。在这一点上审美鉴赏十分重要，细腻的感情对于美的事物远比强烈的理智和品性重要、有效。只要努力追求艺术的激情，就会认识美和人生的价值。倘若《哈姆莱特》或《解放了的普罗米修斯》没能打动你，这不能怪莎士比亚和雪莱。当一个指挥得法的贝多芬交响乐演奏高潮时，你仍不能心醉神迷，我看你最好去请耳科专家查查听觉器官是否出了毛病。客气地讲，如果《特里斯坦和依索尔德》不能扣动你的心弦，除非你不喜欢瓦格纳的风格，那你至少应该象逃避数学或体育一样感到丢尽了脸。如果你站在罗马或科隆大教堂的摩西像前不为所动，如果你从特纳、惠斯勒和马蒂斯的油画中只看到一大块漂亮的颜色，那你可以安然地说服自己，你所受的教育远不如你想的那么好。当你走过顺治门的内院，看到肃穆的古墙边精致陈列着一排绝妙的陶瓷艺术品，心下没有半点喜悦时，你最好放弃欣赏后期印象派大师如塞尚的打算，还是躺到安乐椅上去咒诅周围世界的丑陋吧。我当然不是说，我们每个人无须训练和了解，就能象个专业批评家似的即刻爱上欧洲艺术。相反，西方艺术及技巧所体现的根本思想，对普通东方人来说比较陌生，所以总令人迷惑不解。我想中国留学生中具有超于浅薄的肉体快乐之上的起码艺术感觉的人，甚至不足百分之一。但不要忘记，值得获取的东西往往难于得到。总之，是愚蠢的教育和呆板的习性使我们不能感受、欣赏到事物的原貌。扫清这些因素，你就能恢复审美直觉，也许这种直觉会因饥饿而变得热烈贪婪、敏锐透彻。然后，应把生活本身作为一件艺术品，或一个艺术问题来看。我们被赋予这尘俗的身体、大脑和心脏正如一个艺术家被赋予了绘画，雕刻的主题和场景。当我们将画笔或刻刀运用到已如愿掌握的物质材料上时，不该感到有种责任感吗？一块有限脆弱的材料，可能被一下毁掉，也可能变成一件美的杰作。正如意大利热情的诗人丹农里奥所说，只要我们付出努力，即使在这个世界，还是能把我们的生活变成美丽的寓言。达到善的最好途径是美；既然我们如此乐于追随希腊人的智慧，我们的审美直觉比起含糊不清的道德善感来，是一个更为安全、可信的最终标准。生活是件艺术品！所以，为最后的回顾作好准备。等你七十岁时，青春的红润变成难看的皱纹，甜美的声音变成老年沙哑的干咳，看你是否对用自己的双手塑造了丰富多彩的生涯感到欣慰。读读歌德之类伟大或次要点人物的传记，并以此为标准评估自己的一生，看看对照的结果。歌德伟大的一生不能不被认为是一件艺术品，一部杰作。至少不亚于罗马圣·彼得的杰作，他们的一生都充满了美的神秘和神秘的美。说到高尚、理智的人生的训诫和原则，我想最好还是再次引用沃尔特·裴特尔研究文艺复兴的著名论著《结论》中的话：

“哲学和思辨文化对人精神的贡献，是使它在敏锐、热情的观察中惊醒。每一时刻某种形式在手上或脸上变得完美；来自山峰海洋的某些声音比其他声音更迷人；某种热情、顿悟或理智兴奋对我们，对那一时刻，更真实，更迷人，更具魅力。感受本身而非感受的果实才是目的。在我们丰富多彩、富于戏剧性的人生中，脉搏跳动的次数是有限的。我们怎样才能在有限的脉搏跳动中，通过最敏感的知觉观察到所要看的一切呢？怎样才能最迅速地从一点到另一点，并总在生命力与其最纯能量凝结的焦点上出现呢？永远与这种热情的宝石般的火焰一起燃烧，保持这种令人迷狂的忘我境界，才是人生的成功。”

他又说：

“正如维克多·雨果所说：我们是罪人，都被判了死刑，但缓刑的期限不明确。我们都有一个期限，过了这个期限，世界不再记得我们了。有些人在倦怠，有些人在热情中度过这一期限，而最聪明的人，至少是在‘这世界的孩子’中最聪明，则是在艺术和歌声中度过一生。我们唯一的机会在于尽可能多地增加脉搏的跳动，以延长这一有限的时间。伟大的激情能带给我们复苏的生活感，爱的悲欢和热烈活动的各种形式，无论我们是否感兴趣，这些形式都会自然地来到我们许多人中间。但记住只能是激情，才真正使你收获复苏的意识的果实。诗的激情、美的渴望、为艺术而爱艺术，这里都蕴蓄着最高的智慧。艺术唤醒你时坦率直言，它只把最高的品质赋予稍纵即逝的人生瞬间，而且它仅为那些瞬间而来。”

（原英文标题为“Art and Life”，载《创造季刊》1922 年一卷二期。）

“就使打破了头，也还要持我们灵魂的自由”

照群众行为看起来，中国人是最残忍的民族。

照个人行为看起来，中国人大多数是最无耻的个人。慈悲的真义是感觉人类应感觉的感觉，和有胆量来表现内动的同情。中国人只会在杀人场上听小热昏，决不会在法庭上贺喜判决无罪的刑犯；只想把洁白的人齐拉入混浊的水里，不会原谅拿人格的头颅去撞开地狱门的牺牲精神。只是“幸灾乐祸”，“投井下石”，不会冒一点子险去分肩他人为正义而奋斗的负担。

从前在历史上，我们似乎听见过有什么义呀侠呀，什么当仁不让，见义勇为的榜样呀，气节呀，廉洁呀，等等。如今呢，只听见神圣的职业者接受甜蜜的“冰炭敬”，磕拜寿祝福的响头，到处只见拍卖人格“贱卖灵魂”的招贴。这是革命最彰明的成绩，这是华族民国最动人的广告！

“无理想的民族必亡，”是一句不刊的真言。我们目前的社会政治走的只是卑污苟且的路，最不能容许的是理想，因为理想好比一面大镜子，若然摆在面前，一定照露魑魅罔两［魍魉］的丑迹。莎士比亚的丑鬼卡立朋（Caliban）有时在海水里照出自己的尊容，总是老羞成怒的。

所以每次有理想主义的行为或人格出现，这卑污苟且的社会一定不能容忍；不放心。

我们从前是儒教国，所以从前理想人格的标准是智仁勇。现在不知道变成了什么国了，但目前最普通人格的通性，明明是愚暗残忍懦怯，正得一个反面。但是真理正义是永生不灭的圣火；也许有时遭被蒙盖掩翳罢了。大多数的人一天二十四点钟的时间内，何尝没有一刹那清明之气的回复？但是谁有胆量来想他自己的想，感觉他内动的感觉，表现他正义的行动呢？

蔡元培所以是个南边人说的“戆大”，愚不可及的一个书呆子，卑污苟且社会里的一个最不合时宜的理想者。所以他的话是没有人能懂的；他的行为是极少数人——如真有——敢表同情的；他的主张，他的理想，尤其是一盆飞旺的炭火，大家怕炙手，如何敢去抓呢？

“小人知进而不知退，”

“不忍为同流合污之苟安，”

“不合作主义，”

“为保持人格起见……”

“生平仅知是公道，从不以人为单位。”

这些话有多少人能懂，有多少人敢懂？

这样的一个理想者，非失败不可；因为理想者总是失败的。若然理想胜利，那就是卑污苟且的社会政治失败——那是一个过于奢侈的希望了。

有知识有胆量能感觉的男女同志，应该认明此番风潮是个道德问题，随便彭允彝京津各报如何淆惑，如何谣传，如何去牵涉政党，总不能掩没这风潮里面一点子理想的火星。要保全这点子小小的火星不灭，是我们的责任，是我们良心上的负担；我们应该积极同情这番拿人格头颅去撞开地狱门的精神！

我过的端阳节

我方才从南口回来，天是真热，朝南的屋子里都到九十度以上，两小时的火车竟如在火窖中受刑，坐起一样的难受。我们今天一早在野鸟开唱以前就起身，不到六时就骑骡出发，除了在永陵休息半小时以外，一直到下午一时余，只是在高度的日光下赶路。我一到家，只觉得四肢的筋肉里象用细麻绳扎紧似的难受，头里的血，象沸水似的急流，神经受了烈性的压迫，仿佛无数烧红的铁条蛇盘似的绞紧在一起……

一进阴凉的屋子，只觉得一阵眩晕从头顶直至踵底，不仅眼前望不清楚，连身子也有些支持不住。我就向着最近的藤椅上瘫了下去，两手按住急颤的前胸，紧闭着眼，纵容内心的浑沌，一片黯黄，一片茶清，一片墨绿，影片似的在倦绝的眼膜上扯过……

直到洗过了澡，神志方才回复清醒，身子也觉得异常的爽快，我就想了……

人啊，你不自己惭愧吗?

野兽，自然的，强悍的，活泼的，美丽的，我只是羡慕你。

什么是文明：只是腐败了的野兽！你若是拿住一个文明惯了的人类，剥了他的衣服装饰，夺了他作伪的工具——语言文字，把他赤裸裸的放在荒野里看看——多么“寒酸”的一个畜生呀！恐怕连长耳朵的小骡儿，都瞧他不起哪！

白天，狼虎放平在丛林里睡觉，他躲在树荫底下发痧；

晚上清风在树林中演奏轻微的妙乐，鸟雀儿在巢里做好梦，他倒在一块石上发烧咳嗽——着了凉！

也不等狼虎去商量他有限的皮肉，也不必小雀儿去嘲笑他的懦弱；单是他平常歌颂的艳阳与凉风，甘霖与朝露，已够他的受用：在几小时之内可使他脑子里消灭了金钱、名誉、经济、主义等等的虚景，在一半天之内，可使他心窝里消灭了人生的情感悲乐种种的幻象在三两天之内——如其那时还不曾受淘汰——可使他整个的超出了文明人的丑态，那时就叫他放下两支手来替脚平分走路的负担，他也不以为离奇，抵拚撕破皮肉爬上树去采果子吃，也不会感觉到体面的观念……

平常见了活泼可爱的野兽，就想起红烧野味之美，现在你失去了文明的保障，但求彼此平等待遇两不相犯，已是万分的侥幸

文明只是个荒谬的状况；文明人只是个凄惨的现象，——

我骑在骡上嚷累叫热，跟着哑巴的骡夫，比手势告诉我他整天的跑路，天还不算顶热，他一路很快活的不时采一朵野花，拆一茎麦穗，笑他古怪的笑，唱他哑巴的歌；我们到了客寓喝冰汽水喘息，他路过一条小涧时，扑下去喝一个贴面饱，同行的有一位说："真的，他们这样的胡喝，就不会害病，真贱!"

回头上了头等车坐在皮椅上嚷累叫热，又是一瓶两瓶的冰水，还怪嫌车里不安电扇；同时前面火车头里司机的加煤的，在一百四五十度的高温里笑他们的笑，谈他们的谈……

田里刈麦的农夫拱着棕黑色的裸背在工作，从早起已经做了八九时的工，热烈的阳光在他们的皮上象在打出火星来似的，但他们却不曾嚷腰酸叫头痛……

我们不也否认人是万物之灵；我们却能断定人是万物之淫；

什么是现代的文明；只是一个淫的现象；

淫的代价是活力之腐败与人道之丑化；

前面是什么；没有别的，只是一张黑沉沉的大口，在我们认定的道上张开等着，时候到了把我们整个的吞了下去完事!

六月二十日

诗人太戈尔

我们实在不配说太戈尔的诗，因为我们读了他的诗，只是深深的感到他的伟大的人格，热烈的爱情，超越的思想，和小孩子一般的纯洁精神。语言文字实在不足以表示我们灵魂的波动。我们觉得他的诗安慰了我们的痛苦，减轻了我们的烦闷。读偈檀加利时感觉到他的伟大，读园丁集时感觉到他的温柔，读飞鸟集时感觉到他的轻灵，但是这些都还是文字上的话，太戈尔的好处是要超过文字去领会的，是要你人格去领会的！

太戈尔实在是诗人，他自己说道："懦怯的思想呀，不要怕我，我是一个诗人。"他说道：

"歌声在空中感得无限，阅书在地上感得无限，诗呢，无论在空中，在地上都是如此；因为诗的僻句，含有能走动的音义与能飞翔的音乐。"

诗的目的是什么？太戈尔在春之循环上说道："我们诗人使人超脱欲望"，诗是像那"新生的孩子的呼声，是应和宇宙的呼声的。"靠诗的力量可以使人超脱物质，与宇宙融洽，得到新的生命。

太戈尔的诗歌集，最能代表他的要算园丁集，新月集，与偈檀迦利三种，三种各有其特点，但根本思想是一样的。

园丁集是极好的抒情诗，表现他爱与人生的理想。他在这不满一百首的诗里，很深刻的，很诚挚的，表明青年人对于自然和人生的热烈的爱恋。他唱道：

"诗人，天晚了，你的头发渐渐的白了，在你孤寂的默想中听见了将来的消息么？"

"天晚了"，诗人说道，"我正在留心着村里有人来，晚些倒不要紧"。

"假如青年人两心相遇，两对渴眼很希望音乐来揭破他们的静默为他们说话。”

我们觉得园丁是说现世间的爱的，是人与人的相爱。而偈檀迦利是对于绝对的爱，在这些诗歌里，真可以表现诗是可以使个人与绝对融和的。太戈尔以满心的热烈的情绪，向绝对歌颂他的伟大。我们读了他的作品之后亦觉得宇宙之伟大，人生之美满丰富，不知不觉的也要顶礼膜拜在这位自然者之前，诚心诚意的，将我们的心献给他。

宇宙本来是统一的，是神的实现，神无所不在，个人与宇宙是合一的，所以他说“日夜在我血脉中流转的生活之流也在世界中流转，也有音节的跳舞。”宇宙不是和我们为敌的。“早晨看见日光我觉得并不是世界人的客人。”世界只有爱，只有美，“凡粗率的与矛盾的都溶化在一甜蜜的调和里了。”只此几句话，便真感觉到生活是有趣的，生活是调和而丰富的。

真纯洁的世界是小孩子的世界，小孩子的世界是乐园，他们的生活是同情的生活。诗人的生活原与小孩子一般，纯洁而丰富的，诗人的想像尤其像小孩子。诗人也和小孩子一般的可爱。读新月集的人谁能没有这样的感觉呢?

人生之意义，只是希望和爱；母亲对小儿女的希望和爱是最诚挚的。“小孩子问他的母亲道，我从哪里来，你在哪里将我拾起来的呢?”母亲回答道，“你藏在我心里……你在我的希望和爱里，并我的生活里，我母亲的生活里也有你。”……“我见了你，心里感觉着无穷的神秘……你现在是我的，我怕你失落了，所以紧紧的搂在怀里。”这是何等热烈的爱!

园丁，偈檀迦利，新月的诗人正是我们理想的诗人呵!

现在我郑重向读者报告，我新近接到这理想的诗人的朋友 Mr. Elmhirst 从日本的来信，说他已预备到中国来，这真是喜信。再等两三个月便彩云冉冉的来了，我们准备着欢迎罢!

这原是从前和朋友的一封通信，所以帅率的很，不过借此报告一些消息而已。

泰戈尔来华

泰戈尔在中国，不仅已得普遍的知名，竟是受普遍的景仰。问他爱念谁的英文诗，十余岁的小学生，就自信不疑的答说泰戈尔。在新诗界中，除了几位最有名神形毕肖的泰戈尔的私淑弟子以外，十首作品里至少有八九首是受他直接或间接的影响的。这是可惊的状况，一个外国的诗人，能有这样普及的引力。

现在他快到中国来了，在他青年的崇拜者听了，不消说，当然是最可喜消息，他们不仅天天竖耳企踵的在盼望，就是他们梦里的颜色，我猜想，也一定多增了几分妩媚。现世界是个堕落沉寂的世界；我们往常要求一二伟大圣洁的人格，给我们精神的慰安时，每每不得已上溯已往的历史，与神化的学士艺方，结想像的因缘，哲士、诗人与艺术家，代表一民族一时代特具的天才；可怜华族，千年来只在精神穷窭中度活，真生命只是个追忆不全的梦境，真人格只似昏夜池水里的花草映影，在有无虚实之间，谁不想念春秋战国方智之盛，谁不永慕屈子之悲歌，司马之大声，李白之仙音；谁不长念庄生之逍遥，东坡之风流，渊明之冲淡？我每想及过去的光荣、不禁疑问现时人荒心死的现象，莫非是噩梦的虚景，否则何以我们民族的灵海中，曾经有过偌大的潮迹，如今何至于沉寂如此？孔陵前子贡手植的楷树，圣庙中孔子手植的桧树，如其传话是可信的，过了二千几百年，经了几度的灾劫，到现在还不时有新枝从旧根上生发；我们华族天才的活力，难道还不如此桧此楷？

什么是自由？自由是不绝的心灵活动之表现。斯拉夫民族自开国起直至十九世纪中期，只是个庞大暗哑在无光的空气中苟活的怪物，但近六七十年来天才累出，突发大声，不但惊醒了自身，并且惊醒了所有的迷梦的邻居。斯拉夫伟奥可怖的灵魂之发现，是百年来人类史上最伟大的一件事迹。华族往往以睡狮自比，这又泄漏我们想像力之堕落；期望一民族回复或取得吃人噬兽的暴力者，只是最下流“富国强兵教”的信徒，我们希望以后文化的意义与人类的目的明定以后，这类的谬风可以渐渐的销匿。

精神的自由，决不有待于政治或经济或社会制度之妥协，我们且看印度。印度不是我们所谓已亡之国吗？我们常以印度、朝鲜、波兰并称，以为亡国的前例。我敢说我们见了印度人，不是发心怜悯，是意存鄙蔑（我想印度是最受一班人误解的民族，虽同在亚洲；大部分人以为印度人与马路上的红头阿三是一样同样的东西！）就政治看来，说我们比他们比较的有自由，这话勉强还可以说。但要论精神的自由，我们只似从前的俄国，是个庞大暗哑在无光的气圈中苟活的怪物，他们（印度）却有心灵活动的成绩，证明他们表面政治的奴缚非但不曾压倒，而且激动了他们潜伏的天才。在这时期他们连出了一个宗教性质的政治领袖——甘地——一个实行的托尔斯泰；两个大诗人，伽俐达撒（Kalidasa）与泰戈尔。单是甘地与泰戈尔的名字，就是印度民族不死的铁证。

东方人能以人格与作为，取得普通的崇拜与荣名者，不出在“国富兵强”的日本，不出在政权独立的中国，而出于亡国民族之印度——这不是应发人猛省的事实吗？

泰戈尔在世界文学中，究占如何位置，我们此时还不能定，他的诗是否可算独立的贡献，他的思想是否可以代表印族复兴之潜流，他的哲学（如其他有哲学）是否有独到的境界——这些问题我们没有回答的能力。但有一事我们敢断言肯定的，就是他不朽的人格。他的诗歌，他的思想，他的一切，都有遭遗忘与失时之可能，但他一生热奋的生涯所养成的人格，却是我们不易磨翳的纪念。[泰戈尔生平的经过，我总觉得非是东方的，也许印度原不能算东方（陈寅恪君在海外常常大放厥词，辩印度之为非东方的。）] 所以他这回来华，我个人最大的盼望，不在他更推广他诗艺的影响，不在传说他宗教的哲学的乃至于玄学的思想，而在他可爱的人格，给我们见得到他的青年，一个伟大深入的神感。他一生所走的路，正是我们现代努力于文艺的青年不可免的方向。他一生只是个不断的热烈的努力，向内开豁他天赋的才智，自然吸收应有的营养。他境遇虽则一流顺利，但物质生活的平易，并不反射他精神生活之不艰险。我们知道诗人、艺术家的生活，集中在外人捉摸不到的内心境界。历史上也许有大名人一生不受物质的苦难，但决没有不经心灵界的狂风暴雨与沉郁黑暗时期者。葛德是一生不愁衣食的显例，但他在七十六岁那年对他的友人说他一生不曾有过四星期的幸福，一生只是在烦恼痛苦劳力中。泰戈尔是东方的一个显例，他的伤痕也都在奥密的灵府中的。

我们所以加倍欢迎的泰戈尔来华，因为他那高超和谐的人格，可以给我们不可计量的慰安，可以开发我们原来淤塞的心灵泉源，可以指示我们努力的方向与标准，可以纠正现代狂放姿纵的反常行为，可以摩挲我们想见古人的忧心，可以消平我们过渡时期张皇的意义，可以使我们扩大同情与爱心，可以引导我们入完全的梦境。

如其一时期的问题，可以综合成一个现代的问题，就只是“怎样做一个人”？泰戈尔在与我们所处相仿的境地中，已经很高尚地解决了他个人的问题，所以他是我们的导师、榜样。

他是个诗人，尤其是一个男子，一个纯粹的人；他最伟大的作品就是他的人格。这话是极普通的话，我所以要在此重复的说，为的是怕误解。人不怕受人崇拜，但最怕受误解的崇拜。葛德说，最使人难受的是无意识的崇拜。泰戈尔自己也常说及。他最初最后只是个诗人——艺术家如其你愿意——他即使有宗教的或哲理的思想，也只是他诗心偶然的流露，决不为哲学家谈哲学，或为宗教而训宗教的。有人喜欢拿他的思想比这个那个西洋的哲学，以为他是表现东方一部的时代精神与西方合流的；或是研究他究竟有几分的耶稣教几分是印度教——这类的比较学也许在性质偏爱的人觉得有意思，但于泰戈尔之为泰戈尔，是绝对无所发明的，譬如有人见了他在山氏尼开顿（Santiniketan）学校里所用的晨祷：

Thou art our Father. Do you help us to know thee as Father. We bow down to Thee. Do thou never affliet us, O Father, by causing a separation between Thee and us. O thou self- revealing one, O Thou Parent of the universe, purge away the multitude of our sins, and send unto us whatever is good and noble. To Thee, from whom spring joy and goodness nay, who art all goodness thyself, to Thee wo bow down now and for ever.

耶教人见了这段祷告一定拉本家，说泰戈尔准是皈依基督的，但回头又听见他们的晚祷；——

“the Deity who is fire and water, nay who pervades the Uni- verse through and through, and makes His abode in tiny plants and towering forests - to such a deity we bow down for ever and ever.”

这不是最明显的泛神论吗？这里也许有 Lueretius 也许有 Spinoza 也许有 Upanishads 但决不是天父云云的一神教，谁都看得出来、回头在偈擅迦利的诗里，又发现什么□□既不是耶教的，又不是泛神论。结果把一般专好拿封条拿题签来支配一开始的，绝对的糊涂住了，他们一看这事不易办，就说泰戈尔是诗人，不是宗教家，也不是专门的哲学家。管他神是一个或是两个或是无数或是没有，诗人的标准，只是诗的境界之真；在一般人看来是不相容纳的冲突

(因为他们只见字面) 他看来只是一体的谐合 (因为他能超文字而悟实在)。

同样的在哲理方面，也就有人分别研究，说他的人格论是近于讹的，说他的艺术论是受讹影响的……这也是劳而无功的。自从有了大学教授以来，尤其是美国的教授，学生忙的是：比较哲学，比较宪法学，比较人种学，比较宗教学，比较教育学，比较这样，比较那样，结果他们竟想把最高粹的思想艺术，也用比较的方法来研究——我看倒不如来一门比较大学教授学还有趣些!

思想之不是糟粕，艺术之不是凡品，就在他们本身有完全、独立、纯粹不可分析的性质。类不同便没有可比较性，拿西洋现成的宗教哲学的派别去比凑一个创造的艺术家，犹之拿唐采芝或王玉峰去比附真纯创造的音乐家一样的可笑，一样的隔着靴子搔痒。

我们只要能够体会泰戈尔诗化的人格，与领略他充满人格的诗文，已经尽够的了，此外的事自有专门的书呆子去顾管，不劳我们费心。

我乘便又想起一件事，一九一三年泰戈尔书选得诺贝尔奖金的电报到印度时，印度人听了立即发疯一般的狂喜，满街上小孩大人一齐欢呼庆祝，但诗人的家里，非但不乐，而且叹道："我从此没有安闲的日子过了!" 接着下年英政府又封他为爵士，从此，真的，他不曾有过安闲时日。他的山氏尼开顿竟变成朝拜的中心，他出游欧美时，到处受无上的欢迎，瑞典、丹麦几处学生，好像都为他举行火把会与提灯会，在德国听他讲演的往往累万，美国招待他的盛况，恐怕不在英国皇太子之下。但这是诗人所心愿的幸福吗，固然我不敢说诗人便能完全免除虚荣心，但这类群众的哄动，大部分只是葛德所谓无意识的崇拜，真诗人决不会艳羡的，最可厌的是西洋一般社交太太们，她们的宗教照例是英雄崇拜；英雄新奇，她们愈乐意泰戈尔那样的道貌岸然，宽袍布帽，当然加倍的搔痒了她们的好奇心，大家要来和这远东的神圣，握握手，亲热亲热，说几句照例的肉麻话……这是近代享盛名的一点小报应，我想性爱恬淡的泰戈尔先生，临到这种情形，真也是说不出的苦。据他的英友恩厚之告诉我们说他近来愈发厌烦嘈杂了，又且他身体也不十分能耐劳，但他就使不愿意，却也很少显示于外，所以他这次来华，虽则不至受社交太太们之窘，但我们有机会瞻仰他言论丰采的人，应该格外的体谅他，谈论时不过分去劳乏他，演讲能节省处节省，使他和我们能如家人一般的相与，能如家乡一般的舒服，那才对得他高年跋涉的一番至意。

七月六日

近代英文文学

第一讲

我现在要和诸君谈谈“文学的兴趣”。中国人说小说是娱乐的，这是根本错误。我们即使不以文学为职业，也应该养成文学的兴味。人的品格是以书为标准的。读书是一种艺术，看完一遍，一个个字都认识，看过一点也不记得，这不能算是读书。我们读书应当对他有种批评或是见解，这是极不易得的天才，大批评家才是这样；但普通人最低的限度，总应该领略一些，轻视文学是极不应当的态度。每每人们对于科学书就细心去读，文学书以为是消遣的，看过便算，我们当矫正这种习气。西洋方面文学作品很多成了商品化，差不多一个作者一个月可以写一两本书的，这样粗制滥造，自然出不了好货；不过作者如果作得不多，又不易维持生活；所以文学作品好的很少。英国在银行和商店做事的人每过地道电车，总要带一两本小说来看。他们每月可以看好几十本，人家问他记得不记得，他是答不出来的。他们只机械的读去，拿小说来消遣罢了。如果我们真是爱好文艺的，必须费力，方能得着人生的滋养料。

我所看的文学书，有几部在我生命上开了一个新纪元。天赋我们以耳目口鼻，似乎是一切具备了，但那是不清切的存在：有了文学的滋润，便可从这种存在警醒过来。“例如，我们和知己的朋友是无话不说的，忽然你有了秘密，便吞吞吐吐的不说出来，后来忍不住终于说了：‘呀，伊真是一个好女子!’他觉得他所恋爱的女子是天仙，所谓‘情人眼里出西施’便是，这真是极神秘的事。是他感觉得不对么？不是，当时他所身受的千真万真的。受了强烈的激刺，才有强烈的感觉；心和外界发生了自然的关系，便在这时了。文学与人的感应也正是如此。”无论文学作品的哲理怎样深，和生命总是有长时间的恋爱的。(参看我在《创造杂志》作的《艺术与人生》)

孔子要我们非礼勿视，非礼勿听，非礼勿动；老子要我们浑沌，说是人一凿破便不能生存。中国文学吃了他们的亏不少。因此不能体察实事。想像既不切实在，又不能深入。现在是我们报仇的时候了。非礼勿视一定要视，勿动一定要动。（这自然不行。）我是说只能听视，而不必实做去。

我看文艺看到真处，才知无穷的奥秘。华德屋斯说："花深深的激动我的泪儿了。"文艺既有这样的美妙境界，我们必须先有决心去学。为什么莎翁能够成为大戏剧家，哥德能够成为大诗人，他们著作之力我们不能及其千万分之一？他们在于他们的同情心的广阔，和自觉心的深挚。天下事千变万化，自然不能一一经历，莎翁剧中人却一个个都是活的，无论苦乐悲欢，都设身处地去描写，即是无知识的草木，也给他灵性，他实是领略了文艺的真境界并且表现出来了。读文学书可以使人的人生观和宇宙观根本变化，所以必须用全副精力去读。

一部文艺著作能成为 Classic 都是时间严格取出来的，他不偏不私，下了一个极苛的批评，到后来才渐渐从灰堆里发出宝光。但 Public（少数的热爱者如宾那脱）却要从已发现的美里再去求别人所没有发现过的。

西洋书局有 Protessional Reader 专看外来投稿。剑桥大学和牛津大学标准较高。乔治梅吕笛斯和爱德华德加奈德 EdwardGarnett 都曾担任过这事。一万册中至多可寻出几册来。大半的看题目便弃掉，或者看一二句不通便不用。后来一千本中有十本决定要看的，这便不能不细看，后又看看三本不好，便留下七本，又看一遍。经过这两次的阅读后，便要停几天再看，到那时看看脑中还有印像没有，如果没有，一定稿子不好；因为稿子看过两次，都记不住，稿子的不能用也就可以知道了。这样淘汰下来，所剩的不过沧海一粟罢了。萧伯纳以前的稿子亦曾被弃过。返视中国的文坛，以不知为知的不知多少，真可慨叹。最低限度也应该对那篇作品有"了解"才行呢。中国文艺出版界实在也太滥了。

第二讲

读书当能同化，我们看一首诗或是一幅画可以激起我们的同情心。大著作是百读不厌的；我们读过后，必有相当的报酬给与我们。曹拉乃是自然派鼻祖，他的作品过于写实，极为精致，极有天才，惜为主义所毁。所以人人多不愿意看第二遍。真名作要用想像力，方更有趣味。用想像力一来可以发出原有的现像力，二来也可以从作品里增加自己的想像力。这样，著者丰富的经验，我们便都可得到。我们读小说和诗时每每同化于里面的人物，例如读《红楼梦》便自以为是宝二爷，读《三国志》便自以为是张飞等。文学作品不仅能使我们同化，他是逼迫着我们不得不同化，也就是自然而然的同化。

现在我再总起来说一说：

一，文学不仅是娱乐，他是实现生命的。

二，文学的真价我们必要知道，要养成嗜好的性情，和评判的能力。

三，读书时应用想像力。

四，最深奥的文学境地，我们必须冒险旅行一次。

我们还不能忽略从前人伟大的名作。近代的作品为应潮流固当研究，以前的文学作品也不可不读，因为他是文艺的源泉。

要读西洋的文学作品，若不知道他们的种种风俗习惯和制度，必不易明了。所以在这一点上我要略略的说一些：

一，女子的地位和恋爱的观念。

二，社会上的道德观念和标准。

三，中古时代的制度以及因此发生的风俗和习惯。

四，希腊的拉丁神话中的故实。

五，宗教。

六，艺术的起源和发展。

英国小泉八云在日本帝国大学教授时对于此点极为尽力。他为日本人没有到过英国的设想，将英国的著作择重要的加以解释，作有《文学的解释》一书，分两卷，又选本《书与习惯》。

妇女在西方有宗教的背景，因为圣母是女子，所以很尊崇女性。倘若西洋文学里抽出女性，他们的文学作品便要破产了。翻开他们的诗一看，差不多十首总有九首是抒情诗。只有毕德屋斯没有性的表现，这是特别的例外。司梯芬生的作品里女子为主要人物的也没有。他们尊重女性有一个故事可以看出：假如一个船里坐了三种人：一个是犹太人，一个是中国人，一个是西洋人。船破将沉时犹太人一定先拿钱，中国人一定先救父母，西洋人一定先救恋人。我在德国听音乐，大都奏的是男女恋爱热烈的情绪。法国女子和英国的不同，英国的，父母每嘱女儿说："你的终身大事，要自己留意。"但在法国却是父母作主，极为顽固，就连订婚后的夫妇都不能在一起。此外如瑞典挪威也都是尊重女性的。丁生生和梅吕笛斯的作品中常常见到对于女性的称颂。恋爱的意义很多，从"性"一直到"精神的恋爱"。Ward 把恋爱分为自然的、浪漫的、夫妇的、亲属的等等。不管它有多少种类，主要的原则，只是两性相吸罢了。

西人诗或小说里大多引用神话。例如：upid 是罗马神话里的爱神，后来人便用以寓"爱"。所以神话的解释我们也是应当注意的。

第三讲

关于神话的知识，我们至少应该看两种书：

古希腊及意大利神话，Knightly 作。Theocritus，安德·路兰译。Theocritus 是十三世纪希腊一个很重要的诗人。他是最初写实的。在希希利地方唱牧歌的很多。恋爱的神话，他都采取来作为他的材料。

文学和艺术很有密切的关系。倘若我们不明白英国的艺术——如雕刻、绘画、建筑、音乐等——我们对于他们的文学也必感到了解的困难，尤其是象征派的作品。

研究西洋文学非研究莎士比亚不可，犹之须读我国屈原和司马迁的东西是一样的道理。我愿你们有勇气到莎氏宝库里去探寻一番。（当然不是指的 Lamb 的散文。）我知道你们读他的东西一定感到困难，因为不知道他的背景。

哈孟雷特的悲剧里，有喜剧的角色，非常莫名其妙。后来我才知道文艺决没有闲笔，那两个掘坟人就是全剧主要的人物。莎翁的戏剧，到处都可以发见“诗的美”。不仅美在表现，（如雕刻绘画等，）而内在的情绪尤其能引起人们无限的同情。

实演布景和扮演者的精神很难恰当。但我们知道一个名作必有他本国的演者，以实现他固有的民族性。德国柏林有一演剧指导员最著名，他教演哈孟雷特中“何处是我的父亲?”一句话教到七次，“父亲”一字音特别的重，形容当时绝望的情形，可见排剧的重要和演作的应当审慎了。

第四讲

今天我要讲一讲哥德的浮士德。我觉得这是一部极伟大的著作，我们不可以不知道。他二十一岁时便想作这部书。二十五岁时开始作起，全书作完离死只有几天，这部书整整作了有六十个年头，诗难译，有音节的诗尤难译；但我们当取可靠一些的英文译本。浮士德的英译本 Ayward 最可靠，Swan，Anster，Taylor——Taylor 的只译第一部，全书有两部分。——等译的也很好。诸君若初看长诗，必定要感到困难。但我们只要努力，必定可以有懂的时候。从前日本有一个学生，要在一个德人面前学浮士德。那个德人笑他，以为他没有读过德文，一开始便要读浮士德，那是不可能的。后来那个日本人气极了，努力了二十年，作了一篇论文，专论浮士德，得了很可惊的成绩。我们很可以效法他呢！

浮士德的大意是这样的：浮士德博士因为处在人生的现实里，感到纳闷；他就想“上穷碧落下黄泉，一探世界的秘密。于是他将他的灵魂卖给一个鬼，立定合同二十四年，用血签字；二十四年后浮士德的生命即为鬼所有。在这二十四年中他过的都是堕落生活。他要想娶妻，鬼不答应，后来领他看地狱和天堂，他忽然看到希腊海伦公主的魂，穿了一件极美丽的深紫袍，头发闪金色光，披在膝盖上，乌黑的眼珠，圆圆的颈项，樱口，鹅一般白的颈子，玫瑰红的两颊。他为伊的美所惑，想要娶伊。鬼被他缠得没法，终于替他们做了媒。到了合同期满，最末的那一天，夜十二点的时候，大风刮来，有无量数的蛇舞动，又听到浮士德喊救命的声音，后来便无声息。第二天开门一看，浮士德的身体已经被拉得粉碎了。

第五讲

宾那脱的《文学的兴趣》上说：“买书愈买得多愈好。”伦敦有条街名叫dharing Cross Road里边有好十几家书店，店主有许多是老著作家。那地方的书都是旧书，售价极廉。剑桥大学也有廉价书的一部，管理人是一个犹太人，他的脸色和书一样。

文学是没有什么系统的。一个作品的本领是完全而且绝对的。

研究文学最好从传记入手，可以神交古人。华德屋斯说：“爱他的作品，就爱他的为人。”我们常有崇拜英雄的心，拿他来当作我理想中的人格。因为他的生命和知识的问题，和我们一样，也就是我们要解决的问题，不过他是经过了的，所以要效法他。歌德伟大的人格，从他的浮士德中可以看出，是他心灵的象征，亦即是他人格的表现。他的传记有 G. H. Lewes 作的一本，收入《人民丛书》中。

文学史是很有危险性的东西。有一个文学家说：

“我们只爱那我们所爱看的书便完了，很无须有文学分期的纷扰。”本来以科学的方法来研究文学，是很杀风景的。其实一个人作文章，只是灵感的冲动，他作时决不存一种主义，或是要写一篇浪漫派的文，或是自然派的小说，实在无所谓主义不主义。文学不比穿衣，要讲时髦；文学是没有新旧之分的。他是最高的精神之表现，不受任何时间的束缚，永远常新，只有“个人”，无所谓派别。下面我介绍你们几本书：

Walter Pater—Renaissance

从他起，散文才有艺术化。他的文好像一颗颗的明珠，穿成珠花，金光四闪。这是我个人的圣经。

文学的童话有最深的哲理，不但儿童爱看，大人看也是极有意思的。

《爱俪司漫游奇境记》

《安徒生童话集》

《莎士比亚戏曲集》

《新旧的圣经》

《罗希金的著作》

dickenson——从中国来的信

笛肯生是中国人最好的朋友，他这本书文字的美得未曾有，一字不多，一字不少，好像涧水活流一样。此人我也认识他。他这本书里盛称中国的文明。

信札也是我们所当宝贵的。诸如考贝、雪利、克芝、司梯芬生的信札都很好。

第六讲

我介绍诸君一些英文文学书，这些书是我所喜爱的。

(A) 批评及传记

戈斯——History of English Litetature Critical Kitkats Dowden——Life of shelley

这两个人和 Saintsbury 的批评都受了圣皮韦的影响。

Symons 是个印象批评家。

J. M. Murry 是 Athenaeum 的主笔，现自己办一周刊，名 Adolph 他讲过六次“风格”，人均惊讶为得未曾有。

约翰特林瓦透和威廉俄彭——《文学艺术大纲》

Myers——《华茨华斯》

Colvin——《济慈》

Nichol——《摆伦》

(B) 戏剧

王尔德——《一个不重要的妇人》

《同名异娶》

萧伯纳——《人与超人》

《华伦夫人之职业》

高尔士华绥——《银盒》

《彼得盘神》

沈琪——Shadows of Glen

The Play boy of the Western World

The Tinkles Wedding

(C) 诗歌

Golden Treasury

A Book of English Verse

(D) 小说

哈代是现存作家中最伟大的一个，四十多岁才发表他的著作，真可谓“大器晚成”了。他是悲观的人，诗人兼小说家。他作有一剧，论到拿破仑，凡一百五十幕，称为空前之杰作。我觉得读他一册书比受大学教育四年都要好。

康拉特下笔凝练，愈看愈深。他善放于描写海洋生活。

哈代—Wessex Tales

Jude the Obscure

Three Strangers

Life' s Little Ironies

Tess of the D' urbervilles

The Return of the Native

A Pair of Blue Eyes

康拉特——Typhoon

Mirror of the Sea

Betwist Land and Sea Tales

第七讲

麦考莱—《危险时代》

Austin—Emma

Pride and Prejudice

罗曼罗兰—《约翰克里斯多弗》

《米舍郎日传》

《比多芬传》

《托尔斯泰传》

Faquet—On Reading Nietzsche

尼采以为人类总要求社会改善，是由于不满足宇宙和生命的本体和所在的社会以及文化的状况。萧伯纳说：三十岁以下的人看现在的社会，不变成革命党，也要变成劣等人。人的天赋不同，因之对于社会的反动也不同。如哈代便是完全消极的，极其厌世悲观。他问朋友说："倘你未生时，你愿意到人间来么?"他的朋友没有说话，他接着便说："要是我，我一定不来的。"他觉得人和运命奋斗，常常被运命压倒，有小说叙这件事。Owen 是从教育入手的社会主义。雪莱想飞入云端，他的诗是用恋爱的黄金线织成的。摆伦痛骂世界的卑污。曹拉烛照人间的罪恶。萧伯纳是兼写实和嘲讽。

尼采生于一八四四，死于一九〇〇。彼时的英国是所谓承平时代，厌武修文，工业发达，大享庸福。因之伟大心灵的雪莱、摆伦都被摒国外。尼采觉得全欧没有一些儿活气，全都在睡。他又以为德行便是懦弱，怜悯是妇人之仁，助弱者为恶，这是奴隶的道德。

第八讲

我今天要讲王尔德 Oscar Wilde。

我可以说他是一个殉道者。他愤世嫉俗，乱为而死。我们对于任一个作家，应该用批评的眼光去看，不应该一味盲目的去崇拜。哥德说他一生最怕人家崇拜他一件东西，而这件东西是他所没有的。我想就是王尔德——或竟可说一切作家——也有这样的心理罢。阑珊和 Frank Harries 对于这个作家都有适当的评论。

他一身有两个关键，一个是他父亲把他送到牛津大学，一个是社会把他送进监狱。他受白特尔的影响比罗希金多。但白特尔的生活和王尔德却恰恰相反。前者过的是学者的生活，无妻，只有一个小猫做他的伴侣。而后者却是花花公子，无所不为。王尔德自已也说："我是要在生命中实现诗的。"所以他的生活便是一部诗集，异常的浪漫。法国苟特（Gautier）爱服装，他也是一样。每每穿着怪服，拿着孔雀翎，招摇过市。他极会说活，一说起来满座春风，没有不愉快的。

他思想的最大的刺激便是入狱这一件事。以一个素来豪放奢侈惯了的少年，一旦铁锁啷昇，两者情形相比，使他感到极大的痛苦。他说他这一入狱，便有了更深一层的觉悟。他的《狱中记》文极流畅，全书差不多是抒情诗的，一个个的字都有雕刻的意味。

第九讲

今天且起始来讲萧伯纳（Bernard Shaw）。在研究萧伯纳之前，我们至少要了解一些尼采的思想。尼采可以说是一个预言家，他的“超人”的思想，到萧氏方完全实现出来。萧氏是一个终身主张超人的人。有人说他不是寻常人，是上帝。他现在还生存着，我曾见过他好几次。他的言语很锋锐，谈起话来，直没有你插话的机会。他的声音很沉着，很纯正。他爱穿绿色的服饰，因为爱尔兰的标帜是绿色；形式都是独出心裁，因为他自己便是个艺术家。他不好烟酒。

了解萧氏是很难的，没有身临西方境地的人，真不知他的话是说些什么。他的话多似是而非的颠倒语。他是自己的好批评家。在他的戏剧作品里，每篇剧前都有一个序论，有时序论竟比原剧还长。如果将他的序论都凑在一 处，直可以当作一部“政治科学史大纲”看。

在一千八百七十年代，英国戏剧界消沉极了，差不多的作品都是中下级，没有特出的。到一八八九才有易卜生的戏剧输入国内。那时有个演剧家白茵的，和萧伯纳是好友。白茵正急的要选择一个优美的剧本，萧氏便替他作了一篇《寡妇之室》，一八九四年他又出了《不快意的戏剧》三卷，英国戏剧界方才大放光彩。

萧伯纳反抗浪漫派。他的作品虽有人说他有些像浪漫，但他却不是堕落的浪漫。

他所讲的恋爱，不是痴情，是使人不得不恋爱的生命力。他说人为生命力所压迫才恋爱的。

第十讲

我今天的讲题是威尔斯（H. G. Wells）。他是世界史纲的作者。我认识他。他的母亲是个女仆出身，他父亲是个园丁，以打球为生。威尔斯因为家寒，十三岁便出校做事，先在药店里当伙计，以后又到衣店里学做买卖。竭力的将费用节省，才入了大学。后来又作新闻事业。他最初作的东西有一本《时间机》，是一本幻想的小说，根据于科学思想的。他的科学小说著得很多，后又从事社会小说。他作的书不下三四十册。他的绰号是“群众的超人”，因为他是人世的，并没有怪僻的地方，而萧伯纳却是极明显的超人了。

萧伯纳的思想是一贯的，但他的思想却是时有变迁。彼时他们都是属于社会改良派的。后来威尔斯忽不满意于此派，遂退出，另立一世界主义，和萧伯纳抗衡，于是便有一九〇五年萧威二氏的辩论。这场辩论很是有名，威尔斯不及萧伯纳语言便捷，因之结果威尔斯失败。

威尔斯主张艺术只是一种表达思想的工具，恰又逢到偏重艺术的詹姆士，两人又辩了起来，后来竟常常为这事起争论。他和易卜生是不同的。易卜生完全为了自己的感情冲动而作戏剧，而他却是为了社会而作社会小说的。在这里我想起一个笑话。有一个女权运动会，会员们看易卜生戏剧里这样的鼓吹妇女革命，尊崇得了不得，要替他造铜像，还请他来演说。他便说破他一点成心也没有，并不晓什么叫女权运动，大笑而返。威尔斯却不然，他攻击现社会一切风俗制度和习惯，不遗馀力；工业上的不平等待遇，他尤为愤慨。

威尔斯和康拉得也不同。康拉得是以人为本位，而他是以社会为本位的。

威尔斯对于人类抱无限的乐观。他觉得人类是胸的进化史。

现在我要再说一说我和威尔斯认识的经过，使诸君对于这位大著作家的生活有个明了的印象。

有一天清晨，我正坐在窗口写字，打开窗子，放阳光尽量的进来。那时我还没有盥洗呢！忽然看见门外停了一辆汽车，我知道是来找我的，忙出门去看，看见陈通伯和章行严两位先生走下车来，我立即向前招呼，他们和我握手。我看见汽车上有一个司机人对着我笑，弄得我莫名其妙。陈君说话很急，拉着我的臂说：“这就是……”说了好久才说出：“这就是威尔斯！”我听说忙将他接下来，同入室内谈话。他说他很爱吃中国饭。谈了许久方才辞去。

威尔斯住在索司地顿地方，他约我到他那里去玩。那时我正在伦敦，我便去了。到了车站，有他的两个小孩子接我。我便跟着他们走。那地方一带尽是树林，没有别的居民，可以算是威尔斯家的所有了。那里有一个华维克花园。我们走，走。走，后来看见一所房子，我知道是快到了。那时我看见威尔斯正背着手，低着头在那里走来走去。两个孩子笑着指着向我说：“你看这位老哲学家又在那里不知想什么了呢！”

他家门口有一株银柏。我进去和他谈了一会，他的声音很尖，但不是音乐的。人称他是“极精的说谎者”。他只要看见一个人的屋子，就连鼠洞都记得，完全是一种科学的观察。

我在他家吃午饭。他后来领我看他的房子，有棕色的房子，也有黄色的。他家人口很少。他的妻子也是一个小说家，除去他们老两口和他们的两个孩子，此外只有几个女仆，一个园丁。他住在伦敦，这乡村是他的别墅。他现在五十多岁，精神仍极好。我去时他正在同时著三本书，一是本小说《似神的人》，另外还有一本关于历史的，一本关于教育的。他著作没有一定的时候，半夜想到好意思，衣服也不穿，便立刻爬起来，拧燃电灯，将那感想写下。他常在夜间写，到第二天早上，他的妻拍拍拍拍用打字机打了出来，便送到书局去印去了。

萧伯纳虽是攻击旧道德，而他自己却好似一个清教徒，循规蹈矩，连英伦海峡都没有迈出一步。威尔斯却是吃烟喝酒，斗牌打球，无一不来。

饭后我们同到华维克花园散步。我们谈到近代小说，他要我把中国近代的作品译出来出小说集，他要办一个书局，将来可以由他出版。我们谈得非常高兴，正走的时候，忽然有一个篱笆拦住。他说："我们跳过去罢!"我说："好!"我倒跳过去了，但他却跌了一跤，弄得他衣服都撕破了。

后来我们又打球。晚饭后又喝威士忌酒，谈到十一点方才就寝。

未来派的诗

前几年我在美洲乔治湖畔的一个人家做苦工。我的职务是打杂，每天要推饭车，在厨房和饭厅之间来来往往的走。饭车上装着一二百碗碟刀叉之类，都是我所要洗刷的。我每次推着小车在轨道上走，口里唱着歌儿，迎着习习的和风，感到一种异样的兴趣；不过这也仅于是在疲极的时候所略得的休息罢了。实在说来，我在那里极苦的。有一天不知怎样，车翻了，碗碟刀叉都跌了下来，打得歪斜粉碎。我那时非常惶恐，后来幸亏一个西班牙人——我的助手——帮着我把碎屑弄到阴沟里去，可怜我那时弄得两手都是鲜血，被碎屑刺破。回家时便接着梁任公给我的信，他的信上有几句话：

“顷在罗马，

与古为徒，

现代意大利熟视无睹！”

他的意思是说意大利风物之美，都是古罗马的遗迹，与现代之意大利丝毫无关。

意大利曾有一位 Maranetti，他觉得许多人把意大利都当作图书馆或是博物院，专考究古代的文明，蔑视现在他们的艺术，心中极为愤恨，于是主张破坏意大利旧有的一切文明，无论雕刻绘画建筑文学，一概不要，另外创造新的。一个作者只能有二十岁到四十岁可以算作他著作的时期，此外的作品便须毁过重做。他有一篇宣言，有一段是，“未来派的自觉心”，便是竭力推阐他的主张的。

现在一切都为物质所支配，眼里所见的是飞艇，汽车，电影，无线电，密密的电线，和成排的烟囱，令人头晕目眩，不能得一些时间的休止，实是改变了我们经验的对象。人的精神生活差不多被这样繁忙的生活逐走了。每日我在纽约只见些高的广告牌，望不见清澈的月亮，每天我只听见满处汽车火车和电车的声音，听不见萧瑟的风声和嘹亮的歌声。凡在西洋住过的人，差不多没有不因厌恶而生反抗的。

未来派的人知道这是不可挽回的现象，于是不但不求超出世外，反向前进行。现世纪的特色是：

一、迅速。例如坐车总要坐特别快车。

二、激刺。例如爱看官能感觉的东西。

三、嘈杂。例如听音乐爱听大锣大鼓。

四、奇怪。例如现代什么样稀奇的病症都出现了。

未来派觉得外界现象变了，情绪也应当变，所以也就依着这样的特色来制作他们的诗。

诗无非是由内感发出，使人沉醉，自己也沉醉；能把泥水般的经验化成酒，及是诗的功用。千变万化，神妙莫测，极自然的写出，极不连贯，这便是未来派诗人的精神，他们觉得形容词是多余的，可以用快慢的符号来表明，并且无论牛唤羊声，乐谱，数学用字，斜字，倒字，都可以加到诗里去。他们又觉得一种颜色不够，于是用红绿各色来达意，字也可以自由制造。他们是极端的诚实，不用伪美的语句，铲除一切的不自然。看来虽好似乱七八糟，据说读起来音节是很好听的，虽然我没有听见过。关于未来派的诗我且不下什么批评，无论如何，他们一番革命的精神，已是为我们钦敬了！

现有的文字不能完全达出思想。我且举几个不能描绘的妙景，我认为须用未来派的诗写出才有声色的，作我这次讲演的结束：

“北京大学石狮搬家。石狮很重，工人们抬不动，便将木排垫在石狮下，捆绳在狮身上，许多人拉着绳前进，吆吆喝喝的拉着，拉一步，唱一声，石狮也摇摆了一下。狗在旁边看见狮子动，便吓跑了，停了，又跑到石狮的面前来吠叫。

“船泊南洋新加坡时，丢钱到海水里，马来土人便去钻入水底，拾起钱来。入水时浪花四溅，和那马来人黑皮肤与赤红的阳光相映，都是极难描写的。

“一条小河上，两个肥兵官在桥上打了起来，彼此不相让，两边的兵士只好在旁边呐喊，却不敢前近。忽然蹼咚一声，两个肥兵官全跌到水里去了。”

山中来函

剑三：我还活着。但是至少是一个“出家人”。我住在我们镇上的一个山里，这里有一个新造的祠堂，叫做“三不朽”，这名字肉麻得凶，其实只是一个乡贤祠的变名，我就寄宿在这里。你不要见笑徐志摩活着就进了祠堂，而且是三不朽！这地方倒不坏，我现在坐着写字的窗口，正对着山景，烧剩的庙，精光的树，常青的树，石牌坊戏台，怪形的石错在树木间，山顶上的宝塔，塔顶上徘徊着的“饿老鹰”有时卖弄着他们穿天响的怪叫，累累的坟堆、亭亭、白木的与包着芦席的棺材——都在嫩色的朝阳里浸着。隔壁是祠堂的大厅，供着历代的忠臣、孝子、清客、书生、大官、富翁、棋国手（陈子仙）、数学家（李善兰壬叔）以及我自己的祖宗，他们为什么“不朽”，我始终没有懂：再隔壁是节孝祠，多是些跳井的投河的上吊的吞金的服盐卤的也许吃生鸦片吃火柴头的烈女烈妇以及无数咬紧牙关的“望门寡”，抱牌位做亲的，教子成名的，节妇孝妇，都是牺牲了生前的生命来换死后的冷猪头肉，也还不很靠得住的，再隔壁是东寺，外边墙壁已是半烂，殿上神像只剩了泥灰。前窗望出去是一条小河的尽头，一条藤萝满攀着磊石的石桥，一条狭堤，过堤一潭清水，不知是血污还是蓄荷池（土音同），一个鬼客栈（厝所）一片荒场也是墓虚累累的，再望去是硖石镇的房屋了，这里时常过路的是：香客，挑菜担的乡下人，青布包头的妇人，背着黄叶篓子的童子，戴黑布风帽手提灯笼的和尚，方巾的道士，寄宿在战室下与我们守望相助的丐翁，牧羊的童子与他的可爱的白山羊，到山上去寻柴，掘树根，或掠干草的，送羹饭与叫姓的（现在眼前就是，真妙，前面一个男子手里拿着一束稻柴，口里喊着病人的名字叫他到“屋里来”，后面跟着一个著红棉袄绿背心的老妇人，撑着一把雨伞，低声的答应着那男子的叫唤。）晚上只听见各种的声响；塔院里的钟声，林子里的风响，寺角上的铃声，远处小儿啼声、狗吠声、枭鸟的咒诅声，石路上行人的脚步声——点缀这山脚下深夜的沈静，管祠堂人的房子里，不时还闹鬼，差不多每天有鬼话听！

这是我的寓处。世界、热闹的世界，离我远得很；北京的灰砂也吹不到我这里来——博生真鄙吝，连一份晨报附张都舍不得寄给我；朋友的信息更是杳然了。今天偶尔高兴，写成了三段《东山小曲》，现在寄给你，也许可以补补空白。

我唯一的希望只是一场大雪。

志摩问安一月二十日

小曲是要打我们土白念或是唱，才有神气。志摩与我的私人通信本不必在旬刊上占篇幅，不过我想这样有文学趣味的也是人家所共同欢喜看的，故此写了山中来函的题目发表出来，只是日子已经不少，我没在京，所以迟延了几日，还望志摩谅及——。

剑　三

译哈代诗《两位太太》序

"TWo Wives" by Thvmas Hardy

王受庆再三逼迫我要我翻哈代的这首诗，我只得献丑，这并不是哈代顶好的诗，也还不是他最恶毒，最冷酷的想像，他集子里尽有更难堪的厌世的观察，但这首小诗已够代表他的古怪的，几乎奇怪的意境；原诗的结构也是哈代式的"致密无缝"，也许有人嫌他太干瘠些——但哈代永远是哈代。我这译却只是好玩，并不曾下工夫细心的"配置"，只要王受庆看了哈哈一笑就得！

志　摩

泰戈尔的来信

自从六月初与泰戈尔及其同伴在香港别后，直至前十天才得泰氏亲笔来信，他说回印度后因跋涉劳顿了生了一时病到如今（他信上日期是八月二十五）还觉得疲倦，但他还是要到南美洲去赴约，定九月底动身赴欧，由西班牙径去南美，明年二月回意大利。他此时大致已在西班牙了。他要我明春到意大利去会他，那是我答应过他的，至我能否享这样的闲福——伴着老诗人漫游南欧北欧——只有我的星知道，老翁至东方来辛苦了一趟，至少结识了少数的朋友，那是他唯一的慰藉；如今他去了已经有不少的时候，好几个月了，原来不存心记着他的已经尽够从容的完全忘怀了他，但或许还有少数人看过他的容貌听过他的声音的，偶然还有机会联想到或是存念着老人的，那就是他的幸福了。这少数人或者愿意知道他的行止，所以我胆敢把他给我的私人的信在这里公开了。(信缺)

恩厚之来信

上月泰戈尔的朋友英人恩厚之从印度来电，问拟于今春与泰氏同来，此间招待便否，我当时就发出欢迎的回电，随后又写了一封信去，今天接到恩厚之君（L. K. Elnhiet）的复信，说泰氏定于三月中动身，中途稍有停逗，大约至迟四月中必可到华。同来除恩厚之君外，有泰氏大弟子 Kaildas Nay（拟留京专研中国学问），及女书记美国人葛玲姑娘（Miss Green）。今将来信节译如下

圣谛尼开登　孟买　印度　一月二十八日

徐君……来信给我异常的欢喜，我已经决定与诗人同来，再不肯错过这样难得的机会，去年泰氏虽在病中，还想勉强来华，但他所有的朋友都不愿意他冒险；我从英国回到此地后，想伴他抄过西伯利亚到中国，管他危险不危险，但始终不曾走成。他见了你的来信，高兴的不得了，他立刻要我去定三月中的船位，等定妥后再通知你。他想乘便到缅甸香港停逗几天。他同来有他的学生南君（Knlidas Nay），极有学问，人也有趣；还有一位葛玲姑娘，美国人，是他的书记。他的计划是想一到上海，就去北京（约四月底），也许南京等处稍为停逗，因为他要先把南君安置在北京，让他接近相当的中国学者，葛玲姑娘他也想放下在北京的；然后我们出去游历，最好是上溯扬子江，一直到四川，因为他最企慕那边的风色。只要他的身体好，我们这一次真是有趣极了！他是真正伟大的人格，你知道我们怎样的爱戴他。

I K Elmhirst

二月二十八日

给新月

新月的朋友，这时候你们在哪里？太阳还不曾下山，我料想你们各有各的职务，在学堂的，上衙门的，有在公园散步的，也有弄笔墨的调颜色的，我亲爱的朋友们，我在这里想念着你们！

我现在的地方是你们大多数不曾到过的。你们知道西伯利亚有一个贝加尔湖；这半天，我们的车就绕着那湖的沿岸走。我现在靠窗口震震的写字，左边只是料岩与绝壁，右面就是那大湖，什么湖简直是一个云海，上帝知道这底下冰结的多深，对岸是重峦叠嶂的山岭，无数戴雪帽的高峰在晚霞中傲着他们的高洁。这里的天空也好像是格外的澄清，方才下午的天真是一青到底，一屑云气都没有，这时候沿湖蒸起了薄霭，也有三两条古铜色的冻云在对岸的山峰间横亘着。方才我写信给一个朋友说这雪地里的静是一种特有的意境，最使人发生遐想。我面对着这伟大的自然，不由我不内动了感兴；我的身体虽只是这冰天雪地里一个微蚁，但我内心顿时扩大了，思想与情感却仿佛要冲破这渺小的躯体，向没遮拦的天空飞去。朋友们，你们有我的想念，我早已想写信给你们，要你们知道我是随时记着你们的，我不曾早著笔也有我的打算；这一路来忙着转车不曾有一半天的安逸；长白山边，松花江畔，都叫利欲的人间薰改了气味，那时我便提笔亦只有厌恶与愤慨；今天难得有贝加尔湖的晴爽，难得有我自己心怀的舒畅，所以我抖擞精神，决意来开始这番漫游的通信。

今天我不仅想念我的朋友，我也想念我的新月。

我快离京的时候有几位朋友，听说我要到欧洲去，就很替新月社担忧；他们说你这一去新月社一定受影响，即使不至于关门恐怕难免狼狈。这话我听了很不愿意，因为在这话里可以看出一般人对于新月社究竟是什么一回事并没有应有的了解。但这也不能深怪，因为我们志愿虽则有，到现在为止却并不曾有相当的事迹来证实我们的志愿，所以外界如其不甚了解乃至误解新月社的旨趣的，我们除了自己还怨谁去？我是发起这志愿最早的一个人。凭这个资格我想来说几句关于新月的话。

组织是有形的，理想是看不见的，新月初起时只是少数人共同的一个想望，那时的新月社只是个口头的名称，与现在松树胡同七号那个新月社俱乐部可以说并没有怎样密切的血统关系。我们当初想望的是什么呢？当然只是书呆子们的梦想！我们想做戏，我们想集合几个人的力量，自编戏自演，要得的请人来看，要不得的反正自己好玩。说也可惨，去年四月里演的契玦腊要算我们这一年来唯一的成绩，而且还得多谢泰戈尔老先生的生日逼出来的！去年年底也曾忙了两三个星期想排演西林先生的几个小戏，也不知怎的始终没有排成。随时产生的主意尽有，想做这样，想做那样，但结果还是一事无成。

同时新月社的俱乐部，多谢黄子美先生的能干与劳力，居然有了着落。房子不错，布置不坏，橱子合式，什么都好，就是一件事为难——经费。开办费是徐申如先生（我的父亲）与黄子美先生垫在那里的，据我所知，分文都没有归清。经常费当然单靠社员的月费，照现在社员的名单计算，假如社员一个个都能按月交费，收支勉强可以相抵。但实际上社费不易收齐，支出却不能减少，单就一二两月看，已经不免有百数以外的亏空——但这情形是决不可以为常的。黄先生替我们大家当差，做总管事，社里大小的事情哪一样能免得了烦他，他不向我们要酬劳已是我们的便宜，再要他每月自掏腰包贴钱，实在是太说不过去了。所以怪不得他最初听说我要到欧洲去，他真的眼睛都瞪红了。他说你这不是存心拆台，我非给你拚命不可！固然黄先生把我与新月社的关系看得太过分些，但在他的确有他的苦衷，这里也不必细说，反正我住在里面，碰着缓急时他总还可以抓着一个，如果我要是一溜烟走了，跟着大爹们爱不交费就不交费，爱不上门就不上门。这一来黄爹岂不吃饱了黄连，含着一口的苦水叫他怎么办？原先他贴钱贴工夫费心思原想博大家一个高兴，如果要是大家一翻脸说办什么俱乐部这不是你自个儿活该，那可以不是随便开的玩笑？黄爹一灰心，不用提第一个就咒徐志摩，他真会拿手枪来找我都难说哩！所以我就为预防我个人的安全起见也得奉求诸位朋友们协力帮忙，维持这俱乐部的生命。

这当然是笑话，认真说，假如大多数的社员的进社都是为敷衍交情来的，实际上对于新月社的旨趣及他有前途并没有多大的同情，那事情倒好办。新月社有的是现成的设备，也不能算恶劣，我们尽可以趁早就拍卖，好在西交民巷就在间壁，不怕没有主顾，有馀利可赚都说不定哩！搭台难坍台还不容易，要好难，下流还不容易。银行家要不出相当的价钱，政客先生们那里也可以想法，反正只要开办费有了着落，大家散伙就完事。

但那是顶凄惨的末路，不必要的一个设想；我们尽可以向着光亮处寻路。我们现在不必问社员们究竟要不要这俱乐部，俱乐部已经在那儿，只要大家尽一分子的力量，事情就好办。问题是在我们这一群人，在这新月的名义下结成一体。宽紧不论，究竟想做些什么？我们几个创始人得承认在这两个月内我们并没有露我们的棱角。在现今的社会里，做事不是平庸便是下流，做人不是懦夫便是乡愚。这露棱角（在有棱角可露的）几乎是我们对人对己两负的一种义务。有一个要得的俱乐部，有舒服沙发躺，有可口的饭菜吃，有相当的书报看，也就不坏；但这躺沙发决不是结社的宗旨，吃好菜也不是我们的目的。不错，我们曾经开过会来，新年有年会，元宵有灯会，还有什么古琴会、书画会、读书会，但这许多会也只能算是时令的点缀，社友偶尔的兴致，决不是真正新月的清光，决不是我们想像中的棱角。假如我们的设备止是书画琴棋外加茶酒，假如我们举措的目标止是有产有业阶级的先生太太们的娱乐消遣，那我们新月社岂不变了一个古式的新世界或是新式的旧世界了吗？这 petty borbgeois 的味儿我第一个就受不了。同时神经敏锐的先生们对我们新月社已经生了不少奇妙的揣详。因为我们社友里有在银行里做事的就有人说我们是资本家的机关；因为我们社友有一两位出名的政治家就有人说我们是某党某系的机关；因为我们社友里有不少北大的同事就有人说我们是北大学阀的机关。因为我们社友里有男有女就有人说我们是过激派。这类的闲话多着哩；但这类的脑筋正仿佛那位躺在床上喊救命的先生，他睡梦中见一只车轮大的怪物张着血盆大的口要来吃他，其实只是他夫人那里的一个跳蚤爬上了他的腹部！

跳蚤我们是不怕的，但露不出棱角来是可耻的。这时候，我一个人在西伯利亚大雪地里空吹也没有用，将来要有事情做，也得大家协力帮忙才行。几个爱做梦的人，一点子创作的能力，一点子不服输的傻气，合在一起什么朝代推不翻，什么事业做不成？当初罗刹蒂一家几个兄妹合起莫利思朋琼司几个朋友在艺术界里就打开了一条新路，萧伯纳卫伯夫妇合一起在政治思想界里也就开辟了一条新道。新月新月，难道我们这新月便是用纸板剪的不成？朋友们等着，兄弟上阿尔帕斯的时候再与你们谈天。

三月十四日西伯利亚

悒死木死

到巴黎的中国人大约没有一个省得了到皇宫画院去走一转，但大部分人得到的利益无非腿酸肩疼眼花心烦，再没有别的了。就是稍微有美术知识的少数，到了这真的艺术的宫里，从希腊看到罗马，从复兴时代看到近代，从上午到下午，从南宫看到北宫，也只象是一个没有胃口的病人坐上了一桌无珍不备的满汉全席，明知一碗碗蒸着热汽的都是异味，但他只能对着呆看，即使勉强夹一筷放进了口去，也还是辨不出所以然来，他们从乔岳陀（Giotto）看到法仑謇斯加（Franeesca）——从铁青（Tltian）看到夏尔屯（Chardin）——从普善（Poussin）看到特拉克洛洼（Delacroix）——从华都（Wattean）看到米勒与哥罗——他们只觉没有一张他们敢下批评，都是好的，但那些伟作各有的妙处在哪里，他们画法与画理的不同在哪里，在这一群名家相承的中间曾经有过多少艺术与一般人生观的革命，在现在做紧邻的画家当初曾经在艺术上做过怎样几于不共戴天的仇敌——这些事本来不用他们随便看看的先生们管，他们也往往不愿意费闲工夫去过问，反正做官的盼到了升官，做生意的盼到了发财，学铁路工程的管了火车头，学纺织的招足了纱厂股份，他们这辈子就有了堂皇的交代，还来管什么艺术，管什么人生！但如果教育的目的是不仅叫你怎样到社会上去混一碗饭瞰，如果教育的目的是在启发我们内在的灵性的人格，引起我们在物质生活外同时实现性灵的生活，那我们就得注意到人类共有的艺术，那是人类性灵活动的成绩，凡是受过教育的人们应得有至低限度的了解与会悟，因为只有在性灵生活普遍的活动的平面上，一民族的文化方才有向前进步的希望，我们不轻视伟大的火车头，它的吼声可以使睡梦中的乳孩们哭醒，它前头八千支烛光的电灯可以使一切野鬼们惊心；但我们同时也盼望同胞们对于艺术的信仰增高，兴趣加深，不要把弄颜色的仅仅看做“画师”，上戏台的一例看作“戏子”，因为迟早有一天你们会知道（也许你们及身来不及知道）画师的颜色里有你自己最秘密的情感，戏子调门里有你们最隐讳的想望。

艺术。人生。解放。自由。这些不随熟的字就比如一件毛蓑衣，除非你亲自贴肉穿上了身去你不会觉得真的他们有叫你浑身发痒的怪事。如其你这辈子从不曾有过这浑身发痒的经验，我不仅替你可惜，我还替你可怜，因为这不曾发过痒的人还只是在孟婆亭前喝了孟婆汤原封未动的来路货，他在这世上除了骨头见天加硬再没有别的变化！他是一个活着的木乃伊！就比如夏天中了暑头眩脑胀的昏沉，得靠行军散的力量，叫鼻子尽义务，恶狠狠的打上几个大喷嚏，脑筋才能回复清醒，这时代的性灵生活也得靠一撮行军散的力量使劲的打上几个大喷嚏才有惊醒的希望。我的鼻子，他们现在唯一的巴望是一大串强有力的喷涕！

我本来是想在刘海粟先生这篇短文后背附加几句切题的话，谁知这来又跑了野马。刘先生说特拉克洛洼是十世纪画史里浪漫派的先驱者，关于浪漫主义应有的状词动词助动词齐先生的讲义里已经齐备用不着我来帮忙；他也说明了古典派与浪漫派相反的特点与特拉克洛洼一生的贡献；我想添说的是几句题外的话。我是不很喜欢德国人的，因此我也不很喜欢他们做学问的方法，尤其是他们玄学与他们的文艺批评。想着德国的批评家，我就联想起中西大药房一类的药铺子，铺子里架上排例着整齐的药瓶，药瓶上贴着整齐的签条，签条上贴着整齐的药名：散拿吐瑾不是泼拉图，百灵机不是玉树神油。德国派（现在差不多征服全球了！）批评的分类题签是各式各样的“怛死木死”（“isms”）古典怛死木死！浪漫怛死木死，自然怛死木死……他们不把一个作者生生的装进一个瓶子塞上软木贴上题签放上分类架上去万寿无疆的永远安着才算完事，他们的良心，就不得安顿，晚上就不得安眠。我们未尝不佩服他们的勤劳以及给我们浅学者间或的便利；但我们同时也得知道文艺的作品究竟不是药房的产品，它那特点是和不是异，是一致不是分歧，是不变的传统精神，不是一时间一运动浅薄的乖僻。运动就比如水闸，它那一阑激起水的下流的动力，使平流变成急瀑，溅起无穷的珠沫，但水的性质，河的本体却并不因此改变。我们看东西站得太近了反而看不出等量与匀分的要素，容易把偶然或附带的情形看作不变的品格；我们容易宣言一个美妇人脸上的毛孔有茶碗口一般大，却忘了声明我们的观察是应用显微镜的结果。美妇人的脸是不应得用显微镜去看的，人类智力与灵性的活动也不能勉强用主义去标类的。就比如刘先生讲的特拉克洛洼，我们就用这个凑手的例：我不知道刘先生见过特拉克洛洼的本画没有，但是曾经认真看过巴黎画院的，我敢说，一定不会在事实面前这样坚确的肯定主义与运动的分界；复兴时代的画，不论是威尼斯派，翡冷翠派，西安尼斯派，朗巴提派，我们现在都看见作古典派，至少“古派”，但就事实看，一个铁青与丁涛莱朵（Tintoretto）的色彩至少也有特拉克洛洼的浓烈与放纵，更不说鲁彭斯（Rubens）或是西班牙的哀儿葛莱各（El，Gteco）了，就是与特拉克洛洼站在敌对地位的恩格莱（Ingres）的画，在现在看来，也未始没有与特氏的相承，甚至偶然同时期的记认。所以在我一个完全外行看来，这种严格的分类，这种过分侧重运动的说法，不但不是艺术教育的一个帮助，并且容易使一个诚心想欣赏艺术的初进者惶惑。这地方的确有一个分别，我以为现在讲艺术的应得注意：彻底的讲，拿一套没有真经验托底的大字，什么主义等等，放在口里当“留阑香糖”咀嚼，虽则没有多大害处，到底真味道也很有限；我们要逼着年轻人们觉悟的，如其我们有这样捅力，是他们内在的认识美的本能，使他们肉眼的背后开张一只灵眼，使我们对着伟大的艺术或不自然时候可以自然的感着一种异样感美的激震，再从这情绪的反动里得到扩大性灵境界的补剂。这是我们期望的目的。再说实际学画的人更应得躲避，“悒死木死”的灾殃，因为我个人就不信有人能按着某种主义来画画，或是拿定某概念来雕刻；即使他能的话他那成功的秘密还是他原有的艺术天才，决不是别的什么。从事美术的学生们，不论你们是画是雕是造，反正你们的事务是在经由你们的手，不是你们的口，在某种特定的材料里实现你们的特种的心灵活动——“艺术思想”（aestheticidea），再则你们的事务是在经由你们的眼，不是你们的耳，摄取事物形体内蕴的意义，以及感悟色彩的秘密；这看进去的经验就是你们艺术思想的来源与营养。所以说得过分一点（有时话是要说过分些才能引起注意）你们在从事艺术的时候简直可以塞住你们的耳，关起你们的口，集中你们的注意给你们的眼与你们的手，把你们的在内的艺术思想不仅“实现”，并且“活现”在你们的颜色里，或是石头上；只要你们的作品成功，自会有人发明一种新式的悒死木死装潢你们，用不着你们事前拿没生气的悒死木死来羼杂你们的思想。

你们可得听清了，我的话决不是反驳刘先生的意思，我只来顺便说几句外行话。说起特拉克洛洼，在他当初的确是一种很显著的反抗努力，从他的工作里我们可以得到教训与灵感。他初起也是穷出身，虽则他父亲曾经做过短期的外交总长；他画成第一张作品（“The Bargue of Dante”）时他穷得连架子都配不起。胡乱拿几条木块钉成四方涂上黄颜色拿出展览过的。所谓浪漫运动里面的几个大师，不论是诗人画师或是小说家，换一句说法，为是“重新张开了眼来看宇宙看人生，并且张开的确是他们自己的眼”这么一句话。华茨华斯，开茨，康斯太勃儿（Consatable），兜纳（Turner），佛洛贝尔，特拉克洛洼，全是的。特氏长在马赛，法国的南部，那边阳光亮，地面色调浓，这也是他画术重色的一个原因，英国康斯太勃儿那张名画《千草车》在巴黎展览使他在两星期内修改他已成的一张画，《西乌屠杀圆》，色彩浓烈到他同时的作者绝对不能容恕极度，有人讥笑说这不是西乌的屠杀，这是画术的屠杀。但特氏在那时大胆的尝试的背后，与英国的兜纳一样，确有独到的心得衬托着，不是好奇，不是炫异，所以他的颜色在他的画本上是活的呼吸，不是死的质料，他颜色的研究极深，他自己会调制，这是他的贡献。他的画都取材于诗人，充有强烈的情感，这点刘先生文里已经有了，还有一点刘先生不曾讲起的是当时有所谓东方派 Orentalists 者，也是他的始创，那是他到非洲摩洛哥去游行的结果。

特拉克洛洼，虽则在当时画界里是一个“叛徒”，但他自己是极谦恭的一个学生，他最尊重传统精神，他的灵感的远源是米格郎其罗，铁青，鲁彭斯几位大师，水让（Paul Cezanne）他的同乡是很崇拜他的，他常常临摹他的素绘。

话匣子（一）

——汉姆雷德与留学生

一个自命时新甚至激进的人多的是发现他自己骨子里其实守旧甚至顽固的时候。最显著的是讲政治，在三四年前热烈的崇拜列宁，信仰劳工革命的先生们这时候在中国不仅笑骂想望共产天国的青年，并且私下祷祝俄国革命快快完全失败，给他一个自夸高见的机会。思想上也是的；十年前的老虎这时候全变了猫了，而且大都是煨灶的倾向，从此不要说人，连耗子都“办不了”；人后的转变更快了，在这时候张牙舞爪的能有几天威势，看着，不久我们的孩子都会到椅子底下拉住他们的尾巴把他们倒拖出来！神奇化为腐朽，我们每天见得着；但谁见过腐朽复化为神奇？

前年我记得有一晚我与西滢西林在新明剧场差一点乐破了肠胃；我们买了一个包厢看李悲世一群新剧家演的《汉姆雷德》，据陈大悲的道歉辞令说，那是莎士比亚的四世孙；莎翁的戏兰姆先生写成故事，林琴南先生又从兰姆翻好古文郑正秋先生又从林琴南编成新剧，最未了特烦李悲世先生开演这空前的中国汉姆雷德。我们不能不乐。同时看客中受感动的自然有，穿天鹅绒衫子的女太太们看到奥菲利亚疯了的时候偷揩眼泪的不少。我们这几个人特别的受用，人家愁时我们乐，人家哭时我们笑，有我们的理由。我们是去过大英国，莎士比亚是英国人，他写英文的，我们懂英文的，在学堂里研究过他的戏，至少汉姆雷德，在戏台上也看过，许还不止一次，我们当然不仅懂得莎士比亚，并且认识丹麦王子汉姆雷德，我们想象里都有一个他，穿丧服的，见鬼的，蹙着眉头捻紧拳头自己同自己商量——“死好还是不死好”？李悲先生的汉姆雷德是一个新式汉姆雷德，穿一身燕尾服，走路比奥菲利亚还要婀娜，口气（一口蓝青官话，父王长，母后短）比奥菲利亚还要温柔，一时候跪下一条腿去亲吻奥菲利亚的手算是求婚的意思，顺便博得池子里的鼓掌。我们眼睛长在头发心的英国留学生怎的不笑断肚肠根？所以这算是我们新剧的成绩，汉姆雷德，丹麦王子，莎士比亚一定在他那坟里翻身哪……

英国留学生难得高兴时讲他的莎士比亚，多体面多够根儿的事情，你们没到过外国看不完全原文的当然不配插嘴，你们就配扁着耳朵悉心的听。要说艺术的戏剧，听清楚了，戏剧不是娱乐是艺术，纯粹的最高的艺术，是莎士比亚莫利哀一流的神品，不是杨小楼去盗马，余叔岩去闹府，说起艺术两个字管子里的血都会转得快些的，这事情当然更是我们留学生的专利了；我们不出手艺术那蜗牛就永远躲在硬壳里面不透出来，没有我们是不成的，信不信？哼，穿燕尾服的汉姆雷德，猫都笑瞎眼珠了！

这是我们高明新派人腔子里的话，虽则在事实上我们还不屑多费唾液多难为呼吸跟那班人生气，几声冷笑，一小串的鼻音，也尽够表现我们的蔑视了。

同时报仇的神永远在你的背后跟着，随你跑得多快。

最近伦敦戏剧界的新花样是一出老戏，不是别的，就是汉姆雷德，并且还是莎先生的原本，没有重要的改动，大得发，没有一篇评文不称赞，最难服事的批评家都笑着点头了。你知道这新汉姆雷德不同的地方在那里？第一点，顶要紧的，是丹麦王子，连着的父王母后，不成事实的丈人，生生疯死的奥菲利亚一群人的衣服全都就近请教彭街上的裁缝，没有跑回三百年去作成依理查白斯时代的成衣师父。奥菲利亚穿短裙子，太子穿白法兰绒运动裤，戴艳色领结（服制都不管了），在朝庭上大大方方的做他的戏。第二个新花样是跟着短裙子白绒袴来的；说话也变活了，原先是一顿一顿的念诗，因为不如此莎翁的诗就给糟踏了，这回可随熟了，鲍郎尼斯教训儿子也就比你家尊大人在你出门时嘱咐你几句小心话不差什么神气，汉姆雷德自得其乐的演说也就比我们日常空下来没事做自言自语不差什么威严，奥菲利亚对太子说话也就比你的爱人怕你生气跑来陪小心不简单一句话，这回伦敦的新汉姆雷德离着李悲世先生们在新剧场做的比在我们大英国留学生的想象中的莎翁杰作距离贴近得多！

留学生当然不服气，当然还有自解的话说，但我们现在没工夫听了，唯一崭新的教训是不要太自以为是了，有时候分明极荒谬可笑的试验未始不包涵着相当的暗示，分明山重水曲的转湾未始没有花明柳暗的去处，势利是群性动物的一个通性，本质不同就是：有名利的势利，旧儒林外史式的势利，有知识的势利，新儒林外史式的势利，方向不一样，势利还不一样是势利。我们里面很少人反省到单只会一点洋文的小事暗全把我们变成了不自觉的“夜郎”，这是危险的，因为做夜郎的结果往往是自大的烂泥砌满了原来多少通气的灵窍。那晚我们上新明去看丹麦王子还不是存心去取乐？谁也不曾在直乐的时候抽空想一想这古戏也未始不可新做的可能。我们明里或暗时都赞成活时代用活语言造活文学，但等得丹麦王子穿上了北京饭店里跳舞适用的“活”衣服我们就下面顿足上面笑酸牙根骂人家胡闹！

等着……古戏新做，古诗新读，古话新说一类的可能性大着哩。我此时想象一个空城计的诸葛军师穿一件团花蓝缎袍戴一顶面盆帽，靠着北海漪襕堂一类的栏杆心平气和的对一个脸上不擦白粉的司马懿谈天。为什么不成？这回我在柏林见一次新衣装的茶花女奥配拉，唱还是照旧，姿势也还是照旧，说老实话，有点看不惯。就比如梅兰芳唱时装新戏，拿着一块丝巾左牵右牵的唱二簧慢板，其实有点看不惯。很可惜我们看不到伦郭的新汉姆雷德，听说他们还要继续试验别的旧戏，撇开了不自然的戏台惯习，用自然的演法来发明剧本里变不掉的精彩。至少是有趣并且有意味的尝试，我敢说。

临了话还得说回来，我开篇第一句话是“一个自命时新甚至激进的人多的是发现他骨子里其实守旧甚至顽固的时候。”我们如其想望我们的心灵永远能象一张紧张的弦琴挂在松林里跟着风声发出高下疾徐的乐音，我们至少消极方面就得严防势利与自大与虚荣心的侵入。肚子里塞满茅草固然是不舒服，心坎化生了硬石头也不见得一定是卫生。留学生的消化力本来就衰弱，因为不是一时间吃得太多就是吃得太快。胃病是怪难受的。

话匣子（二）

——一大群骡；一只猫；赵元任先生

我第一次见识赵元任先生是在美国绮色佳地方一个娱乐性质的集会场上。赵先生站在台上唱《九连环》，得儿儿得儿儿的滚着他灵便的舌头。听的人全乐了。赵元任是个天生快活人——现代最难得的奇才。胡适之有一个雅号，叫做“不可救药的乐观主义者：”他的嘴唇上（有小胡子时小胡子里）永远——用一个新字眼———“荡漾”着一种看了叫人忘忧的微笑。这已经是很难得了；但他还不能算是天生快活人。赵先生才是的。赵先生的微笑比胡先生的“幽雅精致”得多；新月式的微笑；但是你一见他笑你就看出他心坎里不矫揉的快乐，活动的，新鲜的，象早上草瓣上的露水。

真快活的人没有不爱音乐。不爱唱歌的。赵先生就爱唱莲花落，山歌，道情，九连环，五更，外国调子，什么都会。他是一只八哥。

因此赵先生的脸子比较算是圆的。看现代的心理状态，地支里应加入一只骡子。悲哀，忧愁，烦闷，结果我们年轻人的脸子全遭了骡化！因此赵先生在我们中间，就比是一群骡子中间夹了一只猫。

赵先生对这时代负的责任不轻。我们悲，赵先生得替我们止；我们愁，赵先生得替我们浇；我们闷，赵先生得替我们解。

好了！好容易赵先生光降我们晨报副刊了。我们听听他的开场是什么调子？

“得儿铃的钉，
得儿弄的冬，
得儿浪的当，
得儿拉的打——
放开胆子来，

请大家做个乐观家。”

“这年头活着不易”！悲调固然往往比喜调动听，但老唱一个调子，不论多么好听，总是腻烦的。在不能完全解除悲观的时候，我们无论如何也还得向前希望。我们希冀健康，想望光明，希冀快乐，想望更光明更快乐的希望。生命的消息终究不是悲哀。它是快乐。不是眼泪；是笑。在大笑的冲洗里，我们的心灵得到完全的解放，生机得到安全的活动，兴味，勇敢，奋斗的精神，那时全跟着来了。春天雷震过后泥土里萌芽的豁裂，是大自然的笑；我们劫难过后心坎里欢忭的豁裂，是生命的笑。时候到了，我们不妨暂时忘却十字架上头颈倒挂的那个；忘却锡兰岛上闭着眼睛修行的那个；忘却“天生德于予，桓魋其如予何”自解嘲的那个。我们要另外寻宗教，寻神道，寻信仰。我们要更近人情的，更近生命的，更自然的一个象征，指导我们生活的方向与状态。我们要积极动的，活泼的，发扬的，没怕惧的。

我动议我们回到古希腊去寻访我们的心愿。

水草间逍遥下半身长长的毛“彭”（Pan）何似？树林里躲着性馋最狼藉的绥透土（Satyrs）何似？维奴斯堡格山洞里躺着肉艳的维奴斯何似？

还是那伟大的达昂尼素斯（Dionysus），他的生命是狂歌，他的表情是狂舞？

大家来呀：——

得儿铃的钉（轻轻地），

得儿弄的冬（渐响），

得儿浪的当，

得儿拉的打（极响）——

海粟的画

海粟是一个有玄学思想的画家。从道德经经过邵康节到“天游主义”，或是从“天游主义”到邵康节再到道德经—这是海翁在他的玄学海里旅程的一个概况。本来作“文人画”的作家是脱离不了玄学思想的，不论是道佛或是别的什么；海翁无非是格外明显的一个例。这部分思想的渊源发见在他的作品里是一种特殊的气象，这究竟是什么？颇不易用一二个状词来概括，至少我觉得难，但无论如何我们不能否认他确实能在他的画里表现一种他所独有的品性或风格。一个画家的思想的倾向往往在他的作品的题材里流露消息。有的人许不愿意把思想一类字眼和画家放在一起，仿佛一个画家就不该有或不必有什么思想似的，我理会得这个道理，但是我现在不能申辨，我只能求你们把思想这字眼放宽一点看，只当它是可与性情乃至态度一类字眼几乎可相通用的。海粟每回提起笔来作画的时候（我这里是说他的国画）在他想像中最浮现的是什么一类境界，在他内心里要求表现的是什么？（容我斗胆来一个心理的揣详。）最现成的是大山岭，海，波澜，瀑布，老松，枯木，寒林；要是鸟，那就是白凤，再不然就是大鹏，“共翼若垂天之云，背负青天而莫之夭阏者”；要是花（他绝少画花），那就是曼陀罗花，或是别的什么产自神仙出处的奇葩。我们这里要问的是他要表现的是什么，是这些山水花鸟的本体，还是他借用这些形体来表现他潜伏在内心里的概念？我的拙见是他要写的是“意”，不是体。他写山海是为它们的大，波澜为它们的状阔，泉为它们的神秘，枯木为它们的苍劲。尤其是“大”的一个概念在海粟是无处不活跃的；从新心理学说来，这几字是一种 Complex 是。因此在他成功的时候他的形象轮廓不止是形象轮廓；同时在他失败的时候他的形象轮廓不止是形象轮廓。他的画，至少他的国画，确乎是东方一部分玄学思想的绘事的表现。

我们再从他的爱好的作家里探得消息。意识的或非意识的，海粟自己赏鉴的标准也只是一个。伟大。不嫌粗，不嫌野，他只求大。“大”是他崇拜的英雄们的一个共性。在西方他觉得了密伶朗其罗，罗丹，塞尚，梵高；在东方他倾倒八大，石涛。这不是偶然的好恶，这是个人性情自然的向往。因缘是前定的；有他的性情才有他的发见，因他的发见更确定了他的性情。

所以从他的崇仰及他自己的作品里我们看出海粟一生精神的趋向。他是一个有体魄有力量的人，他并且有时也能把他天赋的体魄和力量着实的按捺到他的作品里。我们不能否认他的胸襟的宽扩，他的意境的开展，他的笔致的遒劲。你尽可以不喜欢他的作品，你尽可以从各方面批评他的作品，但在现代作家中你不能忽略他的独占的地位。他是在那里，不论是粗是细。他不仅是那里，他并且强迫你的注意。尤其在这人材荒歉的年生，我们不能不在这样一位天赋独厚的的作者身上安放我们绝望中的希望。吴仓老已经作古，我们生在这时代的不由的更觉得孤寂了，海粟更应得如何自勉！自信力是一切事业的一个根脚；海粟有的是自信力。但同时海粟还得用谦卑的精神来体会艺术的真际，山外有山，海外有海，身上本来长有翅膀的何苦屈伏在卑琐的地面上消磨有限的光阴？海粟是已经决定出国去几年，我们可以预期像他这样有准备的去探宝山，决不会得空手归来，我们在这里等候着消息！这次的展览是他去国前的一个结束，关心艺术的不可错过这认识海粟的一个唯一机会。

新月的态度

And God said，Let there be light：and there was light- TheGenesis If Winter comes，can Spimg be far behind？-Shelley

我们这月刊题名新月，不是因为曾经有过什么新月社，那早已散消，也不是因为有新月书店，那是单独一种营业，它和本刊的关系只是担任印刷与发行。新月月刊是独立的。

我们舍不得新月这名字，因为它虽则不是一个怎样强有力的象徵，但它那纤弱的一弯分明暗示着，怀抱着未来的圆满。

我们这几个朋友，没有什么组织除了这月刊本身，没有什么结合除了在文艺和学术上的努力，没有什么一致除了几个共同的理想。

凭这点集合的力量，我们希望为这时代的思想增加一些体魄，为这时代的生命添厚一些光辉。

但不幸我们正逢着一个荒歉的年头，收成的希望是枉然的。这又是个混乱的年头，一切价值的标准，是颠倒了的。

要寻出荒歉的原因并且给它一个适当的补救，要收拾一个曾经大恐慌蹂躏过的市场，再进一步要扫除一切恶魔的势力，为要重见天日的清明，要濬治活力的来源，为要解放不可制止的创造的活动——这项巨大的事业当然不是少数人，尤其不是我们这少数人所敢妄想完全担当的。

但我们自分还是有我们可做的一部分的事。连着别的事情我们想贡献一个谦卑的态度。这态度，就正面说，有它特别侧重的地方，就反面说，也有它郑重矜持的地方。

先说我们这态度所不容的。我们不妨把思想（广义的，现代刊物的内容的一个简称。）比作一个市场，我们来看看现代我们这市场上看得见的是些什么？如同在别的市场上，这思想的市场上也是摆满了摊子，开满了店铺，挂满了招牌，扯满了旗号，贴满了广告，这一眼看去辨认得清的至少有十来种行业，各有各的引诱，我们把它们列举起来看看：——

一　感伤派

二　颓废派

三　唯美派

四　功利派

五　训世派

六　攻击派

七　偏激派

八　纤巧派

九　淫秽派

十　热狂派

十一　稗贩派

十二　标语派

十三　主义派

商业上有自由，不错。思想上言论上更应得有充分的自由，不错。但得在相当的条件下。最主要的两个条件是（一）不妨害健康的原则（二）不折辱尊严的原则。买卖毒药，买卖身体，是应得受干涉的，因为这类的买卖直接违反健康与尊严两个原则。同时这些非法的或不正当的营业还是一样在现代的大都会里公然的进行——鸦片、毒药、淫业，那一宗不是利市三倍的好买卖？但我们却不能因它们的存在就说它们不是不正当而默许它们存在的特权。在这类的买卖上我们不能应用商业自由的原则。我们正应得觉得切肤的羞恶，眼见这些危害性的下流的买卖公然在我们所存在的社会里占有它们现有的地位。

同时在思想的市场上我们也看到种种非常的行业，例如上面列举的许多门类。我不说这些全是些“不正当”的行业，但我们不能不说这里面有很多是与我们所标举的两大原则——健康与尊严——不相容的。我们敢说这现象是新来的，因为连着别的东西思想自由观念本身就是新来的。这是个反动的现象，因此，我们敢说，或是暂时的。先前我们在思想上是绝对没有自由，结果是奴性的沉默；现在，我们在思想上是有了绝对的自由，结果是无政府的凌乱。思想的花式加多本来不是件坏事，在一个活力磅礴的文化社会里往往看得到，假傍着刚直的本干，普盖的青荫，不少盘错的旁枝，以及恣蔓的藤罗。那本不关事，但现代的可忧正是为了一个颠倒的情形。盘错的，恣蔓的尽有，这里那里都是的，却不见了那刚直的与普盖的。这就比是一个商业社会上不见了正宗的企业，却只有种种不正当的营业盘据着整个的市场，那不成了笑话？

即如我们上面随笔写下的所谓现代思想或言论市场的十多种行业，除了“攻击”，“纤巧”，“淫秽”诸宗是人类不怎样上流的根性得到了自由（放纵）当然的发展，此外多少是由外国转运来的投机事业。我们不说这时代就没有认真做买卖的人，我们指摘的是这些买卖本身的可疑。碍着一个迷误的自由的观念，顾着一个容忍的美名，我们往往忘却思想是一个园地，它的美观是靠着我们随时的种植与铲除，又是一股水流，它的无限的效用有时可以转变成不可收拾的奇灾。

我们不敢附和唯美与颓废，因为我们不甘愿牺牲人生的阔大。为要雕镂一只金镶玉嵌的酒杯。美我们是尊重而且爱好的，但与其咀嚼罪恶的美艳不如省念德性的永恒，与其到海陀罗凹腔里去收集珊瑚色的妙药还不如置身在扰攘的人间倾听人道那幽静的悲凉的清商。

我们不敢赞许伤感与热狂，因为我们相信感情不经理性的清虑是一注恶浊的乱泉，它那无方向的激射至少是一种精力的耗废。我们未尝不知道放火是一桩新鲜的玩艺，但我们却不忍为一时的快意造成不可救济的惨象。“狂风暴雨”有时是要来的，但狂风暴雨是不可终朝的。我们愿意在更平静的时刻中提防天时的诡变，不愿意藉口风雨的猖狂放弃清风白日的希冀。我们当然不反对解放情感，但在这头骏悍的野马的身背上我们不能不谨慎的安上理性的鞍索。

我们不崇拜任何的偏激，因为我们相信社会的纪纲是靠着积极的情感来维系的，在一个常态的社会的天平上，情爱的分量一定超过仇恨的分量，互助的精神一定超过互害与互杀的动机。我们不愿意套上着色眼镜来武断宇宙的光景。我们希望看一个真，看一个正。

我们不能归附功利，因为我们不信任价格可以混淆价值，物质可以替代精神，在这一切商业化恶浊化的急坂上我们要留住我们倾颠的脚步。我们不能依傍训世，因为我们不信现成的道德观念可以用作评价的准则，我们不能听任思想的矫健僵化成冬烘的臃肿。标准，纪律，规范，不能没有，但每一时代都得独立去发见它的需要，维护它的健康与尊严，思想的懒惰是一切准则颠覆的主要的根由。

末了还有标语与主义。这是一条天上安琪儿们怕践足的蹊径。可怜这些时间与空间，那一间不叫标语与主义的芒刺给扎一个鲜艳！我们的眼是迷眩了的，我们的耳是震聋了的，我们的头脑是闹翻了的，辨认已是难事，评判更是不易。我们不否认这些殷勤的叫卖与斑斓的招贴中尽有耐人寻味的去处，尽有诱惑的迷宫。因此我们更不能不审慎，我们更不能不磨砺我们的理智，那剖解一切纠纷的锋刃，澄清我们的感觉，那辨别真伪和虚实的本能，放胆到这嘈杂的市场上去做一番审查和整理的工作。我们当然不敢预约我们的成绩，同时我们不踌躇预告我们的愿望。

这混杂的现象是不能容许它继续存在的，如其我们文化的前途还留有一线的希望。这现象是不能继续存在的，如其我们这民族的活力还不会消竭到完全无望的地步。因为我们认定了这时代是变态，是病态，不是常态。是病就有治。绝望不是治法。我们不能绝望。我们在绝望的边缘搜求着希望的根芽。

严重是这时代的变态。除了盘错的，恣蔓的寄生，那是遍地都看得见，几于这思想的田园内更不见生命的消息。梦人们妄想着花草的鲜明与林木的葱茏。

但他们有什么根据除了飘渺的记忆与想像？但记忆与想像！这就是一个灿烂的将来的根芽！悲惨是那个民族，它回头望不见一个庄严的已往。那个民族不是我们。该得灭亡是那个民族，它的眼前没有一个异象的展开。那个民族也不应得是我们。

我们对我们光明的过去负有创造一个伟大的将来的使命；对光明的未来又负有结束这黑暗的现在的责任。我们第一要提醒这个使命与责任。我们前面说起过人生的尊严与健康。在我们不曾发现更简赅的信仰的象征，我们要充分的发挥这一双伟大的原则——尊严与健康。尊严，它的声音可以唤回在岐路上彷徨的人生。健康，它的力量可以消灭一切侵蚀思想与生活的病菌。

我们要把人生看作一个整的。支离的，偏激的看法，不论怎样的巧妙，怎样的生动，不是我们的看法。我们要走大路。我们要走正路。我们要从根本上做工夫。我们只求平庸，不出奇。

我们相信一部纯正的思想是人生改造的第一个需要。纯正的思想是活泼的新鲜的血球，它的力量可以抵抗，可以克胜，可以消灭一切致病的霉菌。纯正的思想，是我们自身活力得到解放以后自然的产物，不是租借来的零星的工具，也不是稗贩来的琐碎的技术。我们先求解放我们的活力。

我们说解放因为我们不怀疑活力的来源。淤塞是有的，但还不是枯竭。这些浮荇，这些绿腻，这些潦泥，这些腐生的蝇蚋——可怜的清泉，它即使有奔放的雄心，也不易透出这些寄生的重围。但它是在着，没有死。你只须拨开一些污潦就可以发见它还是在那里汩汩的溢出，在可爱的泉眼里，一颗颗珍珠似的急溜着。这正是我们工作的机会。爬梳这壅塞，粪除这秽浊，浚理这阏积，消灭这腐化；开深这潴水的池潭，解放这江湖的来源。信心，忍耐。谁说这“一举手一投足”的勤劳不是一件伟大事业的开端，谁说这涓涓的细流不是一个壮丽的大河流域的先声？

要从恶浊的底里解放圣洁的泉源，要从时代的破烂里规复人生的尊严——这是我们的志愿。成见不是我们的，我们先不问风是在那一个方向吹。功利也不是我们的，我们不计较稻穗的饱满是在那一天。无常是造物的喜怒，茫昧是生物的前途，临到“闭幕”的那俄顷，更不分凡夫与英雄，痴愚与圣贤，谁都得撒手，谁都得走；但在那最后的黑暗还不曾覆盖一切以前，我们还不一样的得认真来扮演我们的名分？生命从它的核心里供给我们信仰，供给我们忍耐与勇敢。为此我们方能在黑暗中不害怕，在失败中不颓丧，在痛苦中不绝望。生命是一切理想的根源，它那无限而有规律的创造性给我们在心灵的活动上一个强大的灵感。它不仅暗示我们，逼迫我们，永远望创造的，生命的方向走，它并且启示给我们的想像，物体的死只是生的一个节目，不是结束，它的威吓只是一谎骗，我们最高的努力的目标是与生命本体同绵延的，是超越死线的，是与天外的群星相感召的。为此，虽则生命的势力有时不免比较的消歇，到了相当的时候，人们不能不醒起。我们不能不醒起，不能不奋争，尤其是在人与生的尊严与健康横受凌辱与侵袭的时日！来罢，那天边白隐隐的一线，还不是这时代的“创造的理想主义”的高潮的前驱？来罢，我们想像中曙光似的闪动，还不是生命的又一个阳光充满的清朝的预告？

白郎宁夫人的情诗

（一）

“伟大的灵魂们是永远孤单的”。不是他们甘愿孤单，他们是不能不孤单。他们的要求与需要不是寻常人的要求与需要；他们评价的标准也不是寻常的标准。他们到人间来一样的要爱、要安慰、要认识、要了解。但不幸他们的组织有时是太复杂太深奥太曲折了，这浅薄的人生不能担保他们的满足。只有生物性生活的人们，比方说，只要有饭吃；有衣穿，有相当的异性配对，他们就可以平安的过去，再不来抱怨什么，惆怅什么。一个诗人，一个艺术家，却往往不能这样容易对付。天才是不容易伺候的。在别的事情方面还可以迁就，配偶这件事最是问题。想象你做一个大诗人或大画家的太太（或是丈夫，在男女享受平等权利的时候！）你做到一个贤字，他不定见你情，你做到一个良字，他不定说你对，他们不定要生活上的满足，那他们有时尽可随便，他们却想象一种超生活的满足，因为他们的生活不是生根在这现象的世界上。你忙着替他补袜子，端整点心，他说你这是白忙，他破的不是袜子，他饿的不是肚子！这样的男人（或是女人）真是够别扭的，叫你摸不着他（或她）的脾胃。他快活的时候简直是发疯，也许当着人前就搂住了你亲吻，也不知是为些什么。他发愁的时候一只脸绷得老长，成天可以不开口，整晚可以不睡，象是跟谁不共天日的过不去，也不知是又为些什么。一百个女人里有九十九喜欢她们的丈夫是明白晓畅一流，说什么是什么，顾室家，体惜太太，到晚上睡着了就开着嘴甜甜的打呼。谁受得了一个诗人，他

“…wants to know
What one has felt from earliest days,
Why one thought not in other ways
And One’ s loves of long ago” 因此家室这件事在有天才的人们十九是没有幸福的。“我不能想象一个有太太的思想家”，尼采说。怎怪得很多的大艺术

家，比如达文赛与密亿郎其罗，终身不曾想到过成家？他们是为艺术活着的，再没有余力来敷衍一个家。就是在成家的中间：在全部思想文艺史上，你举得出几个人在结婚这件事上说得到圆满的。拜伦的离婚，他一生颠沛的张本，就为得他那太太只顾替他补袜子端整点心。歌德一生只是浮沉在无定的恋爱的浪花间，但他的结婚是没有多大光彩的。卢骚先生检到了一个客寓里扫地的下女就算完事一宗。哈哀内的玛蒂尔代又是一个不识字的姑娘，虽则她的颜色足够我们诗人的倾倒。史文庞孤独了一生，济慈为了一个娶不着的女人呕血。喀莱尔蒙着了一个又俊又慧的洁痕韦尔许，但他的怪僻只酿成了一个历史上有名不快活的家庭。这一麓的人真难得知道幸福的。

（二）

本来恋爱是一件事，夫妻又是一件事。拿破仑说结婚是恋爱的埋葬。这话的意思是说这两件事儿是不相容的。这不是说夫妻间就没有爱。世上尽有十分相爱的夫妻。但“浪漫的爱”，它那热度不是寻常温度的表所能测量的，却是提另一回事。比如罗米欧与朱丽叶那故事。它那动人，它那美，它那力量，就在一个惨死。死是有恩惠的。它成全了真有情人热情的永恒，朱丽叶要是做了罗米欧太太，过天发了福，走道都显累赘，再带着一大群的儿女，那还有什么意味？剧烈的东西是不能久长的：这是物理。由恋爱而结婚的人当然多的是，但谁能维持那初恋时一股子又泼辣又猖獗象是狂风象是暴雨的热情？结婚是成家。家本身就包涵有长久。即使不是永久的意义。有家就免不了家务，家累，尤其免不了小安琪儿们的降生。所以全看你怎样看法。如其现代多的是新发明的种种人生观，恋爱观的种类也不得单简。最发挥狭义的恋爱观的要算是哥谛霭的马斑小姐，她只准她的情人一整宵透明的浓艳的快乐，算是彼此尽情的还愿，不到天晚她就偷偷的告别，一辈子再不许他会面，她的唯一的理由就是要保全那“浪漫的热恋”的晶莹的印象。一往下拖就毁！但是话说回来，这类的见解，虽则美，当然是窄，有时竟有害，为人类繁衍的大目标计，是不应得听凭蔓延的。爱是不能没有的，但不能太热了。情感不能不受理性的相当节制与调剂。浪漫的爱虽则是纯粹的吕律格，但结婚的爱不一定是宽驰的散文。靠着月光中泛滥的白石栏杆，散披着一头金黄的发丝，在夜莺的歌声中吸呼情致的缠绵，固然是好玩，但带上老棉帽披着睡衣看尊夫人忙着招呼小儿女的鞋袜同时得照料你的早餐的冷热，也未始没有一种可寻味的幽默。露水甜，雨水也不定是酸。

假如更进一步说，一对夫妻的结合不但是渊源于纯粹的相爱，不是肤浅的颠倒，而是意识的心性的相知，而且能使这部纯粹感情建筑成一个永久的共同生活的基础，在一个结婚的事实里阐发了不止一宗美的与高尚的德性，那一对夫妻怕还不是人类社会一个永久的榜样与灵感？

（三）

但不幸这类完全的夫妻在人类社会上实在是难得，虽则这与结婚同是普遍而且普通的一回事。好夫妻，贤孟梁，才子佳人，福寿双全子孙满堂的老伉俪，当然是有，多的是，但要一对完全创造性的配偶，在人类进化史上划高一道水平线，同时给厌世主义者一个积极的答复，那里有？男子间常有伟大的友于，例如歌德与席勒的，他们彼此相互的启发与共同擎举的事业是一个永远不可磨灭的灵感。夫妻呢？

在女子在教育上不曾得到完全的解放，在社会不得到与男子平等的地位，我们不能得到一个正确的夫妇的观念。在一个时候女性是战利品。在又一个时候女性是玩物。在一个时候女性是装饰，是奢侈品。在又一个时候女性是家奴。在所有的时候女性是“母畜”，它的唯一的使命与用处是为人类传种。因此人类历史是男性的光荣，它的机会是男性的专利。直到最近的百年前，跟着一般思想的解放，女性身上的压迫方始有松放的希冀又跟着女权的运动，婚姻的观念方始得到了根本的修正，原先的谬误渐次在事实的显著中消失。

这是一件大事，因为女性的解放不仅给我们文化努力一宗新添的力量，它是我们理想中合理生活的实现的一个必要条件。夫妻是两个个性自由的化合；这是最密切的伙伴，最富创造性的一宗冒险。

（四）

诗人白郎宁与衣里查白裴雷德的结合是人类一个永久的纪念。如其他们结婚以前的经过是一叶薰香的恋迹；他们结婚以后的生活一样是值得我们的赞美。如其他们彼此感情的交流是不涉丝毫强勉，他们各自的忍耐与节制同样是一宗理性的胜利。如其这婚姻使他们二人完全实现这地面上可能的幸福，他们同时为蹣跚的人类立下了一个健全的榜样。他们使我们艳羡，也使我们崇仰，他们的不是那猥琐的局促的一流。如其白郎宁在这段情史中所表现的品格是男性的高尚与华贵，白夫人的是女性的贤贞与忧美与灵感。他们完全实现了配偶的理想，他们是一对理想的夫妻。

白郎宁是一个比较晚成的诗人，在他同时期的谭宜孙诗名眩耀全国的时候认识他的天才只有少数的几个人，例如穆勒约翰与诗人画家罗刹蒂，他在大英博物院中亲手抄缮白郎宁的一第一首长诗。但他的诗，虽则不曾入时，已经有幸运得着了衣里查白斐雷德在深闺中的认识与同情。同时白郎宁也看到了裴雷德的诗，发现她引用自己的诗句，这给了他莫大的愉快。这是第一步。经由一个父执的介绍，斐雷德是他的表妹，白郎宁开始与她未来的夫人通信。裴雷德早年是极活泼的一个女孩，但不幸为骑马闪损了脊骨，终年困守在她楼上的静室里，在一只沙发上过生活，沙士比亚与古希腊的诗人是她唯一的慰藉。她有一个严厉的经商的父亲，但她的姊妹是与她同情并且随后给她帮助的。她有一个忠心的女仆叫威尔逊，一只更忠心的狗叫佛露喜。她比白郎宁大至六岁，与他开始通信的那年已是三十九岁。

你们见过她的画像的不能忘记她那凝注的悲怆的一双眼，与那蓬松的厚重的两鬓垂髫。她的本来是无欢的生活。一个废人，一个病人，空怀着一腔火热的情感与希有的天才，她的日子是在生死的边界上黯然的消散着，在这些黯惨的中间造化又给她一下无情的打击，她的一个爱弟，无端做了水鬼，这惨酷的意外几于把她震成一种失心的狂痫，正如近时曼殊斐儿也有同样的悲伤。她是一个可怜人，哀愁与绝望是人生给她的礼物。

但这哀愁与绝望是运定不久长的。当代她最崇拜的一个诗人开始对她谦卑的表示敬意，她不能不为他的至诚所感动。在病榻上每日展读矫健敦笃的来书，从病榻上每日邮送郑重绰约的去缄，彼此贡献早晚的灵感，彼此许诺忠实的批评。由文学到人生，由兴会到性情，彼此发现彼此开始在是一致的同心。在不曾会面以先，他俩已经听熟了彼此的声音——不可错误的性灵的声音。

这初期五个月密接的通信，在她感到一种新来的光明驱散了她生活上的暗塞，在他却是更深一层的认识。这远不是她理想中的伴侣？没有她人生是一个伟大的虚无，有了她人生是一个实现的奇迹，他再不能怀疑，这是造化恩赐给他的唯一的机缘。她准许他去见她，在她的病房中，他见着了她，可怜的瘦小的病模样，蜷伏在她的沙发上，贵客来都不能欠身让坐！他知道这是不治的病，但他只感到无限的悲怜。他爱她，他不能不爱她。在第一次会见以后，伟大的白郎宁再不能克制他的热情。他要她。他的心情倾吐的一封信给了温坡尔街五十号的病人一次不预期的心震，一宵不眠的踌躇。到早上她写回信，警告他再要如此她就不再见他。伟大的白郎宁这次当真红了脸，顾不得说谎，立即写信谢罪，解释前信只是感激话说过了分，请求退还原函（他生平就这一次不说真话）。信果然退了回来，他又带着脸红立即给毁了去，（他们的通信单缺了这一封，这使白夫人事后颇感到懊怅的。）这风险过去，他们重复回到原先平稳的文字的因缘。裴雷德准许他的朋友过时去看她，同时邮梭的投织更显得殷勤，他讲他的意大利忻快的游踪，但她酬答他的只有她的悲惨的余生——这不使他感到单调吗？他们每周会面的一天是他俩最光亮的日子。他那时住在伦敦的近郊。这正是花香的季候，乡间的清芬，黄的玫瑰，紫的铃兰，相继在函缄侵入温斐尔街五十号的楼房。裴雷德的感情也随着初秋的阳光渐渐的成熟。她不能不把她心里的郁积——她的悲哀，她的烦闷——缓缓的流向唯一朋友的心里。他的感激又是一度的过分，但他还记得他三月前的冒昧，既然已经忍何妨忍耐到底。他现在早已认定，无上的幸福是他的了。她不能一天不接他的信，她不能定心，她求他“一行的慈善”，她的心已经为他跳着了。但她还不能全放开她的踌躇。她能随他的爱吗？这是公平吗？这是公平吗？他，一个完全的丈夫。她：一个颓废的病人。他能不白费他的黄金吗？这砂留得住这清泉吗？她是一个对生命完全放弃的人，幸福，又是这样的幸福，这念头使她忖着时都得眩晕。但这些不是阻难。在他只求每天在她的身旁坐一小时，承受她的灵感，写他的诗，由此救全他的灵魂，他还有什么可求的？不，她即使是永远残废都不成问题，他要的只是性灵的化合。她再不能固执，再不能坚持，她只求他不要为她过分迁就，她如其有命，这命完全是他一手救活的，对他她只有无穷的感恩。她准许他用她的乳名称呼！

（五）

现在唯一的困难就只裴雷德的家庭，她的父亲。他不想象他女儿除了对上帝和他自已忠贞还有能有别的什么感情的活动。他是一个无可通融的。他唯一的德性是他每天非得到下午六点不得回家，这一点他的女儿们都知感的。斐雷德想到南方去，地中海的边沿，阳光暖和处去养息身体，因为她现在的生命是贵重的了。从死的黑影里劫出来，幸福已经不是不可能的梦想了。但她的父亲如何能容她有这种思想。她只要一开口这狮子就会叫吼得一屋子发震。她空怀着希望，却完全没有主意。她的朋友是永远主张抵御恶的势力的，他贡献他的勇敢，他建议积极的动作。斐雷德不能不信任他那雄健的膀臂与更雄健的意志。同时他俩的感情也已经到了无可再容忍的程度。至少在文字上他们再不能防御真情的泛滥。纯粹的爱在了解的深处流溢着。他们这时期的通信不再是书柬，不再是文字，是——“一对搏动的心”。从黑暗转到光明，从死转到爱，从残废的绝望转到健康的欢欣，爱的力量是一个奇迹。等到第二个春天回来的时候裴雷德已经恢复她步履的愉快，走出病室的囚困，重享呼吸的清新。在阳光下，在草青与花香间，在禽鸟的歌声中，不能主讶异生活的神秘，不能不膜拜造化的慈恩。他给她的庄严的爱在她的心中象是一盘发异香的仙花，她是在这香息中迷醉了。正如他的玫瑰，他的铃兰曾经从乡间输入她的深闺，她这时也在和风中为他亲手采撷浓蕊的蝴蝶花。在这些甜蜜的时光的流转中，她的家庭的困难一天严重似一天，她的父亲的颟顸是无法可想的，这使情人们不得不立即商量一条甘脆的出路，他们决意走。到意大利去，他俩的精神的故乡。他们先结了婚，在一个隐僻的教堂里，在上帝的跟前永远合成了一个体，再过了几天他俩悄悄的离别了岛国，携着忠心的威尔逊与更忠心的佛露喜，投向自由的大陆，攀度了阿尔帕斯，在阿诺河入海处玲珑的皮萨城中小住，随后又迁去翡冷翠，在那有名的 Casa Euidi 中过他们无上的幸福的生活。

(六)

这无上的幸福有十五年的生命，在这十五年中他俩不知道一天的分离。他们是爱游历的，在罗马与巴黎与伦敦间他们流转着他们按季候的踪迹。白夫人，本来一个沙发上的废人。如今是一个健游者，巴黎是她的“软弱”，意大利是她的“热情”，她也能登山，也能涉水。她的创作的成绩不弱于她的“劳勃脱”，虽则她是常病，有时还得收拾她的“盆”儿的嘴脸与袜鞋。他俩的幸福正是英国文学的幸福。劳勃脱在他的“巴”的天才的跟前，只是低头，他自己即使有什么成就，那都是她的灵感。“盆”儿是他们最大的欢欣，忠心的佛露喜也给他们不少的快乐。在交友上他们也是十分幸运的。白郎宁的刚健与博大，他夫人的率真与温驯，使得凡是接近他们的没有不感到深彻的愉快。出名坏脾气的喀莱尔，“狂窜的火焰”似的老诗人兰道（Savage Landor），长厚的谭尼孙，伟大的罗斯金，美秀的罗刹蒂弟兄，都一致的倾倒这一双无双的佳偶。罗刹蒂最说得妙，他说他就奇怪“那两个小小的人儿（指白氏夫妇）何以会得包容真实世界的那么多的一部分，他们在舟车上占不到多大的位置，在客寓里用不到一只双人床?”他们所知道的唯一的悲伤与遗憾就只白郎宁的母亲的死和白夫人父亲的倔强，他们的幸福始终得不到他的宽恕。白夫人对意大利的自由奋斗有最热烈的同情，也正当意大利得到完全的解放的那一年——一八六一——白夫人和她的勃劳脱永诀。如其她在生时实现了人生的美满，她的死更是一个美满的纪录。她并没有什么病痛，只是觉得倦，临终的那一晚她正和白郎宁商量消夏的计划。“她和他说着话，说着笑话，用最温存的话表示她的爱情；在半夜的时候，她觉着倦，她就偎倚在白郎宁的手背上假寐着。在几分钟内，她的头垂了下来。他以为她是暂时的昏晕，但她是去了，再不回来。”那临时一些温存的话是白郎宁终身的神圣的纪念。她最后的一句话，白郎宁问她觉到怎么样，是一单个无价的字——“Beautiful”“微笑的，快活的，容貌似少女一般”，她在她情人的怀抱中瞑目。

（七）

美！苦闷的人生难得有这样完全的美满！这不仅是文艺史的一段佳话，这是人类史上一次光明的纪录。这是不可磨灭的。这是值得永久流传的。但这段恋史本身固然是可贵，更可贵的是白夫人留给我们那四十四首十四行诗（The Sonnets from thePortaguese）。在这四十四首情诗里白夫人的天才凝成了最透明的纯晶。这在文学史上是第一次一个女子澈透的供承她对一个男子的爱情，她的情绪是热烈而搏聚的，她的声音是在感激与快乐中颤震着，她的精神是一团无私的光明。我们读他的情诗，正如我们读她的情书，我们不觉得是窥探一种不应得探窥的秘密，在这里正如在别的地方，真诚是解释一切，辩护一切，洁化一切的。她的是一种纯粹的热情，它的来源是一切人道与美德的来源，她的是不灭的神圣的火焰。只有白夫人才能感受这些伟大的情绪，也只有她才能不辜负这些伟大的情绪。这样伟大的内心的表现是稀有的。

关于那四十四首诗也还有一小段的佳话。白夫人发心写这一束情诗大约是在她秘密结婚以前，也许大半还是在她那楼房里写的。她不让白郎宁知道她的工作，她只在一次通信上隐隐的提过，“将来到了皮萨”，她说，“我再让你看我现在不给你看的东西。”他们夫妇俩写诗的工作是划清疆界的。在一首诗完成以前，谁都不能要求看谁的。在皮萨那时候，白夫人的书房是在楼上，照例每天在楼下吃过早饭，她就上楼作工，让他在楼下做他的。有一天早上白夫人已经上楼去，白郎宁正站在窗前看街，他忽然觉得屋子里有人偷偷的走着，他正要回头，他的身子已经叫他夫人给推住了，叫他不许动，一面拿一卷纸塞在他的口袋里。她要他看一遍，要是不喜欢就把它撕了，话说完就逃上了楼去。这卷纸就是她那一束的情诗。白郎宁看过了就直跳了起来，说：她不但是给了他一份无价的礼物，她是给人类创造了一种独一的至宝。因此他坚持她有公开这些诗的必要。最早的单印本是一八四七年在宝亭地方印的送本，书面上写着——Sonnets by E. B. B. 一八五〇年的印本才改称 Sonnets from the Portugese”，那是白郎宁的主意。他特别挑葡萄牙因为她有过一首诗“Cotarina to-Camoens”）是讲葡萄牙的一段故事，他又把常把夫人叫作“我的小葡萄牙人”。这四十四首情诗现在已经闻一多先生用语体文译出。这是一件可纪念的工作。因为“商籁体”（一多译）那诗格是抒情诗体例中最美最庄严，最严密亦最有弹性的一格，在英国文学史上从汤麦斯槐哀德爵士（Sir Thomas Wyatt）

到阿寨沙孟士（Arthur Symons）这四百年间经过不少名手的应用还不曾穷尽它变化的可能。这本是意大利的诗体，彼屈阿克（Petrach）的情诗多是商籁体。在英国槐哀德与石垒伯爵（Ear of Sarrey）最初试用时是完全仿效彼屈阿克的体裁与音韵的组织，这就叫作彼屈阿克商籁体。后来莎士比亚也用商籁体写他的情诗，但他又另创一格，韵的排列与意大利式不同，虽则规模还是相仿的，这叫做莎士比亚商籁体。写商籁体最有名的，除了莎士比亚自己与史本塞，近代有华茨华士与罗刹蒂，与阿麓思梅纳儿夫人，最近有沙孟士。白夫人当然是最显著的一个。她的地位是在莎士比亚与罗刹蒂的中间。初学诗的很多起首就试商籁体，正如我们学做诗先学律诗，但很少人写得出色，即在最大的诗人中；有的：例如雪莱与白郎宁自己：简直是不会使用的（如同我们的李白不会写律诗）。商籁体是西洋诗式中格律最谨严的，最适这且于表现深沉的盘旋的情绪。象是山风，象是海潮，它的是圆浑的有回响的音声。在能手中它是一只完全的弦琴，它有最激昂的高音，也有最呜咽的幽声。一多这次试验也不是轻率的，他那耐心先就不易，至少有好几首是朗然可诵的。当初槐哀德与石磊伯爵既然能把这原种从意大利移植到英国，后来果然开结成异样的花果，我们现在，在解放与建设我们文字的大运动中，为什么就没有希望再把它从英国移植到我们这边来？开端都是至微细的，什么事都得人们一半凭纯粹的耐心去做。为要一来宣传白夫的情诗，二来引起我们文学界对于新诗体的注意，我自告奋勇在一多已经锻炼的译作的后面加上这一篇多少不免蛇足的散文。

第一首

我们已经知道在白郎宁还不曾发现她的时候，白夫人是怎样一个在绝望中沉沦着的病人。她简直是一个残废。年纪将近四十，在病房中不见天日，白夫人自分与幸福的人生是永远断绝缘分了。但她不是寻常女子，她的天赋是丰厚的，她的感情是热烈的。象她这样人偏叫命运给“活埋”在病废中，够多么惨！白郎对她的知遇之感从初起就不是平常的，但在白夫人，这不仅使她惊奇，并且使她苦痛。这个心理是自然的，就比是一个瞎眼的忽然开眼，阳光的激刺是十难受的。

在这第一首诗里她说她自己万不料想的叫“爱”给找到时的情形，她说的那位希腊诗人是梯奥克立德斯（The ocritus）。他是古希腊文化最迟开的一朵鲜花。他是雪腊古市人，但他的生活多半是西西利岛上过的。他是一个真纯乐观的诗人。在他的诗里永远映照着和暖的阳光，回响着健康的笑声。所以白夫人在这诗里说她最初想起那位乐观诗人，在他光阴不是一个警告因为他随时随地都可以发现轻松的快活的人生。春风是永远怡荡的。果子永远在秋阳中结实。少也好，老也好，人生何处不是快乐。但她一转念想着她自己。既然按那位诗人说光阴是有恩有惠的，她自己年头又是怎样过的呢。她先想起她的幼年，那时她是多活泼的一个孩子，那些年头在回忆中还是甜的，但自从她因骑马闪成病废以来她的时光不再是可爱，她的一个爱弟又叫无情的水波给吞了去，在这打击下她的日子益发显得暗惨，到现在想像中她只见她自己的生命道上重重的盖着那些怆心的年分的黑影，她不由的悲不自制了。但正在这悲伤的时候她忽然觉到在她的身后晃动着一个神秘的形象，它过来一把拧住了她的头发直往后拉。在挣扎中她听着一个有权威的声音——“你猜猜，这是谁揪住你?”是“死吧”。她说，因为她只能想到死。但是“银钟似”的声音的答话更使她奇特了，那声音说——“不是死，是爱。”

第二首

这一声银钟似的震荡顿时使她从悲惋的迷醉中惊醒。她不信吗?，不，她不能不信，这声音的充实与响这不能使她怀疑。那末她信吗？这又使她踌躇。正如一个瞎眼的重见天日，她轻易还不能信任她的感觉。她的理性立时告诉她：“这即使是真，也还是枉然的。你想你有这样的造化吗？运命，一向待你苛刻的运命：能骤然的改变吗?”“枉然的”，她想不错，虽则爱乔装了死侵入了她的深闼，他还是不能留的。爱不能留，因为运命不许——造物不许，所以在这首诗里她说在爱开口的时候只有三个人听见，说话的你，听话的我，再就是无所不在的上帝。在她还不曾从初起的惊疑中苏醒，她似乎听到在她与他中间的上帝已经为他们下了案语。他说“你配吗”？她顿时觉得这句刺心的话黑暗似的障住了她的眼，这使她连睁眼对爱一看的机会都给夺去了。她巴望她自己还是死了的好，死倒也罢了：这活着受罪，已然见到光明还得回向黑暗的可怖是太难受了。但上帝的是无上的权威，他喝一声“不行”，比别的什么阻难更没有办法。人间的阻隔是分不了我们的，海洋的阔大不能使我们变异，风雨的暴戾也不能使我们软弱。任凭地面上的山岭有多么高，我们还得到天空里去携手。即使无际的天空也来妨碍我们的结合，我们也还得超出天空到更辽远的星海中去实现我们的情爱。

第三首

所以不是阻碍，那不是情人们所怕的，但我还得凭理性来忖忖这句话

“你配吗”？我配吗？我现在已然见到了你，我不能不把事实的真相认一个清切。你爱我，不错，但是；我的贵人，我俩实在不是一路上的人！我们的生活，我们的归宿都不是一致的，即使我们曾经彼此相会，呵护你的与我的两个安琪儿们彼此是不相认的，在他们的翅膀相与交错时，他俩都显着诧异，因为我们本来是走不到一起的。你想，你自己是何等样人，我如何能攀附得着你的高贵？你是王后们的上宾，在她们的盛大的筵会上，你是一个崇仰与爱慕的目标，几百双的妙眼都望着你（它们要比我的泪眼更显得光亮），要求你施展你的吟咏的天才。这样的你与我又有什么相关，我是一个穷苦的，疲倦的，流浪的唱唱儿的，偎倚着一棵苍劲的翠柏，在黑暗中歌唱着凄凉的音调，你站在那灯光明艳的窗子里边望着我，你是什么意思，能有什么意思？在你前额上涂着的祝福的圣油，——在我就有冰凉的露水。那样的你，这样的我，还有什么说的？在生前是无望的了，除非到了死，那平等一切的死，我们才有会合的希望。

第四首

你是一个诗人，一个高雅的歌者，只有华丽的宫院才配款留你的踪迹。你是人中的凤为要看着你从腴满的口唇吐露异样的清商，舞女们不由的翘企着她们的脚踪。这些才是你的去处，你为什么偏要到我的门外来徘徊？我的是卑陋的门庭，怎当得起大驾的枉顾？你难道当真舍得漫不经心的让你的妙乐掉落在我的门前，浪费你黄金比价的诗才？你不信时抬头来看这是一个什么的所在。屋子是破烂的，窗户是都叫风雨侵蚀坏了的，小心这屋椽间飞袭出怪状的蝙蝠与鸱鸮，因为它们是在这里做家的。你有你的琵琶，我这里，可怜，只有慰情长夜的秋虫。请你再不要弹唱了，因为响应你的就只一些荒凉的回音，你唱你的去罢，我的心灵处有一个声音在悲泣着，孤独的，寂寞的。

第五首

到上首为止诗的音调是沉郁与凄怆。一份眩耀的至礼已经献致在她的跟前，但她能接受吗？她的半墓穴似的病室能篓时间容受这多的光辉与温暖吗？她已经忍着心痛低喊了一声“挡驾”，但那位拜门的贵人还是耐心的等候着。他这份礼是送定了的。他的坚决，他的忍耐，尤其是他的诚意，不能不使她踌躇。从这首诗起我们可以看出她的情绪，象一弯玲珑的新月，渐渐的在灰色的背幕里透露出来。但她还得逼紧一步。这回她声音放大了，她仿佛说："你再不躲开，将来要有什么懊悔，你可赖不了我！我的话是说完了的"。最初她是万想不到爱会得找着她，她想到的只有死，她第一个念头以为这只是运命的一种嘲讽，她如何再能接近爱，但爱的迫切再不能使她疑惑，那么是真的，非但不曾走入死道，在她跟前站着的的确是爱。她非但听清了它的声音，她还认清了它的面目。她又一转念这还是白费，她如何能收受它，她与他什么都是悬殊的。但爱只当没有听见她的话，一双手还是对她伸着。她有点儿动了。她还得把话说明白了。爱如果一定要她，她也未始不知道感激，她可不能让他误会，她不是不回他的爱，她是怕害他，所以在这首里她说：——我严肃的捧起我的心来，如同古代的绮雷克拉捧着她那死尸灰坛，我一见眼内的神情，不由的失手倒翻了我的心坛，把所有的灰一起泼在你的跟前。这回我再不然隐瞒了，我的心已经一起倒了出来。你看看这是些什么？就是些死灰，中间隐隐还夹着些血红的火星在灰堆里透着光亮。你这一看出我的寒伧，要是你鄙蔑的一脚踹灭了这些余烬给它们一个永远的黑暗，那倒也完事一宗，再没有麻烦了。但如其你站着不动，回头风一吹动重新把这堆死灰吹活了过来，那可危险了，亲爱的，这火要是在风前一旺，就难保不会烧着你的发肤，纵然你头上戴着桂冠，怕也不能保护你吧。因此我警告你还是站远些的好，你去你的吧。

第六首

在这五六两首的中间，评衡家高士（Edmund Gosse）很有见地的指出白夫人另有一首绝美的短诗叫作《问与答》的应得放在一起读。那首诗与商籁体第五首（即上一首）表现同一种情调，但这宛转的清丽的，不同上一诗的激昂嘹亮。意思是你心目中所要的爱当然是热烈蓬勃一流，你怎么来找着我？你错了罢？你有见过在雪地里发芽开花的玫瑰没有？它不但不能长，就有也叫雪给冻死了。我的身世只是一片的冬景，满地的雪，那有什么鲜艳的生命？你一定是走错了，到这雪地里来寻花！你看你脚上不是已经踏着了雪，快洒脱吧，回头让你也给冻了。（第一 段）我又好比是一片残破的古迹，几叠乱石子，长着些个冷落的青藤，你到这边来又是为什么了？你倒是要寻葡萄苹果呢，还是就为了这些可怜的绿叶？如果你是为了绿叶来的，那么好吧，既然承你情，你就不妨顺手摘三两张带回去做一个纪念也好！

但这时候白夫人心里的雪早就化了。叫白郎宁火热的爱给烫化了！所以在第六首里，她虽则开口还是"躲着我去吧。"接着就是她的"软化"的招承。

趁早躲开我吧。但我从今后再不是原先的我，我此后永远在你的阴影下站着。我再不能在我单独的身世的门前呼吸我的思想，也不能在阳光里静定的举起我的手掌，而不感觉到你给我的深邃的影响。我的掌心永远存记着你的抚摩。你的心已经交互在我的心里，我的脉搏里跳荡着你的脉搏。我的思想里有你，行动里有你，梦里也有你。正如在葡萄酒里尝出葡萄的滋味，我的新来的生命里也处处按得出你造成它的原素。每回我为我自己对上帝祈求，他在我的声音里听出你名字，在我的眼睛里他看出两个人的眼泪。

第七首

自从听得你灵魂的脚步走近我的身畔，仿佛这整个的世界都为我改变了面目。我本来只是在死的边沿上逗留着，自分早晚都在往下吊，谁想到爱来救了我，抱住了我，教给我生命的整体，在一种新的节奏里波动着。有了你近在我的身边，我的悲苦的已往都取得了意味，多甜的意味，那是上帝为我特定下了灵魂的浸礼。有了你这地面这天都变了样，我还能怨吗？就说我现在弹着的琴，唱着的歌，它们的可爱也就为有你的名字在歌声与琴韵里回响着。

第八首

这一弯眉月似的情绪已经渐渐的开展。在每一个字里跳跃着欢喜与感激，在每一个字里预映着圆满的光明。但她还得踌躇。一层浅色的游云暂时又掩住了亮月的清光。初起“我配吗”那一个动机又浮现了上来。她说：——

你待我当然是再好没有的了，我的慷慨大量的恩人。你送我这份礼是最重也没有了。你带了你的无价的纯洁的心来，放在我的破屋子的墙外，听凭我收受或是鄙弃，我要是收了你这份厚礼，我又有什么东西来回敬你呢？不受太负了你，受了我又实在说不过去，人家能不骂我冷心肠说我无情义吗？但不是的，我不是冷，也不是狠，说实话，我是穷。上帝知道，不信你问他。日常的涕泪冲淡了我生命的颜色，胜［剩］下的就只这奄奄的惨白的躯体。我怎么能不自惭形秽，这是不配用作你的枕头的，实在是不配。你还是去你的吧！我这样的身世是只配供人践踏的。

第九首

但是话说回来，我也并不是完全没有东西给你，最使我迟疑的就是在这

"事情的对不对"。我能给你些什么？什么也没有除了眼泪，除了悲伤，因为我一辈子是这样过来的。我虽则有时也会笑，但这些笑都是不能长驻的。你劝我，你开导我，也是枉然。我实在的担忧，这是不对的！我不能让你为我这么受罪。你我不是同等人，如何能说到相爱。你待我那么厚，我待你这么寒伧，这如何能说得过去？去吧，可叹，我不能让我的灰土沾污你的袍服，我不能让我的悲苦连累你的爽恺的心胸，我也不能给你什么爱——这事情是不公平的呀！我就只爱你！再没有什么说的了。

第十首

在这首诗那一道云又扯了过去，更显得亮月的光明。她说：

我不说我是穷得什么东西都不能给你除了我的涕泪与悲伤吗？但是我爱你是真的。我初起只是放心不下这该不该：象我这样人该不该爱你？我总觉得有些不公平，拿我这寒伧的来交换你那高贵的。但我转念一想这事情也不能执着一边看，也许在上帝的眼里，凭我的血诚，我这份回敬的礼物不至于完全没有它的价值。爱，只要是爱，不沾染什么的纯粹的爱，就不丑，就美，这份礼是值得收受的。你没有看见火吗？不论烧着的是圣庙或是贱麻，火总是明亮的。不论烧着的是松柏或是芜草，光焰是一般的。爱就是火。即如我的现在，感着内心的驱使再不能隐匿我灵魂的秘密，朗声的对你供承"我爱你"——听呀，我爱你——我就觉得我是在爱的光焰里站着，形貌都变化了，神明的异彩从我的颜面对向着你的放射。说到爱高卑的分别是没有的；最渺小的生灵们也献爱给上帝，上帝还不一样接受他们的爱并且还爱它们。相信我，爱的灵感是神奇的，我又何尝不明白我自己的本真，但盘旋在我心里的那一团圣火照亮了我的思想，也照亮了我的眉目。这不是爱的伟大的力量可以"升华"造物的工程的一个凭证吗？

一个行乞的诗人

1、Collected Poems of William H. Davies

2、Autoblogra phy of A Super Tramp

3、Later Days

4、A Poet' s Pilgrimage

（一）

萧伯讷先生在一九〇五年收到从邮局寄来的一本诗集，封面上印着作者的名字，他的住址，和两先令六的价格。附来作者的一纸短简，说他如愿留那本书，请寄两先令六，否则请他退回原书。在那些日子萧先生那里常有书坊和未成名的作者寄给他请求批评的书本，所以他接到这类东西是不以为奇的。这一次他却发现了一些新鲜，第一那本书分明是作者自己印行的，第二他那住址是伦敦西南隅一所硕果仅存的“佃屋”，第三附来的短简的笔致是异常的秀逸而且他那办法也是别致。但更使萧先生奇怪的是他一着眼就在这集子小诗里发现了一个真纯的诗人，他那思想的清新正如他音调的轻灵。萧先生决意帮助这位无名的英雄。他做的第一件好事是又向他多买了八本，这在经济上使那位诗人立时感到稀有的舒畅，第二是他又替他介绍给当时的几个批评家。果然在短时期内各种日报和期刊上都注意到了这位流浪的诗人，他的一生的概况也披露了，他的肖影也登出了——1 他的地位顿时由破旧的佃屋转移到英国文坛的中心！他的名字是惠廉苔微士，他的伙伴叫他惠儿苔微士（will Davies）。

(二)

苔微士沿门托卖的那本诗集确是他自己出钱印的。他的钱也不是容易来的。十九镑钱印得二百五十册书。这笔印书费是做押款借来的。苔微士先生不是没有产业的人，他的进款是每星期十个先令（合华银五元），他自从成了残废以来就靠此生活。他的计划是在十先令的收入内规定六先令的生活费，另提两先令存储备作书费，余多的两先令是专为周济他的穷朋友的。他的住宿费是每星期三先令六（在更俭的时候是二先令四，在最俭的时候是不化一个大，因为他在夏季暖和时就老实借光上帝的地面，在凉爽的树林里或是宽大的屋檐下寄托他的诗身！）但要从每星期两先令积成二三十镑的巨款当然不是易事，所以苔微士先生在最后一次的发狠决意牺牲他整半年的进款积成一个整数，自己跷了一条木腿，袋了一本约书，不怎样乐观却也不绝望的投向荡荡的“王道”去。这是他一生最后一次，也是最辛苦的一次流浪，他自己说——

“再下去是一回奇怪的经验，无可名称的一种经验；因为我居然还能过活，虽则我既没有勇气讨饭，又不甘心做小贩。有时我急得真想做贼；但是我没有得到可偷的机会，我依然平安的走着我的路。在我最感疲乏和饥慌的时候——我的实在的状况益发的黑暗，对于将来的想望益发的光鲜，正如明星的照亮衬出黑夜的深荫。

我是单身赶路的，虽则别的流氓们好意的约我做他们的旅伴，我愿意孤单因为我不许生人的声音来扰我的清梦。有好多人以为我是疯子，因为他们问我当天所经过的市镇与乡村我都不能回答。他们问我那村子里的“穷人院”是怎样的情形，我却一点也不知道因为我没有进去过。他们要知道最好的寓处，这我又是茫然的因为我是寄宿在露天的。他们问我这天我是从那一边来的，这我一时也答不上；他们再问我到那里去，这我又是不知道的。这次经验最奇怪的一点是我虽则从不看人家一眼，或是开一声口问他们乞讨，我还是一样地受到他们的帮助。每回我要一口冷水，给我的却不是茶就是奶，吃的东西也总是跟着到手。我不由的把这一部生活认作短期的牺牲，消磨去一些无价值的时间为要换得后来千万个更舒服的；我祝颂每一个清朝，它开始一个新的日子，我也拜祷每一个安息日晚上，因为它结束了又一个星期。

这不使我们想起旧时朝山的僧人，他们那皈依的虔心使他们完全遗忘体肤的舒适？苔微士先生发现流浪生活最难堪的时候是在无荫蔽的旷野里遇雨，上帝保佑他们，因为流浪人的行装是没有替换的。有一天他在台风的乡间捡了一些麦柴，起造了一所精致的，风侵不进，露零［淋］不着的临时公馆，自幸可以暖暖的过一夜，却不料“天下雨了。在半小时内大块的雨打漏了屋顶，不到一小时这些雨点已经变成了洪流。又只能耐心躺着，在这大黑夜如何能寻到更安全的荫蔽。这雨一直下了十个钟头，我简直连皮张都浸透了，比没有身在水里干不了多少——不是平常我们叫几阵急雨给零潮了的时候说的‘浸透了皮’。我一点也不沮丧，把这事情只看作我应分经受的苦难的一件。到了第二天早上我在露天选了一个行人走不到的地点，躺了下来，一边安息，一边让又热又强的阳光收干我的潮湿。有两三次我这样的遭难，但在事后我完全不觉得什么难受。

头三个月是这样的过的，白天在路上跑，晚上在露天寄宿，但不幸暖和的夏季是有尽期的，从十月到年底这三个月是不能没有荫蔽的。一席地也得要钱，即使是几枚铜子，苔微士先生再不能这样清高的流浪他的时日。但高傲他还是的，本来一个残废的人，求人家的帮助是无须开口的，他只要在通衢上坐着，伸着一只手，钱就会来，再不然你就站在巡警先生不常到的街上唱几节圣诗，滚圆的铜子就会从住家的窗口蝴蝶似的向着你扑来。但我们的诗人不能这样折辱他的身分，他宁可忍冻，宁可挨饿，不能拉下了脸子来当职业的叫化。虽则在他最窘的日子，他也只能手拿着几副鞋带上街去碰他的机会，但他没有一个时候肯容自己应用乞丐们无心的惯技。这样的日子他挨过了两个月，大都在伦敦的近郊，最后为要整理他的诗稿他又回到他的故居，亏了旧时一个难友借给他一镑钱，至少寄宿的费用有了着落。他的诗集是三月初印得的，但第一批三十本请求介绍的送本只带回了两处小报上冷淡的案语。日子飞快的过去。同时他借来的一点钱又快完了。这一失望他几乎把辛苦印来的本子一起给毁了！最后他发明了寄书求售的法子，拚着十本里卖出一两本就可以免得几天的冻饿，这才蒙着了萧先生的同情，在简短的时日内结束了他的流浪的生涯。

（三）

但这还只是苔微士先生多曲折的生活史里最后的一个顿挫，最逼近飞升的一个盘旋。在他从家乡初到伦敦的时候，他虽则身体是残废，他对于自己文学的前途不是没有希望。他第一次寄稿给书铺，满想编辑先生无意中发见了天才竟许第二在早上就会赶来求见他，或是至少，爽快的接受他的稿件，回信问他要预支多少版税。他的初作是一篇诗剧，题目叫《强盗》。邮差带回来的还是他的原稿，除了标题，竟许一行都不会邀览！他试了又试，结果还是一样，只是白化了邮资，污损了稿本。他不久就发见了缘故。他的寓址是乞丐收容所的变相，他的题目又不幸是《强盗》，难怪深于世故的书店主人没有敢结交他做朋友！但是他还得尝试。他又脱稿了一首长诗，在这诗里他荟集了山林的走兽，空中的飞禽甚至海底的鱼虾，在一处青林里共同咒骂人类的残忍，商量要秘密革命，乘黑夜到邻近的一个村庄里谋害睡梦中的居民！这回他聪明了另换不露形迹的地址，同时寄出了两个副本，打算至少一处总有希望，一星期过去没有消息，我们的作者急了，不为别的，怕是两处同时要定了他的非常的作品。再等了几天一份稿件回来了，不用，那一份跟着也回来了，一样的不用。苔微士先生想这一定是长诗不容易销，短诗一定有希望，他一坐下来又产生了几百首的短诗，但结果还是一样的为难，承印是有人了，但印费得作者自己担负。一个靠铜子过活的如何能拿得出几十个金镑？但为什么不试试知名的慈善家？他试了。当然是无结果。他又有了主意，何妨先印两千份一两页的“样诗”，买［卖］三个辨［便］士一份，自己上街兜卖去，卖完了不就是六千个便士，合五百个先令，整整二十五个金镑，恰巧印书的费用！但这也得印费，要三十五先令，他本有一些积蓄，再熬了几星期的饿，这一笔款子果然给凑成了。二千份样诗印了出来，明天起一个大早，满心的高兴和希望，苔微士先生抱了一大卷上街零售去。他见了人就拉生意，反复的说明他想印书的苦衷，请求三便士的帮助。他走了三十家，说干了嘴，没有人明白他是什么意思，也没有人理会他，一本也卖不掉！难得有一半个人想做好事，但三便士换一张纸，似乎太不值得了。诗什么是诗？诗是干什么的？你再会说话他们还是不明白。最后他问到了一所较大的屋子，一个女佣出来应门。他照例说明他的来意，那位姑娘瞪大眼望着他。“玛丽，谁在那里？”女主人在楼梯上面。她回说有人来卖字纸的。给他这个铜子，叫他去吧，”一个铜子从楼梯上滚了下来。苔微士看到手了一个铜子，但他还是央着玛丽拿这张纸给她主人看，竟许她是有眼光的，竟许也赏识我，许她愿出钱替我印书，谁知道！但是楼梯上的声音更来得响亮而且凶狠了：“玛丽，不许拿他什么东西，你听见了没有？”在几秒钟内苔微士先生站在已经关紧的门外，掌心里托着一个孤独的便士！得，饿了肚子跑酸了腿说干了嘴才到手了一个铜子，这该几十年才募得成二十五个金镑？而况回去时实在跑不动了还得化三便士坐电车！苔微士先生一发狠把二千份的样诗一口气给毁了，一页也没有存。

（四）

为了这一次试验的损失，苔微士先生为格外节省起见，迁居到一个救世军的收容机关。他还是不死心，这是想印行他的诗集。这回的灵感是打算请得一张小贩的执照，下乡做买卖去。这样生活有了着落，原来每星期的进款不是可以从容积聚起来了吗？况且贩卖鞋带针簪钮扣还难说有可观的盈余。这样要不了半年工夫就可以有办法。苔微士先生的眼前着实放了一些光亮。但要实行这计划也不是没有事前的困难。第一他身上这条假腿化他十几镑钱安上的，经了两三年的服务早已快裂了，他那有钱去买一条腿？好容易他探得了一处公立的机关，可以去白要一只“锥脚”。但这也有手续你得有十五封会员的荐信。苔微士先生这回又忙着买邮花发信了。在六星期内他先后发了一百多封信（这是说化了他一百多分邮花外加信纸费），但一半因为正当夏天出门的人多他得到的回信还是不够数。在这个时候一个慈善机关忽然派人来知照他说有人愿意帮他的忙，他当然如同奉到圣旨似的赶了去，但结果，经过了无数的手续，无数的废话，受了无数的闷气，苔微士先生还是苔微士先生！不消说那慈善机关的贵执事们报告给那位有心做好事的施主，说他是一个不值得帮助的无赖！如此过了好些时日才凑齐了必需的荐信，锥脚是到手了，但麻烦还是没有完。因为先前荐信只嫌不够，现在来得又太多了，出门人回了家都有了回信，苔微士先生又忙着退信道谢，又白化了他不少的邮花！

锥脚上了身，又进齐了货，针，骨簪，鞋带，钮扣，我们的诗人又开始了一种新生活。但他初下乡的时候因为口袋里还剩几个先令，他就不急急于做生意，倒是从容的玩赏初夏的风景：——

“第一晚到了圣亚尔明斯：我在镇上走了一转，就在野地里拿我那货包当枕头仰天躺下了。那晚的天上仿佛多出了不少星，拥护着，庆祝着一个美丽的亮月的成年。肢体虽则是倦了的，但为贪着这夜景又过了三两小时才睡。我想在这夏季里只要有足够的钱在经过的乡村里买东西吃，这还不是一种光荣的生活？如此三四天我懒散着走着路，站在沟渠上面看那水从黑暗冲决到光明；听野鸟的歌唱；或是眺望远处够高的一个尖顶，别的不见，指点着在千树林中隐伏着的一个僻静的乡村。”

但等得他化完了带着的钱，打开货包来正想起手做生意，苔微士先生发现那包货，因为每晚用做枕头，不但受饱了潮湿，并且针头也钻破了包衣发了锈，鞋带有皱有疲的，全失了样，都是不能卖的了！他只能听天由命。他正快饿瘪的时候在路边遇见一个穷途的同志，他，一个身高血旺的健全汉子，问得了他的窘况，安慰他说只要跟他一路走不愁没有饭吃。这位先生是有本事的。喝饱了啤酒，啃饱了面包，先到了一条长街的尾梢，他立定了脚步，对苔微士先生说，“看着，我就在这儿工作了，你只要跟在我后背捡地上的钱，钱自会来的。”你只管捡铜子好了，只要小心不要给铜子捡了去！”他意思是只要小心巡警。这是他的法术：偻了背，摇着腿，嗄着嗓了，张着大口唱。唱完了果然街两边的人家都掷铜子给他们，但那位先生刚住口就伸直了身子向后跑，诗人也只得跟了跑，——果然那转角上晃过了一位高大的：“铜子”来！

在这一路上苔微士先生学得了不少的职业的秘密，但他流浪到了终期重复回到伦敦的时候，他出发时的计划还是没有实现，三个月产息的积蓄只够他短时期的安息，出书的梦想依旧是在虚无飘渺间。穷困的黑影还是紧紧的罩住他，凭他试那一个方向，他的道是没有一条通达的。但在这穷困的道上，他虽则捡不到黄金，他却发现了不少人道的智慧，那不是黄金所能买，也不是仅有黄金的人们所能希冀。这里是他的观察：

“家当全带在身上的人的最大的对头，是雨。日光有的时候他也不怎样在意，但在太阳西沉后他要是叫雨给带住了，他是应受哀怜的。他不是害怕受了潮湿在身体上发生什么病痛，如同他的有福分的同胞，但是他不喜欢那寒颤的味道，又是没有地方去取暖。这种尴尬的感觉逢空肚子更是加倍的难受。本来他御寒的唯一保卫就只是一个饱肚，只要肠胃不空他也不怎样介意风雨在他体肤上的侵袭。海上人看天边有否黑点，天文家看天上有否新光，这无家的苦人比他们更急急于看天上有否雨兆，为躲避未来的泛滥他托蔽于公共图书馆，那是唯一现成公开的去处；在这里空坐着呆对着一叶［页］书，一个字也没有念着，本来他那有心想来念。如其他一时占不到一个空座，他就站在一张报纸的跟前施展那几乎不可能的站直了睡着的本领，因为只有如此才可以骗过馆里的人员以及别的体面人们，他们正等着想看那一张报纸。要能学到这一手先得经过多次不成功的尝试，呼吸疏了，脑袋晃摇，或是身体向着报柜磕碰，都是可能的破绽；但等得工夫一到家，他就会站直在那里睡着，外表都明明是专心在看一段最有趣味的新闻。……往往他们没有得衣服换，因此时常可以见到两个人同时靠近在一个火的跟前，一个人烤着他的湿袜子。还有那个烤着他那僵干的面包……就在这下雨天我们看到只有在极穷的人们中间看得到的细小的恩情；一个自己只有一些的帮助那赤无所有的同胞。一个人在市街上攒到了十八个铜子回去，付了四个子的床费，买过了吃，不仅替另一个人付床钱，他还得另请一个人来分吃他的东西，结果把余下的一个铜子又照顾了一个人。一个人上天生意做得不错，就慷慨的这里给那里给直到他自己不留一个大。这样下来虽则你在早上只见些呆钝与着急的脸，但到中午你可以看到大半数的寓客已经忙着弄东西吃，他们的床位也已经有了着落。种种的烦恼告了结束，他们有的吹，有的哼，也有彼此打趣常开着口笑的。”

这些细小的恩情是人道的连锁，它们使得一个人在极颓丧时感到安慰，在完全黑暗的中心不感到怕惧。但我们的诗人还是索不着他成名的运道。如其他在早上发现一丝的希望，要不了天黑他就知道这无非又是一个不可充饥的画饼，他打听着了一个成名的文学家，比方说，他那奖掖后进的热心是有多人称道的，他当然不放过这机会，恭敬的备了信，把文稿送了去请求一看，但他得到唯一的回音是那位先生其实是太忙，没有余闲拜读他的大作，结果还是原封返回！这类泡影似的希冀连着来刻薄一个时运未济的天才。但苔微士先生是不知道绝望的。他依旧耐心的，不怨尤的守候着他的日子。

（五）

上面说的是他想在文学界里占一席地的经过的一个概况，现在我们还得要知道苔微士先生怎样从健全变成残废，他回到英国以前的生活。因为要不为那次的意外他或许到如今都还不肯放弃他那逍遥的流浪生涯，依旧在密西西比或是落机山的一带的地域款留他的踪迹。非到了这一边走到了尽头，他才回头来尝试那一边的门径。他不是一个走半路的人。

他是生长在英国威尔斯的，他的母亲在他父亲死后就另嫁了人，他和他的两个弟妹都是他祖父母看养大的。他的家庭，除了他的祖父母，一个妹子，一个痴呆的弟弟，还有“一个女佣人，一狗，一猫，一鹦鹉，一斑鸠，一芙蓉雀。”他从小就是大力士，他的亲属十分期望他训练成一个职业的“打手”。所以每回他从学校里回来带着“一个出血的鼻子或是一只乌青的眼睛”，他一家就显出极大 的高兴，起劲的指点他下回怎样报复他敌手的秘诀。在打架以外他又在学校里学到了一种非凡的本领——他和他的几个同学结合了一个有组织有计划的“扒儿手团”。他们专扒各式的店铺，最注意的当然是糖果铺。这勾当他们极顺利的实行了半年，但等得我们的小诗人和他的党羽叫巡警先生一把抓住头颈根的日子，他挨了十二下重实的肉刑，他的祖父损失了十来镑的罚金。在他将近成年的时候他的二老先后死了，遗剩给他的有每星期十先令息金的产业。他已然做过厂工，学习过装制画框，但他不羁的天性再不容他局促在乡里间，新大陆，那黄金铺地的亚美利加，是他那时决定去施展身手的去处。到了美国，第一个朋友他交着的，是一个流浪的专家，从加拿大的北省到墨西哥的南部，从赫贞河流域到太平洋沿海，都是他遨游无碍的版图。第一个本领他学到的，是怎样白坐火车；最舒服是有空车坐，货车或牲口车也将就，最冒险是坐轨头前面的挡梗，车底有并行的铁条，在急的时候，也可以蜷着坐，但最优游是坐车的顶篷，这不但危险比较的少，而且管车人很少敢上来干涉他们。跳车也不是容易，但为要逃命三十哩的速度有时都得拚着跳。过夜是不成问题的，美国多的是菁密的森森，在这里面生起一个火还不是天生的旅舍？有时在道上发现空屋子，他们就爬窗进去占领（他们不止一次占到的是出名的鬼屋!）

“做了三年叫化子，连皇帝都不要做了。”但如其我们的乞儿要过三年才能认清此中的滋味，苔微士先生一到美国就很聪明的选定了这绝对职业。在那时的美国饿死是几乎不可能的事，因为谁家没有付余的面包与牛乳，谁人不乐意帮助流浪的穷人？只要你开口，你就有饭吃，就有衣穿。不比在英国，为要一碗热汤吃，你先得鹄立多少时候才拿得到一张汤券，还得鹄立多少时候才能拿券换得一碗汤。那些汤是“用不着调匙的，吃过了也没有剔牙的愉快；就是这清清一汪，没有一颗青豆、一瓣葱或是一粒萝卜的影子；什么都没有，除了苍蝇。”他们叫化可纪录的一次是在鲍尔铁穆，那边的居民是心好的多，正如那边的女人是美的多。只要你“站定在大街饱餐过往的秀色，你就相信上帝是从不会亏待你的。”他们是三个人合作的，我们的诗人当然经验最浅。他的职司是拿着一个口袋在街角上等候运道，他的两个同志分头向街两边的人家“工作”去。他们不但是有求必应，而且连着吃了三家的晚饭；在不到一个钟头，不但苔微士先生提着的口袋已经装得泼满，就连他们身上特别博大的衣袋也都不留一些余地，这次讨饭的经验我们的诗人说，是“不容易忘记的”。因为他们回得家清理盈余的时候，他们又惊又喜的发现不仅他们想要的东西应有尽有，而且给下来的没有一个纸包是仅仅放着面包与牛油。“煎熟的蛤蜊，火鸡，童子鸡，牛排，羊腿，火肉与香肠；爱尔兰白薯，甜山薯与香芋艿；黑面包，白面包；油煎薄饼，各种的果糕，各式花样的蛋糕；香蕉，苹果，葡萄与橙子；外加一大堆的干果与整袋的糖果”——这是他们讨得的六十几包的内容简单的清单。只有三家没有给的，但另有两家分付他们再去。

到了夏天他们当然去“长岛”的海滨去销夏。太阳光，凉风，柔软而和暖的海水，是不要钱也不须他们的募化。他们不是在软浪里拍浮，就在青荫下倦卧，要不然就踞坐在盘石上看潮。但如其他们的销夏计划是可羡慕，他们的销寒办法更显得独出心裁。美国北省的冬天是奇冷的，在小镇上又没有象在英国乡里似的现成的贫人院以栖息或是小客寓里出四五个铜子可以买一席地。但如其这里没有别的公开寓所，这里的牢狱是现成的。在牢中的犯人不但有好饭吃而且有火可以取暖，并且除非你犯的是谋杀等罪，你有的是行动的自由，在“公共室”里你可以唱歌，可以谈天，可以打哈哈，可以打纸牌。苔微士先生的同志们都知道这些机关，他们只要想法子进牢狱去，这一冬天就不必担心衣食住的问题了。但监牢怎么进法？当然你得犯罪。但犯罪也有步骤，你得事前有接洽。你到了一个车站，你先得找到那地方的法警，他只要一见就明白你的来意，他是永远欢迎你的。你可以跟他讲价，先问他要一饼的板烟，再要几毛钱的酒资。你对他说你要多少日子，一个月或是两个月，这就算定规了。回头你只要到他那指定的酒店去喝酒玩儿，到了将近更深的时候乘着酒兴上街去唱几声或是什么，声音自然要放高一些。法警先生就会从黑暗里走过来，一把带住了你，就说“喂，伙计，怎么了？在夜深时闹街是扰乱平安，犯警章第几百几十条，你现在是犯人了。”到了法官那里，你见那法警先生在他的耳边嘱付了几句话，他就正颜的通知你说你确然是犯了罪，他现在判决你处七元或十五元的罚金，罚不出的话，就得到监牢里住一个月或两个月（如你事前和法警先生商定的）。从这晚上起你什么都有了，等到满期出来你还觉得要休养的话，你只须再跑几里路到另一个市镇里再“犯一次罪”。你犯了罪不但自己舒服，就连看守监狱的，法警先生，乃至堂上的法官，都一致感谢你的好意；因为看监牢的多一个犯人就多开一支报销，法警先生捉到一名犯人照例有一元钱的奖金，法官先生判决一件犯罪他照例另得两元钱的报酬。谁都是便宜的，除了出租税的市民们，所有的公众机关都是他们维持的。但这类腐败有幽默的情形，虽则在那时是极普通，运命是当然不久长的。

但苔微士先生有时也中止他的泊浮的行涯，有机会时也常常歇下来做几天或是几星期短期的工。乡里收获的时候，果子成熟的时候，或是某处有巨大的建筑工程的时候，我们的诗人就跟着其他流氓的同志投身工作去。工作满了期，口袋里盛满了钱，他们就去喝酒，非得喝疯了才完事。他最后一次的职业是“牲口人”，从美国护送牛羊到英国去。他在大西洋上往还不止一次，在这里他学得了不少航海的经验与牲畜受虐待的惨象，这些在他的诗里都留有不磨的印象。

在这五年内，危险是常有的，困难经过不少，但他的精神是永远活泼而愉快的。在贼徒与流丐们的中间他虚心的承受他的教育。在光明的田野间，在馥郁的森林中，在多风的河岸上，在纷呶的酒屋里，他的诗魂不踌躇的吸收它的健康的营养。他偶尔唯一的抱憾是他的生活太丰满，他的诗思太显屯积，但他没有余闲坐定下来从容的抒写。他最苦恼的一次是他在奥林斯得了一次热病。

“我不知道为什么我不上火车，却反而向着乡里走，这使我十分的后悔。因为我没有力气走了，路旁有一大块的草沼，我就爬进去，在那里整整躺了三天三夜，再也支持不起来走路。这一带常见饿慌的野豕，有时离我近极了，但它们见我身体转动就呶吼着跑了开去。有几十只饿鹰栖息在我头顶的树枝上，我也知道这草地里多的是毒蛇。我口渴得苦极了，就喝那草沼的小潭里的死水，那是微菌的渊薮，它的颜色是天上的彩虹，这样的水往往一口就可以毒死人的。我发冷的时候，我爬到火热的阳光里去，躺着寒战；冷过了热上了身，我又蜒回到树荫下去。四天功夫一口没有得吃，到这里以前的几天也没有吃多少。我望得见火车在轨道上来去，但我没有力气喊。很多车放回声，我知道它们在离我不到一哩路停下来装水或是上煤。明知在这恶毒的草沼里躺下去是死，我就想尽了法子爬到那路轨上，到了邻近一个车站，那里车子停的多。距离不满一哩路，但我费了两个多钟头才到。”

他自以为是必死了，但他在医院里遇到一个同乡的大夫用心把他治好了。这样他在他理想中黄金铺地的新世界飘泊了五年，他来时身上带着十多镑钱，五年后回家时居然还掏得出三先令另几个便士。但他还不死心于黄金梦，他第二次又渡过大西洋，这回到加拿大去试他的运道。正好，他的命运在那里等候着他。他到了加拿大当然照例还是白坐火车，但这一次他的车价可付大了！他跳车跳失了腿，车走得太快，他踹了一个空手，还拉住车，给拖了一程，到地时他知道不对了，他的右脚给拉断了。经过了两次手术，锯了一条腿，在死的边沿逗停了好多天，苔微士先生虽则没有死，却从此变成了残废。他这才回还英国，放弃了他的黄金梦，开始他那（如上文叙述的）寻求文学机缘的努力。

（六）

这是苔微士先生从穷到通的一个概状。他的自传（The Autobiography of a Super Tramp）不是一本忏悔录，因为他没有什么忏悔录。他是一个急性的人，所以想到怎么做就怎么做，谨慎的美德不是他的。在现代生活一致平凡而又枯索的日子念苔微士先生自传的一路书，我们感觉到不少“替代的”快乐，但单是为那个我们正不少千百本离奇的侦探案与耸动的探险谈。分别是在苔微士先生的不仅是身亲的经验，而且他写的虽则是非常的事实，写法却只 是通体的简净，没有铺张，没有雕琢，完全没有矜夸的存心。最令我们发生感动的尤其是这一点：他写的虽多是下流的生活，黑暗肮脏、苦恼的世界，乞儿与贼徒的世界，我们却只觉得作者态度的尊严与精神的健全。他的困穷与流离是自求的，我们只见他到处发现了“人道的乳酪”，融融的在苦恼的人间交流着。任凭他走到了绝望的边沿，在逼近真的（不是想象的）饿死与病死的俄顷，他的心胸只是坦然。他不怨人，亦不自艾，他从不咒诅他所处的社会，不嫉忌别人的福利，不自夸他独具的天才，不自伤他遭遇的屯邅，不怨恨他命运的不仁，——他是一个安命的君子。他跌断了一只腿，永远成了残废，但他还只是随手的写来，萧伯讷先生说他写他自己的意外正如一只龙虾失了一根须或是一只蜥蜴落了他的尾过了阵子就会重长似的。不，他再不浪费笔墨来描写他自己的痛苦，在他住院时他最注意最萦念的是那边本地人对待一个不幸的流浪人的异常的恩情。

有了苔微士先生那样的心胸，才有苔微士先生那样的诗。他的诗是——但我们得等另一个机会来谈他的诗了。

四　月

关于女子

——在苏州女子中学讲演稿

苏州！谁能想像第二个地名有同样清脆的声音，能唤起同样美丽的联想，除是南欧的威尼市或翡冷翠，那是远在异邦，要不然我们就得追想到六朝时代的金陵广陵或许可以仿佛？当然不是杭州，虽则苏杭是常联着说到的；杭州即使有几分英秀，不幸都教山水给占了去，更不幸就那一点儿也成了问题：你们不听说雷峰塔已经教什么国术大力士给打个粉粹，西湖的一汪水也教大什么会的电灯给照干了吗？不，不是杭州；说到杭州我们不由的觉得舌尖上有些儿发啸。所以只剩了一个苏州准许我们放胆的说出口，放心的拿上手。比是乐器中的笙箫，有的是嫋嫋的余韵。比是青青的柏子，有的是沁人心脾的留香。在这里，不比别的地处，人与地是相对的无愧的；是交相辉映的；寒山寺的钟声与吴侬的软语一般的令人神往；虎丘的衰草与玄妙观的香烟同样的勾人留恋。

但是苏州——说也惭愧，我这还是第二次到，初次来时只忽忽地过了一宵，带走的只有采芝斋的几罐糖果和一些模糊的印象。就这次来也不得容易。要不是陈淑先生相请的殷勤。——聪明的陈淑先生，她知道一个诗人的软弱，她来信只淡淡的说你再不来时天平山经霜的枫叶都要凋谢了——要不是她的相请的殷勤，我说，我真不知道几时才得偷闲到此地来，虽则我这半年来因为往返沪宁间每星期得经过两次，每星期都得感到可望而不可即的惆怅。为再到苏州来我得感谢她。但陈先生的来信却不单单提到天平山的霜枫，她的下文是我这半月来的忧愁：她要我来说话——到苏州来向女同学说话！我如何能不忧愁？当然不是愁见诸位同学，我愁的我现在这相儿，一个人孤令令地站在台上说话！我们这坐惯冷板凳日常说废话的所谓教授们最厌烦的，不瞒诸位说，就是我们自己这无可奈何的职务——说话（我再不敢说讲演，那样粗蠢的字样在苏州地方是说不出口的）。

就说谈话吧，再让一步，说随便谈话吧，我不能想象更使人窘的事情！要你说话，可不指定要你说什么，“随便说些什么都行”，那天陈先生在电话里说。你拿艳丽的朝阳给一只芙蓉或是一只百灵，它就对你说一番极美丽动听的话；即使它说过了你冒失的恭维它说你这“讲演”真不错，它也不会生气，也不会惭愧，但不幸我不是芙蓉更不是百灵。我们乡里有一句俗话说宁愿听苏州人吵架，不愿听杭州人谈话。我的家乡又不幸是在浙江，距着杭州近，离着苏州远的地处。随便说话，说什么，果然我依了陈先生扯上我的乡谈，恐怕要不到三分钟你们都得想念你们房里备着的八卦丹或是别的止头痛的药片了！

但陈先生非得逼我到，逼我献丑，写了信不够，还亲自到上海来邀。我不能不答应来。“但是我去说些什么呢，苏州，又是女同学们?”那天我放下陈先生的电话心头就开始踌躇。不要忙，我自己安慰自己说，在上海不得空闲，到南京去有一个下午可以想一想。那天在车上倒是有福气看到镇江以西，尤其是栖霞山一带的雪叶。虽则那草上是雾茫茫的，但雪总是好东西，它盖住地面的不平和丑陋，它也拓开你心头更清凉的境界，山变了银山，树成了玉树，窗以外是彻骨的凉，彻骨的静，不见一个生物，鸟雀们不知藏躲在那里，雪花密团团的在半空里转。栖霞那一带的大石狮子，雄踞在草田里张着大口向着天的怪东西，在雪地里更显得白，更显得壮，更见得精神。在那边相近还有一座塔，建筑雕刻，都是第一流的美术，最使人想见六朝的风流，六朝的闲暇。在那时政治上没有统一的野心家，江以南，江以北，各自成家，汉也有，胡也有，各造各的文化。且不说龙门，且不说云冈，就这栖霞的一些遗迹，就这雄踞在草田里的大石狮，已够使我们想见当时生活的从容，气魄的伟大，情绪的俊秀。

我们在现代感到的只是局促与匆忙。我们真是忙，谁都是忙。忙到倦忙到厌。但忙的是什么？为什么忙？我们的子孙在一千年后，如其我们的民族再活得到一千年，回看我们的时代，他们能不能了解我们的匆忙？我们有什么东西遗留给他们可以使他们骄傲，宝贵，值得他们保存，证见我们的存在，认识我们的价值，可以使他们永久停留他们爱慕的纪念——如同那一只雄踞在草田里的大石狮？我们诗人文人贡献了些什么伟大的诗篇与文章？我们的建筑与雕刻，且不说别的，有那样可以留存到一百年乃至十年五年而还值得一看的？我们的画家怎样描写宇宙的神奇？我们那一个音乐家是在解释我们民族的性灵的奥妙？但这时候我眼望着的江边的雪地已经戏幕似的变形成为北方赤地几千里的灾区，黄沙天与黄土地的中间只有惨淡的风云，不见人烟的村庄以及这里那里枝条上不留一张枯叶的林木，我也望得见几千万已死的将死的未死的人民，在不可名状的苦难中为造物主的地面上留下永久的羞耻。在他们迟钝的眼光中，他们分明说他们的心胸即使还在跳动他们已经失去感觉乃至知觉的能力，求生或将死的呼号早已逼死在他们枯竭的咽喉里；他们分明说生活、生命，乃至单纯的生存已经到了绝对的绝境，前途只是沙漠似的浩瀚的虚无与寂灭，期待着他们，引诱着他们，如同春光，如同微笑，如同美。我也望见勾结在连环战祸中的区域与民生；为了谁都不明白的高深的主义或什么的相互的屠杀，我也望见那少数的妖魔，踞坐在跸卫森严的魔窟中计较下一幕的布景与情节，为表现他们的贪，他们的毒，他们的野心，他们的威灵，他们手擎着全体民族的命运当作一掷的孤注。我也望见这时代的烦闷毒气似的在半空里没遮栏的往下盖，被牺牲的是无量数春花似的青年。这憧憬中的种种都指点着一个归宿，一个结局——沙漠似的浩瀚的虚无与寂灭，不分疆界永不见光明的死。

我方才不还在眷恋着文化的消沉吗？文化，文化，这呼声在这可怖的憧憬前，正如灾民苦痛的呼声，早已逼死在枯竭的咽喉里，再也透不了声响，但就这无声的叫喊已经在我的周围引起异怪的回响，象是哭，象是笑，象是鸱枭，象是鬼……

但这声响来源是我坐位邻近一位肥胖的旅伴的雄伟在呵欠。在这呵欠声中消失了我重叠的幻梦似的憧憬，我又见到了窗外的雪，听到车轮的响动。下关的车站已经到了。

我能把我这一路的感想拉杂来充当我去苏州的谈话资料吗，我在从下关进城时心里计较。秀丽的苏州，天真的女同学们，能容受这类荒伧，即使不至怪诞的思想吗？她们许因为我是教文学的想从我听一些文学掌故或文学常识。但教书是无可奈何，我最厌烦的是说本行话。他们又许因为我曾经写过一些诗是在期望一个诗人的谈话，那就得满缀着明月和明星的光彩，透着鲜花与鲜草的馨香，要不然她们竟许期待着雪莱的云雀或是济慈的夜莺。我的倒象是鸱枭的夜蹄，不是太煞尽了风景？这，我又转念，或许是我的过虑，他们等着我去谈话正如他们每月或每星期等着别人去谈话一样，无非想听几句可乐的插科与诙谐，（如其有的话，那算是好的，）一篇，长或是短，励动或训诲的陈腐（那是你们打呵欠乃至瞌睡的机会），或是关于某项专门知识的讲解（那你们先生们示意你们应得掏出铅笔在小本子上记下的）写了几句自己谦让道歉不曾预备得好的话，在这末尾与他鞠躬下台时你们多少间酬报他一些鼓掌，就算完事一宗，但事实上他讲的话，正如讲的人，不能希望（他自己也不希望）在你们的脑筋里留有仅仅隔夜的印象，某人不是到你们这里来讲过的吗，隔几天许有人间，嗄，不错是有的，他讲些什么了？谁知道他讲什么来了，我一句也没有听进去，不是你提起，我忘都忘了我听过他讲哪！

这是一班到处应酬讲演人的下场头，他们事实上只配得这样的下场头。穷、窘、枯、乾，同学们，是现代人们的生活。穷、窘、枯、乾，同学们，是现代人们的生活。乾、枯、窘、穷，同学们，是现代人们的思想。不要把上年纪的人们，占有名气或地位的人们看太高了，他们的苦衷只有他们自家得知，这年头的荒歉是一般的。

也不知怎的我想起来说些关于女子的杂话。不是女子问题。我不懂得科学，没有方法来解剖“女子”这个不可思议的现象。我也不是一个社会学家，搬弄一套现成的名词来清理恋爱，改良婚姻或是家庭。我也没有一个道学家的权威，来督责女子们去做良妻贤母，或奖励她们去做不良的妻不贤的母。我没有任何解决或解答的能力。我自己所知道的只是我的意识的流动，就那个我也没有支配的力量。就比是隔着雨雾望远山的景物，你只能辨认一个大概。也不知是那里来的光照亮了我意识的一角，给我一个辨认的机会，我的困难是在想用粗笨的语言来传达原来极微纤的印象，象是想用粗笨的织针来绘描细致的图案。我今天所要查考的，所以不是女子，要不是什么女子问题，而是我自己的意识的一个片段。

我说也不知怎的我的思想转上了关于女子的一路。最显浅的原由，我想，当然是为我到一个女子学校里来说话。但此外的也还有别的给我暗示的机会。有一天我在一家书店门首见着某某女士的一本新书的广告，书名是《蠹鱼生活》。这倒是新鲜，我想，这年头有甘心做书虫的女子。三百年来女子中多的是良妻贤母，多的是诗人词人，但出名的书虫不就是一位郝夫人王照圆女士吗？这是一件事，再有是我看到一篇文章英国一位名小说家做的她说妇女们想从事著述至少得有两个条件；一是她得有她自己的一间屋子，这她随时有关上或锁上的自由；二是她得有五百一年（那合华银有六千元）的进益。她说的是外国情形，当然和我们的相差得远，但原则还不一样是相通的？你们或许要说外国女人当然比我们强，我们怎好跟她们比；她们的环境要比我们的好多少，她们的自由要比我们的大多少；好，外国女人，先让我们的男人比上了外国的男人再说女人吧！

可是你们先别气馁，你们来听听外国女人的苦处。在 QueenAnne 的时候，不说更早，那就是我们清朝乾隆的时候，有天才的贵族女子们（平民更不必说了）实在忍不住写下了些诗文就许往抽屉里堆着给蛀虫们享受，那敢拿著作公开给庄严伟大的男子们看，那不让他们笑掉了牙。男人是女人的“反对党”，LadyWinchilsea说。趁早，女人，谁敢卖弄谁活该遭殃，才学那是你们的分！一个女人拿起笔就象是在做贼，谁受得了男人们的讥笑。别看英国人开通，他们中间多的是写《妇学篇》的章实斋。倒是章先生那板起道学面孔公然反对女人弄笔墨还好受些。他们的浦伯，他们的John Gray，他们管爱文学有才情的女人叫做蓝袜子，说她们放着家务不管，“痒痒的就爱乱涂”。Margaret of Newcastle另一位才学的女子，也愤的说“女人象蝙蝠或猫头鹰似的活着，牲口似的工作，虫子似的死……”且不说男人的态度，女性自己的谦卑也是可以的。Dorothy Osburne那位清楚的书翰家一写到那位有文才的爵夫人就生气，她说，“那可怜的女人准是有点儿偏心的，她什么傻事不做到来写什么书，又况是诗，那不太可笑了，要是我就算我半个月不睡觉我也到不了那个。”奥斯朋自己可没有想到自己的书翰在千百年后还有人当作宝贵的文学作品念着，反比那“有点儿偏心胆敢写书的女人”风头出得更大，更久！

再说近一点，一百年前英国出一位女小说家，她的地位，有一个批评家说，是离着莎士比亚不远的Jane Austen——她的环境也不见得比你们的强。实际上她更不如我们现代的女子。再说她也没有一间她自己可以开关的屋子，也没有每年多少固定的收入。她从不出门，也见不到什么有学问的人；她是一位在家里养老的姑娘，看到有限几本书，每天就在一间永远不得清静的公共起坐间里装作写信似的起草她的不朽的作品。“女人是从没有半个钟头”Florence Ninghtingale说，“女人从没有半个钟头可以说是她们自己的。”再说近一点，白龙德（Bronti）姊妹们，也何尝有什么安逸的生活。在乡间，在一个牧师家里，她们生，她们长，她们死。她们至多站在露台上望望野景，在雾茫茫的天边幻想大千世界的形形色色，幻想她们无颜色无波浪的生活中所不能的经验。要不是她们卓绝的天才，蓬勃的热情与超越的想象，逼着她们不得不写，她们也无非是三个平常的乡间女子，都死在无欢的家里，有谁想得到她们——光明的十九世纪于她们有什么相干，她们得到了些什么好处？

说起来还是我们的情形比他们的见强哪。清朝的大文人王渔洋、袁子才、华秋舠、陈碧城都是提倡妇女文学最大的功臣。要不是他们几位间接与直接的女弟子的贡献，清朝一代的妇女文学还有什么可述的？要不是他们那时对于女子做诗文做学问的铺张扬厉，我们那位文史通义先生也不至于破口大骂自失身分到这样可笑的地步。他在妇学面里说：——

近有无耻文人，以风流自命，蛊惑士女，大率以优伶杂剧所演才子佳人惑人，大江以南名门大家闺阁，多为所诱，征诗刻稿，标榜声名，无复男女之嫌，殆忘其身之雌矣。此等闺娃，妇学不修，岂有真才可取，而为邪人播弄，浸成风俗，人心世道，大可忧也。

章先生要是活到今天看见女子上学堂，甚至和男子同学，上衙门公司店铺工作和男子同事，进这个那个的党和男子同志，还不把他老人家活活的给气瘪了！

所以你们得记得就在英国，女权最发达的一个民族，女子的解放，不论那一方面，都还是近时的事情。女子教育算不上一百年的历史。女子的财产权是五十年来才有法律保障的。女子的政治权还不到十年。但这百年来女性方面的努力与成绩不能不说是惊人的。在百年以前的人类的文化可说完全是男性的成绩，女性即使有贡献是极有限的或至多是间接的，女子中当然也不少奇才异能，历史上不 少出名的女子，尤其是文艺方面。希腊的沙浮至今还是个奇迹。中世纪的 Hypa tia，Heloise 是无可比的。英国的依利萨伯，唐朝的武则天，她们的雄才大略，那一个男子敢不低头？十八世纪法国的沙龙夫人们的多少天才和名著的保姆。在中国，我们只要记起曹大家的汉书，苏若兰的回文，徐淑、蔡文姬、左九嫔的词藻，武曌的升仙太子碑，李若兰鱼玄机的诗，李清照、朱淑真的词，明文氏的九骚——那一个不是照耀百世的奇才异票。

这固然是，但就人类更宽更大的活动方面看，女性有什么可以自傲的？有女莎士比亚女司马迁吗？有女牛顿女倍根吗？有女柏拉图女但丁吗？就说到狭义的文艺，女性的成绩比到男性的还不是培塿比泰山吗？你怪得男性傲慢，女性气馁吗？

在英国乃至全欧洲，奥斯丁以前的可以说女性没有一个成家的作者。从依利萨伯至法国革命查考得到的女子作品只是小诗与故事。就中国论，清朝一代相近三百年间的女作家，按新近钱单夫人的清闺秀艺文略看，可查考的有二千三百十二人之多，但这数目，按胡适之先生的统计，只有百分之一的作品是关于学问，例如考据历史、算学、医术，就那也说不上有什么重要的贡献，此外百分之九十九都是诗词一类的文学，而且妙的地方是这些诗集诗卷的题名，除了风花雪月一类的风雅，，都是带着虚心道歉的意味，仿佛她们都不敢自信女子有公然著作成书的特权似的，都得声明这是她们正业以外的闲情，本算不上什么似的，因之不是爨余，就是爨余，不是红余，就是针余，不是脂余梭余，就是织余绮余（陈圆圆的职业特别些，她的词集叫舞余词），要不然就是焚余烬余未焚未烧未定一类的通套，再不然就是断肠泪稿一流的悲苦字样。（除了秋瑾的口气那是不同些）情形是如此，你怪得男性的自美，女性的气短吗？

但这文化史上女性远不如男性的情形自有种种的解释，自然的趋势，女性当然不能藉此来证明女子的能力根本不如男子，女性也不能完全推托到男性有意的压迫。谁要奇怪女性迟缓，要问何以女权论要等到玛丽乌尔夫顿克辣夫德方有具体的陈词，只须记得人权论要本身也要到相差不远的日子才出世。人的思想的能力是奇怪的，有时他连窜带跳的在短时期内发现了很多，例如希腊黄金时代与近一百五十年来的欧洲，有时睡梦迷糊的在长时期一无新鲜，例如欧洲的中世纪或中国的明代。它不动的时候就象是冬天，一切都是静定的无生气的，就象是生命再不曾回来，但它一动的时候那就比是春雷的一震，转眼间就是蓬勃绚烂的春时。在欧洲从亚理斯多德直到卢梭乃至叔本华，没有一个思想家不承认男女的不平等是当然的，绝对不值得并且也无从研究的；即使偶有几个天才不容自掩的女子，在中国我们叫作才女，那还是客气的，如同叫长花毛的鸭作锦鸡，在欧洲百年前叫做蓝袜子，那就不免有嘲笑的意思。但自从约翰弥勒纯正通达论妇女论的大文出世以来，在理论上所有女性不如男性或是女性不能和男性享受平等机会以及共同负责文化社会的生存与进步的种种谬见、偏见与迷信都一齐从此失去了根据，在事实上在这百年来女性自强的努力也已经显明的证明，女性只要有同等的机会不论在那样事情上都不能比男性不如；人类的前途展开了一个伟大的新的希望，就是此后文化的发展是两性共同的企业，不再是以前似的单性的活动。在这百年来虽则在别的方面人类依然不免继续他们的谬误、愚蠢、固执、迷信，但这百余年是可纪念的因为这至少是一个女性开始光荣的世纪。在政治上，在社会上，在法律与道德上，在理论方面，至少女性已经争得与男性完全平等的地位。在事实上，女子的职业一天增多一天，我们现在不易想象一种职业男性可以胜任而女性不能的——也许除了实际的上战场去打仗，但这项职业我们都希望将来有完全的淘汰的一天，我们决不希望温柔的女性在任何情形下转变成善斗杀的凶恶。文学与艺术不用说，女子是早就占有地位的，但近百年来的扩大也是够惊人的。诗人就说白朗宁夫人、罗刹蒂小姐、梅耐儿夫人三个名字已经是够辉煌的。小说更不用说，英美的出版界已有女作家超过男作家的趋势，在品质方面一如数量。I，A，George Eliot，George Sand，Bronte Sisters，近时如曼殊斐儿、薇金娜吴尔夫等等都是卓然成家为文字史上增加光彩的作者。演剧方面如沙拉贝娜 Duse，Elleu Terry，都是人永久不可磨灭的记忆。论跳舞，女子的贡献更分明的超过男子，我们不能想象一个男性的 Isadora Duncan。音乐、画、雕刻，女子的出人头地的也在天天的加多，科学与哲学，向来是男性的专业，但跟着教育的发展女子的贡献也在日渐的继长增高。你们只记得 Madame Gurie 就可以无愧。讲到学问，现在有那一门女子不起来的。

但这情形，就按最先进几国说，至多也不过百年来的事，然而成绩已有如此的可观。再过了两千年，我想，男子多半再不敢对女子表示性的傲慢。将来的女子自会有她莎士比亚、倍根、亚理斯多德、卢梭，正如她们在帝王中有过依利萨伯、武则天，在诗人中有过白朗宁、罗刹蒂，在小说家中有过奥斯丁与白龙德姊妹。我们虽则不敢预言女性竟可以有完全超越男性的一天，但我们很可以放心的相信此后女性对文化的贡献比现在总可以超过无量倍数，到男于要远担心到他的权威有摇动的危险的一天。

但这当然是说得很远的话。目前情形，尤其是中国的，我们一方面的固然感到女子在学问事业日渐逐步的兴奋快慰，但同时我们也深刻的感觉到种种阻碍的势力，还是很活动的在着。我们在东方几乎事事是落后的，尤其是女子，因为历史长，所以习惯深，习惯深所以解放更觉费力。不说别的，中国女子先就忍就了几千年身体方面绝无理性可说的束缚，所以人家的解放是从思想作起，我们先得从身体解放起。我们的脚还是昨天放开的，我们的胸还是正在开放中。事实上固然这一代的青年已经不至感受身体方面的束缚，但不幸长时期的压迫或束缚是要影响到血液与神经的组织的本体的。即如说脚，你们现有的固然是极秀美的天足，但你们的血液与纤维中，难免还留有几十代缠足的鬼影。又如你们的胸部虽已在解放中，但我知道有的年轻姑娘们还不免感到这解放是一种可羞的不便。所以单说身体，恐怕也得至少到你们的再下去三四代才能完全实现解放，恢复自然发长的愉快与美。身体方面已然如此，别的更不用说了。再说一个女子当然还不免做妻做母，单就生产一件事说，男性就可以无忌惮的对女性说“这你总逃不了，总不能叫我来替代你吧！”事实上的确有无数本来在学问或事业上已经走上路的女子为了做妻做母的不可避免临了只能自愿或不自愿的牺牲光荣的成就的希望。这层的阻碍说要能完全去除，当然是不可能，但按现今种种的发明与社会组织与制度逐渐趋向合理的情形看，我们很可以设想这天然阻碍的不方便性消解到最低限度的一天。有了节育的方法，比如说，你就不必有生育除了你自愿，如此一个女子很容易在她十年的生活中匀出几个短期间来尽她对人类的责任。还有将来家庭的组织也一定与现在的不同，趋势是在去除种种不必要精力的消耗（如同美国就有新法的合作家庭，女子管家的担负不定比男子的重，彼此一样可以进行各人的事业）。所以问题倒不在这方面。成问题的是女子心理上母性的牢不可破，那与男子的父性是相差得太远了。我来举一个例。近代最有名的跳舞家 IsadoraDuncan 在她的自传里说她初次生产时的心理，我觉得她说得非常的真。在初怀孕时她觉得处处的不方便，她本是把她的艺术——舞——看得比她的生命都更重要的，她觉得这生产的牺牲是太无谓了。尤其是在生产时感到极度的痛苦时（她的是难产）她是恨极了上帝叫女人担负这惨毒的义务；她差一点死了。但等到她的孩子一下地，等到看护把一个稀小的喷香的小东西偎到她身旁去吃奶时，她的快乐，她的感激，她的兴奋。她的母爱的激发，她说，简直是不可名状。在那时间她觉得生命的神奇与意义——这无上的创造——是绝对盖倒一切的，这一相比她原来看作比生命更重要的艺术顿时显得又小又浅，几于是无所谓的了。在那时间把性的意识完全盖没了后天的艺术家的意识。上帝得了胜了！这，我说，才真是成问题，倒不在事实上三两个月的身体的不便这根蒂深而力道强的母性当然是人生的神秘与美的一个重要成分，但它多少总不免阻碍女子个人事业的进展。

所以按理论说男女的机会是实在不易说成完全平等的，天生不是一个样子你有什么办法？但我们也只能说到此因为在一女子，母性的人格，母性的实现，按理是不应得与她个人的人格，个性的实现相冲突的。除了在不合理的或迷信打底的社会组织里，一个女子做了妻母再不能兼顾别的，她尽可以同时兼顾两种以上的资格，正如一个男子的父性并不妨害他的个性。就说D，她不能不说是一个母性特强（因为情感富强）的一个女子，但她事实上并不曾为恋爱与生育而至放弃她的艺术的追求。她一样完成了她的艺术。此外做女子的不方便当然比男子的多，但那些都是比较不重要的。

我们国内的新女子是在一天天可辨认的长成，从数千年来有形与无形的束缚与压迫中渐次透出性灵与身体的美与力，象一支在箨里中透露着的新笋。有形的阻碍。虽则多，虽则强有力，还是比较容易克除的，无形的阻碍，心理上，意识与潜意识的阻碍，倒反需要更长时间与努力方有解脱的可能。分析的说，现社会的种种都还是不适宜于我们新女子的长成的。我再说一个例，比如演戏，你认识戏的重要，知道它的力量。你也知道你有舞台表演的天赋。那为你自己，为社会，你就得上舞台演戏去不是？这时候你就逢到了阻力。积极的或许你家庭的守旧与固执。消极的或许你见不到相当的同志与机会。这些就算都让你过去，你现在到了另一个难关。有一个戏非你充不可，比如说，那碰巧是演坏人，那是说按人事上习惯的评判，在表现艺术上是没有这种区分的，艺术须要你做，但你开始踌躇了。说一个实例，新近南国社演的沙乐美，那不是一个贞女，也不是一个节妇。有一位俞女士，她是名门世家的一位小姐，去担任主角。她只知道她当前表现的责任。事实上她居然排除了不少的阻难而登台演那戏了。有一晚她正演到要热慕的叫着“约翰我要亲你的嘴”，她瞥见她的母亲坐在池子里前排瞪着眼望着她，她顿时萎了，原来有热有力的声音与诗句几于嗫嚅的勉强说过了算完事。她觉得她再也鼓不住她的为艺术的一往的勇气，在她母亲怒目的一视中，艺术家的她又萎成了名门世家事事依傍爱母的小姐——艺术失败了！习惯胜利了！

所以我说这类无形的阻碍力量有时更比有形的大。方才说的无非是现成的一个例。在今日一个女子向前走一个步都得有极大的决心和用力，要不然你非但不上前，你难说还向后退——根性、习惯、环境的势力，种种都牵制着你，阻搁着你。但你们各个人的成或败于未来完全性的新女子的实现都有关联。你多用一分力，多打破一个阻碍，你就多帮助一分，多便利一分新女子的产生。简单说，新女子与旧女子的不同是一个程度，不定是种类的不同。要做一个新女子，做一个艺术家或事业家，要充分发展你的天赋，实现你的个性，你并没有必要不做你父母的好女儿，你丈夫的好妻子，或是你儿女的好母亲——这并不一定相冲突的（我说不一定因为在这发轫时期难免有各种牺牲的必要，那全在你自己判清了利弊来下决断）。分别在旧观念是要求你做一个扁人，纸剪似的没有厚度没有血脉流通的活性，新观念是要你做一个真的活人，有血有气有肌肉有完全性的！这有完全性要紧——的一个个人。这分别是够大的，虽则话听来不出奇。旧观念叫你准备做妻做母，新观念并不叫你准备做妻做母，但在此外先要你准备做人，做你自己。从这个观点出发，别的事情当然都换了透视。我看古代留传下来的女作家有一个有趣味的现象。她们多半会写诗，这是说拿她们的心思写成可诵的文句。按传说说，至少一个女子的文才多半是有一种防身作用，比如现在上海有钱人穿的铁马甲。从周南的蔡人妻作的芣苢三章召南申人女行露三章卫共姜柏舟诗陈风墓门陶婴黄鹄歌宋韩凭妻南山有鸟句乃至罗敷女陌上桑都是全凭编了几句诗歌而得倖免男性的侵凌的。还有卓文君写了白头吟，司马相如即不娶姨太太，苏若兰制了回文诗扶风窦滔也就送掉他的宠妾。唐朝有几个宫妃在红叶上题了诗（一入深宫里无由得见春题诗花叶上寄与接流人）从御沟里放流出外因而得到夫婿的。此外更有多少女子作品不是慕就是怨。如是看来文学之于古代妇女多少都是于她们婚姻问题发生密切关系的。这本来是，有人或许说，就现在女子念书的还不是都为写情书的准备，许多人家把女孩送进学校的意思还不无非是为了抬高她在婚姻市场上的卖价？这类情形当然应得书篇似的翻阅过去，如其我们盼望新女子及早可以出世。

这态度与目标的转变是重要的。旧女子的弄文墨多少是一种不必要的装饰；新女子的求学问应分是一种发现个性必要的过程。旧女子的写诗词多少是抒写他们私人遭际与偶尔的情感；新女子的志向应分是与男子共同继承并且继续生产人类全部的文化产业。旧女子的字业是承认女子无才便是德的大条件而后红着脸做的事情，因而泥余炊余一流的道歉；新女子的志愿是要为报复那一句促狭的造孽格言而努力给男性一个不容否认的反证。旧女子有才学的理想是李易安的早年的生涯——当然不一定指她的“被翻红浪，起来慵自梳头”一类的艳思——嫁一个风流跌宕一如赵明诚公子的夫婿（赖有闺房如学舍，一编横放两人看）这一些风流而兼风雅的日子；新女子——我们当然不能不许她私下期望一个风流的有情郎（易求无价宝难得有情郎），但我们却同时期望她虽则身体与心肠的温柔都给了她的郎，她的天才她的能力却得贡献给社会与人类。

我也“惑”

与徐悲鸿先生书

The opinions that are held with passion are always
these for which us good ground exisls; indeed
the passion is the measure ot the holder
lack of national conviction-From
Bertrand Russell’ s
“Skeptical Essays”

悲鸿兄:

你是一个——现世上不多见的——热情的古道人。就你不轻阿附，不论在人事上或绘事上的气节与风格言，你不是一个今人。在你的言行的后背，你坚强的抱守着你独有的美与德的准绳——这，不论如何，在现代是值得赞美的。批评或评衡的唯一的涵义是标准。论人事人们心目中有是与非，直与枉，乃至美善与恶的分别的观念。艺术是独立的；如果关于艺术的批评可以容纳一个道德性的观念，那就只许有——我想你一定可以同意——一个真与伪的辩认。没有一个作伪的人，或是一个侥幸的投机的人，不论他手段如何巧妙，可以希冀在文艺史上占有永久的地位。他可以，凭他的欺朦的天才，或技巧的小慧耸动一时的视听，弋取浮动的声名，但一经真实的光焰的烛照，他就不得不呈露他的原形。关于这一点，悲鸿，你有的是“嫉伪如仇”严正的敌忾之心，正如种田人的除莠为的是护苗，你的嫉伪，我信，为的亦无非是爱“真”。即在平常谈吐中，悲鸿，你往往不自制止你的热情的激发，同时你的“古道”，你的谨严的道德性情，有如一尊佛，危自趺坐你的热情的莲座上，指示着一个不可错误的态度。你爱，你就热热的爱；你恨，你也热热的恨。崇拜时你纳头，愤慨时你破口。眼望着天，脚踏着地，悲鸿，你永远不是一个走路走一半的人。说到这里，我可以想见碧薇嫂或者要微笑的插科：“真对，他是一个书呆！”

但在艺术品评上，真与伪的界限，虽则是最关重要，却不是单凭经验也不是纯恃直觉所能完全剖析的。我这里说的真伪当然在指一个作家在他作品里所表现的意趣与志向，不是指鉴古家的辨别作品真假，那另是一回事。一个中材的学生从他的学校里的先生们学得一些绘事的手法，谨愿的步武着前辈的法式，在趣味上无所发明犹之在技术上不敢独异，他的真诚是无可致疑的，但他不能使我们对他的真诚发生兴趣。换一边说，当罗斯金指斥魏斯德（Whistler）是一个“故意的骗子”，骂他是一个“俗物，无耻，纨绔”，或是当托尔斯泰在他的艺术论里否认莎士比亚与贝德花芬是第一流的作家，我们顿时感觉到一种空气的紧张——在前一例是艺术界发生了重大的趣事，在后一例是一个新艺术观的诞生的警告。魏斯德勒是不是存心欺骗，“拿一盘画油泼上公众的脸，讨价二百个金几尼?”罗斯金，曾经为透纳（Turner）作过最庄严的辩护的唯一艺术批评家，说是贝德花芬晚年的作品是否“无意义的狂呓”（meaningless ravins）伟大的托尔斯泰说是！古希腊的悲剧家，拉飞尔，密佗郎其罗。洛坛，毕于维史，槐格纳，魏尔仑，易卜生，梅德林克等等是否都是“粗暴，野蛮，无意义”的作家，他们这一群是否都是“无耻的剿袭者?”伟大的托尔斯泰又肯定说是！美术学校或是画院是否摧残真正艺术的机关？伟大的托尔斯泰又断定言说是！

难怪罗斯金与魏斯德勒的官司曾经轰动全伦敦的注意。难怪我们的罗曼罗兰看了《艺术论》觉得地土不再承载着他的脚底。但这两件事当然是不能相提并论的。罗斯金当初分明不免有意气的牵连（正如朋琼可的嫉忌与势利），再加之老年的昏瞀与固执，他的对魏斯德勒的攻击在艺术史上只是一个笑柄，完全是无意义的。这五十年来人们只知道更进的欣赏魏斯德勒的“滥泼的颜色，”同时也许记得罗斯金可怜的老悖，但谁还去翻念 ForsClavinira。托尔斯泰的见解却是另一回事。他的声音是文艺界天空的雷震，激动万壑的回响，波及遥远的天边；我们虽则不敢说他的艺术论完全改变了近代艺术的面目，但谁敢疑问他的博大的破坏的同时也建设的力量?

但要讨论托尔斯泰的艺术观当然不是一封随手的信札，如我现在写的，所能做到；这我希望以后更有别的机会。我方才提及罗斯金与托尔斯泰两桩旧话，意思无非是要说到在艺术上品评作家态度真伪的不易——简直是难；大名家也有他疏忽或是夹杂意气的时候，那时他的话就比例的失去它们可听的价值。我所以说到这一层是因为你，悲鸿，在你的大文里开头就呼斥塞尚或塞尚奴（你译作腮惹纳）与玛蒂斯（你译作马梯是）的作品“无耻”，另有一次你把塞尚比作“乡下人的茅厕”，对比你的尊敬达仰先生（Dagnan Bouver）的“大华饭店”。在你大文的末尾你又把他们的恶影响比类“来路货之吗啡海绿茵”；如果将来我们的美术馆专事收罗他们的作品，你“个人却将披发入山，不愿再见此卑鄙昏聩黑暗堕落也。”这不过于言重吗，严正不苟的悲鸿先生？

风尚是一个最耐寻味的社会与心理的现象。客观的说，从方跟丝袜到尖跟丝袜，从维多利亚时代的进化的乐观主义到维多利亚后期的怀疑主义再到欧战期内的悲观主义，从爱司髻到鸭稍鬏，从安葛尔的典雅作风的到哥罗的飘逸，从特拉克洛崔的壮丽到塞尚的“土气”再到梵高的癫狂——一样是因缘于人性好变动喜新异（深一义的是革命性的创作）的现象。我国近几十年事事模仿欧西，那是个必然的倾向，固然是无可喜悦，抱憾却亦无须，是他们强，是他们能干，有什么可说的？妙的是各式欧化的时髦在国内见得到的，’并不直接从欧西来，那倒也罢，而往往是从日本转贩过来的，这第二手的摹仿似乎不是最上等的企业。说到学袭，说到赶时髦（这似乎是一个定律），总是皮毛的新奇的肤浅的先得机会。（你没有见过学上海派装束学过火的乡镇里来的女子吗？）主义是共产最风行，文学是“革命的”最得势，音乐是“脚死”最受欢迎，绘画当然就非得是表现派或是漩涡派或是大大主义或是立体主义或是别的什么更耸动的恺死木死。

在最近几年内，关于欧西文化的研究也成了一种时髦，在这项下，美术的讨论也占有渐次扩大的地盘。虽则在国内能有几个人亲眼见到过罗浮宫或是乌翡楼或是特莱司登美术院里的内容？但一样的拉飞尔安葛尔米勒铁青梵尼亚乃在塞尚阿溪朋谷已然是极随熟的口头禅。我亲自听到过（你大约也有经验）学画不到三两星期的学生们热奋的争辩古典派与后期印象派的优劣，梵高的梨抵当着考莱琪奥的圣母，塞尚的苹果交斗着鲍狄乞黎的微纳丝——他们那口齿的便捷与使用各家学派种种法宝的热烈，不由得我不十分惊讶的钦佩。这大都是（我猜想）就近由我们的东邻转贩得来的。日本是永远跟着德国走；德国是一座恺死木死最繁殖的森林，假如没有那种恺死木死的巧妙的繁缒的区分，在艺术上凭空的争论是几于不可能的。在新近的欧西画派中，也不知怎的，最受传诵的，分明最合口味的（在理论上至少），碰巧是所谓后期印象派［“Post Impressionism”这名词是英国的批评家法兰先生（Mr. Roger Fry）在组织1911年的Grafton Exhibtion时临时现凑的，意思只是印象派以后的几个画家，他们其实也是各不相同绝不成派的，但随后也许因为方便，就沿用了。）但是天知道！在国内最早谈塞尚梵高谈玛提斯的几位压根儿就没有见过（也许除了蔡孑民先生）一半幅这几位画家的真迹！除非我是固陋，我并且敢声言最早带回塞尚梵高等套版印画片来的还是我这蓝青外行！这一派所以入时的一个理由，是与在文学里自由体诗短篇小说独幕剧所以入时同一的——看来容易。我十二分同情于由美术学校或画院刻苦出身的朋友鄙薄塞尚以次一流的画，正如我完全懂得由八股试贴诗刻苦出身的老辈鄙薄胡适之以次一流的诗。你说他们的画一小时可作二三幅。这话并不过于失实，梵高当初穷极时平均每天作画三幅，每幅平均换得一个法郎的代价——三个法郎足够他一天的面包咖啡与板烟！

但这“看来容易”却真是害人！尤其是性情爱好附会的就跟着来摭拾一些他们自己懂不得一半的名词，吹动他们传声的喇叭，希望这么一来就可以勾引起——如同月亮勾引海潮，一个“伟大的”运动——革命；在文艺上掀动全武行做武战与在政治上买弄身手有时一样的过瘾！这你可以懂得了吧，悲鸿，为什么所谓后期印象派的作风能在，也不仅中国，几于全世界，有如许的威风？你是代表一种反动，对这种在你看来完全 Anarchic 运动的反动（却不可误会我说你是反革命那不是顽）！所以你更不能姑息，更不能容忍，你是立定主意要凭你的“浩然之气”来扫荡这光天下的妖气！我当然不是拿你来比陪在前十年的文学界的林畏庐，你不可误会；我感觉到的只是你的愤慨的真诚。如果你，悲鸿，甘脆的说，我们现在学西画不可盲从塞尚玛蒂斯一流，我想我可以赞同——尤其那一个“盲”字。文化的一个意义是意识的扩大与深湛，“盲”不是进化的道上的路碑。你如其能进一步。向当代的艺术界指示一条坦荡的大道，那我，虽则一个素人，也一定敬献我的钦仰与感激。但你恰偏偏挑了塞尚与玛蒂斯来发泄你一腔的愤火；骂他们“无耻”，骂他们“卑鄙昏溃”，骂他们“黑暗堕落”，这话如其出在另一个人的口里，不论谁，只要不是你悲鸿，那我再也不来发工夫迂回的写这样长篇的文字（说实话，现在能有几个人的言论是值得尊重的）！但既然你说得出，我也不能制止我的“惑”，非得进一步请教，请你更剀切的剖析，更剀切的指示，解我的，同时也解，我敢信，少数与我同感的朋友的，“惑”。

我不但尊重你的言论，那时当然的，我并且尊重你的谩骂，（“无耻”一流字眼不能不归入谩骂一阑吧?）因为你决不是瞎骂。你不但亲自见过塞尚作品，并且据你自己说，见到过三百多幅的多，那在中国竟许没有第二个。也不是因为派别不同，要不然你何以偏偏：不反对皮加粟（Piccasso）“不反对”梵高与高根，这见证你并不是一个固执成见的“古典派”或画院派的人。换句话说，你品评事物所根据的是——正如一个有化育的人应得根据——活的感觉，不是死的法则。我所以惑。再说，前天我们同在看全国美展所陈列的日本洋画时，你又曾极口赞许太田三郎那幅皮加粟后期影响极明显的裸女，并且你也“不反对”，除非我是错误，满谷国四郎的两幅作品；同时你我也同意不看起村不折一类专写故事的画片，汤浅一郎一流平庸的无感觉的手笔；你并且还进一步申说“与其这一类的东西毋宁里见胜藏那怕人的裸象”。这又正见你的见解的平允与高超，不杂意气，亦无有成见，在这里，正如在别的地方，我们共同的批判的标准还不是一个直与伪或实与虚的区分？在我们衡量艺术的天平上量占重量的，还不是一个不依傍真纯的艺术的境界（An independent artistic Nision）与一点真纯的艺术的感觉！什么叫做一个美术家除是他凭着绘画的或塑造的形象想要表现他独自感觉到的某种灵性经验？技巧有它的地位，知识也有它的用处，但单凭任何高深的技巧与知识，一个作家不能造作你我可以承认的纯艺术的作品。你我在艺术里正如你我在人事时兢兢然寻求的，还不是一些新鲜的精神的流露，一些高贵的生命的晶华？况且在艺术上说到技巧还不是如同在人的品评上说到举止与外貌；我们不当因为一个人衣衫的不华丽或谈吐的不隽雅而藐视他实有的人格与德性，同样的我们不该因为一张画或一尊象技术的外相的粗糙或生硬而忽略它所表现的生命与气魄，这且如此，何况有时作品的外相的粗糙与生硬正是它独具的性格的表现？（我们不以江南山川的柔媚去品评泰岱的雄伟，也不责备施耐庵不用柴大官人的口吻去表写李逵的性格，也为了同样的理由。但这当然是一个极浅的比照。）

如果我上面说的一些话你听来不是完全没有理由性；如果再进一步关于品评艺术的基本原则，你也可以相当的容许，且不说顺从，我的肤浅的观察，那你，悲鸿，就不应得如此谩骂塞尚与玛蒂斯的作风，不说他们艺术家的人格。在他们俩，尤其是塞尚，挨骂是绝不希奇；如你知道，塞尚一辈子关于他自己的作品。几于除了骂就不曾听见过别的品评——野蛮，荒谬，粗暴，胡闹，滑稽，疯癫，妖怪，怖梦，在一八七四年 Communard（这正如同现代中国骂人共产党或反动派），在一九〇四年，他死的前两年，Un“Anarchist”，在一八九五年（塞尚五十六岁）服拉尔先生（Ambroise Vol lard）用尽了气力组织成塞尚的第一次个人展览时，几于所有走过 39 Rue Laffitte 的人（因为在窗柜里放着他的有名的《休憩时的浴者》）都得，各尽本分似的，按他们各人的身分贡献他们的笑骂！下女，面包师，电报生，美术学生，艺人绅士们，太太们，尤其是讲究体面的太太们，没有一个不是红了脸或是气红了脸的，表示他们高贵的愤慨——看了艺术堕落到这般田地的愤慨。但在十一二年后艺术史上有名的“独立派”的“秋赛”时，塞尚，这个普鲁罔司山坳里的土老儿，顿时被当时的青年艺术家们拥上二十世纪艺术的宝座，一个不冕的君王！在穆耐，特茄史，穆罗，高根，毕于维史等等奇瑰的群峰的中间，又涌出一座莽苍浑灏的宗岳！Salle Ceza 是一座圣殿，只有虔诚的脚踪才可以容许进去瞻仰，更有谁敢来味漏一半句非议话的话——先生小心了，这不再是十一二年前的“拉斐脱路三十九”！

这一边的笑骂，那一边的拥戴，当然同样是一种意气的反动，都不是品评或欣赏艺术其有合理的态度。再过五年塞尚的作品到了英国又引起艺术界相类的各走极端的风波：一边是“非理士汀”们当然的怒骂与嬉笑，一边是，“高看毛人”们一样当然反动的怒骂与嬉笑。就在现在，塞尚已然接踵着蒙内，米莱，特茄史等等成为近代的典型（Classic），在一班艺人们以及素人们提到塞尚还是不能有一致的看法，虽则咒骂的热烈，正如崇拜的疯狂，都已随着时光减淡得多的了。塞尚在现代画术上，正如洛坛在塑术上的影响，早已是不可磨灭，不容否认的事实，他个人艺术的评价亦已然渐次的确定——却不料，万不料在这年上，在中国，尤其是你的见解，悲鸿，还发现到这一八九五年以前巴黎市上的回声！我如何能不诧异？如何能不惑？

话再说回头，假如你只说你不喜欢，甚而厌恶塞尚以及他的同流的作品，那时你声明你的品味，个人的好恶，我决没有话说。但你指斥他是“无耻”，“卑鄙”“商业的”。我为古人辩诬，为艺术批评争身价，不能不告罪晓舌。如其在艺术界里也有殉道的志士，塞尚当然是一个（记得文学界的弗绿贝尔）。如其近代有名的画家中有到死卖不到钱，同时金钱的计算从不曾羼入他纯艺的努力的人，塞尚当然是一个。如其近代画史上有性格孤高，耿介澹泊，完全遗世独立，终身的志愿但求实现他个人独到的一个“境界”这样的一个人，塞尚当然是一个。换一句话说，如其近代画史上有“无耻”，“卑鄙”一类字眼最应用不上的一个人，塞尚是那一个人！塞尚足足画了五十几年的画，终身不做别的事。他看不起巴黎人因为有一次听说巴黎有买他的静物画的人；“他们的品味准是够低的，”他在乡间说。他画，他不断的画；在室内画，在野外画；一早起画，黄昏时还是画；画过就把画掷在一边再来第二幅；画不满意（他永远不满意）他就拿刀向画布上搠，或是画从窗口丢下楼，有的穿挂在树枝上象一只风筝；你（不论你是谁）只要漏出一半句夸赞他的画的话，你就非得夹着把那幅画送给你，（他却不虑到你带回家时见得见不得你的太太！）他搬家就把画的画如数丢下在他搬走的画室里！至于他的题材，他就只画他眼前与眼内的景象；山岭山谷，房舍，平［苹］果，大葱，乡里人（不是雇来的模特儿），他自己或是他的戴绿帽的黄脸婆子，河边洗澡的，林木，捧泥娃娃的女小孩子……他要传达他的个人的感觉，安排他的“色调的建筑”，实现他的不得不表现的“灵性的经验”。我们能想象一个更尽忠于纯粹的艺术的作者不？他一次说他不愿画耶稣因为他自己对教的信仰不够虔诚，不够真，这能说是无耻卑鄙不？（在中国不久，我相信，十个画家里至少会有九个要画孙中山先生因为——因为他们都确信他们自己是三民主义的忠实的信徒！）

至于他的画的本身，但我实在再不有纵容我自己了，我话已然说得太太多；况且你是最知道塞尚的作品的，比我知道得多，虽则你的同情似乎比我少，外行侈谈美术是一种大大的罪孽，我如何敢大胆？

但容我再顺便在这信尾指出在你所慷慨列述的近代法国大师的名单中，有的，如同特拉克洼与弧尔倍是塞尚私淑的先生［小说家左拉（zola），塞尚的密友，死后他的画堆里发现一张画题名 Len evement，人都疑心不是特拉克洛洼自己就是门下画的，但随后发现署名是塞尚！你知道这件小掌故不？所以我们别看轻那土老儿，早年时他也会画博得我们夸壮丽雄伟等等神话，例如伟丈夫抗走妖艳的女子之类！］有的，如同勒奴幻或 Pissarro，（你似乎不曾提到他，但你决不能如何恨他，）或穆耐或特茄吏都是他的程度，浅深间的相知，（虽则塞尚说："这群人打扮得都象律师，"）有的，例如马耐，你称为"庸"的，或是毕于维史，你称为伟大的，是他的冤家，他们的轻视是相互的 Home adichtusnature，至于尊师达仰先生，他大约不曾会过塞尚，他大概不屑批评塞尚的作品，但我同时我揣度他或许不能完全赞同你对他的批评。但这些还有甚么说的，既然如今塞尚不再是一个乡里来的人，不再是 Communard 或 是 Anarchist，已然是在艺术界成为典型正如布赛（Powssin），特拉克洛洼，洛坛，米莱等一个个已然成为典型，我当然不敢不许你做第二个托尔斯泰，拓出一支巨膀去扫掉文庙里所有神座，但我却愿意先拜读你的"艺术论"。最后还有一句话：对不起玛蒂斯，他今天只能躲在他前辈的后背闪避你的刀锋；但幸而他的先生是你所佩服的穆罗（Moreau），他在东方的伙伴或支裔又是你声言"不反对"的满谷国四郎，他今天，我知道，正在苏州玩虎邱！"